L'ENCRE DU PASSÉ

Photo de couverture : © Shutterstock, Martin Bergsma
et © Shutterstock, BublikHaus
Couverture : Marion Rosière
Pour la présente édition,
Collection dirigée par Franck Spengler

34-36 rue La Pérouse
75116 Paris
www.hugoetcie.fr

Collection New Romance® créée par Hugues de Saint Vincent,
dirigée par Arthur de Saint Vincent
Ouvrage dirigé par Sylvie Gand

ISBN : 9782755686562
Dépôt légal : mars 2021
Imprimé en Espagne par Liberduplex

TOME 1

L'ENCRE DU PASSÉ

ERIKA BOYER

Hugo Poche

NEW ROMANCE®

NOTE

Cette histoire commence trois ans avant le premier tome de Promesse tenue et se termine bien après. Elle peut être lue indépendamment de celle de Sandy et de Danny, néanmoins, elle contient des éléments qui pourraient vous spoiler l'intrigue de Promesse tenue, du tome 1 en particulier, je vous conseille donc de lire ce dernier avant d'attaquer ce livre !

Par ailleurs, L'encre du passé aborde des sujets durs pouvant être particulièrement sensibles pour certaines personnes. Afin de ne pas gâcher la lecture de celles et ceux qui tiennent à rester dans l'ignorance, j'invite les personnes qui en ont besoin à se rendre sur mon site pour connaître les *trigger warning* de cette histoire : www.erikaboyer.com.

Je vous souhaite une bonne lecture ♡

PLAYLIST

- \+ Bruno Mars – *Just the Way You Are*
- \+ Clean Bandit feat. Zara Larsson – *Symphony*
- \+ David Guetta, Bebe Rexha & J Balvin – *Say My Name*
- \+ Dorothy – Missile
- \+ Ed Sheeran – *Shape of You*
- \+ Maluma – *Carnaval*
- \+ Maroon 5 – *The Man Who Never Lied*
- \+ Maroon 5 – *This Love*
- \+ One Direction – *Never Enough*
- \+ OneRepublic – *Counting Stars*
- \+ The Black Eyed Peas – *Let's Get It Started*
- \+ The Script – *Never Seen Anything "Quite Like You"*
- \+ The Script – *No Man Is An Island*
- \+ The Script – *Superheroes*

DÉDICACE

À tous ceux et toutes celles qui
n'ont pas le plus merveilleux des passés,
mais qui font de leur mieux
pour un avenir meilleur.

PROLOGUE

Il existe mille façons d'aimer et sûrement autant de tout détruire. Combien en ai-je expérimenté précisément ? Je ne m'en souviens pas, mais j'en ai très clairement quelques-unes en mémoire, sans oublier tous les mauvais choix qui les ont accompagnées.

Combien de fois ai-je pensé que Sandy faisait fausse route ? Combien de fois me suis-je dit qu'il allait gâcher sa vie ? Et tout ça sans jamais réaliser que, de nous deux, j'étais celui qui se trompait. Tandis qu'il avançait à son rythme, en tombant parfois, puis en se relevant, moi, je restais toujours au même endroit.

De la même manière que je tourne en rond sur mon circuit préféré, en m'accrochant à ma moto comme si elle était la seule à pouvoir m'empêcher de sombrer, je suis prisonnier de la boucle de mon existence sans vraiment savoir ce que vivre signifie.

À ne pas vouloir décrocher du passé, je crois que j'ai perdu ma chance avec le présent et qu'il n'existe plus d'avenir pour moi. L'encre a séché et certaines marques ne peuvent être effacées, pas plus que je ne peux gommer toutes les façons dont on s'est aimés, lui et moi.

I

Aimer

Pour la première fois

« I think I want you more than want
And know I need your more than need[1] *»*

1. *Je crois que je te veux plus que je ne te veux et je sais que j'ai besoin de toi plus que je n'en ai besoin.* (Paroles de Never Seen Anything "Quite Like You", de The Script.)

CHAPITRE 1

CLÉMENT

Sandy ne lâche pas son téléphone des yeux. Sa grand-mère n'a pas répondu à son appel et il n'a pas réussi à joindre sa mère. Mon meilleur ami est inquiet comme jamais il ne l'a été avant. C'est toujours la même histoire. Chaque fois qu'on part en voyage tous ensemble, il prend des nouvelles quotidiennement, et quand il reste sans réponse, il commence à angoisser. Difficile de ne pas le comprendre. Quand on a un père violent comme le sien et qu'on voit trop souvent sa mère en pleurs et marquée par les coups, impossible de ne pas s'inquiéter.

J'aimerais pouvoir tirer sa mère de là. Parfois, je m'imagine chevaucher Treize, ma moto – je lui ai donné ce nom pour conjurer le sort –, et rouler à toute vitesse jusqu'à Lyon pour la sortir de ce foyer sombre et l'emmener loin, quelque part où cet homme ne pourrait plus la toucher. Chaque fois que j'y pense, je sens le feu qui s'embrase dans mon ventre, dans mes reins, dans ma poitrine… Je déteste le père de Sandy et je me déteste parfois tout autant d'être si impuissant. Il y a peu de choses aussi difficiles pour moi que de savoir mon meilleur ami dans cet état.

Je tends mon joint vers lui. Je partage rarement ma drogue, mais j'ai le sentiment qu'il en a plus besoin que moi, aujourd'hui.

– Merci, se contente-t-il de répondre, les traits de son visage toujours tirés dans un air soucieux.

– Tu veux que je demande à ma mère ou à ma tante d'aller voir ? demande Lara.

Notre amie habite Lyon, elle aussi, comme le reste de sa famille. C'est elle qui connaît Sandy depuis le plus longtemps. Ils ont grandi ensemble.

Sandy secoue la tête.

– Si elles vont chez eux, mon père va accuser ma mère et ce sera pire…

– Je peux leur dire d'aller chez Jacky, si tu préfères. Si c'est ta grand-mère qui débarque, ça ira, non ?

– J'en sais rien…

Sandy grogne en se frottant la tête rageusement. Soudain, son téléphone sonne et j'entends presque son cœur s'emballer. Il décroche immédiatement.

– Putain, Gran', t'étais où ?! Non, je… Oui, désolé… OK. Merci, je te rappelle demain, alors.

Juste comme ça, il raccroche. Il pousse un soupir à fendre l'âme, et quand je l'interroge du regard, il affiche une moue de gamin qui s'est fait réprimander.

– Elle m'a engueulé parce que j'ai été vulgaire…

Cela fait rire Violette, la doyenne de notre groupe. Elle a connu Jacky bien avant de nous connaître nous, quand elles étaient jeunes et que le grand-père de Sandy était encore en vie. Ensemble, ils formaient un autre groupe de motards, plus traditionnel, peut-être. Je ne sais pas vraiment, elle en parle peu, et puis c'était une autre époque. En tout cas, elle connaît bien la vieille femme et son caractère.

Lara et Riley sourient aussi, et Sandy se met à rire doucement. Avoir sa grand-mère au téléphone pour prendre des nouvelles de sa mère a suffi à le soulager du poids qui pesait sur lui. Il n'en demande pas plus, il a appris à se contenter de peu.

Je tends la main vers lui pour récupérer mon joint. Il n'en a plus besoin, et moi, j'aimerais passer une nuit vide de cauchemars. Il n'a qu'à s'en rouler un lui-même.

Soulagé qu'il aille mieux, je me réinstalle dans mon fauteuil, puis je lève les yeux vers le ciel. Les étoiles le parsèment, elles brillent avec intensité, et j'ai soudain envie de me les tatouer quelque part sur le corps, à moins que je ne les grave sur Sandy.

Ce n'est pas la première fois qu'on s'arrête à Latour-de-Carol pendant l'une de nos virées. J'adore la montagne, l'air pur, le ciel dégagé et tous les virages sur lesquels je peux m'éclater. J'aime parcourir ce mélange entre la nature et la route.

Les rires de mes amis embellissent le silence de la nuit, je me sens apaisé. Quand je suis avec eux, j'ai l'impression de goûter un peu au paradis.

***

Le lendemain matin, après avoir fumé et pris une douche, je commence à m'éloigner de notre mobil home.

– Où tu vas, comme ça ? me demande Luigi.

– Je vais me promener.

– Sans Treize ?

– Mes jambes finissent par être jalouses si je ne les utilise plus pour me balader. Elles sont comme les femmes, tu sais, un peu capricieuses.

– Les femmes, quelle histoire.

– C'est pour ça que je préfère les hommes.

Les discussions sans queue ni tête, c'est notre truc, à Luigi et moi. Personne ne les comprend et aucun ne s'y essaye plus, de toute façon. Ça part d'une balade, ça finit sur les femmes, ça n'a jamais vraiment de sens. Je ne sais pas trop d'où ça nous vient. Parfois, j'ai l'impression d'être dans sa tête et qu'il est dans la mienne, que même sans préciser les connexions que l'on fait entre chaque chose, l'autre les comprend. C'est aussi perturbant qu'amusant.

– Un homme, une femme, ça reste chiant quand on en dépend, soupire-t-il.

– On peut toujours annuler le mariage, si tu aimes tant que ça la solitude, intervient Lara, sans lever la tête de son téléphone.

– Non, toi, je veux t'épouser.

Elle pose finalement les yeux sur lui.

– On verra.

Elle l'épousera. Bien sûr qu'elle le fera. Elle en est dingue et elle a toujours voulu se marier. Sandy nous a raconté que petite, déjà, elle se déguisait en mariée. C'est dur à croire quand on la voit comme ça ; c'est une motarde au caractère bien trempé, une femme indépendante qui montre peu ses sentiments, mais elle est folle de Luigi et c'est bien lui l'homme de sa vie.

– Bon, alors, où tu vas ? me demande-t-elle.

– Je vous ai dit que j'allais me promener. C'est quoi cet interrogatoire ? Personne n'a demandé à Sandy où il partait, hier soir.

– Parce que lui, on sait où il est, rit Lara. Chaque fois qu'on passe ici, il file chez June.

– Ta cousine habite toujours ici ? demandé-je.

– Toujours. Je crois qu'elle ne quittera jamais sa montagne. Passer de Lyon à Latour-de-Carol, ça me dépasse.

Pas moi. Je ne pourrais pas vivre trop longtemps loin de la ville, mais je comprends qu'on s'installe au cœur de la nature, il fait vraiment bon vivre, ici. Si je n'avais pas besoin d'être dans un endroit animé pour mon travail, je viendrais sûrement me perdre dans la montagne, moi aussi. Malheureusement, malgré mon talent de tatoueur et ma notoriété, je doute d'avoir un succès suffisant dans le coin. Pour un temps, certainement, mais à long terme, ça n'irait pas.

– Certains préfèrent la nature, dit Luigi.

– Moi, je préfère les endroits où on peut rouler à moto sans avoir envie de vomir toutes les deux minutes. Y'a trop de virages ici.

– Ça me plaît, moi, dis-je.

– Parce que tu as l'habitude des circuits, mais ne te rate pas dans un virage ici sinon tu ne t'en relèveras pas, mon poussin.

Ma Violette. Quand j'entends sa voix, j'ai toujours le sourire. Quand elle apporte du café, je l'aime encore plus que la minute précédente.

– J'allais justement en chercher, dis-je en prenant la tasse qu'elle vient de me servir.

– Je croyais que t'allais te promener ? m'interroge Lara.

– Pour trouver un bon café.

– Tu pouvais pas le dire ?

– Depuis quand t'es ma mère, toi ?

Je ris, Luigi aussi. Sa fiancée lui donne un coup dans le bras avant de rire à son tour, et comme s'il avait senti l'odeur du café, Sandy débarque, les cheveux en bordel, avec ses fringues de la veille.

– En voilà un qui a passé une bonne nuit.

– Clément, mon Clément, si tu savais…

– Je ne veux pas savoir.

Il entoure ma nuque de son bras, un sourire idiot barrant son visage, et je ne peux que sourire en retour. Quand Sandy est heureux, je le suis aussi. Je suis un homme bien simple qui a parfois une vie trop compliquée.

– Tu ne sais pas ce que tu rates à ne pas aimer les femmes.

– De mon point de vue, c'est toi qui rates beaucoup à ne pas aimer les hommes.

Il rit et commence à me chahuter comme un gamin. Sa bonne humeur est contagieuse et toute la petite bande se met à rire avec lui. Sandy est un peu le cœur des *Lost Souls*, notre bande de motards. Il est le lien entre chaque membre, c'est lui qui nous a réunis. Aujourd'hui, c'est bien plus que ça qui nous maintient tous ensemble, mais à la base, c'est grâce à lui que nous nous sommes tous rencontrés. Il connaît Lara depuis leur naissance, il est devenu ami avec Luigi quand ils étaient adolescents, et c'est lui qui l'a présenté à celle qui va bientôt devenir sa femme. Il a dragué Riley dans un pub où elle chantait, il a rencontré Patrick dans un autre et Violette est une amie de sa grand-mère, il la connaît donc depuis toujours. Quant à moi, je suis une âme paumée qu'il a croisée dans sa propre perdition, au cours d'une bagarre absurde avec trois types homophobes qui m'avaient fait perdre patience – il m'en faut pourtant beaucoup, habituellement. Sandy a débarqué comme une fleur, je ne le connaissais ni d'Ève ni d'Adam, et il s'est battu à mes côtés, juste parce qu'il en avait envie – ou besoin, je n'ai jamais vraiment su. Je me souviendrai toujours de cette première rencontre, de la rage que je l'ai vu extérioriser et de ce plaisir qu'il a pris à simplement cogner ces mecs dont il ne savait rien. J'avais à peine dix-huit ans, il en avait déjà vingt. Après ça, nous ne nous sommes plus jamais séparés. Deux ans seulement que nous sommes amis et j'ai pourtant le sentiment de l'avoir connu toute ma vie.

Il y a des rencontres un peu étranges, d'autres qui sont évidentes, certaines inévitables… je ne sais pas comment qualifier celle avec mon meilleur ami. À vingt ans, je n'ai encore rien vécu, mais j'ai l'impression qu'il sera éternellement le meilleur dans ma vie, que rien ni personne ne pourra faire mieux que lui. Cela ressemble beaucoup à de l'amour. Parfois, je me demande si je me méprends, si j'aime Sandy autrement que comme un ami, que comme un frère, et puis je pose les yeux sur tous ces gens qui forment un groupe tellement soudé, et je me souviens qu'on peut aimer aussi intensément sans que cela soit d'un amour romantique.

Ils sont ma famille, pas de sang, mais ils sont quand même ma famille.

– June viendra déjeuner avec nous demain, avant qu'on reparte, dit Sandy.

– Je sais, répond Lara.

– Comment tu le sais ? Elle me l'a dit la nuit dernière.

– C’est ma cousine, on avait déjà prévu de se voir.

– Moi qui pensais qu’elle ne venait que pour mes beaux yeux, soupire mon ami en se laissant tomber dans une chilienne.

Riley lève le nez de son livre et lui sourit en tapotant sa main, d’un geste réconfortant.

– Tu retournes la voir ce soir ? demande Lara.

– Sûrement.

– Tu n’as jamais pensé à passer une journée avec une femme, et pas juste des nuits ? demandé-je.

– Mais j’aime aussi faire l’amour en journée !

– Ce n’est pas ce que je voulais dire…

– De toute façon, c’est elle qui ne veut pas me voir aujourd’hui. Elle m’a limite foutu dehors, ce matin. Elle dit que le vendredi, c’est atelier cuisine, et qu’après ça, elle va écrire. Je ne suis qu’un jouet pour elle…

– Selon la mesure que vous utilisez pour donner, on vous donnera.

– Bien dit, Pat’ ! s’exclame Lara en lui tapant dans la main. Tu obtiens des femmes à la hauteur de ce que tu leur donnes.

– Du point de vue de Sandy, il leur donne déjà tout, répond Luigi.

– Sauf son cœur, précise Violette.

– Hey, vous avez fini ? Je plaisantais, pourquoi c’est ma fête, là ? rit l’accusé. Il n’y a vraiment que sur Ri’ que je peux compter !

– Je ne suis pas là, je ne me prononce pas, mon trésor.

– Où tu es ? demande mon meilleur ami en se penchant vers elle pour regarder son livre.

– Perdu dans les méandres de l'esprit d'un M. Grey.

– *Cinquante Nuances de Grey* ? C'est pas du porno ?

– De l'érotisme.

– C'est un peu pareil… Et alors, c'est bien ?

– Je ne me prononce jamais sur un livre avant de l'avoir terminé.

– Elle n'aime pas, dis-je.

– C'est certain, elle déteste, ajoute Luigi.

– Je confirme, regardez sa tête, elle déteste ! renchérit Lara en riant.

Riley soupire et referme son bouquin, agacée que nous lisions tous en elle comme dans un livre ouvert.

– Impossible d'être tranquille avec vous.

– Ne me laisse pas, tu es mon seul soutien ! crie Sandy.

Notre jolie pin-up secoue la tête et entre dans le mobil home. Personne n'a manqué son petit sourire. Riley est vraiment simple à comprendre pour peu qu'on la regarde attentivement. Elle porte ses émotions sur son visage. J'adore ce genre de personnes.

– Puisque c'est ça, je vais me coucher.

– Il est onze heures du matin, Sandy, lui fait remarquer Violette.

– Je n'ai pas beaucoup dormi et je veux être en forme pour ce soir. On va bien sortir boire un verre, non ?

Tout le monde hausse les épaules, mais pas d'incertitude ; il est assez clair que la bande se réunira ce soir pour boire un coup. On se trouve tout près de l'Espagne, il y a plein d'endroits où faire la fête.

Sandy se lève et s'étire avant de nous souhaiter bonne nuit et d'aller se coucher. Il est complètement déréglé, mais on a l'habitude.

C'est mon heure aussi, pas pour dormir, mais pour finalement aller faire un tour, comme je l'avais prévu. Je n'aime pas trop les matins calmes comme ça. Riley est perdue dans son livre, Sandy va dormir, Violette et Patrick vont sûrement profiter du soleil de juin pour se détendre, et je ne sais pas ce que Luigi et Lara ont prévu, mais je suis certain que ça n'aura rien de bien amusant pour moi. Je crains l'ennui comme les chats craignent l'eau, je sais que l'on n'en meurt pas, mais ça m'angoisse. Je sais m'occuper en restant tranquille, lorsque c'est nécessaire, mais j'évite généralement d'avoir trop de temps pour penser, et ce matin, rien ne me motive. Je pourrais prendre Treize et aller rouler sur les routes sinueuses que j'aime tant, mais on passe notre temps sur nos bécanes, alors quand on s'arrête un jour ou deux, je préfère utiliser un peu mes jambes.

Je commence à m'éloigner quand Violette m'interpelle :

– Tu manges avec nous, ce midi ?

– Oui. Je vais juste faire un tour, je serai de retour sous peu.

– Profite de l'air de la montagne, ça te fera du bien.

Elle me sourit de ce sourire tendre qui m'apaise toujours. Violette sait que, parfois, j'ai juste du mal à respirer. Par moments, ma propre vie m'étouffe. Je traîne mon passé derrière moi et il arrive qu'il m'empêche d'avancer. Cette femme sait tout, plus encore que Sandy. D'une certaine façon, c'est ma meilleure amie, tout en étant plus. Une mère – plutôt une grand-mère –, une confidente… je ne sais pas, mais avec elle, je m'ouvre un peu plus, autant que j'en suis capable. Depuis toujours, je peine à m'ouvrir, et je n'ai jamais vraiment su pourquoi. Ce n'est pas comme si j'avais eu une enfance misérable.

Mes parents n'ont jamais été là, je n'ai aucun souvenir d'eux, mais j'ai eu deux grands-parents formidables qui ont été parfaits avec moi. J'ai grandi avec de l'amour, un toit sur la tête et de bons repas chauds. Ma grand-mère nous a quittés quand j'avais seize ans et mon grand-père l'a rejointe quand j'en ai eu dix-huit. Le soir où j'ai rencontré Sandy, c'était le jour de ses funérailles. J'ai passé mon adolescence à supporter des cons homophobes, à me retenir de les éclater pour ne pas faire honte à mes grands-parents, mais ce jour-là, je n'avais plus aucune raison de me contrôler. J'étais tellement en colère, tellement ravagé par ces années à subir des mots plus idiots que cruels, et je souffrais tant de me retrouver seul, sans famille, que je n'ai pas pu me contenir. Alors, ces types ont pris pour tous les autres.

À partir de ce jour, je suis devenu ami avec Sandy et j'ai trouvé une nouvelle famille : *The Lost Souls*. Je ne suis pas à plaindre. Je fais le boulot que j'ai toujours rêvé de faire, j'ancre mon art dans la peau des gens pour l'éternité et je laisse une marque presque éternelle en ce monde, moi qui ai si peur de tout voir disparaître avant d'avoir même existé. Je suis entouré de gens merveilleux que j'aime et qui m'aiment, et bien que j'aie perdu mes grands-parents de sang et que je sache que je ne retrouverai jamais mes parents, je ne suis pas seul. Je suis en bonne santé et je veille à le rester. Des tonnes de choses sur cette planète me rendent heureux, que ce soit les livres que je dévore, les paysages que je vois quand je parcours la France sur le dos de Treize ou les échanges passionnants que je vis avec des gens fabuleux. Je n'ai pas à être triste. Pourtant, parfois, des images reviennent à moi. La nuit, je suis rongé par le corps de cet homme qui recouvre l'enfant inconnu qui pleure dans mes songes, par le silence de cette femme qui détourne la tête plutôt que de le regarder en face – quand elle n'est pas horrible et qu'elle ne sourit pas en observant la scène. J'ignore d'où tout cela me vient, mais ça m'empêche de m'endormir le soir. Par moments, cela m'empêche aussi de me lever le matin. J'ai l'impression que ma tête refuse de se vider pour me laisser en paix. Alors, chaque matin, je fume un joint pour dissiper ces images et profiter de ce qu'il y a de beau dans cette vie, et chaque soir, j'en fume un autre pour jouir d'une nuit sans cauchemars.

Violette aimerait que je consulte un psy, moi, je ne veux surtout pas comprendre ce qu'il y a dans ma tête. J'ai bien plus peur de la vérité que de ma réalité actuelle. J'ai passé des années à essayer de trouver mes parents, à essayer de comprendre ce qui clochait chez moi, à tenter de me faire des amis, à tout faire pour plaire aux gens… aujourd'hui, je suis fatigué de tout ça. Je veux juste qu'on me laisse vivre ma vie comme je l'entends. Elle n'est peut-être pas parfaite, mais elle est à moi, et je ne veux plus que quiconque me dise quoi en faire.

– À tout à l'heure, dis-je en partant.

– Reviens-moi vite, mon chou, plaisante Luigi.

– J'espère que tes gambettes seront contentes que tu leur accordes un peu d'attention, ajoute Lara.

– Vous allez le laisser tranquille ?

– Sans indulgence, il n'est point d'amitié.

Je souris parce que c'est pour ça que je vis, pour Luigi qui garde son visage sérieux quand il fait semblant de me draguer, pour Lara qui me charrie dès qu'elle le peut, pour Violette qui prend toujours ma défense et pour Pat' qui ne parle presque qu'en dictons. Je vis pour Sandy et toutes ses aventures sans lendemain, et pour la douce voix de Riley. Je vis pour toutes ces personnes qui sont en fait ma vie.

Je ne suis pas malheureux. J'ai tout ce qu'un homme peut rêver d'avoir. Mon passé me hante parfois, ma tête divague par moments et je ne suis pas toujours en accord avec mon cœur, mais j'ai plus que la plupart des gens en ce monde. Je suis chanceux. C'est en tout cas ce que je me répète chaque jour pour ne pas sombrer.

CHAPITRE 2

CLÉMENT

Si j'avais le temps, j'irais en montagne pour me dégourdir les jambes, mais je n'ai qu'une heure ou deux devant moi et je ne peux pas trop m'éloigner. Je décide d'emprunter les petites rues du village pour remonter ensuite jusqu'à une sorte de parc où passe le Carol, une très jolie rivière qui se fige parfois en hiver. Il y a peu de monde par ici, juste quelques coureurs et parfois des familles, mais ce ne sont pas les vacances, ni en France ni en Espagne, alors je sais que je vais être tranquille.

Je remonte les chemins à un rythme lent, laissant mon regard se perdre dans le ciel, puis sur la rivière. J'adore cet endroit. Il est calme et apaisant. Je m'y sens bien. Je l'ai découvert la dernière fois qu'on est passés par Latour-de-Carol et j'ai tellement aimé que je n'ai même pas voulu en parler aux autres. Je ne veux pas qu'ils viennent avec moi, Sandy est trop bruyant, il en gâcherait la beauté.

Je souris en pensant à mon meilleur ami. J'ai beau le critiquer, ça ne change rien à l'affection que j'ai pour lui.

Quand je reporte mon attention sur la rivière, je vois une silhouette imposante et brune accrochée d'un bras à une branche et debout sur un rocher, dans un équilibre précaire. Je me fige, incapable d'en croire mes yeux. C'est un homme, ça, j'en suis presque certain, mais qu'est-ce qu'il fabrique ?

Je le vois alors avancer et j'écarquille les yeux. S'il continue comme ça, il va tomber. Je ne sais pas si le courant est très fort et il a l'air assez planté pour réussir à tenir accroché à ces grosses pierres, mais quand même.

Les mains dans les poches, je m'approche de cette scène ahurissante au moment où l'homme se penche pour attraper… une feuille de papier ? À quoi est-ce qu'il joue ? Cette scène n'a aucun sens.

– Besoin d'aide ?

Ma voix le surprend, il tente de se retourner, se déséquilibrant un peu plus, et finalement, il tombe dans l'eau. Je me précipite vers lui, avançant à mon tour sur les rochers, prudemment. Je suis soulagé quand je vois ses bras accrochés à la pierre où je viens de poser mes pieds et quand, d'un coup, il sort la tête de l'eau.

Je m'accroupis pour l'aider, mais lorsqu'il ouvre les yeux, aucun mot ne parvient à sortir de ma bouche et je n'arrive plus à bouger. Je ne suis qu'à quelques centimètres de lui et je me retrouve paralysé. Ce que je ressens, là, je ne sais pas si je peux le décrire. Jamais avant je n'ai vu des yeux d'un tel bleu, plus proche du lagon que du ciel ou de l'océan. Ils sont si profonds que j'ai l'impression de m'y noyer, c'est irréel. J'ignore si c'est leur couleur ou tout ce que j'ai l'impression de lire à l'intérieur, alors même que j'ignore ce qu'ils cachent, mais mon cœur se serre et ma respiration se coupe. Ça ne dure que quelques secondes, peut-être même moins, et en un rien de temps, tout repart. C'est quelque chose d'indescriptible, je n'avais jamais ressenti ça avant. J'ai soudain envie de prendre du papier et des crayons pour dessiner quelque chose, mieux, j'ai besoin de mon matériel pour tatouer quelqu'un, n'importe qui. Je me sens terriblement inspiré.

– Français ? demande soudain l'homme, d'une voix grave et chaude.

– Ouais.

Il y a autant de Français que de Catalans, ici, alors je comprends pourquoi il pose la question. Mais si je la comprends, je n'y réponds que par automatisme. J'ai du mal à revenir dans le monde réel, je me sens comme transporté ailleurs. Ce n'est pas cet homme dont je ne sais rien – je ne tombe pas si facilement sous le charme de quelqu'un –, ce sont ses yeux qui me font cet effet. Ils me font tourner la tête. Il y a des choses qui sont illégales et ne le devraient pas, comme le cannabis, et d'autres qui sont autorisées et devraient être interdites, comme son regard. Des yeux qui font planter tout un système humain, ça ne devrait pas être permis. Et en même temps, j'aime tellement l'inspiration qu'ils ont fait naître en moi que je suis bien content qu'ils existent.

J'essaye de reprendre contenance malgré tout. Je recule vers l'autre rocher pour que l'homme puisse se hisser sur celui dont il est tombé, et je le vois ensuite regarder au loin et soupirer en se frottant la tête.

– Tant pis.

– Qu'est-ce que vous faisiez ? parviens-je finalement à demander.

– Mes feuilles se sont envolées, j'ai essayé de les récupérer.

– Des feuilles d'ordinateur ? Pour écrire, vous voulez dire ?

Il hoche la tête.

– C'était important ?

– Les premiers mots de mon manuscrit. Je suis écrivain, précise-t-il.

– Quel écrivain du vingt et unième siècle écrit encore sur du papier ? m'étonné-je.

– Moi, il faut croire.

Il rit, en dépit de ma remarque déplacée. Qui suis-je pour juger, franchement ? Je ne connais rien au métier et ce n'est pas parce que la technologie a évolué qu'on doit tous aller au même rythme.

L'homme soupire une dernière fois en regardant le courant de la rivière, puis il tente de regagner le bord. Je suis tellement perdu dans mes réflexions que je ne réalise pas ce qu'il veut faire et je reste planté où je suis, oubliant de le précéder. Il se retrouve juste devant moi et je manque de tomber à mon tour, mais il m'attrape par le bras avant que je ne me ridiculise.

– Inutile qu'on soit deux à se mouiller, dit-il en riant.

Je retrouve difficilement l'équilibre, mais quand j'y parviens, je me tourne finalement pour regagner la terre ferme. Il me suit, et quand il va vers la table en bois qui se trouve juste à côté, je découvre d'autres feuilles – bloquées par une pierre, cette fois – et un stylo. Il y a deux livres à côté, mais rien de plus.

Il tire sur un morceau de papier et retire le bouchon de sa plume. Il ne s'assied pas, mais je le vois écrire à la hâte, oubliant totalement ma présence ou le fait qu'il est trempé de la tête aux pieds. Il gratte le papier encore et encore. Je ne sais pas combien de temps cela dure et je ne sais pas non plus pourquoi je reste là alors qu'il a l'air de m'avoir complètement oublié.

Finalement, il cesse de noircir sa page et se redresse, en faisant craquer son dos.

– Désolé, il fallait que je note ce dont je me souvenais avant de faire quoi que ce soit, ça me bouffait. Mes personnages sont envahissants, ils parlent trop et je finis toujours par oublier des choses.

Les écrivains sont un mystère pour moi, ils sont les artistes que je comprends le moins bien. Je ne saisis pas comment ils peuvent supporter leur art. J'ai l'impression qu'ils sont plusieurs dans leur tête et qu'il y a juste beaucoup trop de choses dans leur esprit pour qu'ils puissent y survivre. Quand on peint, une fois la toile finie, elle est terminée, mais un auteur semble ne jamais quitter ses personnages, il pourrait sûrement écrire indéfiniment dessus. Chaque livre a ses protagonistes et chaque auteur écrit plusieurs livres ; combien de gens vivent à l'intérieur de la tête d'un écrivain ? Comment fait-il pour cohabiter avec eux ? Ça doit être épuisant.

– Seven.

– Pardon ?

Seven, sept ? Est-ce que j'ai prononcé ma question à voix haute ?

– Je m'appelle Seven, dit-il en me tendant la main.

Quel idiot je fais.

Je lui serre la main en retour.

– Moi, c'est Clément.

– Enchanté.

Je suis de nouveau confronté à ses yeux, mais aussi à son sourire, et je réalise qu'il n'y a pas que son regard qui est plaisant, son visage entier l'est, son corps tout autant. J'aime la façon dont il serre mes doigts, la chaleur de sa main dans la mienne, et plus que tout, j'aime ce que je ressens quand il me regarde. Je ne peux nier que cet homme me plaît. Je n'ai pas de type de mecs, je ne dirais donc pas qu'il est mon genre, mais il dégage quelque chose d'attractif. Il est apaisant, et en même temps, il a le parfum du risque. Je ne m'explique pas ce sentiment, mais j'aime assez ça. C'est excitant, tout comme le danger l'est quand je vais à toute vitesse sur le dos de Treize. Parfois, je me demande si je suis bizarre d'aimer cette sensation, puis je me souviens qu'il y a des gens pires que moi, tels que Sandy, et ça me rassure un peu.

Un aboiement se fait entendre. Seven relâche ma main et se retourne vers la table. Une boule de poils blanche sort de dessous.

– C'est maintenant que tu te réveilles, toi ? T'aurais pu venir m'aider !

Le chiot avance vers nous et je m'accroupis. Je sais qu'il est préférable de demander à son propriétaire si je peux le caresser, on ne sait jamais quelle réaction peut avoir un animal, mais je n'ai pas pu m'en empêcher. J'adore les animaux et celui-ci vient vers moi en remuant joyeusement la queue.

– Salut, toi ! C'est quoi ton petit nom ?

Je caresse l'animal, et quand Seven reste silencieux, je lève la tête vers lui. Il a une main sur son visage et secoue la tête.

– Promets que tu ne te moqueras pas.

D'un coup, on passe au tutoiement. Lui et moi ne devons pas avoir beaucoup d'années d'écart après tout. Je trouve ça assez naturel, cela ne me choque pas.

– Me moquer de quoi ?

– De son nom.

– Je ne peux pas te le promettre. Je suis du genre à tenir mes promesses, alors je ne vais pas prendre le risque, dis-je en souriant.

Mon interlocuteur sourit à son tour, mais la gêne perdure, je le vois sur son visage.

– Il s'appelle Nine.

Nine, neuf. Je l'avoue, j'ai terriblement envie de rire, mais je me contente de sourire.

– J'en étais sûr !

– Je me retiens ! dis-je en riant très légèrement. Mais tu cherches, aussi !

– C'était le neuvième de la portée et c'était un miracle qu'il survive, il est né le neuvième jour du mois et… j'ai trouvé que c'était mignon, se défend-il.

– Seven, Nine… Tu as un truc avec les chiffres.

– Je n'ai pas choisi mon prénom.

– Quand même, c'est étonnant pour un écrivain. Est-ce que tu ne devrais pas préférer les mots ?

– Ça reste des mots.

– C'est vrai… Eh bien, tu aimerais ma moto.

– Tu fais de la moto ? C'est cool ! Attends, pourquoi j'aimerais ta moto ?

Il semble tellement intéressé que je ne peux m'empêcher de sourire un peu plus. La discussion est fluide, naturelle, et dans un monde où communiquer avec les autres membres de mon espèce est devenu compliqué, je ne peux que jouir de cette rencontre.

– Oui, je fais de la moto, c'est ce qui m'a amené ici. Je suis avec un groupe d'amis, on parcourt la France et on s'est arrêtés à Latour jusqu'à demain après-midi.

– Alors tu n'es pas d'ici ? Moi non plus.

– Tu es en vacances ?

– Plutôt en quête d'inspiration, dit-il en me montrant la table d'un geste de la tête. Je travaille sur mon prochain livre. Mais ne changeons pas de sujet, pourquoi j'aimerais ta moto ?

– Elle s'appelle Treize.

Son visage se fige de surprise, puis soudain, il se met à rire. C'est un rire franc et pur qui crée de petites rides sur le côté de ses yeux. J'adore ça. Le son résonne dans ma tête, dans mon cœur et dans tout mon corps. Je me sens électrisé et je ne me souviens pas avoir ressenti pareil sentiment depuis longtemps… Je ne crois pas aux coups de foudre, mais si je ne pense pas qu'on puisse aimer au premier regard, je suis convaincu qu'on peut être séduit en quelques minutes.

– On était faits pour se rencontrer, non ? demande-t-il, quand il s'est enfin calmé.

Un doux sourire barre son visage et je ne peux que faire de mes lèvres un reflet des siennes.

Mon téléphone sonne hélas dans ma poche et brise ce moment plaisant. Quand je le sors, le nom de Lara s'affiche sur l'écran et je réalise que je suis parti depuis un moment.

– Je vais devoir y aller, on m'attend pour manger.

– Je comprends.

Il s'avance vers la table alors que je range mon portable, sans avoir répondu à mon amie. Il déchire un bout de papier, écrit quelque chose dessus et me le tend.

– Mon numéro de téléphone, dit-il.

– Je dois t'appeler ?

– Si tu en as envie. Je reste ici quelques jours encore, peut-être qu'on pourra se revoir avant que tu partes ?

Il se peut que je comprenne mal, que j'interprète maladroitement les signes, mais ce sourire, ce numéro qu'il me tend… tout me donne l'impression qu'il me propose de nous revoir pour plus. Il y a des hommes assez étranges pour que je me trompe sur leurs intentions, mais Seven me semble assez clair et il l'est encore plus quand je pose mes doigts sur le morceau de papier qu'il ne lâche pas immédiatement.

– C'est une rencontre du destin, il y a trop de signes pour que je n'y croie pas. Qualifie-moi de rêveur, ce serait un compliment pour n'importe quel auteur, mais j'y crois. Sept, neuf, treize, on est deux et tu es le premier homme pour qui je sacrifie trois lignes de mon travail afin d'avoir une chance de le revoir.

Je regarde le papier et découvre par transparence qu'il y a effectivement des phrases, écrites de sa main, si j'en crois ses dires.

Mon cœur s'emballe, mes doigts contre les siens brûlent, et quand sa voix s'éteint, elle semble résonner encore à l'intérieur de moi.

– J'espère te revoir, conclut-il.

Je me contente de hocher la tête. Je n'ai pas son aisance avec les mots. Je serais bien incapable de le charmer en quelques phrases, comme il vient de le faire avec moi. Je ne suis pas avare de paroles non plus, c'est juste que je ne trouve pas toujours comment dire exactement ce que je ressens. Cela n'empêche pas Seven de continuer à me sourire. Il a confiance en lui ou il sait exactement ce que mes silences veulent dire, je l'ignore, mais il n'est pas inquiet. Pour lui, nous nous reverrons. Et moi, j'espère vraiment qu'il a raison. J'ai envie de le revoir. Pour une heure, pour deux nuits ou pour trois instants, je m'en moque, je le veux. J'ai envie qu'il me raconte son histoire, qu'on s'envoie en l'air comme des bêtes ou qu'il se contente de me regarder en silence. Tout m'irait, je crois.

C'est la première fois que je me sens plonger pour quelqu'un ou quelque chose aussi vite. J'ai le sentiment que Seven pourrait devenir une drogue pour moi si je lui en laissais la chance, et je ne sais pas si je suis plus excité ou plus flippé, mais je suis certain d'une chose : j'ai envie de devenir un camé.

***

– Je commençais à m'inquiéter ! crie Lara quand j'arrive.

– Elle commençait surtout à avoir faim, corrige Luigi.

Je le sais, cette femme ne plaisante pas avec l'heure du repas. Je ne comprends pas comment elle réussit à garder la ligne en mangeant autant. Elle fait du sport, et pas uniquement de la moto, le *free fight*[2] est très physique, mais elle ne le pratique pas en professionnel puisque c'est une discipline interdite en France[3], alors même comme ça, je trouve que c'est surprenant qu'elle reste aussi mince…

– T'avais qu'à commencer à manger.

– Violette m'a interdit de toucher à quoi que ce soit !

La doyenne du groupe soupire devant les jérémiades de Lara.

– Viens t'asseoir, me dit-elle en tapotant la place à côté d'elle.

Je me glisse entre Lara et elle, le sourire aux lèvres. Pat', notre gros nounours, sort du mobil home avec un tablier rose autour de la taille et je n'arrive pas à savoir si j'ai envie de rire ou si je le trouve trop mignon. Ça ne va pas du tout avec son air toujours si sérieux et son physique de loubard, et en même temps, c'est en parfait accord avec son cœur tendre.

– Tu es A-DO-RABLE ! dit Lara, en souriant.

Elle se moque, je le sais et Pat' le sait.

– Tel qui se moque de vous a aussi son ridicule.

– C'est certain, mon Patrick, mais je préfère mon ridicule au tien.

---

2. Arts martiaux mixtes.

3. Depuis le 1er janvier 2020, elle est légale en France.

– Moi, je te trouve très mignon, dit Riley.

Patrick lui offre un petit sourire, à peine perceptible. Au même moment, Sandy arrive derrière lui en se frottant les yeux. L'appel de son estomac semble avoir été plus fort que son besoin de dormir.

Il s'arrête à côté de notre ami irlandais. Il le regarde des pieds à la tête et le géant le fixe en retour.

– Tu es très sexy.

Le problème, c'est que Sandy est sérieux.

Cela a le mérite de tous nous faire rire.

J'aime cette bande d'âmes paumées, j'aime les montagnes qui nous entourent et le ciel qui nous couvre, et j'aime sentir le papier contre mes doigts alors que ma main ne quitte pas ma poche.

Ce numéro de téléphone, cette promesse de quelque chose en plus, cela me rend très heureux.

Je me sens juste terriblement bien.

CHAPITRE 3

CLÉMENT

Les rues sont animées, comme chaque fois que nous allons en Espagne. Les gens d'ici savent mettre du soleil dans leur vie, à n'en pas douter. L'air n'est pas aussi dégagé qu'en montagne, mais malgré tout, j'aime ce mélange de fragrances. Les effluves des restaurants variés, les parfums des passants, l'insupportable odeur de pisse dans certaines rues et celle de la nicotine des cigarettes de mes amis se mêlent. C'est un vrai fumet et j'adore ça. Je reste un mec de la ville, même si la nature me manque dès que je n'y suis plus. J'ai besoin des deux.

– J'adore Puigcerdà, lâche soudain Sandy, les mains dans les poches, la clope à la bouche, arrêté en plein milieu de la route.

Je le prends par le bras et l'entraîne sur le côté. Il rit, conscient de s'être cru propriétaire de la rue, puis il passe un bras autour de mes épaules et m'entraîne avec lui vers la terrasse d'un bar où nos amis ont déjà pris place. Ce soir, il est de bonne humeur. Il a entendu la voix de sa mère et elle va bien. Son père est parti pour le week-end. Il n'en faut pas plus à Sandy pour se sentir plus léger et profiter pleinement de la soirée.

Tout le monde remarque la bonne humeur de mon meilleur ami, mais au visage de Lara, je sais que ça ne va pas durer. Cela fait des jours qu'elle veut lui parler de quelque chose et qu'elle ne trouve pas comment l'aborder. Luigi lui a proposé de s'en charger, mais elle a refusé, jugeant que c'était de sa responsabilité de le faire.

– C'est le bon moment, lui dis-je, à voix basse.

– Il est tout heureux, j'ai pas envie de lui gâcher sa soirée…

– Il trouvera une femme pour rattraper ça, dit Luigi.

Il n'a pas tort. Sandy trouve toujours une solution pour supporter le poids sur ses épaules et toutes les peines qui l'accablent.

Violette pose son regard sur nous et elle comprend. Tout le monde est au courant. La table finit par se plonger dans le silence.

– Qu'est-ce qui vous arrive ? demande Sandy.

– J'ai un truc à te dire.

– Ça va ?

Je le sens se tendre à côté de moi, inquiet à l'idée qu'il y ait un problème avec Lara.

– J'aimerais que ta mère vienne à notre mariage.

Il cligne des yeux et sourit.

– Pourquoi tu fais cette tête d'enterrement alors ? C'est une bonne chose, non ?

– Je ne veux pas que ton père vienne, lui.

Sandy perd son sourire, car il comprend où est le problème. Impossible de ne pas inviter son père sans que celui-ci reporte ensuite sa colère sur sa mère.

Il se frotte la tête, sûrement en train de retourner le problème dans tous les sens pour trouver une solution.

– Dis-moi ce que tu as dans la tête, Sandy.

Il soupire.

– Je comprends que tu ne veuilles pas qu'il vienne, honnêtement, je n'ai pas envie de le voir à votre mariage, il gâcherait tout juste par sa présence. Mais si tu n'invites que ma mère, sa fierté en prendra tellement un coup que je ne sais pas ce qu'il lui fera après… Je ne peux pas prendre ce risque. N'invitez pas qu'elle, s'il vous plaît.

– Lara la veut à ses côtés le jour de notre mariage, et moi aussi, Sandy, dit Luigi. Mais on ne veut pas lui causer du tort.

– Si vous l'invitez, elle viendra, elle ne manquera jamais ça, elle vous aime trop, même s'il doit la battre à mort quand elle rentrera.

– Est-ce qu'il n'y a pas une autre solution ? interrogé-je.

– Qu'est-ce que ton père aime plus que tout ? demande soudain Violette.

– Hein ?

– Qu'est-ce qui pourrait le faire partir un week-end, en dehors de son boulot ? Quelque chose qu'il ne manquerait pour rien au monde ? précise-t-elle.

– À part Roland-Garros, pas grand-chose.

La doyenne de notre groupe tourne la tête vers les fiancés et reprend :

– La date exacte n'est pas encore fixée, si ?

– Non, répond Lara.

– Choisissez le week-end de la finale de Roland-Garros. Sandy pourra offrir des billets à son père. Vous enverrez votre invitation pour ses parents plus tard, et ainsi, il lui sera impossible d'assister au mariage.

– Tu es un génie, soufflé-je.

– Je sais, mon poussin, me répond-elle en souriant.

– Est-ce que ces billets ne coûtent pas une fortune ? demande alors Riley.

– Tu es bon pour faire des heures sup, mon petit gars, dit Violette à Sandy.

Mon meilleur ami tourne la tête vers Lara qui lève sur lui un regard suppliant.

– Je paierai, dit-elle.

– Tu as tout le mariage à payer, ne dis pas n'importe quoi. Je gère, ce sera mon cadeau de mariage.

Il lui fait un clin d'œil, et soudain, prise d'une joie immense, elle grimpe sur moi pour se jeter sur Sandy et l'enlacer. C'est rare qu'elle se montre si tactile, c'est la preuve qu'elle est sincèrement heureuse. Peut-être un peu trop… Elle manque enfoncer son genou dans mon entrejambe et je vois Luigi se marrer. Avant de finir écrasé, je me glisse sur la chaise qu'a occupée Lara avant moi et je donne un coup dans le bras de son futur mari qui continue à se foutre de moi. Sa moustache tremble. À cet instant, il me fait vraiment penser au petit personnage du jeu vidéo, encore plus avec le tee-shirt vert qu'il porte. Alors je le vanne à mon tour.

Deux s'enlacent, deux s'embrouillent, et le reste ne s'occupe pas des gosses que nous sommes. Les *Lost Souls*, c'est aussi ça, des êtres variés qui s'accordent par magie et qui s'aiment à en crever. J'ai parfois l'impression de mourir tant mon cœur bat fort pour eux.

J'entends Lara remercier Sandy et s'excuser d'avoir abordé le sujet. Il lui dit d'abord qu'il lui est reconnaissant d'avoir voulu le préserver avant de finir sur une de ses blagues douteuses qui lui vaut un coup dans l'estomac. Quand il se remet de la douleur, il se tourne vers moi :

– T'as pas besoin d'un assistant, par hasard ? J'ai besoin d'argent.

– Tu es un très mauvais tatoueur, Sandy.

– Mais je nettoie bien les sols ! Je peux être ton homme de ménage.

– Si tu passes ton temps au salon avec moi, tu vas me coûter trop cher. Je te connais, tu vas vouloir te faire tatouer en permanence. C'est non.

Il sait que j'ai raison, alors il n'insiste pas et se contente de hausser les épaules.

– Je peux essayer la prostitution, c'est un métier qui me conviendrait bien.

– Mauvaise idée. Tu t'en voudrais de te faire payer pour prendre ton pied et tu ne gagnerais pas plus, dit Luigi.

– Ce monde n'est pas fait pour moi, soupire Sandy.

Cela nous fait tous rire.

Il a pourtant raison, il n'est pas fait pour lui. Ce monde ne mérite pas Sandy.

***

Après avoir bu un verre de plus, que Violette nous a offert, nous sommes allés manger de super tapas à quelques pas de là. Au moment de payer, je glisse la main dans la poche de mon jean pour attraper ma carte bancaire et je sens le bout de papier que je n'ai pas pu me résigner à laisser au mobil home.

Seven. J'ai envie de l'appeler.

Les heures défilent, et demain, je reprendrai la route. Il sera alors trop tard pour replonger dans ce regard lagon ou pour ancrer le sourire de cet homme étrange dans mon esprit. Il ne sera plus qu'un souvenir et je ne sais pas si je veux garder si peu de lui. Je me sens désireux de plus, avide d'instants supplémentaires en sa compagnie. Je ne comprends pas moi-même pourquoi, mais est-ce que ça a vraiment de l'importance ?

Je suis tiré de mes pensées par la voix de Riley qui fredonne les paroles de la chanson diffusée dans le restaurant. Elle s'arrête pour faire remarquer à Patrick que c'est un groupe irlandais avant de reprendre alors que notre géant affiche un air fier. Ma pin-up et chanteuse préférée continue à nous honorer de sa voix, sans savoir qu'elle met mon cœur dans tous ses états.

– *« And your eyes are in your eyes*
And my heart's in our hearts
Sometimes words just ain't enough
For this love that's more than love[4] »

Les yeux de Seven apparaissent à nouveau dans mon esprit et les paroles de la chanson me font vibrer un peu plus. Je ne peux pas parler d'amour pour un homme avec qui je n'ai vécu que quelques minutes de mon existence, mais il doit bien exister un mot pour définir ce que je ressens sans passer pour un idiot. Non, certains sentiments sont inexplicables et je crois que ce que je ressens en fait partie.

---

4. *Et tes yeux sont dans tes yeux, et mon cœur est dans nos cœurs, parfois les mots ne sont pas suffisants pour cet amour qui est plus que de l'amour.* (Paroles de Never Seen Anything "Quite Like You", de The Script.)

J'ai envie de me lever, d'enfourcher Treize et de partir à la rencontre de Seven avant de ne plus en avoir le temps. Demain matin, il sera trop tard. Je ne sais pas si c'est juste de l'excitation, une envie de folie, quelque chose de différent, mais je brûle de revoir cet homme.

Mon cœur s'emballe. J'ai l'impression d'être sur un circuit, que ce foutu organe fait la course à ma place, et j'ai peur qu'il ne perde contre le temps. Si je ne me décide pas, Seven appartiendra au passé. L'encre de notre histoire à peine commencée séchera, et quand son numéro de téléphone disparaîtra du bout de papier, il ne me restera plus rien d'autre que mes brefs souvenirs et ce que j'aurai la folie de tatouer sur ma peau par peur de tout oublier avec les années.

Ce n'est qu'un homme. Il n'a rien de plus que les autres, pensé-je. Je déteste l'idée du coup de foudre, c'est tellement cliché que je me donnerais envie de vomir si je devais l'expérimenter, mais ce n'est pas ça. Je ne suis pas amoureux de cet homme, c'est juste que je suis persuadé que je pourrais l'être ! Il ne me faut qu'un regard de plus, peut-être deux phrases supplémentaires à échanger ou trois heures en sa compagnie, avec ça, j'ai la certitude que je pourrais l'aimer follement. Je pourrais justifier mon attirance, expliquer cette attraction et ce désir de le retrouver maintenant alors que je partage un moment parfait avec mes amis. J'ai besoin d'une excuse à mes sentiments et je n'en ai aucune. Ça me rend fou.

– Qu'est-ce qui te tourmente ? entends-je soudain Sandy me demander.

– Est-ce qu'on peut tomber amoureux en trente ou quarante-cinq minutes ?

Approximativement le temps que j'ai passé avec Seven.

Mon ami écarquille les yeux, surpris par ma question, puis il sourit.

– Tu demandes à la mauvaise personne. Je ne peux pas te dire que j'en suis la preuve, mais Lara et Luigi le peuvent.

– Ils ont eu un coup de foudre ?

Je n'ai jamais demandé à ces deux-là comment ils se sont rencontrés ou aimés. Je ne pose que rarement des questions sur la vie privée des gens parce que je n'aime pas qu'on m'en pose sur la mienne.

– Lara ! crie Sandy, alors que notre amie est juste au bout de la table. Raconte à Clément ce que tu as pensé de Luigi la première fois que tu l'as vu.

– Je l'ai détesté, répond-elle, sérieuse.

– Et toi ? demande Sandy à son fiancé.

– Moi, j'ai eu des envies de meurtre.

– En quoi c'est un coup de foudre ?

– Ce qu'ils ne te disent pas, c'est qu'ils se sont aimés autant qu'ils se sont détestés. L'un comme l'autre, ils n'ont pas arrêté de me parler de ça, des jours durant ! Lara disait que c'était un petit merdeux qui dégradait des biens publics et que c'était nos impôts qui allaient payer pour les remettre en état – tu noteras qu'à l'époque elle n'en payait même pas –, et lui, il n'avait de cesse de me dire qu'elle devait être complètement coincée du cul pour se comporter comme ça.

– Ça ne ressemble pas à de l'amour, ça… Sandy, tu n'y connais vraiment rien, soupiré-je.

– Je te l'accorde, je n'y connais rien, je ne l'ai jamais vécu, mais je t'assure que ces deux-là étaient fous amoureux dès le premier jour. Ils se détestaient autant qu'ils s'aimaient. Ils ne parlaient plus que l'un de l'autre et faisaient tout pour se voir et s'engueuler.

– Comment vous avez fini par vous mettre ensemble ? demande Riley, intéressée.

– On s'est engueulés pour une histoire de film, répond Lara, on a commencé à en venir aux mains. Je l'ai poussé, il m'a pris les poignets… et on a couché ensemble.

– Comme ça, sans transition. On avait accumulé un désir trop grand et beaucoup de frustration. C'est là qu'on a compris que si on se criait dessus en permanence, c'était parce qu'on avait envie l'un de l'autre depuis le début, mais qu'on n'avait absolument rien compris à notre cœur, achève Luigi.

– L'être humain est fascinant, soufflé-je.

Je le pense. Je ne suis pas surpris par l'histoire, le rapport amour-haine de mes amis est plutôt commun. J'ai déjà couché avec des mecs de manière sauvage, voire violente, des types que j'avais autant envie de baiser que de tuer, mais je ne m'explique toujours pas ce qui s'est passé dans ma tête à ce moment. Si je n'étais pas devenu tatoueur, j'aurais certainement étudié la psychologie. Cela m'aurait peut-être aidé à comprendre mon âme tourmentée, à trouver une explication à ce que je ressens à l'égard de cet homme que je ne connais pourtant pas. Le problème, c'est que ça m'aurait aussi aidé à comprendre mes cauchemars, et ça, je n'en ai pas forcément envie…

– Pourquoi cette question ? demande Sandy, alors que nos amis continuent à parler du début de la relation de Luigi et Lara.

– Je ne sais pas trop.

– Dis plutôt que tu ne veux pas en parler.

Il rit. Il a l'habitude, et si je l'aime autant, c'est parce qu'il n'est jamais insistant tant qu'il ne me sent pas en danger. Il ne cherche pas à creuser ou à peler les différentes couches jusqu'à atteindre la vérité, il me laisse aller à mon rythme.

– Si une fille t'a plu, juste en quelques mots échangés, si elle te hante, est-ce que tu vas trouver ça bizarre ou flippant ?

– Si elle me hante autrement que par une envie de coucher avec elle ?

Je hoche la tête.

– Si ça m'arrive, crois-moi, je ne perdrai pas de temps à réfléchir au pourquoi du comment ou à si c'est normal, scientifiquement explicable ou quoi que ce soit. Si ça m'arrive, je fonce ! C'est tellement rare de ressentir ça pour quelqu'un que je ne l'ai encore jamais vécu, je ne risque pas de laisser la femme m'échapper si elle est magicienne au point de s'installer comme ça dans ma tête et aussi rapidement dans mon cœur. Je ne louperai pas ma chance.

– Je ne savais pas que tu voulais à ce point tomber amoureux…

– Ne fais pas cette tête, Clément, j'aime ma vie actuelle. J'aime les femmes et nos relations simples, je suis satisfait de ce que j'ai, mais si l'amour se présente un jour, je ne lui dirai pas non sous prétexte que c'est un peu trop rapide selon certaines normes stupides.

– Tu es un homme bien sage, dis-je, moqueur.

– Ça dépend sur quel sujet ! répond-il en riant. Mais en réalité, j'ai un meilleur ami très sage qui m'a dit un jour que je n'avais pas à rentrer dans les cases que la société avait fabriquées pour moi, qu'il m'aimait exactement comme j'étais et qu'il espérait qu'un jour je m'aimerais ainsi. Je n'ai pas encore accompli son dernier souhait, mais j'ai retenu le reste.

Il me fait un clin d'œil et je ne peux que lui sourire encore, le cœur gonflé d'une amitié sans égale. Quand je pose le coude sur l'accoudoir de ma chaise, Sandy comprend très bien où je veux en venir. Il prend ma main dans la sienne et la serre aussi fort qu'il m'aime, aussi puissamment que moi, je l'aime.

Je ne lui dis pas combien ses mots font la différence. Je lui cache qu'il m'a aidé à me décider. Je ne suis pas prêt à partager Seven, cet homme qui a fait battre mon cœur en quelques minutes et que je ne reverrai peut-être jamais plus après ce soir.

En sortant du restaurant, nous buvons encore un verre dans un bar animé où Sandy disparaît avec une femme à la chevelure colorée. Riley et Violette tirent leur révérence peu de temps après, et moi, je finis par m'échapper, laissant Patrick, Lara et Luigi finir la soirée entre eux. Cette fois, personne ne me demande où je vais et cela me convient très bien.

Je me dirige vers ma moto, les mains dans les poches de mon jean. Quand je l'atteins, je tire le papier qui m'a brûlé les doigts toute la journée, puis tout au long de la soirée, et je sors mon téléphone. Je compose le numéro. Mon cœur cogne violemment contre ma cage thoracique. Ma respiration devient plus laborieuse à chaque petit bruit indiquant une sonnerie à laquelle on ne répond pas, quand soudain, j'entends sa voix. Elle vibre dans tout mon corps et j'en perds mes mots. Dans ma tête, mille choses passent, mais une seule sort, la plus simple :

– C'est Clément.

CHAPITRE 4

SEVEN

Je pourrais écrire mille romans sur ce que j'ai ressenti en voyant le numéro inconnu s'afficher sur mon téléphone, et autant de livres sur l'émotion qui m'a traversé en entendant sa voix, mais ce n'est rien à côté de ce que j'aurais à raconter sur ce qui se passe à l'intérieur de mon cœur et de ma tête quand j'ouvre la porte du gîte que je loue à Latour-de-Carol et que Clément se retrouve devant moi. Il semble cent fois plus beau que la première fois que l'on s'est vus. Ses cheveux sont dans un désordre qui semble volontaire, ses yeux fins et sombres m'envoûtent une nouvelle fois, ses tatouages m'attirent comme le papillon se fait avoir par la lumière, et les muscles qui se dessinent sous son tee-shirt oversize pourraient faire de moi un auteur d'érotisme. Si seulement…

– Salut, me dit-il simplement.

– Salut.

J'ai lu trop de bouquins pour trouver nos salutations originales, et pourtant, j'ai l'impression que ça ne pourrait pas être autrement. Il y a dans ma gorge une boule qui m'empêche d'en dire plus et j'ai un nœud dans l'estomac qui semble remonter jusque dans ma tête et qui ne me permet pas de réfléchir. Je ne suis plus qu'une masse d'émotions difficiles à décrire. Je ne suis pas certain d'avoir un jour ressenti ça et je n'arrive pas à mettre assez d'ordre en moi pour savoir si j'aime ce qui m'arrive.

Je m'écarte pour laisser Clément entrer, mais je le vois hésiter. J'ai peur qu'il ne reparte en courant. J'ai le sentiment que le temps s'est arrêté, que nous sommes lui et moi figés dans un autre monde. Je me retiens de cligner des yeux, par crainte qu'il ne disparaisse.

Nine arrive en courant et passe à côté de moi pour rejoindre notre visiteur. Cela suffit pour que le temps reprenne sa course et que la vie sorte de sa paralysie. Clément s'accroupit pour caresser mon chien et je respire soudain. Il ne partira pas de suite, et surtout, je n'ai pas rêvé, il est bien là.

Quand il se redresse, il entre finalement, et lorsqu'il me frôle, mon cœur manque un battement. Je me sens pathétique. À vingt-cinq ans, je vibre comme un adolescent. Je dois arrêter ça.

– Je te sers quelque chose ? parviens-je finalement à demander.

– Si tu as une bière, je veux bien.

– J'ai toujours de la bière.

Je souris et me dirige vers le petit frigo de mon logement dont je tire deux bouteilles. J'en tends une à Clément, puis je m'assieds dans le canapé en l'invitant à faire la même chose. Je le sens hésitant, mais il finit par prendre place à côté de moi.

L'ambiance est tendue. Je ne sais pas si c'est de la crainte, de l'excitation ou du malaise, mais cette soirée, ces quelques heures ou peut-être uniques minutes que je vais avoir avec cet homme seront probablement les dernières. Je ne peux pas me résigner à ne pas en profiter. Je ne veux pas me réveiller dans deux jours et me mordre les doigts de ne pas avoir su saisir ma chance de vivre un instant merveilleux avec un homme que je ne connais pas, mais qui me donne envie de tout savoir à son sujet. Je dois faire quelque chose.

– Donne-moi un chiffre, dis-je alors, prenant le risque de passer pour un fou.

Clément pose un regard interrogateur sur moi. Je le vois réfléchir à ce que je viens de dire, mais il n'en demande pas plus.

– Sept.

Comme mon prénom. Mon cœur se réchauffe un peu plus.

– Cite-moi sept choses que tu aimes dans la vie, dis-je.

Je ne sais pas moi-même ce qui me prend, pourquoi je me mets soudain à inventer un jeu idiot. Le silence était trop pesant et je craignais que

Clément ne finisse par se lever et partir, pour ne plus jamais revenir.

Malgré tout, je suis heureux, parce qu'il sourit, et même si ce sourire donne un nouveau coup à mon cœur, il m'en dit aussi beaucoup sur cet homme, peut-être plus que tout ce qu'il pourra me raconter après.

– Ma moto, mes amis, les tatouages, les feuilles d'automne qui tombent, le bibimbap, l'odeur des livres et le café.

– J'aurais pu en deviner certains, mais d'autres non. J'ai plein de questions, maintenant.

– Pose-les, j'aurai sûrement une réponse, me répond-il en souriant.

– Pour commencer… qu'est-ce que le bibi… pap ?

Il rit et quand il le fait, ses yeux s'étirent un peu plus. Je trouve ça terriblement charmant.

– Bibimbap. C'est un plat coréen. Ma grand-mère en faisait chaque fois que je rentrais triste de l'école, pour me réconforter. J'en garde un souvenir très doux…

– Tu as des origines coréennes ?

Il hoche la tête, puis il boit une gorgée de bière avant de reprendre :

– Mes grands-parents étaient coréens. Je suis né en France et je crois qu'un de mes parents était français, mais je suis d'origine coréenne.

Je ne l'aurais pas deviné. Je me doutais qu'il était métis, certains traits de son visage le laissent penser, mais ce n'est pas prononcé. Je ne me permettrais pas de lui en faire la remarque, certains mots ne sont pas les bienvenus. Je suis bien placé pour le savoir, j'ai la peau foncée comme la plupart des gens des îles et je déteste les commentaires qui s'y rapportent.

Je m'interroge également sur ses parents, il n'a pas l'air de les connaître, mais là encore, je crois que ce serait déplacé de demander. Il est un peu trop tôt pour parler de ça. Ce qui m'ennuie, c'est que je n'aurai sûrement jamais l'occasion de savoir…

– C'est un bol de riz sur lequel on dispose des légumes, de la viande, un œuf et plus ou moins ce qu'on veut, selon nos goûts. Tu devrais goûter, si tu en as l'occasion, continue Clément, inconscient des questions qui me traversent l'esprit une par une.

– C'est épicé ?

– Normalement, oui, comme la plupart des plats asiatiques. Il y a du gochujang dedans, de la pâte de piment, mais si tu n'aimes pas, tu peux demander sans.

– Au contraire, j'aime quand ça pique.

Ses yeux se plongent dans les miens et au silence qui me répond je sais que, comme moi, il pense à autre chose. Je sens une certaine connexion entre nous et je me demande si on se ressemble, si on se fait écho, ou si j'interprète juste très mal les choses.

– Quoi d'autre t'a surpris dans ma liste ? reprend-il.

– L'odeur des livres. Tu n'as pas juste dit les livres, tu as parlé de leur odeur.

– J'aime lire, j'adore les livres, mais j'aime encore plus leur odeur. Je ne sais pas trop pourquoi.

– Qu'est-ce que tu aimes lire ?

– Tu veux savoir si j'aimerais ce que tu écris ? demande-t-il, taquin.

– Il est possible que je sois passé en mode commercial, réponds-je en riant.

– Je lis à peu près tout, je n'ai pas de genre préféré. Tant que c'est bien écrit, ça me va. Tu écris quel type de livres ? Tu en as un avec toi ?

– Je ne lis pas mes propres romans, mais j'ai quand même le dernier avec moi, par pur hasard.

– Tu n'aimes pas lire tes propres histoires ?

– Une fois qu'elles sont écrites et publiées, j'en ai terminé avec elles. Les personnages restent avec moi, mais je ne relis pas ce que j'ai écrit, ça m'angoisse.

– Pourquoi ?

– J'ai peur de vouloir tout modifier. Le problème de mon boulot, c'est que le travail reflète la personne que je suis à l'instant T, et si je change au fil du temps, ce que j'ai écrit reste. Je me sens toujours gêné après coup, je vois plein de choses qui ne me correspondent plus.

– Je comprends un peu. Je suis tatoueur et mon style évolue au fil du temps.

Tatoueur. Ça lui va bien.

– Alors c'est le propre de tous les artistes ?

– Oui et non. Je ne suis pas gêné de revoir mes tatouages. Ils reflètent ce que j'étais au moment où je les ai faits, ils sont une marque de cette époque. J'aime assez.

– Tu tatoues depuis longtemps ?

– Seulement deux ans.

– À t'entendre, on aurait cru que ça faisait des siècles ! dis-je en riant.

– Mes amis me font toujours la remarque que je parle comme si j'avais vécu cent ans alors que je n'en ai que vingt.

Clément rit à son tour, puis il reprend :

– Alors, quel genre de livres écris-tu ?

– Le genre auquel on ne s'attend pas de la part d'un mec de vingt-cinq ans. De la part d'un mec tout court, en fait.

Il m'interroge du regard, sincèrement curieux.

– J'écris de la littérature sentimentale.

Il cligne plusieurs fois des yeux et je soupire parce que je sais ce qu'il pense. Je préfère le libérer de son tourment en avouant ce qu'il a très certainement en tête :

– Les femmes sont généralement plus nombreuses à écrire de la romance, et certains hommes qui s'y sont essayés ont trop appuyé le côté charnel de la chose, ce qui a plutôt fait pencher leurs livres vers l'érotisme et non vers la romance. Je partais désavantagé, c'est pour ça que j'ai utilisé un nom de plume.

– Tu n'écris pas sous ton vrai nom ?

– Non, ça aurait freiné de potentielles lectrices qui auraient été échaudées par leurs mauvaises expériences de romances écrites par des hommes. Mon éditrice m'a conseillé d'utiliser un nom d'emprunt.

– Mais est-ce que tu ne fais pas des séances de dédicaces ou des trucs comme ça ? Elles doivent bien voir que tu n'es pas une femme, quand même…

Avant que je puisse répondre, il se reprend :

– Enfin, sauf si… Désolé si j'ai fait une erreur…

Je ne comprends pas immédiatement pourquoi il est soudain gêné, mais les choses finissent pas s'emboîter dans ma tête. Il se dit que je suis peut-être une femme transgenre.

Ne voulant pas le laisser dans son tourment, je souris et secoue la tête.

– Tu n'as peut-être pas fait attention, mais je parle de moi au masculin depuis le début, je suis bien un homme. Quant aux séances de dédicaces, j'en fais, bien sûr, mais au moment où mes lectrices viennent me voir, elles ont déjà lu et apprécié le livre, alors il n'y a plus de soucis. Au contraire, la surprise est appréciée.

– Tu vis dans le mensonge.

S'il savait…

– Au début, oui, mais maintenant, j'en suis à quatre romans publiés, ce n'est plus un secret pour personne que je suis un homme.

Je me lève et débarrasse Clément de sa bouteille vide. Je vais en chercher deux autres dans le frigo, mais ce n'est qu'une excuse pour m'échapper. Ce qu'il a dit m'a retourné parce que c'est bien trop vrai. Je vis dans le mensonge et je déteste ça.

– À toi, entends-je dans mon dos.

Je me retourne et je vois qu'il n'a pas bougé. Il est toujours dans le canapé, Nine à ses pieds, et il me regarde avec intensité.

– Donne-moi un chiffre.

– Treize, soufflé-je.

C'est énorme et selon ce qu'il me demandera, je vais sûrement avoir du mal à répondre, mais c'est le nom de sa moto, je m'en souviens et je veux qu'il sache que c'est le cas, que tout ce qu'il dit est entendu.

– Treize mots simples pour décrire notre première rencontre.

Et merde, mon cœur repart.

Lentement, trop pour que cela soit naturel, je reviens vers lui. Et à chaque petit pas, je lui offre un mot.

– Nouveau.

Un pas, pour la nouveauté de ce que j'ai ressenti en le voyant la première fois.

– Chute.

Deux pas, pour ma gamelle magistrale dans le ruisseau dont mon ego ne se remet pas.

– Mouillé.

Trois pas, pour l'état de mon corps après ça.

– Encre.

Quatre pas, pour les mots perdus dans l'eau et pour ceux qui ont été sacrifiés, ainsi que le numéro de téléphone que je lui ai donné.

– Soleil.

Cinq pas, pour la chaleur de cet astre sur ma peau à ce moment, et mieux, pour l'éclat lumineux du sourire de Clément pour moi.

– Violence.

Six pas, pour les coups de mon cœur dans ma poitrine que je ne peux toujours pas expliquer.

– Beauté.

Sept pas, pour la divine créature qui s'est tenue devant moi et me regarde aujourd'hui de ses yeux sombres qui pourraient m'engloutir à tout moment.

– Peur.

Huit pas, pour toute la crainte que je ressens face à des émotions que je ne comprends pas.

– Cœur.

Neuf pas, pour cet organe vital qui est malmené par Clément depuis hier et qui semble pourtant plus vivant que jamais.

– Inspiration.

Dix pas, pour tout ce que ces émotions incompréhensibles m'ont donné envie d'écrire et les cinq heures passées à noircir le papier cet après-midi, après notre rencontre, même si ces mots ne seront jamais publiés.

– Désir.

Onze pas, pour ce désir dévastateur qui me ronge, qui me bouffe, qui me tue et que je ne peux prétendre ignorer.

– Fou.

Douze pas, pour qualifier la folie qui s'est emparée de moi.

– Plus.

Treize pas, pour mon envie inavouable qu'aujourd'hui ne sera pas la dernière fois.

Mes jambes touchent celles de Clément. Il me regarde, mais il ne bouge pas. J'ignore ce qu'il éprouve, ce qui se passe dans sa tête, mais ce qu'il y a en moi, je le ressens parfaitement. Mon cœur bat trop vite, il va finir par se décrocher.

Soudain, mon invité se lève. Nine est monté sur le canapé pendant mon compte, et je me retrouve seul face à cet homme qui est un peu plus petit que moi et qui semble pourtant me dominer. J'ai l'impression que je pourrais n'être qu'une poupée entre ses doigts, s'il le voulait.

Son visage est trop près du mien, je manque d'air, je vais crever.

– Je ne coucherai pas avec toi, dit-il, tout bas.

Il ne me laisse pas le temps d'être déçu ou de ressentir quoi que ce soit, car déjà, il ajoute :

– Pas ce soir, en tout cas.

– Alors il y aura une autre fois ? murmuré-je.

– J'aimerais…

– Moi aussi…

C'est la première fois de ma vie que j'ai autant envie de quelque chose et ne pouvoir l'expliquer n'y change rien : c'est réel. Ce que je ressens pour Clément ne s'exprime pas par des mots, mais c'est bien là.

Ma vie entière semble avoir pris un nouveau tournant, un nouveau chemin où ma seule boussole sera celle qui est tatouée dans le cou de cet homme magnifique. Je ne sais pas quel sentiment domine entre l'inquiétude et la joie.

CHAPITRE 5

CLÉMENT

J'ai bien du mal à me détacher de lui. C'est comme si nous étions aimantés. Ses yeux bleus m'appellent, son parfum m'envoûte et les secrets cachés derrière ce visage sérieux me tentent trop pour que je parvienne à reculer. Je ne sais pas à quoi je joue, je ne suis pas sûr que ce soit un jeu, à vrai dire. Je ne comprends même pas ce que je fais. Je suis venu là parce que je n'ai pas réussi à m'en empêcher. J'ai roulé un petit moment, de l'Espagne jusqu'ici, juste pour revoir son visage et réentendre sa voix. Cela n'a pas de sens. J'aurais pu expliquer une envie de m'envoyer en l'air, mais ce n'est pas ça. Au contraire, j'ai même peur de coucher avec lui parce que cela serait alors terminé. Cela bouclerait naturellement notre rencontre, cela la transformerait en un coup d'un soir, et je ne peux m'y résigner. Alors j'ai dit que je ne voulais pas et il a demandé s'il y aurait une autre fois. J'en ai envie, il en a envie. Cela suffit. Mais ça ne calme pas mes désirs pour autant. J'ai beau vouloir attendre cette prochaine fois – en espérant qu'elle viendra vraiment –, quand il est si près de moi, comme ça, après m'avoir sorti treize mots qui m'ont complètement fait cramer, j'ai bien du mal à me retenir, et je me sens idiot de me refuser une nuit de sexe certainement inoubliable, juste par espoir de le voir une troisième fois.

– Si tu continues à me regarder comme ça, cela va compliquer les choses, souffle Seven.

Il est si proche que je sens son souffle venir chatouiller le mien. J'ai peur de craquer, mais je veux me prouver que je suis plus fort que ça. Avec l'attente, ce sera meilleur. Ou bien j'aurai des regrets, c'est un risque à prendre. Je ne sais pas, je ne sais plus, et si je ne suis pas sûr de moi, ça n'en vaut pas la peine.

Je baisse les yeux et recule d'un pas.

– Merci…

J'ai l'impression de l'avoir libéré d'un poids en faisant ça, son merci déborde de l'agonie qu'il a vécue et j'en suis heureux parce que cela veut dire que je ne suis pas seul à ressentir toutes ces émotions.

– Parle-moi de ton prochain roman, dis-je alors, en me rasseyant sur le canapé.

Seven sourit, puis il s'installe à côté de moi. Nous nous faisons face, une jambe sur le canapé, repliée sous nos fesses. J'appuie mon coude sur le dossier et cale ma tête dans ma main pour le regarder. Quand je le vois prendre la même position, je souris, juste parce que nous avons quelque chose en commun.

Il se met à me raconter l'histoire qu'il est en train d'écrire et je découvre alors une facette passionnée de lui. Il ne s'arrête pas, il me parle des personnages, de leur passé, de ce qu'ils vont vivre, de leurs sentiments, des lieux où tout cela se déroule et des messages qui lui tiennent à cœur. Il dit que son éditrice ne gardera certainement pas ce projet en l'état, que ce n'est même pas sûr qu'elle en veuille et que, dans le cas contraire, il faudra changer bien des choses pour la publication, mais il s'en moque parce que pour l'instant il est à la merveilleuse partie de l'écriture libre. Il est un peu brouillon et il le sait, il n'en est qu'au début, c'est apparemment l'étape la plus incroyable, quand rien n'est encore défini.

– L'inconnu, c'est ce que je préfère, dit-il.

– Je préfère savoir où je vais.

– Vraiment ?

Je hoche la tête.

– Je suis le genre de mec qui lit la dernière page d'un livre avant de le commencer.

– Sacrilège !

Je ris et il rit avec moi, mais je redeviens vite plus sérieux pour lui expliquer un peu ce qui m'a rendu comme ça.

– Un jour, un personnage que j'aimais énormément est mort, je ne m'y attendais pas du tout et j'ai pleuré pendant des jours. J'ai eu un mal fou à m'en remettre, alors depuis, je flippe.

– Je comprends… Ça m'est arrivé, mais c'est devenu un de mes livres préférés justement pour ce qu'il m'a fait ressentir, pour la surprise !

– Je n'aime pas trop les surprises ni le flou. J'ai vécu avec l'inconnu trop longtemps, alors maintenant, j'aime bien me préparer à ce qui m'attend.

– On parle toujours de lecture ?

– Pas seulement.

Le silence s'installe entre nous. J'ignore à quoi il pense, mais moi, je n'ai qu'une chose en tête : lui. Nous, en fait. J'aimerais pouvoir lire l'avenir. J'ai toujours eu ce désir parce que j'ai vite réalisé qu'on ne pouvait pas remonter dans le passé et que jamais je ne pourrais changer les choses qui m'ont bouffé, ni même les connaître, en fait. J'ai compris presque aussi vite qu'aller dans le futur n'était pas plus possible que retourner dans le passé, hélas.

– Je ne peux pas te dire à quoi notre relation ressemblera ni où ça nous mènera, me dit soudain Seven, désolé.

– Je sais.

– Et malgré tout, tu veux ouvrir le livre de notre histoire ?

– Je l'ai ouvert malgré moi et j'ai été tellement pris par l'intrigue, et par l'un des personnages, en particulier, que je ne me sens plus vraiment de le refermer.

Quand il sourit une nouvelle fois, ma tête retombe dans mon bras. Je me sens vidé de mes forces. Ce visage, ces yeux, ce sourire, ils me font complètement craquer et ça me bouffe toute mon énergie.

La main gauche de Seven glisse vers ma droite qui repose sur ma cuisse, et quand ses doigts entrent en contact avec ma peau, je ferme les yeux et je frissonne. Alors ce n'est pas juste ma vue, mon odorat ou mon ouïe qui sont chamboulés, il a aussi une incidence sur mon quatrième sens… J'imagine son goût, ce que mes lèvres ressentiraient à se poser sur les siennes, et une délicieuse chaleur m'envahit alors.

– C'était quoi, ton premier tatouage ? demande-t-il, sans cesser de caresser ma main.

Ne voulant pas la retirer de sous la sienne, je me redresse légèrement pour récupérer mon bras gauche, et de mon index, je pointe la boussole sur mon cou.

– Tu l'as fait tout seul ? À cet endroit ?

– Oui et non. J'ai commencé à le faire, en me mettant devant un miroir, mais j'ai réalisé assez vite que les mouvements de mon bras pendant que je tatouais faisaient aussi bouger le reste de mon corps. Sans compter que j'ai toujours eu du mal à aller dans le bon sens quand je regarde dans un miroir – même si, à force d'entraînement, je ne suis plus trop mauvais pour me tatouer seul, maintenant. Du coup, j'ai commencé, mais c'est le tatoueur chez qui j'ai appris le métier qui l'a terminé.

Je ris en m'en souvenant.

– Raconte, je veux savoir ce qui te fait rire.

– Quand je lui ai dit que je voulais me tatouer seul, il m'a laissé faire, mais il savait très bien ce qu'il allait se passer. La plupart des tatoueurs – ceux à l'ancienne, en tout cas – font leur premier tatouage sur eux-mêmes pour connaître la sensation, pour bien savoir ce que ça fait. Lui, il avait fait son premier sur sa cuisse, c'était déjà plus stable, mais un de ses potes avait voulu faire comme moi, tatouer devant un miroir, et ça avait été une catastrophe. Il m'a montré le résultat, c'était n'importe quoi.

– Il ne pouvait pas le faire reprendre ?

– Si, on peut recouvrir à peu près tout, mais apparemment, il trouvait que c'était un bon souvenir.

Alors que je ris encore, Seven remonte sa main libre vers mon cou. Ses doigts viennent caresser les premières traces d'encre que j'ai apposées sur ma peau et je frissonne. Je suis certain qu'il sent mon cœur battre, il est pile au bon endroit pour ça.

Comme s'il lisait dans mes pensées, il place son index et son majeur sur mon pouls, et ce foutu cœur s'emballe un peu plus. Je manque d'oxygène. Si ma boussole était réelle, l'aiguille partirait dans tous les sens, j'en suis certain.

– Moi, je n'ai pas de tatouages.

– Tu n'aimes pas ça ?

– Sur les autres, si, mais j'ai peur de me faire tatouer, et puis je n'ai jamais eu envie de m'en faire faire un. Jamais avant aujourd'hui.

– Vraiment ?

Il hoche la tête, ses yeux toujours fixés sur ma boussole, ses doigts toujours contre mon cou.

– J'ai envie de savoir ce que ça fait quand tu tatoues.

A-t-il conscience de ce qu'il dit ? De ce qu'il me fait ressentir avec de simples mots ?

C'est le bordel dans mon cœur.

– Donne-moi un chiffre, dis-je, à voix basse.

– Trois.

– Trois raisons de ne pas me jeter sur toi.

Il met finalement un terme à sa contemplation pour venir ficher son regard dans le mien. Peut-il y lire mon désir et le foutu combat que je mène pour ne pas perdre contre moi-même ?

– Tu demandes à la mauvaise personne.

– Deviens la bonne, murmuré-je.

– Un, j'ai tellement envie de toi que ça ne durerait pas longtemps et que je me ridiculiserais. Tu n'as pas envie d'avoir cette image de moi. Deux, tu risquerais d'avoir des regrets, et là, c'est moi qui ne veux pas que tu en aies. Et trois, il y aura une prochaine fois et elle te prouvera que ça valait le coup d'attendre.

Il ignore que, même si tout ce qu'il dit est vrai, le fait qu'il prononce ces mots, qu'il m'empêche de faire quelque chose que je désire, mais que je ne suis pas certain de vouloir faire, me donne encore plus envie de lui.

– Je crois qu'il me faut une autre bière, dis-je.
– J'ai ce qu'il faut.
– Tu as un lit, ici ?
– Je croyais que…
– Pour dormir, juste pour dormir. J'avais déjà bu deux verres avant de venir, je ne peux plus conduire maintenant.
– Tu es raisonnable.
– Toujours quand il s'agit de ma vie.
– J'aime ça. Il y a une chambre, oui.
– Alors je peux emprunter ton canapé ?
– Ou tu peux dormir avec moi.
– Dès le premier soir ? demandé-je, sur le ton de la plaisanterie.
– On se fera des confidences sur l'oreiller.

Il me fait un clin d'œil, puis il se lève, et déjà, la chaleur de sa main sur la mienne me manque.

Je sens mon téléphone vibrer dans ma poche. Quand je l'en sors, je découvre de nouveaux messages de mes amis dans notre conversation Facebook.

Luigi : Violette demande où tu es.

Lara : Alors t'es où ? Tout va bien ?
Tu rentres quand ?

Luigi : Réponds sinon elle va partir à ta recherche et tu n'as pas envie de savoir ce qu'elle fera à ton joli petit cul quand elle te retrouvera.

Sandy : Allez dormir,
vous me dérangez !

Lara : T'as qu'à couper les notifs,
connard.

Je ris, et quand Seven m'interroge du regard, je secoue la tête pour lui dire que ce n'est rien.

Moi : *Je dors ailleurs. Luigi,*
tu n'as pas besoin de t'inquiéter
pour mon petit cul, il restera intact.
Dites à Violette de ne pas s'inquiéter,
je serai là pour le repas de demain
(enfin, tout à l'heure)
et frais pour reprendre la route.

Luigi : Ton petit cul va prendre cher,
ne mens pas…

Moi : *Ta gueule. Bonne nuit.*

Lara : Très bonne nuit à toi ;)

Sandy : Go, mon Clément !

Moi : …

Violette : Bonne nuit, mon poussin.

La doyenne de notre groupe est lente à répondre, mais elle le fait toujours, et c'est ainsi qu'elle marque la fin de notre discussion.

Quand je relève la tête, Seven est là, de nouveau installé à côté de moi. Il me tend la bière et je le remercie d'un signe de la tête.

– Où est-ce que tu pars, après ça ? me demande-t-il.

– On va sur les plages du Sud-Ouest et on remonte jusqu'en Bretagne.

– Vous traversez vraiment la France, c'est impressionnant !

Je souris face à son ton enthousiaste parce que je comprends. C'est vrai que c'est impressionnant et c'est une des choses que j'aime le plus dans ma vie.

– On fait ça une fois par an, généralement. Pendant trois semaines, on vadrouille. On repasse à certains endroits, on en découvre de nouveaux. Il y a tellement de beaux coins en France… On reste rarement plus de deux nuits au même endroit.

– C'est ça que je devrais faire… Je voyage aussi pas mal, toujours en quête d'inspiration, mais je reste au minimum une semaine, un mois le plus souvent, et plus parfois.

– Et qu'est-ce que tu fais de tout ce temps ?

– J'écris, principalement, mais je sors aussi pas mal. Je m'imprègne des ambiances, je photographie les paysages, je participe aux événements du coin et je vais à la rencontre des gens. Tout est source d'inspiration et a une utilité pour moi.

– Ça ne vaut pas la route en moto, de mon point de vue, mais c'est sympa aussi. Et ta famille ne te manque pas ? Tes amis ?

Il baisse la tête et semble réfléchir à la question. Finalement, il hausse les épaules.

– Une grande partie de ma famille vit à l'île de la Réunion, je ne les vois pas souvent. Quand je suis allé faire mes études à Paris, j'ai commencé à prendre l'habitude d'être loin des miens et tu vas peut-être me trouver horrible, mais ça ne m'a pas déplu. J'adore mes parents, ma mère est une crème, mais je suis l'aîné d'une famille de cinq enfants, cinq garçons… J'aime mes frères, de tout mon cœur et sûrement plus que tout, mais ils sont trop bruyants. Maintenant que je connais le calme et la solitude, je me porte très bien quand je peux en profiter.

J'écarquille les yeux. Je suis enfant unique – en tout cas, j'ai grandi seul – et je n'imagine pas à quoi peut ressembler une maison avec cinq enfants.

– Tu n'as pas de frères, hein ? demande Seven en souriant. Ça se voit à ta tête.

– J'en ai peut-être quelque part dans le monde – je ne connais pas mes parents et j'ignore s'ils ont eu d'autres enfants que moi –, mais j'ai grandi comme un enfant unique.

– Tes grands-parents t'ont élevé, c'est ça ?

Je hoche la tête.

– Où est-ce que tu as grandi ?

– Principalement à La Rochelle.

– Principalement ?

– On a beaucoup bougé. Mes grands-parents ne restaient pas en place. Je crois que je tiens ça d'eux.

Je ris au souvenir de mon grand-père qui, à peine installé dans une nouvelle maison, cherchait déjà où on allait partir la prochaine fois. On est restés un certain temps à La Rochelle, mais là-bas, comme dans tous les autres lieux où nous avons vécu, je ne me suis jamais senti chez moi.

– Je crois que c'est pour ça que je suis incapable de m'arrêter où que ce soit, lâché-je, sans trop réfléchir.

– Qu'est-ce que tu veux dire par là ?

– Je n'ai pas de vrai lieu de vie, de foyer. Actuellement, j'ai un logement à Toulouse et mon salon s'y trouve, mais je ne m'y sens pas totalement chez moi. Je ne me l'explique pas, je pense que c'est lié à ma propre vision de ce qu'est un foyer, parce que franchement, j'adore cette ville et c'est là que je reviens toujours. Si je devais finir mes jours quelque part, ça serait sûrement là – enfin, tant que je travaille, après, ça serait la montagne, sans aucun doute –, mais quand je pars et que je reviens, je n'ai jamais vraiment l'impression de rentrer chez moi. Je ne sais pas si tu vois ce que je veux dire ?

– Je crois que oui…

– C'est peut-être lié à la façon dont mes grands-parents ont vécu ou à d'autres choses de mon passé que j'ignore, mais je ne me sens chez moi nulle part, sauf quand je suis avec mes amis.

Au moment où je prononce ces mots, je les regrette. C'est bien trop personnel, je n'aurais pas dû. Mais Seven ne me regarde pas avec pitié, il ne me pousse pas non plus à parler plus de moi alors que je n'en ai pas envie. Je découvre ce soir que c'est une personne qui sait écouter sans être intrusive et je dois avouer que c'est mon genre de personne préféré. Je peux parler de moi quand je m'en sens à l'aise, selon le sujet, mais je n'aime pas qu'on m'interroge ou qu'on me force à me confier. Quand on le fait, cela provoque l'effet inverse, je me braque et je ne dis plus un mot. Les professeurs et autres parents qui m'ont connu dans l'adolescence en ont fait les frais…

– Pourquoi tu ne voyagerais pas ?

– C'est ce que je fais en ce moment, dis-je en souriant.

– Non, mais de manière permanente.

– Je ne comprends pas.

– Tu connais le principe des boutiques éphémères ?

Je hoche la tête. J'ai déjà entendu parler de ce concept qui permet de donner un certain dynamisme à un quartier, mais je ne vois pas le rapport avec moi.

– Tu pourrais aller de ville en ville en t'installant dans des boutiques éphémères, ça te permettrait de changer d'air régulièrement.

– On a le principe des guests chez les tatoueurs aussi. C'est quand tu pratiques ton art pendant une certaine période dans un salon de tatouage, en tant qu'invité. Je le fais dans les salons de certains potes, mais sinon je n'y tiens pas, je préfère travailler seul.

– Raison de plus pour adopter le concept de l'éphémère ! Il faut juste que tu sois assez connu, parce que sans ça, si tu ne restes pas assez longtemps quelque part, tu auras du mal à avoir des clients.

– J'ai de bons réseaux sociaux. J'ai plus de dix-huit mille abonnés sur Instagram.

Seven s'étouffe avec sa bière, mais il parvient à ne rien recracher, par je ne sais quel miracle.

– C'est énorme ! Pour un tatoueur qui n'exerce que depuis deux ans, ça me semble impressionnant.

– J'avais déjà ce compte avant, j'y partageais mes dessins avant de devenir tatoueur.

– Tu me montres ?

Je sors mon téléphone et ouvre l'application pour lui montrer les photos que j'ai postées récemment. Le nombre de notifications m'effraie un peu, mais je les ignore. J'y reviendrai plus tard, quand je le pourrai.

Seven se rapproche de moi pour mieux voir et quand son parfum vient chatouiller mes narines, je ne peux que relever la tête. Son visage est trop près, trop pour mon cœur, en tout cas. Il doit penser la même chose, car ses yeux bleus se foncent. Je suis certain que c'est un voile de désir qui recouvre à présent le lagon de son regard. J'ai le souffle court. Je me dis que les tatouages peuvent bien attendre, après tout, montrer mon travail me semble bien moins important qu'aller goûter aux lèvres de cet homme.

– Pas ce soir.

J'ai pensé ces mots trop forts. Ils étaient pour moi, pour me convaincre qu'il vaut mieux ne pas céder.

– Pas ce soir, répond-il en écho.

J'aimerais qu'il y ait mille autres fois, autant de rencontres où nous aurions l'occasion de nous découvrir. Je ne veux pas aller trop vite. Pour la première fois de ma vie, j'aimerais que tout aille plus doucement dans une relation, prendre le temps de savourer. J'ai trop souvent l'impression que le temps m'échappe et ça me fait peur. Je ne veux pas que ce soit notre première fois parce que j'ai peur que cela devienne aussi la dernière. Je ne suis pas prêt à lui dire au revoir.

CHAPITRE 6

CLÉMENT

J'ouvre les yeux difficilement. Je sens que la nuit a été courte. Il me faut un petit peu de temps pour tout remettre en place dans ma tête. La soirée avec la bande, mon désir ardent de revoir Seven, mon coup de fil, lui qui m'ouvre la porte et cette envie terrible de le toucher pour être sûr qu'il est réel… Et puis une bière, deux, un jeu, des discussions et ce baiser que j'ai tant désiré, mais que je me suis refusé… Après ça, je lui ai montré les photos de mon travail, il a noté le nom de mon compte et, tout fier, il m'a suivi avec le sien. Je me suis abonné en retour, en cachant mon sourire, et puis on a continué à discuter, comme si le jour n'était pas déjà trop près de se lever. Je me suis senti comme les gosses que je fréquentais au collège, mais à qui je n'ai jamais ressemblé, ceux qui privilégiaient les bons instants et prolongeaient les soirées, au détriment de leur sommeil.

À deux heures du matin, j'étais épuisé, mais je n'avais pas envie de fermer les yeux. Malgré moi, j'avais peur que Seven ne disparaisse, peur de me réveiller dans le mobil home, les pieds de Sandy dans la gueule, comme souvent. Ce n'est pas que cela m'aurait embêté d'ouvrir les yeux sur mon meilleur ami – même s'il est parfois gonflant à s'endormir n'importe comment quand il rentre d'une soirée, j'espère qu'il ne fait pas ça avec les filles qui partagent son lit –, c'est juste que cela aurait voulu dire que j'avais rêvé l'une de mes plus belles soirées.

Pourtant, le sommeil m'a gagné et je n'ai pas pu continuer à veiller, alors que je reprends la route aujourd'hui. Je me suis levé du canapé et j'ai stressé en imaginant la réaction de Seven face à ma demande. Je me suis renseigné pour savoir s'il y avait un extérieur où je pouvais fumer mon joint. Juste un demi, il était tard – tôt, en fait –, je n'avais besoin que d'un peu de ma drogue pour être sûr de faire une nuit sans cauchemars. Il ne m'a pas jugé, ni de ses mots ni de ses regards, et je crois que j'ai craqué un petit peu plus pour lui, à ce moment. Comme si ses yeux, sa voix, ses histoires et tout ce que nous avions partagé n'avaient pas été suffisants…

On s'est allongés ensemble sur son lit pour lire l'un de ses livres, dont il m'a parlé une heure de plus. Je l'ai trouvé enthousiaste et j'ai aussi aimé ça chez lui. Et puis, finalement, je me suis endormi alors qu'il me lisait quelques lignes d'une histoire d'amour passionné entre un artiste et sa muse.

Je me tourne dans le lit et je me retrouve alors face à Seven, les yeux toujours clos. Il dort encore. Je ne sais pas si je devrais, mais j'en profite pour l'observer. Quand il est éveillé, je me perds dans son regard lagon et j'oublie de regarder le reste. C'est presque frustrant. Là, je peux faire glisser mes yeux de ses mèches brunes courtes mais en bataille à la peau sombre de son visage, en passant par la ligne élégante de son nez, jusqu'à la courbe délicieuse de ses lèvres entrouvertes.

Je suis complètement foutu. J'ai comme la sensation que je ne pourrai jamais lui résister, et si le sentiment m'excite, l'idée d'être à la merci de quelqu'un me déplaît fortement. Je suis déjà trop accro à mes amis et à ma moto, je n'ai pas besoin d'une drogue supplémentaire. Et en même temps, je crois que si, je le veux. De toute façon, il est déjà trop tard.

Ses paupières se plissent et il ouvre doucement les yeux. Quand je retrouve ce bleu si spécial que j'ai tant aimé la veille, je souris.

– Pervers, dit-il, d'une voix ensommeillée.

– J'aime juste les belles choses.

Il sourit avant de m'attirer à lui. Je me retrouve prisonnier de ses bras puissants, le nez dans son cou. Mon cœur bat si vite que j'ai peur qu'il ne finisse par lâcher. Seven ne le réalise sûrement pas, mais il met un désordre monstre en moi.

– Tu sens le papier, dis-je alors.

– Comme celui d'un livre ?

– Oui.

– Alors c'est un compliment.

Il se souvient de ce que je lui ai dit hier… J'adore l'odeur du papier, le parfum de l'encre sur les pages. J'aime toutes les encres, celles pour écrire, celles pour tatouer et celles pour dessiner. Il en existe une variété et toutes me plaisent, car elles permettent de graver des choses qu'on ne veut pas oublier.

– Il faut que je me lève. On m'attend pour manger.

– Quelle heure il est ?

– Je ne sais pas.

– Comment tu sais que tu dois partir alors ?

– Parce que je crève de faim.

Je sens sa poitrine vibrer de son rire et j'adore la sensation. Néanmoins, je suis sérieux, j'ai faim et ça veut dire qu'il sera bientôt l'heure pour moi de partir. J'ai juste le temps de finir mon joint de la veille.

Malgré tout, je craque et je reste un peu plus longtemps contre lui, je veux m'imprégner de son odeur, de sa chaleur et du bien que cette étreinte me procure.

– Tu sais, cette histoire de boutique éphémère, dis-je, brisant le silence.

– Mh ?

– Je pense que je vais essayer.

Quand il se détache de moi pour me regarder, je regrette presque d'avoir dit ça. Je n'arrive pas à savoir ce qu'il ressent, s'il est surpris ou s'il essaye de comprendre ce que je viens de dire. Il n'a pas l'air d'être du matin et ça me fait sourire.

– Allez, je vais fumer, et après, je m'en vais.

– Un café ? me propose-t-il alors que je me redresse.

– Ce serait parfait.

Mes vêtements sont complètement froissés. Je dors généralement en caleçon, mais ça ne me semblait pas approprié. Je crois que c'était aussi une manière de m'assurer que je ne céderais pas à mes pulsions. Je me demande si Seven a eu la même idée, ou s'il dort toujours aussi habillé, puis soudain, je me surprends à m'emballer en imaginant qu'un jour, peut-être, j'aurai une réponse à ma question.

J'ai vraiment l'impression d'être un gamin qui se lance dans sa première relation. Cet homme fait de moi un idiot.

Quand le café est prêt, nous nous installons dans la petite cour et je rallume mon joint de la veille. J'aime la fumée qui passe dans ma gorge, mais j'aime plus encore le sentiment d'apaisement que cela me procure. Accompagné d'un café, c'est parfait.

– Ça va aller pour conduire ?

Il désigne ma drogue.

Je hoche la tête.

– Je consomme toujours la même chose, je n'ai pas d'effets particuliers autres que le calme.

– Pas de rires, d'excitation, ou, au contraire, un côté stone ? Je pensais que les gens fumaient pour ça.

– Pas moi. Je ne cherche pas les sensations. Je fume comme ça depuis que j'ai quinze ans, je crois. Je ne charge vraiment pas le joint.

– Alors si je fume, je n'aurai pas d'effets ?

– Si tu n'es pas habitué, si. Tu n'as jamais essayé ?

– Non, mais ça me tente bien.

– Est-ce que je suis en train de te corrompre ? demandé-je en riant.

– Dis-toi que tu fais ça pour mon bien. Un auteur est toujours avide de découvertes, ça sert pour écrire.

Il me fait un clin d'œil et je ris. Je lui tends ensuite mon joint. Je n'ai pas besoin de le fumer entier, même si ce n'était déjà qu'un demi, comme je le lui ai dit, je ne fume pas pour décoller, bien au contraire, je cherche à rester ancré dans la réalité… Parfois, je me dis que si quelqu'un me roulait un joint sans mettre de cannabis, juste du tabac, sans me le dire, ça marcherait quand même sur moi. L'effet placebo.

Seven tire doucement et réussit à ne pas s'étouffer, ce qui est un miracle pour une première fois. Il tire encore.

– Ça a bon goût. C'est meilleur que la cigarette.

– Je déteste la clope, je ne comprends pas les gens qui fument ça, dis-je.

– Je fumais avant, mais j'ai arrêté il y a plusieurs années.

Son visage a changé, comme si le souvenir était douloureux pour lui, mais je ne comprends pas pourquoi.

– J'en avais marre d'avoir toujours un goût de cendre dans la bouche, reprend-il, plus joyeusement.

Nous rions. Il me rend mon joint, et tout en continuant à fumer et à boire notre café, nous discutons naturellement. Tout semble simple avec lui, fluide. Si bien que ce n'est que lorsque je sens mon téléphone vibrer dans ma poche que je réalise qu'il est temps pour moi de partir.

– Il faut que j'y aille.

Je me lève, et sans un mot, il m'imite. Je récupère ma veste et mon casque sur le canapé et j'en profite pour caresser Nine qui ne semble pas décidé à se lever pour l'instant. Un chien qui fait la grasse matinée, c'est rare. La créature est aussi unique que son maître.

Lorsque je me retrouve devant le gîte que loue Seven, je vois que ses yeux se perdent sur les lignes de ma bécane et j'aime la façon dont il la regarde. Il sait que nous n'avons plus le temps de discuter et que toutes les questions qu'il pourrait avoir devront attendre.

– Au fait, tu peux me prêter ton livre ?

– Celui que je t'ai lu hier ? demande-t-il.

Je hoche la tête.

Il retourne dans le gîte et revient une minute après avec son roman.

– Tu me le rendras ?

– Tu y tiens ?

– Pas vraiment, mais je vais faire comme si.

– Pourquoi ? m'étonné-je.

– Comme ça, je serai sûr de te revoir.

– Sauf si je suis un connard et que je ne te le rends jamais.

– Quelque chose me dit que tu n'en es pas un.

Il sourit et je l'imite. Le silence nous enveloppe alors que nous nous perdons une nouvelle fois l'un dans les yeux de l'autre. Je pourrais rester ainsi pendant des heures si je n'avais pas si peur que les âmes paumées avec qui je voyage ne retournent Latour-de-Carol pour me retrouver.

– Alors salut, dis-je.

Je ne l'étreins pas, je ne le touche pas, je ne fais rien. Je ne veux pas me séparer de lui comme ça, avec l'idée que je ne le reverrai plus avant un moment. C'est le cas, mais je préfère nier l'évidence.

– Pendant ton voyage de boutique en boutique, tu devrais prévoir un arrêt à Oloron-Sainte-Marie, en décembre.

– Pourquoi ?

– Il y aura quelqu'un là-bas qui serait très heureux de t'y voir, quelqu'un qui aimerait bien récupérer son livre, à ce moment.

Mon cœur s'emballe devant cette presque promesse d'une prochaine fois, mais je ne le lui montre pas. À la place, je hoche la tête et me retourne. J'enfile mon casque et passe la jambe au-dessus de ma belle Treize, et finalement, je quitte cet homme qui a complètement retourné mon monde. Je m'en doutais après notre première rencontre, mais j'en suis sûr à présent : rien ne sera jamais plus comme avant.

***

– Il est vivant ! s'écrie Lara quand j'arrive enfin.

– Et il a besoin d'une douche, ajoute son fiancé.

– Vous savez ce qui m'étonnera toujours ? demandé-je. La capacité de l'être humain à aimer et détester des personnes avec autant d'intensité. Nous sommes une espèce fascinante.

Ce que je ressens pour mes amis est bien plus proche de l'amour fou que de l'amour-haine que se portent certaines personnes, mais j'aime bien leur rappeler qu'ils sont lourds.

– Il a passé une bonne nuit s'il déconne comme ça de bon matin !

– Sandy, il est midi… le reprend Riley.

– Pour moi, c'est le matin jusqu'à quatorze heures.

– Pour moi, il est toujours midi, dit une blonde que je reconnais parce qu'elle ressemble énormément à Lara.

C'est June, la première partenaire sexuelle de Sandy – pas petite amie, ils n'ont jamais eu ce genre de relation –, il nous en a trop parlé pour que je l'oublie, et puis ce n'est pas notre première rencontre. Chaque fois que nous passons par Latour-de-Carol, nous la croisons. Depuis deux ans que nous roulons, nous n'avons fait que deux gros road trips, mais nous sommes partis sur de courtes durées bien plus souvent, et nous sommes venus ici plus de cinq fois. C'est devenu habituel de la voir. Et quand ce n'est pas nous qui venons, il lui arrive de quitter sa montagne pour se perdre un peu à Lyon.

June est une femme assez spéciale, un peu bizarre, même. Je ne la comprends pas toujours, mais elle est sympa.

– Pourquoi midi ? lui demandé-je.

– Parce que c'est l'heure du repas ! s'écrient les deux cousines en même temps.

– Ventres sur pattes, se moque Sandy.

– C'est mieux qu'être un sexe sur pattes, lui répond Lara.

– Je suis les deux, corrige June, sans aucune gêne.

S'il y a bien une chose avec laquelle elle est à l'aise, c'est sa sexualité. Je n'ai jamais vu une femme aussi libre sur le sujet, aussi passionnée. Ce n'est pas uniquement qu'elle assume sa sexualité, c'est qu'elle en parle comme d'autres parlent du dernier film qu'ils ont vu. Pour elle, c'est un sujet comme un autre et il n'y a absolument aucune gêne dans le fait d'en discuter. Je pense qu'elle a raison et que les choses devraient être ainsi, mais je ne crois pas que notre monde soit parfaitement adapté à une femme comme elle. Je doute qu'il le soit même un jour. Je l'admire de se foutre royalement de ce que les gens pensent de son attitude ou de son style de vie, je ne pense pas que j'en serais capable. Je me moque de ce que les inconnus disent à mon sujet, mais quand il s'agit de mes amis, je suis de suite plus sensible. Elle, j'ai l'impression que rien ne l'atteint.

Quand je m'assieds sur une chaise, à côté de ma douce Riley qui m'offre l'un de ses délicieux sourires, je sens mon téléphone vibrer. Je le sors de la poche de mon jean et souris en découvrant un SMS de Seven. Je n'avais pas encore enregistré son numéro, mais je sais que c'est lui juste au contenu du message :

Seven : Six.

Je réponds rapidement alors que Luigi me sert des crudités sans me demander mon avis, il sait ce que je mange :

Moi : *Six choses que tu ne seras*
jamais capable de faire.

Il lui faut un peu de temps pour répondre et j'en profite pour manger ce qui m'a été servi. J'écoute les discussions d'une oreille, je n'attends qu'une chose : sa réponse. Elle arrive alors que je termine mon entrée et que Patrick sort du mobil home avec un plat de poulet et de haricots.

Seven : 1 – Je ne pourrai jamais parler plus de deux langues. Je passe mon temps à mélanger les mots, c'est une catastrophe, je jongle du français au créole et c'est déjà trop, je n'ai même jamais réussi à apprendre l'anglais. Je le comprends plus ou moins, mais le parler m'est impossible. Vive Google Traduction.
2 – Je suis incapable de faire de la plongée, j'ai beaucoup trop peur de ce qui se cache dans l'eau.
3 – Je ne mangerai jamais du boudin, quoi qu'on en dise, qu'importe comment on me le cuisine, je m'y refuse !
4 – Je n'aurai pas d'enfants. J'aimerais dire que je les adore chez les autres, que je n'ai juste pas le temps ou quoi… la vérité, c'est que je les déteste. Ils me mettent mal à l'aise, c'est plus fort que moi.
5 – Je ne pourrai jamais arrêter d'écrire, si je n'ai pas ma dose quotidienne, je deviens fou.
6 – Je n'arrêterai pas de penser à toi, même si tu m'ignorais, même si tu refusais de me revoir ou que tu me détestais, je ne serais pas capable de t'oublier.

Je me retiens de rire à la partie sur les enfants, mais je ne parviens pas à me retenir de sourire quand je lis le dernier point. L'excitation qui s'empare de moi et la chaleur qui se diffuse dans ma poitrine me rendent complètement euphorique.

– Qu'est-ce qui te fait sourire ? me demande soudain Sandy.

– Les chiffres.

Il cligne plusieurs fois des yeux avant de se tourner vers Luigi.

– C'est moi qui ai trop fumé ou ce qu'il dit n'a aucun sens ?

– Celui qui cache son secret est maître de sa route, dit Patrick, sans lever la tête de son assiette.

Sandy n'y comprend rien, et moi, je ris. Il n'y a rien de drôle, mais je ris parce que je suis heureux. Je n'ai pas d'autres raisons. Est-ce qu'il m'en faut une, de toute façon ? Je ne crois pas.

Il arrive parfois que je trouve la vie vraiment très belle, plus encore que je ne l'ai trouvée laide à une époque. Dans ces moments-là, je me sens juste chanceux d'exister.

II

Aimer

Chaque seconde ensemble

« And now your song is on repeat
And I'm dancin' on to your heartbeat[5] *»*

---

5. *Et maintenant, ta chanson tourne en boucle et je danse au rythme des battements de ton cœur.* (Paroles de Symphony, de Clean Bandit feat. Zara Larsson.)

CHAPITRE 7

SEVEN

Six mois depuis la rencontre

La moitié d'une année sans le voir. Je n'ose compter combien cela représente en semaines, en jours, en heures, en minutes et encore moins en secondes. À quel moment a-t-il commencé à me manquer ? Je me demande si ce n'est pas à l'instant même où il m'a quitté, à moins que cela n'ait été après notre première séparation, le long de ce ruisseau dans lequel je suis tombé après que sa voix m'a déséquilibré.

J'ai ressenti bien des choses dans la vie, à commencer par l'amour – ce n'est pas pour rien que j'ai commencé à écrire ce type de livres –, mais ce que Clément a fait vibrer dans mon cœur, je ne connaissais pas encore. C'est trop éloigné de l'amitié, un peu trop tôt pour de l'amour, trop fort pour un simple désir… Je manque de mots, moi qui en ai pourtant tellement besoin pour vivre, et j'ai du mal à l'accepter. C'est parce que je suis aussi impuissant face à mes émotions et parfaitement incapable de les coucher sur papier sans que cela soit maladroit que j'utilise les chiffres pour m'exprimer avec cet homme. Je ne sais pas s'il comprend bien ce que je ressens, mais en tout cas, il se prête volontiers à cet amusement en répondant à mes questions et en m'en posant à son tour.

Pendant ces quelques mois passés éloignés l'un de l'autre, nous n'avons pas arrêté de jouer à ce jeu un peu simplet qui a pris une tournure magique pour moi, juste parce que j'y joue avec lui. Alors quand je lève la tête de mon écran, après trois bonnes heures à écrire, et que je vois que j'ai un SMS de lui, je souris.

Juste ce dont j'avais besoin. Un seul mot, un numéro :

Clément : Un.

Je suis peut-être un peu présomptueux, mais je crois que je sais ce qu'il attend de moi, ce qu'il a en tête. J'espère juste ne pas me tromper…

Moi : *Un lieu où tu te trouves.*

Je sais qu'on ne peut être physiquement qu'à un endroit à la fois, dans ce monde-là, en tout cas, mais il comprendra. Et moi, je croise les doigts pour ne pas être complètement à côté de la plaque.

Ma jambe s'agite en attendant sa réponse, je ne quitte pas l'écran des yeux.

Et enfin, elle est là !

Clément : L'église Sainte-Croix d'Oloron.

Je prétendais être sûr de moi, mais l'excitation qui s'empare de moi est la preuve que j'avais un véritable doute. Il est là, Clément est à Oloron-Sainte-Marie, et je suis comme un gosse qui a attendu Noël en comptant les jours et qui peut enfin ouvrir ses cadeaux. *Son* cadeau, je n'en voulais qu'un.

Je me lève précipitamment et Nine couine de surprise. Je reviens sur mes pas pour caresser sa tête et son cou afin de m'excuser. Il a l'habitude de se coucher à mes pieds pendant que je travaille. Il est plutôt discret, et comme je ne bouge pas beaucoup pendant mes sessions d'écriture, j'oublie presque qu'il est là.

– Il ne va pas te reconnaître tellement tu es gros, maintenant ! Allez, viens avec moi, on va se promener.

Le mot « promener » est comme un déclic pour lui, il a très bien compris ce que cela signifie, c'est le meilleur moment de la journée : la balade.

Je me hâte de lui enfiler son collier, je revêts mon manteau et prends la laisse avec moi au cas où. Je ne l'attache généralement pas, mais je ne voudrais pas qu'il s'emballe en voyant Clément et qu'il traverse la route au mauvais moment. S'il lui arrivait quelque chose, je ne m'en remettrais pas…

Une fois la porte de mon logement temporaire fermée, je remonte les rues étroites et pentues à toute vitesse. Je ne suis pas loin du centre, tout près de l'église, et donc tout près de Clément. J'ai encore du mal à y croire, j'avais tellement envie de le revoir.

Lorsque je ne suis plus qu'à quelques minutes à peine, j'attache Nine et ralentis le pas. Je n'ai pas envie d'arriver essoufflé et en sueur.

Il ne me faut que quelques pas de plus avant de le voir, appuyé de manière nonchalante contre sa moto, son casque sous le bras. Il a le nez dans son téléphone et j'ai presque envie de rester discret pour l'observer un peu plus, savoir s'il m'attend avec autant d'impatience que j'en ai ressentie en venant le retrouver, mais il relève soudain la tête, comme s'il avait senti ma présence, et nos yeux se croisent. J'avais oublié combien son regard sombre me faisait perdre pied… Il ne me sourit pas et je le trouve quand même beau à crever. Je crois qu'il est comme moi, perdu dans ce lien invisible créé par nos regards. Je pourrais rester ainsi des heures durant.

Mon chien ne l'entend pas de cette oreille, il vient lui aussi de voir Clément et commence à japper en tirant sur la laisse. Je suis obligé d'avancer, il a complètement brisé notre bulle, et c'est tant mieux. Nous devions avoir l'air bien bêtes, tous les deux.

Je rejoins Clément de l'autre côté de la rue, et cette fois, nous sourions. Nine lui saute dessus, je suis un peu oublié, mais je ne suis pas jaloux.

– Qu'est-ce que tu as grandi, toi !

– Je regrette sa taille de chiot.

– Il était déjà assez imposant pour un chiot, rit Clément.

J'aime ce rire. Je ne sais pas si je l'avais vraiment réalisé avant aujourd'hui, mais j'en suis complètement fou. Quand Clément s'esclaffe, il m'enivre.

Il se redresse et passe une main dans ses cheveux. J'ai envie que ma main soit la sienne et je me cognerais bien d'avoir des pensées aussi fleur bleue. À quoi bon être taillé dans la pierre, passer pour un géant et parfois même effrayer les gens si je fonds ensuite devant un simple mec ? Mais c'est ça le problème, Clément est tout sauf simple. Qu'il s'agisse de sa personnalité, de ce qu'il me fait ressentir ou de tout ce que ses yeux semblent cacher, il y a plus de complexité en lui qu'en toutes les personnes que j'ai fréquentées réunies. Quant à moi, je suis loin d'être l'homme fort que l'on s'imagine, et je doute qu'il y ait plus romantique que moi. Je suis irrécupérable.

– On se prend un café ?

Il montre quelque chose, juste derrière moi, alors je me retourne. C'est une terrasse vide.

– J'ai pas mal roulé, je ne serais pas contre un petit remontant.

– Tu arrives d'où ?

– Lyon. Je suis allé voir mon meilleur ami avant de venir.

– C'est à l'autre bout du monde, dis-je.

– N'exagérons rien. Et puis j'aime rouler.

Il prend les devants et se dirige vers le café. Quels choix ai-je, à présent ? Aucun. Je le suis. Bien sûr que je le suis, et pas seulement parce que Nine tire comme un fou pour rester avec ce nouvel arrivant. Je suis à sa merci.

Clément s'enfile son premier café presque d'une traite, sans même prendre le temps de s'asseoir. Il a de la chance de ne pas s'être cramé la langue. C'est seulement quand il a bu le premier et commandé le deuxième qu'il se décide à se mettre plus à l'aise. Je me demandais justement si on allait rester debout. J'imagine qu'il a passé assez de temps assis, sur la route, mais je suis quand même content quand je le vois se diriger vers une table, dans le fond.

Lorsqu'il retire son blouson, je manque m'étaler de tout mon long. Je trébuche et je suis presque sûr que même Nine se moque de moi… J'attribue des pensées humaines à mon chien, c'est ce qui arrive quand on passe le plus clair de son temps seul avec son animal. Quoi qu'il en soit, je suis sous le choc. Clément m'est déjà apparu très sexy quand mes yeux se sont à nouveau posés sur lui après ces six mois sans le voir, mais là, c'est un tout autre calibre. Il porte un pull noir fin à col roulé qui épouse parfaitement son corps. Je l'ignorais avant, mais je crois que j'aime les cols roulés sur les hommes. En tout cas, je les aime sur cet homme-là.

– Tu ne t'assieds pas ? me demande-t-il, surpris.

Il s'est installé contre le mur et ses yeux m'interrogent. Je souris, me moquant de moi-même, mais je ne dis rien. J'aurais trop honte de lui avouer que le regarder me déconnecte complètement de notre monde. Alors je m'installe à mon tour tandis que le serveur dépose un nouveau café devant Clément.

– Tu ne prends rien d'autre ?

– Si j'avale un café de plus, je vais être une pile électrique, réponds-je.

– T'as l'air plutôt calme, pourtant.

– Justement parce que j'évite de boire trop de café !

Il sourit à ma réponse et mon foutu cœur en est bien trop heureux. Je me sens bien quand je suis avec lui. Je ne m'explique pas le lien qui nous unit, mais je sais qu'il n'a rien d'anormal ; j'ai des tonnes de raisons d'apprécier cet homme et je n'en ai encore trouvé aucune de ne pas l'aimer.

– Je suis content de te revoir, dis-je.

– Moi aussi.

– Je ne savais pas quand tu arriverais, mais j'étais impatient.

– Tu étais certain que je viendrais ?

– Tu l'as annoncé sur ton Instagram pour prendre les réservations. Du coup j'avais des dates, mais j'espérais que tu viennes un peu plus tôt.

Un immense sourire se dessine sur son visage, mais il essaye de le dissimuler en portant la tasse à ses lèvres.

– Quoi ? demandé-je, souriant aussi.

– Rien.

– Allez, dis.

– C'est juste que j'ignorais que tu consultais mon compte Insta.

– Je te suis depuis le premier jour.

– Oui, mais tu ne t'y montres pas, alors je croyais que tu n'y allais pas vraiment.

– J'ai activé les notifications pour tes publications, je les vois toutes.

– Stalker…

Nous rions tous les deux. Je crois que cela fait plaisir à Clément que je le suive. Je n'ai pas l'impression qu'il me prend pour un fou. Je n'en suis pas sûr parce que j'ai remarqué que c'est un homme insaisissable qui ne laisse que rarement ses émotions transparaître, mais j'aime penser qu'il apprécie l'intérêt que je lui porte.

– Tu as prévu de dormir où ?

– J'ai loué un appartement pas très loin de la boutique.

– Je t'aurais prêté la moitié de mon lit, sinon, je n'aurais pas voulu que tu sois à la rue, dis-je en riant.

– Je n'avais même pas envisagé de m'incruster, mais j'apprécie ta générosité.

Je m'étais demandé s'il allait venir dans mon propre logement, cela aurait été moins coûteux et sûrement plus intelligent de notre part, mais j'aime assez le fait qu'il n'y ait même pas pensé. D'un côté, j'ai envie de le garder tout près de moi – parfois, j'ai même envie de trouver une solution pour pouvoir le mettre dans ma poche et le transporter partout –, de l'autre, je le trouve encore plus séduisant dans cette indépendance qu'il semble avoir alors qu'il n'a que vingt ans. Je ne me souviens pas avoir eu sa maturité à son âge. Je ne l'ai toujours pas aujourd'hui, je suis incapable de me débrouiller seul…

– Ton nouveau livre avance bien ?

– Plutôt, oui. Je suis satisfait de mon avancée.

– Il parle de quoi ?

– C'est l'histoire de deux êtres qui ne cessent de se croiser sans jamais réussir à se trouver vraiment.

– C'est pas quelque chose qui existe déjà ?

– Si, mais mon histoire a une particularité.

– Laquelle ?

– Si je te le dis, ça gâchera la découverte ! Enfin, si tu le lis un jour.

– Je compte bien le lire. D'ailleurs, je t'ai ramené celui que tu m'as prêté la dernière fois.

Je regarde autour de lui, à ses pieds et sur la chaise d'à côté, mais je ne vois ni sac ni valise. Il semble être venu les mains vides et je le comprends parce que je ne vois pas comment il peut faire à moto, mais alors, où cache-t-il mon livre ?

– J'ai tout fait livrer avec mes outils de travail, répond-il à ma question silencieuse. On pourra passer au salon tout à l'heure, si tu veux.

– Je suis curieux de voir à quoi il ressemble.

– Moi aussi, je ne l'ai vu qu'en photo. J'ai hâte de le voir et de l'aménager.

– Ça ne va pas être contraignant de faire livrer tes affaires de ville en ville et de revoir toute la décoration à chaque nouvelle boutique ? demandé-je.

– C'est surtout coûteux, mais mon agenda est complètement plein, alors je peux me le permettre. Pour ce qui est de tout refaire, j'ai une déco qui se transporte, et puis j'aime bien faire ça, de toute façon.

– Tu as prévu un peu de temps pour moi dans ton planning ?

– Peut-être, répond-il, taquin.

***

Avant de nous rendre au nouveau salon de Clément, nous allons promener Nine dans un coin de verdure juste à côté de l'église. Il fait frais, l'hiver approche, mais la présence du jeune homme me réchauffe. Nous marchons en silence, nos épaules se frôlant parfois, nous nous jetons des regards à la dérobé par moments, et j'apprécie l'instant.

– Tu m'as manqué, osé-je dire.

Clément s'arrête net et j'ai soudain peur d'avoir fait une bêtise en me laissant aller à exprimer mes émotions, mais il me rassure vite :

– Tu m'as manqué aussi.

– Heureusement qu'on vit à une époque où les téléphones et Internet existent.

– C'est vrai, qu'aurais-je fait de ma vie si je n'avais pas pu recevoir tes SMS profonds. « Un », « Dix », « Sept »… Il n'y a pas de messages plus touchants que ceux qui ne contiennent qu'un seul mot qui est aussi un chiffre.

Il tente de garder son sérieux, mais je vois son sourire en coin et je ne m'attendais tellement pas à ce qu'il fasse une plaisanterie que je ris soudain aux éclats. Cet homme est plein de surprises, j'en suis complètement fan.

– Que veux-tu ? Je passe trop de temps à écrire des romans, je n'ai plus de forces pour le monde réel ensuite.

Cela le fait rire, ce qui me met du baume au cœur. Il ne m'en faut pas beaucoup plus pour oublier tout ce que cette situation a de mauvais, tout ce que je fais de mal. Je repense soudain à cette chanson de OneRepublic que j'écoutais quand j'écrivais mon quatrième roman, à cette partie où le chanteur raconte d'une voix aiguë et plaintive comme il se sent bien en faisant quelque chose de mal et comme il se sent mal quand il semble faire ce qui est bon. Je me retrouve totalement dans ces mots. Je sais qu'être avec Clément, aimer autant sa compagnie, le désirer, et pas seulement sexuellement, c'est la mauvaise chose, mais je me sens bien en le faisant. Quand je me dis que je devrais tout arrêter, faire marche arrière, lorsque je prends conscience que ce serait le juste choix, je souffre le martyre.

Je me demande parfois si la vie est une sorte d'immense torture que nous impose celui qui tient les ficelles de notre existence, juste pour voir si nous sommes des marionnettes qui en valent la peine. J'aimerais couper les fils qui manipulent mon cœur, ne plus me sentir esclave de quoi que ce soit.

– Ça va ?

La voix inquiète de Clément me tire de mes pensées sombres. Je n'avais pas remarqué que je m'étais arrêté et que j'étais perdu dans les méandres de mon esprit.

Je hoche la tête et souris avant de reprendre ma marche, les mains dans les poches.

– Deux ! dis-je, alors que je suis un pas devant lui.

– Tu n'arrêtes jamais, hein ?

– Quoi ? Tu n'aimes pas ce jeu ? demandé-je, d'un ton amusé, en tournant la tête vers lui.

– Je l'adore.

Et moi, c'est toi que j'adore, pensé-je. Il est tellement simple, direct, mais sincère dans ses réponses, que chacun de ses mots me retourne, même le plus banal. Je n'aime pas les gens comme moi qui savent trop bien user de notre langue et nous endorment de phrases qui sonnent faux. Je préfère ceux comme Clément, dont chaque parole est l'expression de sa vérité.

– Deux musiques que tu adores, me dit-il.

– Seulement deux ? C'est dur…

– C'est toi qui as choisi le chiffre, arrête de te plaindre.

Je ris parce que j'aime aussi son caractère, cette façon qu'il a de dire juste ce qu'il pense, gentiment, mais avec sincérité. Je crois qu'au fond de moi, j'aime autant cet homme que je le jalouse. Il est tout ce que je ne suis pas, tout ce que j'aurais aimé être.

– « Superheroes », de The Script, et « Carnaval », de Maluma.

Clément semble surpris par ma réponse.

– Quoi ?

– Irlandais et espagnol, tu aimes la musique d'ailleurs.

– Tu connais ?

– Une de mes meilleures amies est chanteuse, je connais pas mal de chansons. Heureusement, elle a bon goût. Pourquoi ces deux-là ?

– Pour la première, à cause d'une partie de la chanson : *« Every day, every hour, turn the pain into power.*[6] »

– Ton accent est vraiment…

– Pitoyable, je sais. Je t'avais dit que j'étais mauvais en anglais !

6. *Chaque jour, chaque heure, transforme la peine en pouvoir.*

Il rit encore, et pour la première fois, je suis heureux de parler si mal cette langue.

– Mais j'aime beaucoup cette partie… Et l'autre chanson, pourquoi ?

– Juste parce que je l'ai entendue récemment et qu'elle donne la pêche.

Clément rit encore, plus vivement. Je ne sais pas vraiment ce qui est drôle dans ce que j'ai dit, mais cela m'est égal, cela me rend heureux.

– Désolé, je ne me moque pas. C'est juste que mon meilleur ami n'a pas arrêté de chanter cette chanson quand je suis allé le voir à Lyon et il a dit la même chose que toi quand je lui ai demandé de la fermer. Selon lui, ça redonne le moral.

– Tu ne l'aimes pas ?

– Si, si, elle me plaît bien, mais Sandy ne sait pas chanter, et au bout de dix fois, j'avais juste envie que cette chanson n'ait jamais existé.

– Sandy ?

– Mon meilleur ami.

– C'est un mec ? m'étonné-je.

Clément hoche la tête.

– Sandy comme dans *Grease* ? Ce n'est pas un prénom de fille, normalement ?

– Il y a les deux, mais oui, dans *Grease*, c'est une fille. Le Sandy que je connais est d'ailleurs persuadé que c'est le beau brun qui s'appelle comme lui dans le film.

– Il ne l'a jamais vu ?

– Non.

– Et tu ne lui as pas dit qu'il se trompait ?

– Non, répond-il à nouveau, en souriant, cette fois.

– Tu es un homme cruel.

Il hausse une épaule, toujours en souriant, et mon sourire fait alors écho au sien.

– Sandy… dis-je, c'est vraiment rare de s'appeler comme ça, pour un mec. Ça fait bizarre.

– Dit celui qui s'appelle sept…

– Ce n'est pas faux. Mais je te signale que tu es coréen et que tu t'appelles Clément, ce qui me semble pourtant très français…

– Je suis d'origine coréenne, pas coréen, mais tu as raison ! dit-il en riant. Cela dit, j'ai déjà eu du mal à m'intégrer, alors si j'avais en plus eu un prénom coréen, je n'ose pas imaginer la galère pour moi…

J'ai de suite envie de lui demander de me parler davantage de son passé, mais il ne m'en laisse pas le temps et je comprends à sa façon de changer de sujet qu'il n'a pas du tout envie d'en discuter.

– On va au salon ?

– Je te suis.

À cet instant, j'ai l'impression que je pourrais le suivre jusqu'au bout du monde, honnêtement, mais il n'a sûrement pas besoin de le savoir. Je n'ai pas envie de lui faire peur, et en ce moment, mes propres sentiments m'effraient. Je suis bien trop à l'aise avec un homme que je connais depuis aussi peu de temps, ça ne devrait pas me sembler normal, je crois. Et pourtant, j'adore ça.

Parfois, je ne sais plus quoi penser de moi-même.

CHAPITRE 8

CLÉMENT

Quand nous arrivons devant la boutique que je vais m'approprier pour un mois, je sens l'excitation m'envahir, totalement différente de celle que Seven me fait ressentir. Ça me fait du bien de vibrer autrement que pour lui. J'ai du mal avec l'idée qu'il a pris une si grande place dans ma vie en seulement six mois et deux rencontres, en une simple caresse du bout des doigts, une étreinte au réveil et pas même un baiser échangé. Je ne me fais pas à cette situation, à ce que je ressens. La nouveauté a parfois quelque chose d'effrayant. Ce n'est pas sans raison que je reste bloqué dans mes cauchemars ; j'ai peur d'une vie où tout prendrait son sens et où les choses seraient différentes pour moi. Je préfère supporter ce que je connais déjà.

– C'est super bien placé ! s'exclame Seven, à côté de moi.

– Je ne sais pas si on peut dire qu'on est bien placé à Oloron-Sainte-Marie, c'est un coin perdu.

– C'est toi qui es venu t'y perdre, je te signale.

À cause d'un homme qui me fait faire n'importe quoi… Mais je m'abstiens de le lui dire.

– Ça me va, je n'ai pas besoin d'être visible, mon agenda est plein pour toute la période. J'aurais même pu exercer dans un appartement caché de tous, ça n'aurait rien changé.

– Pourquoi tu ne l'as pas fait ? Ça t'aurait coûté moins cher, non ?

– Sûrement, mais j'aurais manqué de lumière naturelle. Sans compter que tous les logements ne permettent pas d'exercer une activité professionnelle, c'était plus pratique comme ça.

J'ouvre la porte de mon nouveau lieu de travail et entre, suivi par Seven et Nine. Ce n'est pas très grand et c'est parfait, j'ai du mal avec les grands espaces. Certains sont claustrophobes, moi, j'ai peur de me perdre dans le vide qui m'entoure. C'est un peu comme la solitude, j'en ai besoin, et en même temps, elle me terrifie. Comme tous les êtres humains, je suis un condensé de contradictions variées.

– J'ai hâte de voir le résultat final.

– Tu viendras te faire tatouer ? plaisanté-je.

– Je te l'ai dit, ça me fait peur. Je suis pas fan des aiguilles. J'ai déjà assez peur des prises de sang et des vaccins…

– Ce n'est pas du tout la même aiguille ou la même sensation. Sandy en est flippé, et pourtant, il est tatoué partout. Je crois qu'il y a autant de tatouages sur son corps que de noms de femmes sur la liste des gens avec qui il a couché, et je peux te dire que cette liste est très longue…

– Il a encore de la place sur son corps ? demande Seven amusé.

– Étonnamment, oui. Il fait parfois faire de toutes petites pièces. Il évite les trop grosses parce qu'il a peur de ne plus pouvoir se faire tatouer à force de noircir sa peau.

– C'est toi qui le tatoues toujours ?

– Pas toujours. Il a une amie tatoueuse vers chez lui et il fait des flashs dans les conventions ou dans des villes où on s'arrête, de temps en temps.

– Des flashs ?

– Ce sont des dessins que prépare le tatoueur, ils sont uniques, premier arrivé, premier servi, mais ce n'est pas le client qui fait une demande spécifique, c'est nous qui nous laissons aller à notre imagination.

– Tu en fais aussi ?

Je hoche la tête.

– Il faut que j'en refasse, je me suis fait dévaliser à ma dernière convention.

– Et si tu devais me tatouer, qu'est-ce que tu ferais pour moi ?

– Je ne fais pas de tatouage de ce genre. Pour moi, ça doit venir de celui qui se fait tatouer.

Je dessine quelque chose avec mon style, bien sûr, mais pour l'idée globale, à moins que ce ne soit un flash, justement, il faut qu'on me dise ce qu'on veut. À mes yeux, un tatouage n'est pas juste une petite décoration comme un décalco que tu peux changer au gré de ton humeur. C'est une marque que tu portes en toi et que tu veux aussi avoir *sur* toi pour la vie. Jamais je ne prendrais la responsabilité de penser à ta place.

– Tu es très sérieux sur le sujet, tous les tatoueurs sont comme ça ?

– Pas du tout. On a tous un avis différent sur la question, et c'est OK, je ne cherche pas à imposer ma vision du monde, dis-je en souriant.

– C'est ce que j'aime chez toi.

– Seulement ça ?

Mes yeux se plongent dans ceux de Seven, et à nouveau, je me retrouve prisonnier de son regard. Cet homme a un pouvoir immense sur mon cœur et je n'ai pas l'habitude de me sentir si vulnérable autrement que dans mes cauchemars. Pourtant, cela ne m'effraie plus autant que la première fois. Bien sûr, j'ai peur de me perdre en lui et surtout de perdre le contrôle, mais le plaisir que je ressens à être ainsi pris dans le tourbillon qu'est Seven va au-delà de mes craintes.

Une fois de plus, je sens l'envie fleurir en moi. Comme quand j'ai recroisé son regard, un peu plus tôt. Après tous ces mois passés sans le voir, mon corps me dit qu'il brûle de consumer le sien. Pourtant, ma tête continue à s'y refuser.

– Je ne coucherai pas avec toi cette fois non plus.

– Je n'ai aucun problème avec ça.

– Vraiment ?

– Vraiment. Je ne me l'explique pas, mais je suis juste heureux de te voir. Je ne dis pas que je n'ai pas envie de toi, ce serait un mensonge, mais ce qu'on a, là, ça me va aussi bien…

Il est loin d'être le seul. Je le désire, je le veux, j'en rêve parfois éveillé. Pourtant je ne veux pas coucher avec lui aujourd'hui, ni demain, ni même pendant ces quelques semaines où nous allons nous voir sûrement régulièrement. Pour la première fois de ma vie, je veux que les choses se passent autrement. Il y a une voix dans ma tête qui me souffle que, si je vais trop vite, tout se brisera entre mes doigts. Il y en a une autre qui me dit que je suis un parfait idiot qui devrait profiter de ce qu'il peut avoir, mais celle-là, je refuse de l'écouter. Je prends le risque d'avoir des regrets.

Je n'ai absolument rien contre le sexe sans attaches, Sandy n'est pas le seul à aller de femme en femme, j'ai moi aussi eu l'habitude de passer d'un homme à un autre très rapidement. Non, ce n'est pas ça le problème. En réalité, je ne sais même pas pourquoi j'agis ainsi, je sens juste, au plus profond de moi, que c'est la chose à faire.

– Je suis heureux que tu sois là, continue Seven, après un long silence.

Mon cœur se met au trot, il a la décence de ne pas partir au galop et je lui en suis reconnaissant, car je fatigue d'être ainsi réactif à cet homme. Pourtant, mon corps gronde, il se fâche d'être ignoré et je me dis que je peux bien lui donner un petit quelque chose.

– Je ne veux pas coucher avec toi, mais j'ai très envie de t'embrasser, dis-je, malgré moi.

– C'est un désir partagé…

– Si je t'embrasse, tu promets de ne pas disparaître ?

Inconsciemment, je me suis un peu plus approché de lui. Son souffle se mêle au mien et j'ai l'impression d'être à l'agonie. Il faut que je réduise la distance, que je l'embrasse, mais j'ai cette putain de peur qu'après il disparaîtra et qu'il n'y aura pas de prochaine fois. Je crois que c'est aussi pour ça que je me refuse à coucher avec lui. Au fond, je ne lui fais pas totalement confiance. Habituellement, je n'attends pas de l'homme qu'il reste, je n'attends rien de lui, à vrai dire, mais de Seven, je veux bien plus. J'aimerais qu'il soit là quand je me réveillerai après une nuit à faire l'amour. Et pour pouvoir lui faire confiance, j'ai besoin de plus de temps.

– Alors c'est ça qui te fait peur… dit-il tout bas.

– J'ai aussi peur que tu ne sois qu'un rêve.

– Je ne suis pas un rêve, j'ai tout du cauchemar, Clément.

Alors que mon prénom sort à peine de sa bouche, me faisant vibrer au plus profond de mon être, il efface la distance entre nous et ses lèvres viennent s'écraser contre les miennes avec autant de force que le laissaient présager ses derniers mots. Il a sûrement le goût du café, comme moi, mais je ne le sens pas. Quand sa langue glisse contre la mienne, j'ai l'impression de sentir le miel, mais quand le sucre s'échappe, l'amertume prend sa place, ce goût que laisse parfois un bon expresso bien serré, le même que celui qu'on a bu plus tôt. Ce baiser, c'est le souvenir de ce qu'on a déjà vécu, la preuve de ce qu'on vit et la promesse de ce qu'on vivra. Je ne peux pas le décrire, je n'arrive pas à me concentrer sur toutes les saveurs et toutes les émotions. Je crois que je suis en train de perdre la tête. Cet homme fait tout pour me rendre fou.

Je saisis son visage de ma main. Je n'ai qu'une peur : qu'il ne s'échappe. Je caresse sa joue, glisse mes doigts dans ses cheveux, puis je m'empare de sa nuque. Je prends feu de l'intérieur, et quand j'ouvre les yeux pour découvrir le bleu des siens qui me regardent alors que nous nous embrassons, je me meurs.

Je suis obligé de m'arrêter, je ne veux pas crever comme ça. Je suis à bout de souffle, pas parce qu'il m'a privé de mon oxygène, mais parce que mon cœur ne fonctionne plus comme il le devrait. La seule chose qui me console, c'est qu'il est dans le même état que moi.

Nous restons tout près l'un de l'autre, les yeux dans les yeux. J'aimerais savoir lire toutes les choses que son regard dit, mais je n'en suis pas encore capable. C'est trop tôt, je ne sais rien de lui, ou juste pas assez, même si j'ai l'impression d'avoir saisi le plus important.

Un jour, peut-être.

– Tu veux qu'on déballe tes cartons ? me demande-t-il soudain, comme si ce que nous venions de partager ne s'était pas produit.

Je souris, c'est plus fort que moi, parce que même si je le connais peu, je sais que cette esquive n'est là que pour cacher la puissance de ce que lui aussi a ressenti.

C'est presque comme s'il voulait souffler le chaud et le froid, mais si je vois clair dans son jeu, j'ai bien du mal à comprendre le mien. Je ne sais plus à quelle température est mon corps et je suis bien incapable de prendre la mesure de mon cœur. Je suis complètement retourné.

J'ai pourtant une certitude : cet homme causera ma perte.

***

En fin de journée, tous mes cartons sont défaits. Le livreur en avait mélangé certains du salon avec les personnels qui devaient aller dans mon appartement temporaire, alors nous avons fait des trajets à pied pour mettre tout en ordre. Les deux ne sont qu'à quelques pas, donc ce n'était pas très grave. Et puis nous avons passé notre temps à discuter de tout et de rien en même temps, ce qui était plutôt agréable.

Je constate encore une fois que les choses sont fluides entre nous, naturelles. Je crois que c'est ce qui m'a tant plu lors de notre première rencontre. Je suis un homme plutôt à l'aise quand je connais les gens, avec mes amis, par exemple, même si je reste sur la réserve concernant certains sujets – ce n'est pas lié à un manque de confiance, je suis juste comme ça –, je discute facilement, et je pense être de bonne compagnie, mais avec les inconnus, je reste assez distant, parfois froid. Je fais bonne figure, mais je ne m'ouvre pas et je me sens en retrait, comme si j'avais peur de ce qu'on pourrait faire de mes mots et de mes actes. Pourtant, avec Seven, je me suis senti tout de suite bien, confortable. Et plus nous échangeons, que ce soit par SMS, en nous appelant, ou là, en nous voyant, plus je me sens bien.

Nous nous promenons dans Oloron-Sainte-Marie et j'apprécie le soleil sur mon visage. L'hiver est tout près, il fait froid, mais cela ne m'empêche pas d'apprécier la balade. Nous passons devant la médiathèque, et depuis un pont, nous apercevons le Gave. C'est une rivière magnifique qui donne un charme fou à cette ville déjà très belle dont les vieilles bâtisses en pierre qui grimpent vers le ciel m'ont séduit dès mon arrivée.

– Je comprends pourquoi tu es venu ici, dis-je, alors que nous sommes arrêtés pour contempler la beauté du paysage.

– C'est un bel endroit, hein ?

– Très. Il y a de quoi être inspiré.

– Tu n'étais jamais venu avant ?

– Non. On a fait pas mal d'endroits, mais on ne s'est jamais arrêtés ici.

– Tu pourras conseiller à ta bande d'y venir un jour. À moins que tu ne veuilles pas leur raconter…

– Ils savent que je suis ici. Je leur ai dit que j'allais voyager un peu plus. J'ai fait quelques jaloux, dis-je en riant, repensant à Sandy qui crevait d'envie de venir avec moi.

– Ils savent qui tu y vois ?

Je secoue la tête.

– Je ne parle pas beaucoup de ma vie privée.

– Je l'ai remarqué. Je suis rassuré, ce n'est pas juste parce que tu n'as pas confiance en moi.

– Il y a un peu de ça aussi, pour être honnête, mais en vrai, c'est juste ma personnalité. Ce n'est pas que je n'ai pas confiance en eux, ou même en toi – même si j'ai plus confiance en eux qu'en toi, cela va sans dire –, c'est juste que ça ne me vient pas naturellement de parler de ce genre de choses.

– Par chance, je sais comment te faire parler.

Je tourne la tête vers Seven, et quand je le vois sourire, je ne peux m'empêcher de lui sourire en retour. Il a un petit air taquin et amusé que peu d'adultes ont conservé en disant adieu à l'enfant qu'ils étaient.

– Donne-moi un chiffre, dit-il alors.

– J'aurais dû m'en douter…

Je ris, je ne peux pas m'en empêcher. Sa solution pour me faire parler est toujours de jouer. J'ai presque l'impression qu'il n'en a trouvé aucune autre pour me soutirer des informations, et en même temps, j'aime assez ça. Malgré tout, une question idiote me taraude et j'ai besoin de la poser :

– Tu joues à ça avec tout le monde ?

– Non, juste avec toi. Tu as commencé à y jouer avec d'autres ?

– Non. C'est à nous.

Ses yeux pétillent et je comprends pourquoi. S'il ressent ne serait-ce qu'un quart de ce que je ressens, alors lui aussi, il est heureux que ce petit jeu n'appartienne qu'à nous.

– Trois, dis-je.

– Trois bons souvenirs de ton enfance ou de ton adolescence.

– C'est dur…

– Ne me dis pas que tu n'en as pas au moins trois, s'il te plaît. Dis-moi que c'est parce que tu en as trop que tu trouves ma question difficile…

– Pourquoi ?

– Parce que si ta vie jusqu'ici a été compliquée au point de ne pas en garder trois bons souvenirs, j'aurais envie de casser quelque chose. Je préférerais retourner dans le passé et changer les choses pour toi, mais comme c'est scientifiquement impossible, je me rabattrais sur la colère.

J'ai une terrible envie de l'embrasser et de le serrer dans mes bras. Vu sa carrure, je pense que c'est lui qui me serrerait dans les siens, mais ça m'est égal, j'ai envie de l'étreindre de toutes mes forces parce que je ne sais pas quoi faire d'autre des émotions qu'il fait vibrer en moi. On ne devrait pas autoriser un tel homme à exister, ceux qui savent parler ainsi et nous toucher au plus profond de nous-mêmes sont dangereux. Les sentiments sont risqués. Pourtant, pour rien au monde je ne me déferais de ceux qui vibrent dans ma poitrine.

Je prends sur moi parce que me jeter dans ses bras, ça non plus, ça ne me ressemble pas. J'en suis bien incapable. Dans ma tête, c'est un foutoir. J'ai mille pensées, mille émotions à exprimer, mais je les tais. Il vaut mieux que je me concentre sur sa question.

– Je crois que mon souvenir le plus heureux, c'est quand j'ai eu une lettre retour du père Noël. Je sais maintenant que c'est ma grand-mère qui l'avait écrite, mais à ce moment-là, j'avais cinq ans, c'était mon deuxième Noël chez eux, et avec mon grand-père, j'avais écrit au père Noël. Je lui avais dit que je n'avais pas été très sage, mais que j'allais essayer d'être un meilleur petit garçon, et je lui avais demandé s'il pouvait m'apporter une boîte de feutres pour que je fasse des dessins pour mes grands-parents, pour qu'ils ne soient plus tristes et qu'ils arrêtent de pleurer.

Je marque une pause au souvenir, c'est aussi bon que douloureux pour moi.

– J'étais persuadé que mes grands-parents étaient malheureux de devoir s'occuper de moi et je pensais que c'était ma faute s'ils pleuraient le soir, quand ils pensaient que je dormais. Je crois que les mots que j'ai dictés à mon grand-père, ce jour-là, lui ont fait beaucoup de peine, mais ça lui a aussi permis de comprendre ce qui se passait dans ma tête.

Je lève la tête vers Seven qui a un air grave et je souris pour le rassurer.

– Je sais que ça semble mal commencer, mais je t'assure que c'est un souvenir qui finit bien.

Il finit même très bien.

– Le jour de Noël, j'ai reçu une lettre du père Noël accompagnée d'un beau cadeau. Dans son courrier, il me disait qu'il m'avait beaucoup observé et que j'étais un très bon garçon qui rendait ses grands-parents particulièrement heureux. Il m'écrivait que s'ils pleuraient parfois, ils souriaient plus souvent encore, juste parce qu'ils étaient complètement fous de leur petit-fils, qu'ils l'aimaient plus que tout au monde. Ce père Noël auquel je rêvais, que j'idéalisais, me demandait de rester le même, et il a terminé en écrivant qu'il espérait que je mettrais plus de couleurs encore dans la vie de mes grands-parents. Je n'ai pas bien compris la fin de la lettre à ce moment-là, mais avec ce courrier, il y avait une grande mallette pleine de matériel à dessin. J'étais comme un dingue ! Je m'attendais à recevoir quelques crayons, mes grands-parents m'avaient toujours dit que le père Noël ne pouvait pas offrir beaucoup – j'ai su après, quand j'ai arrêté de croire à cet être imaginaire, qu'ils n'avaient juste pas beaucoup d'argent –, alors j'étais vraiment surpris. C'était le plus beau Noël de ma vie, mes grands-parents souriaient comme jamais, j'avais reçu une belle lettre du père Noël et j'avais de quoi faire des tonnes de dessins pour ceux que j'aimais. Je crois qu'il n'y aura jamais un Noël aussi beau dans ma vie.

Les yeux perdus dans le paysage, je souris tendrement au souvenir de cet instant magique. Je sais que j'ai beaucoup parlé, que je me suis confié comme jamais je ne l'ai fait avant, mais c'est à cause de ce jeu et à cause de Seven. Il a ce pouvoir sur moi. Et au fond, j'en suis ravi parce que me souvenir de ce moment me rend profondément heureux. Pour autant, je n'ai pas envie qu'on en discute des heures, je ne veux pas non plus qu'il me questionne, ou pire, qu'il s'apitoie, alors je réfléchis vite au deuxième morceau joyeux de mon passé que je veux partager.

– En deuxième position, je pense que mon souvenir préféré est celui du voyage scolaire à la montagne que j'ai fait en primaire. C'était la première fois que je voyais la neige, ou la montagne, en fait. J'étais fou de joie. Je me souviens des paysages, de la côte qu'on a montée à pied en chantant, du fromage et du miel qu'on a dégustés, des soirs dans la chambre à attendre que le surveillant se couche pour qu'on puisse faire les idiots – même si on s'est fait punir, une fois – et de la boum de fin de voyage.

Je me souviens aussi du sourire d'un garçon qui faisait pas mal battre mon cœur à ce moment, sûrement mon premier amoureux, même si c'était à sens unique. Mais ça, c'est mon secret et cela le restera.

– C'était une ambiance joviale et je me suis bien amusé. Je crois qu'à partir de là, j'ai commencé à être plus à l'aise avec les gens, ou plutôt, à mieux comprendre comment m'intégrer. Cela ne m'a pas empêché de continuer à être sur la réserve, je n'ai jamais su me faire des amis, mais au moins, pendant ce séjour, je me suis senti comme tout le monde. J'ai beaucoup aimé mon voyage en Espagne, au collège, mais celui à la montagne était mon premier et mon préféré.

– Tu as fait du ski ?

– Oui, j'ai même eu mon flocon.

– Bravo, monsieur !

Je souris discrètement, mais je suis certain qu'il le voit très bien. S'il est aussi attentif à moi que je le suis à lui, ça ne fait aucun doute…

– Et ton troisième meilleur souvenir, alors ?

– Est-ce qu'à dix-huit ans on est toujours considérés comme étant des enfants ? demandé-je, en levant les yeux vers le ciel clair qui nous couvre.

– Je pense que par définition, non, mais au fond, on le reste autant de temps qu'on le souhaite. Alors va pour un souvenir de tes dix-huit ans, ça me convient très bien !

– Alors mon troisième souvenir préféré est ma rencontre avec mon meilleur ami. Ce qu'il s'est passé n'avait rien de vraiment bon, j'étais fou de rage, on s'est battus avec des cons et on est ressortis de tout ça complètement déglingués, mais c'est ce jour-là que ma vie a vraiment pris du sens, quand je l'ai rencontré.

– Tu l'aimes beaucoup.

– C'est l'homme le plus important de ma vie. Sandy a été mon univers à lui tout seul pendant un moment, jusqu'à ce que je m'ouvre à d'autres. Il a été mon tout premier ami.

– Tu as été amoureux de lui ?

– Jamais. Je l'ai parfois cru, mais non. Pas une fois je n'ai eu ce genre de sentiments pour lui. Il est comme un frère, plus encore que si on partageait le même sang. C'est lui qui m'a donné goût à la moto, lui aussi qui m'a fait intégrer cette bande sans qui je serais vraiment malheureux, et c'est aussi lui qui m'a donné envie de vivre vraiment. Ce qui est ironique parce qu'il est à demi mort.

Du coin de l'œil, je vois Seven tourner la tête vers moi et je sais qu'il se demande ce que je veux dire, mais je n'ai pas envie de parler de la façon dont vit Sandy, de ses ténèbres et de la crainte que j'ai, chaque jour, de finir par le perdre. Tout ça, c'est à lui, à nous aussi, un peu, et j'ai beau ressentir des choses complètement folles pour Seven, je me refuse à lui confier ces choses.

– Il est indispensable à ma vie, et surtout, il l'a complètement changée. C'est pour toutes ces raisons que ma rencontre avec lui fait partie de mes plus beaux souvenirs.

Je me souviens avoir dit la même chose à Lara, un jour. Je ne les connaissais tous que depuis un an, Sandy à peine plus, et je parlais si peu de moi et de ce que je ressentais que je l'ai surprise de mes mots. J'avais un petit peu bu, mais ce n'est pas à cause de l'alcool que je me suis ouvert. J'étais avec tout le monde et je me sentais si heureux, ainsi entouré, que c'est sorti tout seul.

– Merci.

Je tourne la tête vers Seven, surpris.

– Merci d'avoir partagé tout ça avec moi, précise-t-il.

Je souris. Il ne le sait pas, mais c'est exactement ce que Lara m'a dit ce jour-là. C'est à ce moment précis que j'ai réalisé que m'ouvrir aux autres pouvait être une bonne chose. Cela les rend heureux et il n'y a rien de plus agréable que de faire plaisir aux gens que l'on aime. Pour autant, Seven n'a pas besoin de savoir que c'est moi qui lui suis reconnaissant de m'offrir la possibilité de partager quelque chose avec lui. Il est inutile qu'il sache tout ce que je ressens pour lui.

– C’est parce que je compte bien te soutirer pas mal d’informations personnelles, moi aussi.

– Vraiment ? demande-t-il, amusé.

– Ne crois pas que tu vas y échapper, je suis là pour un mois !

– Ce sera sûrement le meilleur mois de ma vie.

Je n’arrête pas de le penser, mais il ne devrait pas avoir le droit de dire des choses comme ça. Il ne devrait pas lui être permis d’atteindre si aisément mon cœur. Pourtant, c’est le cas, et je crois qu’en dépit des craintes que cela fait naître en moi, je suis heureux.

Seven me rend heureux.

CHAPITRE 9

CLÉMENT

Cela fait maintenant une semaine que je suis à Oloron-Sainte-Marie. Une semaine où j'ai pu profiter de la beauté des lieux, et surtout de l'homme pour lequel je suis venu ici. Je n'ai pas choisi d'adopter le concept de boutique éphémère pour Seven, mais je dois admettre que j'ai adapté mon planning au sien.

Aujourd'hui, j'ouvre officiellement le salon et je reprends du service. J'ai passé sept jours fabuleux à me promener avec Nine et son maître, à regarder ce dernier écrire en prétendant que je lisais ou dessinais, et de nombreuses heures à embrasser cet homme dont les lèvres semblent chaque fois meilleures, mais je suis heureux de reprendre le travail. J'ai envie de tatouer, j'en ai besoin. J'ai de superbes projets prévus ; ma cliente du jour en fait partie. Elle souhaite encrer son dos sur le thème du temps et des saisons. Elle m'a demandé une pièce grande mais fine, quelque chose de naturel et d'élégant.

Pour le reste, j'avais quartier libre. C'est le genre de projet que je préfère, je peux ainsi laisser mon imagination commander. J'ai hâte de lui montrer ce que j'ai préparé en espérant que cela lui plaira. J'en ai pour plusieurs heures de travail, mais elle m'a confié avoir une bonne résistance à la douleur, alors j'ai simplement bloqué la journée pour elle. J'espère qu'elle ne s'est pas trompée, le dos est une zone sensible dont beaucoup se plaignent, et si je dois réaliser cette pièce en plusieurs fois, cela risque de chambouler grandement mon planning… J'ai des moments libres, il me sera possible de m'en sortir, mais je préférerais les conserver pour profiter plus encore de Seven. Je suis devenu un peu accro à tous les instants que nous partageons ensemble et je ne sais pas quand je le reverrai une fois que nous nous quitterons, le mois prochain. Je veux profiter le plus possible de chaque minute en sa compagnie.

Alors que je vérifie mon dessin, la porte du salon s'ouvre et une femme d'une trentaine d'années entre. Elle est seule et j'en déduis que c'est ma cliente.

– Salut, dis-je.

– Bonjour, je suis Camille, j'ai rendez-vous.

– Pile à l'heure, viens.

Dans le milieu, tout le monde se tutoie. J'ai été surpris la première fois, quand je bossais avec celui qui m'a tout appris, mais j'ai finalement compris que ce qui se passe là, entre l'artiste et le client, cela va au-delà d'une simple prestation commerciale.

Le tatoueur laisse une marque éternelle sur sa toile humaine, c'est un acte très intime. C'est finalement assez naturel de se tutoyer parce qu'on a l'impression de connaître la personne après avoir réalisé une pièce pour elle, alors autant le faire avant pour se mettre en confiance. Certains clients n'osent pas toujours, je pense qu'ils sont un peu intimidés, mais ça se passe toujours bien. C'est parfois amusant, comme la fois avec mon client de plus de soixante-quinze ans. Il était très rock'n'roll, un peu comme Violette, la doyenne de notre groupe, alors ça passait, mais c'était quand même particulier.

– Je te montre ce que j'ai préparé et tu me dis si quelque chose ne te va pas, OK ?

Elle hoche la tête, impatiente et excitée. Je la fais s'installer dans le sofa, juste à droite de l'entrée, et je contourne mon comptoir pour venir m'asseoir à côté d'elle avec ma tablette. Là, je lui montre le dessin.

Elle reste muette et je m'inquiète un instant que cela ne soit pas du tout ce qu'elle voulait. J'ai dessiné un losange séparé en quatre pour les saisons. Dans chaque case, il y a un paysage différent qui s'échappe de la forme géométrique : estival, automnal, hivernal et printanier. Au centre, un sablier dont le sable se fond dans les quatre dessins des saisons. Il y a une multitude de détails fins. C'est une de mes pièces préférées, pour être honnête. Il faut dire que la thématique en est une qui m'inspire beaucoup.

– C’est magnifique… souffle-t-elle.

Je respire soudain mieux. J’ai eu un peu peur. Je sais que si elle a fait appel à moi, c’est qu’elle aime mon style – de son propre aveu, elle a été jusqu’à faire quatre heures de route pour ce rendez-vous –, mais je m’inquiète toujours. Je ne doute pas de mon travail, mais on peut faire un superbe tatouage sans qu’il corresponde au client, cela arrive.

– Je suis content qu’il te plaise. Il te convient comme ça ou il y a des choses que tu veux modifier ?

– Non, ne touche à rien ! Il est parfait.

– Alors, on y va ? demandé-je en souriant.

***

Il m’a fallu six heures pour terminer le tatouage, mais je trouve que j’ai été plutôt rapide. J’ai le dos complètement cassé d’avoir gardé la position si longtemps, en dépit des pauses, et je commence à avoir faim. Je regrette d’avoir si peu mangé ce midi. Malgré tout, je suis heureux du résultat, et surtout, Camille l’est. C’est peut-être le plus important, je n’aimerais pas qu’elle regrette de porter mon travail.

Après avoir pris quelques photos que je posterai certainement sur mon compte Instagram, et après avoir raccompagné ma cliente à la porte, je m’étire. La musique continue à emplir mon salon, empêchant le silence de s’installer. Maroon 5 fait du bien à mon esprit fatigué par la journée et je souris en entendant les paroles de cette chanson si populaire.

– J'aurais bien aimé.

Je me retourne, surpris par une voix que je reconnais pourtant sur-le-champ.

Seven.

Je me sens immédiatement mieux. Il a ce pouvoir sur moi et je ne m'en plains pas. Ça fait toujours du bien de mieux respirer.

Je l'interroge néanmoins du regard, ne comprenant pas vraiment cette façon de me saluer.

– *« I tried my best to feed her appetite, keep her coming every night, so hard to keep her satisfied*[7] », dit-il, dans un accent très moyen, voire pitoyable. Cette partie, j'aurais bien aimé, précise-t-il.

– Tu as fait ce qu'il faut pour mon appétit.

Je ris, mais le désir que font naître ces paroles en moi, même si elles s'adressent à une femme, il ne me fait pas rire, lui… Malgré tout, je m'en tiens à mes décisions et je ne mens pas quand je dis qu'il comble mon appétit, qu'importe que ce ne soit pas exactement le bon.

La veille, nous avons mangé ensemble dans le logement qu'il loue. Il m'a préparé un délicieux repas qui m'a permis d'apprendre une nouvelle chose à son sujet : c'est un excellent cuisinier.

On dit que le cœur d'un homme s'atteint par son estomac et si je ne me laisse jamais diriger par

7. *J'ai tellement essayé de combler ses désirs, continuant à la faire jouir chaque nuit, assez pour la garder satisfaite.* (Paroles de This Love, de Maroon 5.)

cette partie de mon corps, je ne peux nier avoir un penchant pour la bonne nourriture. J'aime le fait que Seven soit aussi doué et qu'il me régale de ses talents.

– Je peux continuer à te combler, ajoute-t-il, d'une voix lourde de sensualité.

– Est-ce que tu m'invites à venir manger, ce soir ?

– Ce soir et tous les autres.

– Peut-être que je viendrai.

– Cela dépend de quoi ?

Je m'avance vers lui et je sais qu'il comprend mes intentions. Je suis convaincu que mon regard s'est assombri et qu'il peut y lire mes désirs les plus profonds. Plus les jours passent et plus on s'apprivoise. Sous peu, je m'autoriserai à parler d'amour, j'en suis sûr.

– Si tu es à la hauteur, murmuré-je.

La tension sexuelle est grande, sûrement trop. Depuis que j'ai goûté à ses lèvres, j'ai constamment envie de retrouver leur chaleur et leur saveur, et je sais que j'ai envie de plus encore, mais je me refuse à revenir sur ma décision. Je ne terminerai pas l'année comme ça. Si nous nous revoyons une troisième fois, alors ce sera la bonne. J'ai besoin d'une preuve de plus que c'est la bonne décision, qu'il ne partira pas après m'avoir pleinement aimé. De lui, je ne supporterai pas un abandon, je ne me l'explique pas, mais c'est ainsi.

Je l'attends avec impatience.

Mais ne pas céder à mon désir de coucher avec cet homme ne veut pas dire que je dois me priver de sa bouche ni de ses étreintes.

Je ne suis plus qu'à quelques centimètres de lui, je sens presque son souffle sur mon visage et cela fait vibrer le sang dans mes veines. J'oublie la musique qui continue à pulser dans le fond, Nine qui sent mon salon et va m'obliger à tout désinfecter demain matin. J'oublie absolument tout parce que je suis prisonnier du lagon des yeux de Seven et de ce qui nous lie silencieusement. J'attends, je ne sais pas pourquoi je le fais, je crois que cette tension sexuelle me paralyse. Lui n'a pas ce problème, je sens sa main se poser derrière ma tête pour approcher mon visage du sien. Il se jette sur mes lèvres comme un affamé et me coupe la respiration. Mon cœur s'arrête et repart précipitamment. Au contact de sa bouche chaude contre la mienne, je me sens plus léger, mieux.

J'entoure sa nuque de mes bras et je sens sa deuxième main se poser dans mon dos pour me rapprocher de lui alors que nous nous dévorons. Autour de nous, la pièce s'emplit d'une nouvelle musique. « Carnaval » de Maluma vient enflammer nos cœurs et je me souviens l'avoir mise dans ma playlist de travail, juste parce que Seven m'en a parlé. Il s'ancre doucement dans ma vie, dans mon quotidien, et je ne peux rien faire pour lutter. Je n'en ai pas envie, pas quand ses lèvres me procurent un tel plaisir, pas quand son corps appelle ainsi le mien.

Les émotions vont de mon cœur à ma tête pour redescendre jusqu'aux extrémités de mon être, en passant par les contours de mon cœur. Je sens cet homme partout en moi alors que je ne l'ai encore jamais senti comme ça physiquement. C'est aussi pour ça que je repousse cette partie, pour pouvoir savourer tout ce qu'il y a entre nous qui n'est pas forcément sexuel, et pour y aller crescendo. J'ai peur de manquer quelque chose en me précipitant. Je n'embrasse jamais sa bouche avec automatisme pour le saluer, je ne prends pas naturellement sa main dans la rue – nous évitons de toute façon de nous afficher –, je ne fais rien qui pourrait devenir une habitude et ferait perdre du goût à ce que nous avons. Je veux que tout reste aussi magique.

Sa langue danse avec la mienne, et soudain, il l'emprisonne et la suce. Quand il la libère, je viens mordiller sa lèvre inférieure avant de la caresser plus tendrement. Inutile de préciser que c'est terriblement bon et que lorsque nous nous séparons, j'ai déjà envie de recommencer.

– Alors, tu viens manger avec moi, ce soir ? demande-t-il, à voix basse.

– Uniquement parce que tu cuisines très bien.

Il sourit parce qu'il sait que c'est loin d'être la seule raison, mais je n'ai pas besoin de lui avouer combien j'ai aimé ce baiser. Il y a des choses qu'il n'est pas nécessaire de dire.

***

Je m'apprête à me rendre chez Seven après une douche bien méritée quand j'entends mon téléphone sonner. Je l'attrape et vois le nom de mon meilleur ami sur l'écran.

– Allô ?

– *Salut, beau gosse. Tu vas bien ?*

– Très bien et toi ?

Je crains toujours qu'il ne m'appelle parce qu'il craque. J'ai peur qu'il ne tue son père de ses propres mains et ne gâche définitivement sa vie.

– *Au top, je viens de me faire tatouer !*

– Par Cookie ?

– *Ouais. Elle m'a engueulé, mais elle a encore fait un travail magnifique.*

– T'avais encore pas pris rendez-vous ?

– *Je ne contrôle pas mes envies de tatouage, comment tu veux que je prenne rendez-vous ?*

– Quand tu en as envie, tu réserves, et ensuite tu attends !

– *Je ne suis pas du genre patient...*

– Je sais, soupiré-je.

– *Et puis elle a un agenda aussi chargé que le tien, je suis sûr qu'elle n'aurait pas eu de place avant l'année prochaine.*

– C'est justement pour ça qu'il faut que tu arrêtes de débarquer chez elle comme ça !

– *Mais j'avais envie de me faire tatouer*, gémit-il.

– Tu n'es qu'un gamin…

– *Merci !*

Je ris, je ne peux pas m'en empêcher. C'est le problème avec Sandy, il est bourré de défauts qui donnent parfois des envies de meurtre, mais en même temps, il a trop de qualités pour qu'on puisse réellement lui en vouloir. Je ne vois pas comment ne pas aimer cet homme.

– *Je t'envoie la photo de ce qu'elle m'a fait après, je la mettrai dans le groupe Facebook !*

– Et moi, je vous enverrai ce que j'ai fait aujourd'hui à ma cliente.

– *Ça se passe bien à Oloron ?*

– Tout va bien pour le moment.

– *Tu rentres quand ?*

– Je ne rentre pas, tu sais très bien que je n'ai nulle part où rentrer.

– *Tu sais que chez moi, tu es aussi chez toi.*

Je l'aime vraiment trop… Il a toujours les mots qu'il faut et je sais qu'il les dit avec sincérité et naturel, rien n'est forcé ou calculé avec Sandy.

– Je ne pense pas repasser par Lyon de suite. J'ai plusieurs villes prévues avant.

Dont certaines que j'ai sélectionnées en fonction de Seven, mais je n'ai pas vraiment envie de parler de lui. C'est trop tôt. Je ne sais pas si je me tais parce que je n'ai pas encore confiance en mes sentiments ou juste parce que je n'aime pas parler de moi, mais quoi qu'il en soit, je préfère garder Seven secret pour l'instant.

– *On se revoit quand, alors ?*

– On s'est vus il y a quelques semaines à peine, ça se compte peut-être même en jours, réponds-je en riant.

– *Ouais, mais quand est-ce qu'on repart sur la route ?*

– Tu m'avais parlé d'août prochain, t'as vu avec les autres pour les congés ? Je t'ai dit que je me calerai sur vous, qu'il faut juste me le dire assez tôt pour que j'adapte mon planning.

– *Le problème, c'est que le boss de Lara n'a toujours pas validé sa demande. Il dit que c'est trop tôt.*

– Et toi ?

– *Quoi, moi ?*

– T'as pu avoir tes congés ?

– *Je les prendrai même s'ils me les refusent.*

Je soupire. C'est tout à fait lui.

– *Quoi ? On n'arrivera jamais à tous s'accorder, sinon ! Toi, tu fais comme tu veux, Luigi aussi est son propre patron, Riley travaille au gré de sa santé et Violette est à la retraite, mais Lara, Pat' et moi, on est comme des cons.*

– Qu'est-ce que Pat' a dit ?

– *T'as pas suivi la discussion dans le groupe ?*

– Non, vous parlez trop. Je bosse, moi !

– *Moi aussi !*

– Tu tires tes palettes en regardant ton téléphone…

– *Mon rayon est quand même rempli*, se défend-il.

– Alors, Patrick ?

– *Pour lui, c'est bon.*

– Alors on part sur ça et on croise les doigts pour que Lara ait ses jours.

Sandy soupire à l'autre bout du fil et je sens qu'il a encore quelque chose à dire. Ce sale gosse…

– Parle.

– *C'est juste qu'août, c'est loin…*

J'en étais sûr. Je connais mon meilleur ami comme si je l'avais moi-même créé. La patience est une chose dont il n'est absolument pas doté. Ce n'est pas juste son envie de rouler, ça, il peut le faire sans nous, ce qu'il veut, c'est qu'on se retrouve tous. Je crois qu'on est sa drogue la plus forte et celle dont il est le plus dépendant. Je le comprends. Ce n'est pas toujours facile de devoir attendre des mois pour tous se réunir, mais ce sera parfois pire. Il arrivera qu'un an passe sans qu'on puisse rouler ensemble. Je ne veux pas imaginer comment nous le vivrons, le simple fait d'y penser me déplaît… Je suis aussi accro que lui, je crois.

– On se reverra avant août. Il y a le mariage de Lara et Luigi en juin.

– *Mais juin aussi, c'est loin…*

– Alors je viendrai te voir avant.

– *Sérieux ?*

– Oui, j'ai mis Lyon dans mon planning pour avril, lui avoué-je enfin.

– *Ça, c'est une bonne nouvelle !*

Son enthousiasme me fait rire. S'il ne faut que ça pour apaiser son âme et faire du bien à son cœur, je traverserai la France pour le retrouver. Je ferais n'importe quoi pour Sandy. N'importe quoi pour ne pas entendre la tristesse dans sa voix. Sa vie est déjà assez compliquée comme ça, si je peux la rendre plus lumineuse, pourquoi ne pas le faire ?

– *Tu sors, ce soir ?*

– On est lundi… lui rappelé-je.

– *Y'a rien d'ouvert à Oloron ?*

– J'en sais rien. Je n'avais pas prévu de sortir.

Pas dans un bar ou dans un autre lieu festif, en tout cas…

– *Quand je ne suis pas là, tu es un mec franchement ennuyeux…*

Je ris parce que c'est vrai que j'ai un comportement totalement différent quand je suis seul et quand je suis avec lui. Il m'entraîne toujours dans des soirées complètement dingues et je ne dis pas que cela me déplaît, au contraire, mais seul, je ne le ferais sûrement pas. J'aime me défouler, et pas juste en sortant le soir avec mon meilleur ami. Je ne dis jamais non à une bonne bagarre quand l'opportunité se présente, je dois me reconnaître ce vice : une colère sourde sommeille en moi, et quand on la réveille, je la laisse s'exprimer. Néanmoins, je ne suis pas comme Sandy, je ne peux pas mener ce train de vie en permanence. Je suis plutôt casanier – ironique pour un homme qui n'a pas vraiment de chez-lui –, du genre à lire un bon livre avant de m'endormir. Je peux aussi passer une journée entière à dessiner, en oubliant de manger – ce qui choque toujours Lara.

Je secoue la tête en souriant. En deux ans d'amitié, j'ai vécu déjà plus avec mes amis qu'en vingt avec ceux que j'ai fréquentés toute mon enfance. Tous nos souvenirs ensemble me rendent terriblement heureux.

Quand j'y repense, je réalise que nous nous voyons plus que Sandy ne le dit. Nous habitons aux quatre coins de la France, et pourtant, nous réussissons à nous retrouver plusieurs fois par an, une seule fois tous ensemble, mais plus souvent en petits groupes. Je ne dirais pas non à plus de temps avec eux, mais je suis du genre à être heureux de ce que j'ai, et ce que je possède est absolument fabuleux. Pourtant, je ne peux pas attendre de mon ami qu'il vive les choses comme moi, ce ne serait pas correct.

– *Tu m'écoutes ?* demande Sandy à l'autre bout du fil, me tirant de mes pensées.

– Qu'est-ce que tu disais ?

– *Je te demandais si tu avais trouvé un circuit moto là où tu es ?*

– Je n'ai pas cherché. Mon agenda est vraiment plein, je ne sais pas si je vais avoir le temps.

Et puis quand j'en ai, j'ai envie de le passer avec Seven. J'ai beau avoir prévu mon planning sur six mois en partie en fonction de lui, je ne sais pas s'il voudra me voir à chaque fois, ni même si je le pourrai, alors je veux profiter de chaque instant en sa compagnie.

– Mais en janvier et février, je ne serai pas loin de Bordeaux, il y a le circuit de Mérignac.

– *Tu vas tenir jusque-là ?*

– Tant que je peux monter Treize et la faire rugir un peu sur la route, ça ira.

J'entends un son dans mon téléphone qui m'annonce que j'ai reçu un SMS, et quand je lève la tête vers l'horloge, je réalise que je suis en retard. Seven doit m'attendre et se demander où je suis.

– Sandy, je vais devoir te laisser.

– *Un rendez-vous galant ?*

– On peut dire ça.

– *C'est vrai ?!*

Je ris de sa surprise et parce qu'il est trop curieux pour son bien et aussi trop facile à avoir, même si là, ce n'est pas vraiment un mensonge.

– Je file, embrasse ta mère, ta grand-mère et Lara pour moi.

– *Et Luigi ?*

– Dis-lui qu'il me doit toujours vingt balles.

– *Je lui dirai*, répond-il en riant.

– Prends soin de toi.

– *Toi aussi.*

Je raccroche le cœur plus léger d'avoir entendu mon meilleur ami. La bande me manque autant qu'à lui, où que je sois, mais bizarrement, depuis que je suis ici, avec Seven, ce manque me semble plus facile à supporter. Il ne me les fait pas oublier, mais il fait passer le temps plus vite. J'ai peut-être rencontré le magicien qui contrôle l'horloge de ma vie. Pourvu qu'il ne fasse pas trop ralentir les choses quand il sera loin de moi…

J'ouvre le SMS à la hâte, prêt à lui répondre que je suis désolé et que j'arrive, mais je ris en voyant le contenu du message :

Seven : Tu peux acheter du pain en venant ? Ce serait un crime de ne rien avoir pour saucer le délice que j'ai préparé.

Moi : *Ne devenons pas des criminels ; j'achète ça et j'arrive.*

Je crois que j'aime cet homme, au moins un peu. Cela n'est pas très loin de la certitude, en fait. J'ai le sentiment qu'il est exactement ce que j'ai besoin qu'il soit, et peu à peu, je me défais de l'idée que je dois avoir peur de ce que je ressens, de tout ce que nous créons. Il n'y a pas de raisons d'être effrayé.

CHAPITRE 10

SEVEN

Clément arrive avec le pain. J'ai à peine pris le temps de lui ouvrir la porte que je retourne déjà en cuisine pour surveiller mon plat. Hors de question de le rater, ma réputation de bon cuisinier est en jeu !

Pendant que mon rougail réunionnais finit de cuir, je termine mes verrines au fromage et aux légumes que je dispose ensuite sur un plateau. Je coupe le feu et couvre mon plat, puis armé de mon apéritif, je me dirige vers la table où j'ai déjà disposé deux verres de vin. Je sais que Clément aime bien la bière, mais j'ai découvert qu'il était aussi friand de rouge que moi, et quand je prépare un repas comme celui-ci, je préfère ce breuvage.

– Tu as fait ça bien, dit-il en voyant mon plateau.

– Tout pour te séduire.

– Tu sais que tu m'as déjà séduit ?

– Oui, mais ça s'entretient, tout ça !

Il rit et Nine n'apprécie pas qu'il cesse de le caresser, alors il lui saute dessus, ses deux énormes pattes prenant appui sur son torse.

– Nine, qu'est-ce que j'ai dit à ce sujet ? Descends !

Mon chien obéit et s'assied, dans l'attente d'une friandise. Je soupire parce que j'ai parfois l'impression qu'il fait exprès de désobéir juste pour recevoir un ordre et la récompense qui va avec.

– Je crois que ce chien me mène par le bout du nez.

– Et comment ne pas craquer ? Regarde sa bouille.

Je regarde Nine et je me sens envahi par une bouffée d'amour démesuré. Je m'accroupis et le serre fort dans mes bras, incapable de m'en empêcher.

– Tu es gaga.

– Complètement. C'est ce qui arrive quand on a un chien aussi beau ! Et puis on passe tout notre temps ensemble depuis que je l'ai.

– Tu y es vraiment attaché, hein ?

– Énormément. Je ne m'imagine plus sans lui.

– Les animaux ont ce pouvoir. On devient plus facilement dépendant d'eux qu'on ne l'est des humains, dit Clément.

– Tu crois que c'est parce qu'on aime plus les animaux que les humains ?

– Je ne pense pas. Je crois que notre espèce est juste plus méfiante envers ceux de sa race qu'envers les animaux. Un animal ne te trahit pas, t'aime toujours, quoi que tu fasses, et a besoin de toi. Tu es le monde de Nine, son univers, comment ne pas l'aimer infiniment quand lui t'aime plus que tout ce qui existe sur cette terre ?

– En d'autres mots, tu veux dire que je l'aime parce qu'il m'aime ?

– Pas uniquement, mais en partie. Je ne crois pas qu'on puisse aimer sans attendre quelque chose en retour, sans être aussi un peu aimé. Pas plus que je ne crois qu'on puisse donner sans attendre en retour.

– Alors tu ne crois pas en l'abnégation ? demandé-je, en me relevant.

Je me dirige vers la table pour m'emparer de nos verres et lui tendre le sien. Cette discussion est intéressante, mais elle sera meilleure accompagnée d'un bon vin.

– Absolument pas. L'abnégation n'existe pas, pas pour moi en tout cas. Même celui qui offrira quelque chose sans attentes particulières, il le fera parce que cela lui fait plaisir, et donc, il en retirera quelque chose : de la joie.

Clément prend le verre et nous nous installons dans le sofa après que j'ai posé le plateau de verrines sur la table basse. Mon plat peut bien attendre, écouter cet homme parler, voire philosopher, me semble bien plus important. C'est une de mes nouvelles passions dans la vie. Depuis que j'ai découvert son intérêt pour notre espèce et sa psychologie, lors de l'un de nos nombreux appels téléphoniques, je ne me lasse plus de l'emmener sur ce genre de sujets.

– Alors pour toi, il est vraiment impossible d'être profondément bon et généreux ?

– Si, c'est tout à fait possible. Tirer du plaisir d'une bonne action ne veut pas nécessairement dire que c'est mal. Les gens qui sont simplement heureux de donner aux autres sont merveilleux, je dis juste qu'ils tirent du bonheur de ce don et que ce n'est donc pas vraiment de l'abnégation.

Je hoche la tête, signe que je comprends ce qu'il veut dire.

– Et toi ?

– Moi, quoi ? demandé-je.

– Qu'est-ce que tu en penses ?

– J'ai un avis plutôt mauvais sur l'être humain, alors tu ne m'entendras pas te contredire sur ce sujet, je dirais même que je te trouve trop gentil.

– Tu n'aimes pas les gens ?

– Si, je les aime, mais je sais qu'ils sont tous marqués par une part sombre et détestable. L'avidité, la jalousie, le mensonge, la haine… Ce sont des sentiments très humains qui n'ont rien de glorieux.

– C'est naturel. Nous sommes des créations imparfaites.

– C'est certain…

– Et tu écris sur ces mêmes personnes, sur leurs émotions… Est-ce que tu es maso ?

Je souris pour cacher mon frisson. Je n'ai rien de masochiste, absolument rien, je déteste la douleur.

Avant de me sentir mal, je me recentre sur le sujet :

– J'ai conscience que nous sommes bourrés de défauts, de vices et de sentiments négatifs, mais c'est pour ça que je nous aime et que j'aime écrire à notre sujet. Je ne déteste pas notre espèce, bien au contraire.

– Précise ta pensée.

– Je nous trouve absolument fascinants, courageux aussi. Tu l'as dit, nous sommes imparfaits, et malgré tout, nous sommes capables de tellement. En dépit de toute cette noirceur en nous, nous parvenons à sourire, à rire, à tendre la main, à rêver, à croire les uns en les autres, à aimer… Est-ce qu'il n'est pas incroyable d'avoir conscience de nos ténèbres et de réussir à nous aimer quand même ? Et pas en faisant semblant que cela n'existe pas, non, avec sincérité.

Je bois une gorgée de vin, puis je reprends :

– Les plus belles histoires d'amour sont celles où les deux parties s'aiment, pas parce qu'ils sont parfaits et vivent une relation idyllique, mais parce qu'au contraire ils connaissent leurs imperfections et s'aiment malgré tout. J'admire toutes ces personnes qui continuent à aimer et à rêver en sachant ce que nous sommes vraiment.

Clément tente de le cacher, mais je vois son sourire derrière son verre.

– Pourquoi tu souris ?

– Parce que j'ai une fascination presque malsaine pour la complexité humaine et que je me retrouve dans ce que tu dis.

– Je sais. On a sûrement plus en commun qu'on ne le pense.

– On peut vérifier ça, dit-il.

– Comment ?

Clément se redresse et pose son verre sur la table basse. Je me retrouve transporté par les mouvements de son corps et je le maudis un peu d'avoir remis son pull à col roulé qui le moule un peu trop bien et le rend encore plus beau. Cet homme est une tentation permanente. Je n'aurais pas dû lui dire que c'est mon pull préféré sur lui…

Il n'a pas conscience de ce qu'il me fait ressentir. Je vois bien qu'il ne se force pas, qu'il n'essaye pas de me charmer, c'est juste moi qui suis faible face à lui.

Il prend une verrine qu'il dévore, avant de reprendre :

– Je te fais deux propositions et tu choisis ce que tu préfères, puis je te dis si j'aurais choisi comme toi. Et ensuite, c'est à ton tour.

– On joue avec les mots alors ?

– On peut dire ça.

Après les chiffres, les mots, toujours en s'amusant. Notre histoire n'a rien d'un jeu, pas pour moi, en tout cas, mais elle a ce côté enfantin auquel je suis si attaché. Avec Clément, je me sens aussi libre que je l'étais gamin, je retrouve cette avidité de découverte et un peu ce goût du risque d'antan. Ça me rappelle tous les bons moments avec mes frères ; j'adore ça.

– Montagne ou océan ? demande-t-il.

– Montagne, j'ai vraiment trop peur des bêtes dans l'eau…

– Je n'ai pas peur des animaux marins, mais je préfère aussi la montagne. Il y a de super routes !

Je ris devant son enthousiasme. Il est vraiment accro à la route et à sa moto, il n'a pas menti.

– Films ou séries ? dis-je.

– Au grand désespoir de mon meilleur ami : les films.

– Pareil. J'aime bien les séries, mais je préfère un bon film d'une heure trente ou deux heures. Rien ne vaut une sortie au cinéma.

– Qu'est-ce que tu es allé voir au ciné, cette année ?

– Plein de choses ! *007 Spectre, Focus, Hacker, No Escape, The Witch, La Rage au ventre, Docteur Frankenstein, Jurassic World…*

– En fait, tu t'es fait tous les films sortis cette année, non ?

– Presque, réponds-je en riant.

– Je ne pensais pas que tu aimais à ce point le cinéma. Je te voyais plutôt comme un accro aux livres.

– J'aime les deux, mais je passe tellement de temps à écrire et à me relire que j'ai moins la motivation pour ouvrir un livre quand j'ai terminé le boulot, alors qu'un film, ça, ça me branche toujours.

– On pourra peut-être en regarder un ensemble…

– *Joy* sort à la fin du mois, peut-être qu'ils le diffuseront ici. C'est l'histoire d'une femme déterminée à réussir malgré sa famille complètement dysfonctionnelle.

– On ira le voir, alors.

L'idée d'aller au cinéma avec Clément me comble de joie, et de nouveau, je me sens comme un gosse, ou plutôt un adolescent. Un gamin qui vibre de sentiments qu'il n'a jamais connus avant.

– On passe à table ? proposé-je, avant de me trahir.

– Si c'est aussi bon que l'odeur le laisse penser, je ne vais pas dire non.

***

– Tu ne rentres pas voir ta famille pour les fêtes ? me demande Clément, alors que nous venons de terminer le repas.

– Non, ils sont presque tous à l'île de la Réunion et je t'avoue ne pas être très motivé à l'idée de voir tous mes oncles et tantes. Mes parents et mes frères me manquent, mais on est trop nombreux dans cette famille, et c'est toujours trop bruyant avec eux. J'ai de la famille en France, mais je pense qu'ils vont aussi aller à La Réunion, cette année. Et toi, personne qui t'attend pour les fêtes ?

Il secoue la tête.

– Mes amis m'ont invité, mais je ne fête plus Noël depuis le décès de mon grand-père. Ça ne me tente plus vraiment.

– Et un faux Noël, ça irait ?

– C'est-à-dire ?

– Un bon repas, mais sans cadeau et sans musique de Noël ?

– Ça me semble être une bonne idée.

Il sourit, et moi, je suis heureux parce que j'imagine déjà ce que je vais pouvoir lui cuisiner de bon pour ce jour qu'il n'aime plus depuis qu'il a perdu ses grands-parents.

– Et pour le Nouvel An, tu fais quoi, habituellement ? me demande-t-il.

– Absolument rien. Je suis ennuyeux à mourir, je me mets devant un film et c'est tout. Et toi ?

– Normalement, je sors avec la bande ou au moins les membres les plus jeunes, ceux qui aiment faire la fête. Dans le groupe, on a la doyenne, Violette, et le deuxième plus vieux, c'est Patrick. Ils ne font jamais le Nouvel An avec nous parce qu'ils disent qu'on ne sait pas se tenir en soirée.

– Trop bourrés ? demandé-je en riant.

– On peut dire ça, répond-il sur le même ton. Après tu as Riley, mais elle déteste l'alcool, et faire la fête, ce n'est pas sa grande passion. Il ne reste donc que Sandy, dont je t'ai déjà parlé, Lara et Luigi, un couple qui habite aussi à Lyon, et moi.

– Vous sortez tous les quatre, alors ?

– Habituellement, oui. Mais cette année, je suis partant pour une soirée ennuyeuse à mourir.

L'intonation de sa voix et son regard en disent long et me font sourire, mais avant que je puisse lui répondre, mon téléphone vibre. Quand je vois le nom qui s'affiche sur l'écran, mon cœur s'arrête net.

– Il faut que je réponde, dis-je, d'une voix dénuée d'émotions.

Je n'ose pas le regarder, je n'y pense même pas. J'ignore s'il m'a entendu ou quel visage il a, je ne peux pas penser à autre chose qu'à la personne à qui je dois absolument répondre.

Je me lève et décroche en m'éloignant.

Je m'isole dans la chambre.

– *Tu t'étais perdu ?* entends-je une voix rieuse, à l'autre bout du fil.

– Désolé, j'étais à fond dans l'écriture.

– *C'est bien, il faut que tu écrives. J'ai hâte que ce nouveau livre sorte !*

J'imagine, oui… Le problème, c'est que celui que j'écris en ce moment ne va pas lui plaire, il faut que j'en attaque un autre en parallèle.

– *Tout se passe bien ?*

– Ça va, oui.

– *Tu ne me demandes pas si je vais bien, moi ?*

– Si, désolé. Comment tu vas ?

– *Très bien. Tu me manques, mais ça va. J'ai hâte que tu rentres.*

Et moi j'ai envie de vomir.

– *Je t'appelais juste pour te dire que je pense à toi.*

– Moi aussi.

– *On se revoit bientôt, je suis sûre que tu auras plein de choses à me raconter.*

Je garde le silence parce que je sens que ma voix peut se briser à tout instant, et je n'ose pas imaginer les conséquences.

– *Prends bien soin de toi en attendant, je ne voudrais pas que tu tombes malade avec ce temps.*

– Je ferai attention.

– *Alors à plus tard !*

L'appel se termine juste comme ça et le froid de sa voix s'insinue dans mes veines et me glace plus que l'hiver ne le fait. Je me sens mal. J'ai l'impression que la pièce tourne autour de moi.

Un aboiement de Nine me fait revenir dans le monde réel avant que je ne me perde totalement dans mon cauchemar. Ma vue est encore un peu trouble, mais je sais que je dois me remettre.

J'inspire un grand coup et je reviens dans la pièce principale où je retrouve Clément par terre, mon chien dans ses bras.

– Désolé, je jouais avec lui et ça l'a excité. J'espère que je ne t'ai pas dérangé pendant ton appel ?

Quand je vois son visage, en particulier ses yeux sombres, j'ai l'impression d'être sauvé de mes mensonges, sauvé de mon existence. C'est plus fort que moi, je ne peux pas me contrôler, je le rejoins en vitesse et m'agenouille à côté de lui avant de prendre son visage entre mes mains pour l'embrasser.

Je pense qu'il est surpris, il a peut-être mille questions, mais il ne dit rien, il se contente de m'offrir ce dont j'ai besoin, sans même réaliser qu'il le fait. Ses lèvres jouent avec les miennes, nos langues dansent avec passion et le poids descendu de mon cœur à mon estomac finit par s'alléger. C'était tout ce qu'il me fallait. Il me redonne de l'air même quand nos baisers m'en privent. Clément est tout ce dont j'ai besoin. Il l'ignore, mais il est mon ancre dans cet océan effrayant qu'est ma vie.

CHAPITRE 11

CLÉMENT

Le temps défile trop vite. Je n'ai pas vu les trois dernières semaines passer. Tout ce que je sais, c'est que ce sont des jours que je n'aurai plus avec Seven. Je les compte bêtement, je les regarde partir et je les regrette déjà. Nos rencontres sont faites de discussions variées, de jeux, de rires, de baisers passionnés, et parfois, aussi, d'incompréhensions. Il arrive que je ne parvienne pas à saisir ce qui se cache dans son regard et je m'interroge parce qu'il semble porter tellement à l'intérieur de lui… Mais je ne veux pas l'obliger à parler, alors de la même manière qu'il me laisse aller à mon rythme, je le laisse aller au sien. Et puis, nos silences ne sont pas toujours sombres, il y en a où nous nous regardons, simplement, en partageant nos sentiments sans un mot, et tout cela ressemble assez à ce qu'il y a de plus beau sur terre – après les road trips avec les *Lost Souls*, et les tatouages, peut-être. Lui et moi, nous nous accordons tellement bien que c'en est surprenant. J'ai eu des aventures avant, des partenaires d'un soir, parfois plus, mais jamais les choses n'ont semblé aussi faciles, naturelles. J'en viens à me demander si cette connerie d'âmes sœurs en est vraiment une, finalement… Je sais qu'il y a quelque chose de scientifique à notre attirance : les phéromones, cela n'a rien de fantaisiste, c'est réel, mais je ne pense pas que ce soit simplement mon corps qui résonne avec Seven, il y a quelque chose de plus profond.

Aujourd'hui, c'est le réveillon de Noël. J'ai travaillé plus tard que ce que j'avais prévu pour rattraper un rendez-vous reporté, mais ce soir, je le passe avec Seven. La journée de demain également. On ne célébrera pas vraiment Noël, je ne pense pas que l'on soit assez proches pour ça, et je n'aime de toute façon plus vraiment cette fête, mais je ne pouvais pas dire non à un repas. Cet homme cuisine beaucoup trop bien pour que je refuse…

Lorsque j'arrive devant sa porte, je souris en voyant qu'il y a accroché une couronne. Elle n'y était pas hier.

Je n'ai pas le temps de frapper que déjà, il m'ouvre.

– Je t'ai vu passer devant la fenêtre.

– Stalker.

– Tu radotes, dit-il en riant.

– 사생.

– Pardon ?

– C’est un peu la même chose, mais en coréen. Les sasaeng sont des fans harceleurs, en Corée. Là-bas, c’est fréquent, elles suivent les idoles partout et envahissent leur vie privée.

C’est ma grand-mère qui m’a raconté ça, quand j’étais plus jeune. Elle essayait de me parler un peu de mes origines, mais je ne suis pas certain que tout ce qu’elle me racontait avait vraiment de l’intérêt ; la vie des célébrités, par exemple, ça n’a jamais été mon truc. Mais je crois que dans sa jeunesse elle était du genre fanatique et ça me faisait sourire d’imaginer ma grand-mère en mode groupie, elle qui était si posée, si responsable, en tant qu’adulte. Cela dit, toutes les histoires liées à la Corée du Sud ne m’intéressaient pas outre mesure. Je ne me suis jamais senti attaché à mes origines. Je ne suis jamais allé là-bas, je suis français, et je n’aime pas particulièrement parler de ce qui a un lien avec mes parents. Mais c’est aussi lié à mes grands-parents, alors j’écoutais ses histoires pour lui faire plaisir, parce que cela semblait important pour elle, et parce qu’elle faisait beaucoup d’efforts pour me conter mon passé et mes origines. Elle voulait que j’aie l’impression d’être quelqu’un. J’espère qu’elle ignore que je ne suis toujours pas certain d’être quelqu’un… Le plus souvent, je ressens trop le poids du passé pour être autre chose que ce que j’étais : un gamin abandonné par ses parents, un enfant pas assez bien pour être aimé qui est devenu un adolescent trop compliqué à apprécier et un adulte un peu bancal.

– Je ne suis pas encore à ce point, et je te signale que c'est toi qui es chez moi, dit Seven en me faisant entrer.

Ses moqueries me tirent de mes pensées sombres et je lui en suis reconnaissant. Je ne veux pas laisser les ténèbres me gagner, elles le font suffisamment la nuit.

– L'appel de mon estomac, je n'y peux rien.

Il continue à rire avant de dire :

– Tu ne seras pas déçu par le repas.

Je n'en doute pas. À l'odeur qui me chatouille les narines, je sais que ça va être délicieux. Et quand je vois la petite décoration du logement qu'il loue, je me dis que nous allons vraiment faire Noël, finalement.

– Je n'ai pas de cadeau, dis-je.

– Ta présence est un cadeau.

– Tu es un beau parleur.

– Tu me trouves beau ?

– Tu joues avec les mots.

– C'est mon métier.

Il me fait un clin d'œil et je souris un peu plus.

Je me sens bien. Je ne fête plus Noël depuis deux ans, depuis que je n'ai plus de famille de sang, plus aucune avec qui j'ai un lien, en tout cas, et avant aujourd'hui, je n'ai jamais vraiment eu envie de célébrer à nouveau cette fête que j'associe à mes grands-parents. Pourtant, avec Seven, j'ai bien envie d’essayer de revivre la magie de Noël, en dépit de mes souvenirs et de notre relation naissante.

***

Je me laisse retomber sur ma chaise, le ventre tendu comme jamais. J’ai l’impression que je vais exploser tellement j’ai mangé.

– Tu n’en peux plus ?

– J’ai mangé pour les trois semaines à venir, exagéré-je.

– Au moins.

– C’était super bon.

– Merci.

– Où est-ce que tu as appris à cuisiner comme ça ?

– Un peu dans les livres, un peu avec ma mère. J’ai toujours aimé la bonne bouffe, alors forcément, j’ai vite voulu apprendre à cuisiner.

– J’ai appris à cuisiner avec mon grand-père, il disait qu’un homme devait savoir préparer de quoi se sustenter.

– C’était un homme avisé.

Je hoche la tête.

Parmi les choses que j’aime au sujet de Seven, il y a le fait qu’il ne me demande jamais de lui expliquer mon passé ou la vie que j’ai menée. Il ne me force pas à m’exprimer sur le sujet et c’est vraiment agréable. Je peux lui raconter ce que je souhaite, il prend ce qui vient et n’en demande pas plus.

– Deux, dis-je.

Il cligne des yeux un court instant, se demandant sûrement pourquoi je dis ça soudainement, mais je vois à son visage, et surtout à son sourire, qu'il comprend rapidement. Je veux le remercier d'être ainsi, je veux une excuse pour lui en dire plus sur moi.

– Deux villes auxquelles tu es attaché.

Il aurait pu me demander n'importe quoi, des souvenirs tristes, des informations sur ce que je cache, mais non, il respecte mon silence sur certains sujets et préfère m'interroger sur ce qui semble le plus simple pour moi.

C'est presque sûr, je tombe amoureux.

– En premier, La Rochelle, parce que j'ai grandi là-bas et qu'en dépit de tout ce que j'ai pu y vivre de douloureux, j'en ai aussi d'excellents souvenirs. Et en deuxième, même si j'aurais bien dit Lyon parce que trois de mes meilleurs amis y vivent, je pense que je vais plutôt choisir Latour-de-Carol.

– Pourquoi ?

– Parce que c'est là que je t'ai rencontré et que j'y ai aussi vécu de super moments avec mes amis. Comme ça, je fais d'une pierre deux coups.

Je n'ai pas pu m'empêcher de rajouter la deuxième partie. Je trouvais trop intimidant de juste dire que si j'aime autant cet endroit, c'est grâce à lui. Je ne suis pas encore prêt à verbaliser mes sentiments, même si je suis convaincu qu'il les devine.

– À toi, dis-je.

– Vingt et un.

J’écarquille les yeux.

– On va s’endormir sur ton listing avec un chiffre aussi gros !

– Débrouille-toi pour que ce ne soit pas trop long, répond-il en riant.

Je réfléchis un moment, en quête d’une proposition originale. J’ai envie de le surprendre.

Soudain, j’ai une illumination, une idée stupide, juste ce qu’il me fallait. Un large sourire s’étend sur mes lèvres.

– Vingt et un pays que tu voudrais visiter.

Cette fois, c’est lui qui écarquille les yeux.

– Je ne sais même pas si j’en connais autant !

– C’est justement ça qui est drôle. Tu es mauvais en langues, voyons si tu es bon en géographie, réponds-je, sans me départir de mon sourire.

– Ma langue est très douée.

– Je confirme. Mais ne t’échappe pas.

Il sourit en secouant la tête, puis il se lève pour attraper une nouvelle bouteille de vin.

– Il me faut au moins un verre, pour ça.

– Espérons que tu trouves vingt et un pays avant d’avoir fini la bouteille, plus tu bois, plus ce sera compliqué.

Je ris en lui tendant mon verre pour qu’il me resserve, puis j’attends.

– OK. Alors, l’Angleterre, l’Égypte, le Japon, la Tunisie, le Portugal, la Belgique, l’Allemagne, la Corée, l'Inde, le Mexique, le Maroc, l'Autriche, l'Irlande, la Suède, l'Écosse…

– Encore six, tu peux le faire.

– La Bolivie, le Québec, l'Italie, la Corée…

– Tu l'as déjà dit.

– Corée du Sud et Corée du Nord.

– Tu as vraiment envie d'aller en Corée du Nord ?

– Non, mais j'essaye de remplir ma mission !

– Continue. Il en manque deux.

– Le Pérou… Et le Burkina Faso !

J'applaudis, il le mérite. Il lève son verre et son visage affiche un air fier qui me fait sourire.

– Allez, à moi : neuf, dis-je.

– Petit joueur.

– Ce n'est pas parce que tu fais l'idiot que je dois m'aligner.

– Neuf positions du Kama-sutra que tu voudrais tester.

Je me retiens de jurer. Il m'a bien eu et il le sait. Sa mine satisfaite est parlante.

– Je n'en connais pas vraiment… J'en ai testé pas mal, j'imagine, mais je ne sais pas comment elles s'appellent à part le missionnaire et la levrette.

– C'est un bon début ! Il ne t'en manque que sept.

– Tu es…

– Je sais, me coupe-t-il.

Il sourit et j'ai un très fort désir de l'embrasser pour effacer ce sourire satisfait – et parce que j'ai très envie de goûter à nouveau à ses lèvres, je le reconnais.

– Je vais être gentil, tu peux regarder sur Internet. Mais en échange, tu dois vraiment me donner les positions que tu voudrais faire.

– Trop aimable…

Il continue à rire et pousse mon téléphone vers moi pour que je fasse la recherche.

Je me retrouve à faire des choses complètement absurdes pour cet homme, et j'aime ça. C'est sûrement moi le plus bizarre de cette histoire.

Je navigue quelques minutes en ligne avant de réussir à trouver plus d'informations. La plupart sont illustrées par des couples hétérosexuels, mais ça ne change pas grand-chose, elles sont réalisables quand même. Alors je descends sur le site que j'ai trouvé, en quête de ce qui pourrait me tenter, et j'avoue que certaines positions me donnent chaud quand j'imagine les essayer avec Seven. Quelque chose me dit qu'il le sait…

– Alors ? demande-t-il.

– Patience.

Lorsque je suis satisfait, je pose mon téléphone.

– Je vais garder la levrette et le missionnaire – relevé, de préférence – dans ma liste, ça reste des basiques sympas. La cuillère aussi, c'est plutôt classique, mais ça fonctionne toujours bien, surtout si l'homme sait y faire. Et j'ajoute l'Amazone, le cadenas, l'antilope, l'éléphant, la chaise et les pieds sur terre.

– L'éléphant ? Je n'aurais pas pensé.

– Je n'ai jamais essayé, je ne dis pas que je supporterais qu'un mec s'allonge sur moi et m'écrase, mais c'est à voir.

– Donc tu serais en dessous ?

– Tu en doutais ?

– Je l'espérais.

– Tu es du genre à ne pas vouloir qu'on te touche là ? demandé-je.

– Non, je n'ai aucun problème avec ça, ni à être caressé ni à être pénétré, mais naturellement, quand je m'imagine avec un autre homme, je me vois dans cette position-là.

– Ça tombe bien alors, je me vois généralement dans l'autre.

Pour être honnête, même si j'ai des préférences, rien ne me rebute et cela ne m'aurait pas empêché de continuer cette relation avec Seven. Actif, passif, qu'importe le mot utilisé aujourd'hui, ça n'a pas grande importance pour moi.

– Je me demande si on arriverait à faire l'antilope… Je suis musclé, mais tu l'es pas mal aussi, je ne suis pas sûr de réussir à te porter à bout de bras…

– Comment est-ce que tu connais toutes ces positions ? demandé-je, réalisant soudain qu'il en sait un peu trop long sur des noms de positions que la plupart ignorent, habituellement.

– Dois-je te rappeler que je suis auteur de romances et que je fais beaucoup de recherches ?

– Je n'ose pas imaginer le type de recherches que tu peux faire…

– Dis-toi que ça ne peut pas être pire que les auteurs de polars. Ceux-là doivent avoir toujours peur que les flics ne débarquent chez eux.

Nous rions en imaginant la chose, mais Seven reprend vite le jeu. Il semble avide de découvertes.

– À moi. Sept !

– Sept choses que tu aimes, sans explications, juste une liste.

Je n'ai pas eu besoin de réfléchir, c'est venu naturellement, et j'ai l'impression que lui non plus n'a pas besoin de temps de réflexion. Il répond immédiatement :

– L'écriture, Nine, les voyages, la forêt, la nourriture, Tom Hiddleston, toi.

Alors que je souriais à la mention du bel acteur, mon cœur trébuche quand il conclut sa liste. Seven me regarde avec beaucoup de sérieux, mais aussi de tendresse, et je fonds complètement.

– Huit, dis-je en retour, pour ne pas le laisser voir combien je suis remué par sa réponse.

– La même chose que toi.

– Copieur, soufflé-je. Et tu me l'as déjà demandé.

– Les choses ont pu changer, depuis.

Il se contente de sourire et ça n'arrange pas mon rythme cardiaque.

– Ma moto, mes amis, les tatouages, le café, les feuilles d'automne, l'odeur des livres, le bibimbap…

Toujours la même liste…

– Encore un.

– Toi, lâché-je finalement.

J'ai le cœur qui bat à cent à l'heure. C'est un peu comme se dire je t'aime et c'est quelque chose que je n'ai jamais fait avant. De l'amour, j'en ai donné et j'en donne encore souvent, mais le verbaliser, je n'ai jamais réussi. Je sens que je suis retourné, alors que je n'ai même pas prononcé les trois mots souhaités. Je le suis parce que, en dépit de cette confession à demi-mot, je sais qu'il comprend aussi bien que je l'ai compris, lui.

Seven se lève et fait le tour de la table. Il tire la chaise à côté de moi pour s'y asseoir, et avant que je puisse réagir, il s'empare de mon visage et m'embrasse avec passion, la même que celle qui me consume chaque fois que je suis en sa présence. Je suis alors convaincu que nous ressentons la même chose, je ne peux plus en douter.

S'il m'avait laissé lui donner un nouveau chiffre, j'aurais dit un et j'aurais prié pour qu'il me demande de lui faire un aveu. Je ne lui aurais alors pas dit je t'aime, mais je me serais autorisé à lui confier que même si ce Noël avec lui ne vaut pas mon souvenir préféré il se place juste après, en deuxième position. Cela aurait alors été l'une de mes plus belles déclarations d'amour.

Mais on ne joue plus et je n'ai pas à me confier parce que ses lèvres sont contre les miennes et que c'est tout ce qui importe, pour le moment.

CHAPITRE 12

CLÉMENT

Notre deuxième rencontre touche bientôt à sa fin et j'en suis plus affecté que je ne l'aurais cru. Je me demande si c'est pour cette raison que je me suis réveillé en nage et tremblant, ce matin. Est-ce la tristesse de le quitter qui m'a fait faire des cauchemars aussi violents ou la dose de cannabis qui n'est plus assez puissante ? Habituellement, je parviens à maîtriser, je ne comprends pas ce qu'il s'est passé…

Les images ne veulent pas me quitter et ça me rend fou, j'ai l'impression d'étouffer. Je fume mon joint du matin, les yeux clos, mais j'ai bien du mal à me défaire de l'horrible sensation tapie en moi depuis le réveil. Machinalement, je commence à me gratter le cou de ma main libre et ce n'est que quand je sens ma peau devenir douloureuse que j'arrête.

– Putain…

Je jure parce que je ne sais pas quoi faire d'autre. J'ai l'impression que mon corps entier me démange, maintenant que j'ai commencé à gratter. Je me retiens, parce que si je ne le fais pas, je vais finir rouge de la tête aux pieds. J'essaye de me détendre en continuant à fumer, mais quand je ferme les yeux pour me calmer, les images reviennent. Cette fois, c'est la femme qui regarde le gamin. Je ne le vois pas, et je ne la vois pas entièrement non plus, mais son sourire me glace le sang. J'ai envie de plonger dans mon cauchemar pour prendre le gosse dans mes bras et le protéger de la folie de cette inconnue, mais je ne peux pas.

J'ignore si ces gens existent, si je les ai un jour connus ou si mon esprit a créé ces images de toutes pièces, mais ce que je sais, c'est que ça m'a bouffé cette nuit, comme de nombreuses autres avant, et que je ne veux pas que ça me ronge plus encore maintenant que le soleil est levé. Ce soir, je retrouve Seven pour la dernière fois avant des mois, peut-être même que je ne le reverrai jamais, je ne peux pas savoir de quoi demain sera fait, et si ça doit être l'ultime instant en sa compagnie, je veux qu'il soit bon. Je refuse de laisser mon désordre mental me le gâcher.

J'ai la jambe qui tremble et ça m'énerve encore plus. Je sens que ça se calme, que la fumée dissout le cauchemar de cette nuit, mais ça ne va pas assez vite à mon goût. Tout ça parce que j'ai refusé de dormir chez Seven, que je suis rentré tard et que je suis allé me coucher sans prendre ma dose… Je me sens condamné. Certains diraient que je suis dépendant, que je devrais faire quelque chose, moi, je me sens juste pieds et poings liés. Je n'ai pas d'autre choix que de fumer pour effacer tout ça. Si je ne le fais pas, j'ai le sentiment que mes cauchemars pourraient réellement me faire crever, et plus seulement dans mes songes.

Mon téléphone vibre à côté de moi. Je m'en empare et ouvre le nouveau message que j'ai reçu :

Seven : Tu m'en voudras si je ne te
fais pas un vrai repas et que je mets
plutôt plein de conneries à grignoter ?

Malgré la sueur qui perle le long de mon front à cause de mon agitation, je souris et m'empresse de lui répondre.

Moi : *Un Nouvel An sans malbouffe,*
ce n'est pas un Nouvel An !

Seven : C'est bien vrai !
On mangera des chips
et du chocolat en buvant du vin.

Moi : *Et ce sera parfait.*

Seven : Avec toi, tout l'est.

J'hésite entre lui dire qu'il est un beau parleur, une fois de plus, lui envoyer un clin d'œil, ou juste lui dire « à tout à l'heure », mais je suis incapable d'écrire quoi que ce soit, parce qu'encore une fois il m'a touché de ses mots comme personne d'autre n'a su le faire avant lui. Alors je ne dis rien et je sais que ce n'est pas grave, qu'il ne m'en voudra pas. Jusqu'ici, il m'a montré qu'il n'attend jamais rien de plus que ce que je peux lui donner, et que quand il prononce des mots, aussi puissants soient-ils, ce n'est pas pour que je lui dise la même chose en retour.

Je repose mon téléphone à côté de moi. Mon sourire ne veut pas quitter mes lèvres, et cette fois, quand je ferme les yeux, plus aucune image ne me ronge. Le joint est terminé, mais je ne sais pas si c'est grâce à lui que tout est revenu à la normale ou si c'est lié à Seven. Je n'ai même pas envie d'y réfléchir, tout ce qui compte, c'est que ma jambe ne tremble plus et que ma peau a cessé de me démanger. Je n'ai plus qu'à gommer cette nuit horrible en passant sous la douche.

***

Je passe la fin de la matinée et le début de l'après-midi à ranger mes affaires et à nettoyer l'appartement. Le transporteur ne récupérera le tout qu'après-demain, mais moi, je file dès demain, pour le premier jour de l'année. J'ai remballé mon salon aussi, tout est prêt, je ne garde sur moi que ce dont je ne peux me défaire. Parmi ces biens, il y a ma photo préférée, la seule que je garde toujours avec moi. Elle représente notre bande de motards. On l'a prise après notre tout premier road trip et j'en suis complètement fan. Chacun d'entre nous en a une copie et aucun ne s'en défait jamais. Elle nous permet de tenir chaque jour que nous passons séparés.

Je me moque souvent de Sandy, mais en réalité, je ressens autant le manque que lui. Toutes ces âmes paumées sont des morceaux de moi et je ne me sens entier que lorsque nous sommes réunis.

Chaque fois que je regarde ce cliché, je ne peux m'empêcher de sourire et d'être reconnaissant. Je souris au souvenir d'un moment parfait avec des gens imparfaits et je remercie le ciel de les avoir mis sur mon chemin.

Je glisse la photo dans mon sac pour être sûr de l'avoir avec moi demain, quand je partirai, puis j'enfile mon blouson et sors finalement dans le froid. Je préfère laisser Treize sur le parking et aller chez Seven à pied. J'aurai le nez rouge et les oreilles gelées en arrivant, mais ça ne fait rien, je ne dis jamais non à une balade rafraîchissante. Et puis, c'est la dernière fois avant un moment que je vois les belles bâtisses d'Oloron-Sainte-Marie, que j'arpente ses rues pentues et que je sens l'odeur du chocolat Lindt s'échapper de l'usine pour venir me chatouiller le nez.

J'aime beaucoup cet endroit, et grâce à Seven, j'en garderai d'excellents souvenirs. J'ai passé un mois fabuleux dans ce paysage et je ne manquerai pas d'y revenir un jour avec la bande. Je suis sûr que Violette connaît les lieux, elle a vu toute la France.

Quand j'arrive devant la porte, Seven m'ouvre et son sourire rend la fin de ce séjour plus belle encore. Il me permet d'effacer les dernières traces de la nuit. Le réveil douloureux de ce matin est complètement oublié, je me sens bien, serein, et surtout, heureux.

J'entre dans son logement et je découvre qu'il a aménagé le coin télé. Au sol, il y a une épaisse couverture et d'autres plus fines, provenant certainement de la chambre. Il y a aussi des coussins contre le devant du canapé, sûrement pour pouvoir s'y adosser. Et à côté, il a mis la table basse avec plein de bêtises à grignoter, comme il l'avait promis. Et bien sûr, une bouteille de vin.

– On va se faire un cinéma maison ! À défaut d'avoir pu aller au vrai…

– Qu'est-ce qu'il y a au programme ? dis-je, en retirant mon blouson.

– Tu as trois catégories, j'ai choisi un film pour chacune d'entre elles, mais tu ne sauras pas le titre. Tu choisis la catégorie et on regarde celui qui y est associé.

– Et si je n'aime pas ?

– Aucun risque, j'ai d'excellents goûts.

– Prétentieux.

Il rit, puis il m'annonce :

– Tu as le choix entre comédie, action, et fantasy/fantastique.

– Dur…

– Je vais t'aider : on aura le temps de voir les trois, je ne compte pas te laisser dormir.

Cette fois, c'est moi qui ris. C'est bien la peine de prétendre que j'ai un choix à faire... en définitive, je ne décide que de l'ordre.

– Alors, commençons par comédie.

– L'entrée sera donc *Astérix et Obélix : Mission Cléopâtre* ! Que prendras-tu en plat chaud ?

– Un peu d'action.

– J'aime ce choix... répond-il, d'une voix sensuelle qui me donne un peu chaud. Nous mangerons donc un petit *Matrix* ! Et le dessert sera un indémodable *Harry Potter*.

– Ce ne sont que des films connus !

– Tu croyais que j'allais refaire ta culture cinématographique ? demande-t-il, rieur.

– Je ne sais pas...

– Je n'ai pas pris de risque, je suis parti sur des films sans prise de tête qu'on peut voir et revoir sans jamais se lasser.

– Très bon choix.

– Si monsieur veut bien prendre place, me dit-il, en s'écartant pour que j'aille m'installer.

Nine me rejoint très vite, ravi de pouvoir se mettre sur les couettes avec nous, et quand Seven s'installe, il prend avec lui quelques assiettes remplies de choses à grignoter, après m'avoir tendu deux verres de vin pour que je les tienne. Il lance la télé en s'installant tout contre moi. Je me sens serein et excité à la fois. J'imagine que c'est le genre de choses que ressentent les adolescents quand ils tombent amoureux pour la première fois ? Je n'ai jamais vécu ça, pas à cet âge-là en tout cas, mais c'est la première chose qui me vient à l'esprit. Ça et une autre tout aussi douce :

– J'ai l'impression d'avoir douze ans et de faire une soirée pyjama.

– Tu faisais ça, ado ?

– Non, mais ça avait l'air sympa.

– C'est pas un truc de filles ?

– T'es pas un peu sexiste ?

– C'est pas ce que je voulais dire, c'est juste que je n'en ai jamais fait et que mes copains de l'époque n'en faisaient pas non plus, répond-il.

– Comme je n'avais pas vraiment d'amis, je ne pourrais pas te dire.

Seven plonge son regard dans le mien, mais il reste muet. Il glisse soudain sa main dans mes cheveux et vient déposer un rapide baiser contre mes lèvres. Trop court. J'en voulais plus.

– Alors c'est parti pour une super soirée pyjama, murmure-t-il contre ma bouche.

Il n'imagine pas ce que ses mots et ses actes me font. Il est si loin de se douter de tout ce que je ressens pour lui. Je ne veux pas le dire, mais je le sais : je l'aime. J'en ai la certitude, je l'aime comme un fou.

***

Quand *Matrix* s'achève, il est presque minuit. Seven est à moitié allongé sur moi, dans une position bizarre qui ne semble pas très confortable pour son corps de géant, mais il n'a pas l'air de s'en plaindre. Sa tête est sur mes cuisses, son bras perdu dans la blancheur des poils de Nine, et moi, c'est dans ses cheveux que j'ai envie de glisser mes doigts.

Au moment où je m'apprête à le faire, son téléphone sonne. Seven ne bouge pas, comme fasciné par le générique qui défile devant nos yeux.

– Seven…

– Ouais.

Il se redresse en soupirant et attrape son téléphone avant de filer. Il n'a pas l'air particulièrement heureux de prendre cet appel et je ne peux m'empêcher de repenser à la dernière fois où il a eu une réaction similaire. Je ne sais pas qui est à l'autre bout du fil, mais cette personne fait de Seven un homme différent. Je ne veux pas l'interroger parce que ça ne me regarde pas et que je ne suis de toute façon pas du genre inquisiteur, mais j'espère qu'il ne reviendra pas dans le même état que la dernière fois…

À minuit pile, je vois que j'ai une notification et j'ouvre Messenger pour lire ce que mes amis m'ont envoyé. C'est en fait Luigi, mais il ne m'a pas envoyé ce que je pensais :

Luigi : Hey, Clément,
tu veux quoi pour Noël ?

Moi : *C'est déjà passé…*

Lara : Bonne année !

Sandy : Bonne année à tous !

Luigi : Mais tu veux quoi pour Noël ?

Riley : Meilleurs vœux, les amis ♡

Violette : Bonne année et bonne santé, surtout. Prenez soin de vous, les enfants.

Patrick : Beaux souhaits de début d'année ne survivent pas à fin janvier !

Lara : Merci Pat',
tu vas nous porter la poisse…

Moi : *Bonne année à tous ! Sauf Luigi, parce que t'es vraiment con.*

Luigi : Mais je suis sérieux !
(Et bonne année !)

Sandy : Commence par lui rendre les vingt euros que tu lui dois.

Lara : Voleur !

Luigi : Vous êtes lourds,
je vous ai dit que je ne lui devais rien.
C'était un pari bidon.

Moi : *Mais tu l'as perdu. Commence l'année en prenant la bonne résolution de toujours payer tes dettes.*

Cette discussion ne ressemble à rien et ça me fait sourire parce que c'est tellement représentatif de notre bande complètement tarée.

Ils ne sont pas avec moi physiquement, et pourtant, ils sont dans mon cœur. Je commence cette nouvelle année en leur compagnie et rien ne pouvait me rendre plus heureux. Rien, à part peut-être la présence de Seven à mes côtés…

Luigi : Je vais te les donner,
tes vingt euros ! Mais je reste
convaincu que c'est de la triche.
Je ne pouvais pas tenir en équilibre
sur une chaise à trois pieds !

Moi : *Tu n'avais qu'à pas dire que
tu pouvais.*

Luigi : Je croyais qu'elle en avait
quatre !

Lara : Alors t'avais qu'à mieux
regarder.

Luigi : C'est Clément ou c'est moi que
tu vas épouser ?

Lara : S'il n'était pas gay, c'est
sûrement lui que j'épouserais !

Clément : *Ne me mettez pas
dans vos histoires…*

Sandy : Les amis, blonde ou rousse ?

Riley : Rousse.

Lara : Blonde.

Luigi : Les deux ?

Violette : Sandy…

Sandy : Les deux, elles sont OK ! Pardon, ma Violette, mais c'était une décision très difficile à prendre.

Lara : Un jour, une femme te fera pleurer.

Sandy : Toutes les femmes me font pleurer ! Toi, Violette, Riley, Cookie, ma grand-mère, ma mère… vous êtes toutes cruelles avec moi !

Luigi : Calimero.

Sandy : Vous êtes des amis misérables. Je vais me suicider avec des yaourts périmés.

Moi : *Il nous sort encore un truc de série, là, non ?*

Lara : C'est Friends…

Moi : *Nouvelle année ou pas, Sandy reste Sandy…*

Sandy : Et vous m'aimez comme ça !

Riley : Bien sûr qu'on t'aime, mon trésor !

Sandy : C'est toi la meilleure, ma Riley !

Moi : *Je vous aime, mais cette conversation a complètement dérivé,*

il est l'heure pour moi de vous quitter.
Encore bonne année à tous !

Sandy : Et moi j'ai une blonde
et une rousse qui m'appellent,
alors salut !

Je n'attends pas que tout le monde réponde, je sens que ça peut prendre du temps et que Luigi peut repartir sur un autre délire. Si ça continue, on va y passer la nuit, et moi, j'ai d'autres projets.

Quand je relève la tête, j'ai encore le sourire aux lèvres à cause de la folie de mes amis, et je le conserve en voyant que Seven est revenu et qu'il a l'air d'aller bien. Il se réinstalle à côté de moi et je tourne la tête vers lui.

– Bonne année, me dit-il.

– Bonne année.

– Je trouve qu'elle commence très bien.

Mon sourire ne s'est pas effacé quand ses lèvres se posent contre les miennes et je crois que c'est toujours le cas quand il lance *Harry Potter* et qu'il passe un bras autour de mes épaules.

L'année commence divinement bien.

III

Aimer

Avec passion

« Lips so good I forget my name
I swear I could give you everything[8] *»*

8. *Tes lèvres sont si bonnes que j'en oublie mon nom, je jure que je pourrais te donner tout ce que j'ai.* (Paroles de Never Enough, de One Direction.)

CHAPITRE 13

CLÉMENT

Un an depuis la rencontre

– Je vais chercher une autre bouteille ! hurle Sandy pour recouvrir la musique qui résonne dans la boîte de nuit.

Je l'attrape par le bras pour descendre son oreille vers ma bouche afin qu'il m'entende mieux.

– Tu veux de l'argent ?

– C'est bon, tu paieras la suivante.

– On va pas s'envoyer une bouteille chacun !

– C'est l'enterrement de vie de garçon de Luigi, bien sûr qu'on va se mettre à l'envers !

Je ris avec lui parce que j'ai déjà pas mal bu et que je trouve du coup son idée plutôt sympa. Ce soir, c'est la fête. Patrick, Sandy, Luigi et moi sommes sortis entre nous pendant que Riley, Violette, June, Lara, sa mère ainsi que sa tante sont de leur côté. Je ne sais pas ce qu'elles font, mais je sais ce que nous on fait : la fête du siècle. Pas de strip-teaseuse pour Luigi, ça ne l'a jamais tenté, mais l'alcool, ça, c'était obligatoire. On a commencé la soirée par un poker, puis on est allés faire un billard dans un bar, et on se retrouve en discothèque pour finir la nuit. Ce soir, personne n'a sa moto, on rentrera en taxi. Interdiction d'aller chez les futurs mariés, la maison est réservée aux filles, et puisque Patrick et moi n'habitons pas ici, on terminera dans l'appartement de Sandy. On s'endormira sûrement n'importe où et n'importe comment ; dans la douche, sur le tapis, dans un lit… ceux qui survivront à cette soirée pourront vérifier demain.

Sandy revient avec une nouvelle bouteille et deux pichets. Il est accueilli par un Luigi complètement ivre qui crie de joie et cela me fait sourire. Je ne sais pas comment il va finir la nuit, mais je sais comment il commencera la journée de demain : avec un mal de tête carabiné.

Alors que nous nous resservons un verre, une jeune femme se glisse sur la banquette, à côté du futur marié, et malgré la musique, je l'entends lui dire :

– Je suis pris, ma belle, je me marie la semaine prochaine !

– Mais moi, je suis libre, ajoute Sandy en se levant.

La femme sourit, apparemment tentée, et les deux s'échappent sur la piste. Mon meilleur ami ne sait absolument pas danser, mais pour des mouvements collés serrés, je sais qu'il s'en sortira.

Je suis toujours fasciné de voir comment il parvient chaque fois à ses fins. Je n'oserais jamais faire ce genre de choses. Je ne suis pas timide, réservé, à la limite, mais pas timide, pourtant je ne me vois pas faire du rentre-dedans comme il le fait.

Patrick et Luigi se mettent soudain au défi de boire l'un plus que l'autre. Ce sera à celui qui avalera le plus de shooters. Ils m'invitent, mais je décline, je suis déjà bien alcoolisé, je n'ai pas spécialement envie de vomir toute la nuit. En toute honnêteté, c'est aussi parce que je ne me lance jamais dans une partie que je suis sûr de perdre, et contre Pat', personne ne fait le poids. Je ne sais pas si c'est sa corpulence, son sang irlandais ou juste l'habitude, mais il peut boire deux fois notre consommation et continuer à marcher droit pendant qu'on rampe pour rentrer. Il n'est pas humain.

J'encourage Luigi malgré tout, histoire qu'il ne se sente pas abandonné, mais au sixième verre, je sens qu'il faiblit. C'est le moment que choisit Sandy pour revenir.

– Déjà fini ?

– J'ai pris son numéro pour plus tard, je ne vais pas passer ma soirée mecs avec une femme !

On se tape dans la main, d'accord sur le sujet, et il me rejoint pour encourager notre ami qui en a bien besoin. Je crie pour donner mes forces à Luigi, mais je me calme quand je sens mon téléphone vibrer dans ma poche. En continuant à rire, je le sors de mon pantalon, et quand je vois le nom de Seven s'afficher, ivre ou pas, je souris un peu plus. C'est plus fort que moi.

Un an depuis notre rencontre et sans nos téléphones, notre relation aurait bien du mal à exister. Je ne l'ai pas vu depuis cinq mois et je ne le revois pas avant le mois prochain, et encore, si tout va bien. On échange régulièrement par SMS, on s'appelle presque autant, mais je ressens le manque de sa voix dès qu'il raccroche et le manque de ses bras depuis mon départ d'Oloron-Sainte-Marie. J'aimerais que nous puissions nous voir plus souvent, mais je déteste la capitale, et c'est là qu'il habite. J'étouffe, là-bas. J'accorde le plus possible mes déplacements aux siens, mais je ne peux pas non plus toujours le suivre, pas plus qu'il ne peut adapter son planning au mien. Je vais où le vent me porte, il fait de même. Nous nous arrangeons pour nous voir, mais pour ma part, il est hors de question que mon calendrier soit entièrement calculé en fonction d'un homme que je connais depuis un an seulement, même si une part de moi me crie parfois de faire tout le contraire. Je tiens à mon indépendance et cela commence par une vie et un emploi du temps que je choisis par moi-même et pas pour une autre personne. Je ne dis pas qu'un jour je ne calquerai pas mon rythme sur le sien, mais ce n'est pas pour de suite. Il est trop tôt pour changer nos vies, quand bien même nous en avons souvent envie.

Je me lève et manque de m'étaler en trébuchant dans un fauteuil, puis je me dirige vers les toilettes, où la musique est moins forte, afin de pouvoir rappeler Seven. Il le fait avant moi, et cette fois, je décroche.

– Seven…

– *Clément*, répond-il, d'une voix rieuse et bien moins tremblante que la mienne.

– On fête l'enterrement de vie de garçon de Luigi et je suis bien éméché.

– *J'entends ça !*

Il rit et j'ai l'impression que son rire me ravage encore plus quand je suis en état d'ébriété. Puis j'entends Nine aboyer derrière lui.

– Bonjour, Nine !

– *Tu m'as explosé l'oreille…*

– Désolé…

– *T'es complètement bourré, hein ?*

– Trop pour conduire, pas assez pour ne pas savoir ce que je fais.

– *Mais assez pour faire des trucs que tu ne ferais pas habituellement ?*

– Comme quoi ?

– *Je ne sais pas, des trucs sexy par exemple.*

– Si tu m'imagines en train de danser, dis-toi que la réalité ne ressemblera jamais à ton fantasme. Je suis un piètre danseur.

– *Je ne pensais pas à ce genre de danse...*

– Ah, ce genre-là… Oui, ça, ce serait possible. Mais je ne suis pas assez bourré pour le faire avec n'importe qui.

Et pourtant, je suis bien éméché, je peine à avoir des pensées cohérentes, mais pas assez pour ignorer que c'est justement un vrai bordel dans ma tête… Je crois que je m'embrouille moi-même. Heureusement, Seven me ramène à la réalité :

– *Je ne t'imaginais pas avec un inconnu, mais plutôt avec moi.*

– Avec toi, sans hésitation…

Il fait soudain très chaud. Je crois que c'est à cause du mélange d'alcool et de cette ambiance festive, mais aussi et surtout à cause de la voix de Seven. Il me fait toujours cet effet, et plus les jours passent, plus j'ai envie de lui. Heureusement qu'il n'est pas là, sinon notre première fois serait alcoolisée et je préfère qu'elle ne le soit pas. Je ne suis pas contre l'idée de coucher avec lui en ayant bu, le côté désinhibant ne serait pas déplaisant, mais pas pour notre première fois. Celle-là, je la vois très différente.

– *Un jour, on fera l'amour par téléphone*, lâche-t-il soudain.

– Putain…

Je ne peux pas dire autre chose parce qu'il vient de faire péter le peu de neurones que l'alcool n'avait pas encore mis hors service. Mes jambes tremblent un peu et pour ne pas me montrer ainsi devant les autres mecs qui défilent, je m'enferme dans un box. Je réalise que j'ai vraiment assez bu, si j'en crois mon corps. Je paierai la prochaine bouteille pour les gars, mais je n'y toucherai pas. Je n'aime vraiment pas l'idée d'être ivre. Cela me place dans une position de vulnérabilité que je ne peux accepter. Je me suis trop souvent senti ainsi quand j'étais plus jeune. Je ne me suis pas battu comme un fou pour m'en sortir et ensuite replonger à cause d'une drogue.

– *J'aimerais être là et te voir bourré.*

– Pour en profiter ?

– *Jamais. Même si tu me suppliais de coucher avec toi dans cet état, je ne le ferais pas.*

– Et si je me jette sur toi ?

– *Je t'enferme dans une pièce.*

– C'est de la séquestration.

– *Alors je m'enferme, moi.*

Je ris parce que j'aime sa repartie, mais ce que j'aime le plus, c'est le respect qu'il a pour moi. C'est ce que tout le monde mérite et je ne fais pas exception à la règle.

– Pourquoi tu voudrais me voir ivre si ce n'est pas pour en profiter ?

– *Parce que c'est une facette de toi que je n'ai pas encore vue et je suis sûr qu'elle me plairait.*

– Tu ne diras pas ça si je te vomis dessus.

– *Tant que tu ne vomis pas sur Nine, ça ira. Il déteste que je le lave et l'idée de dormir avec lui alors que ton vomi séché recouvre son pelage ne me tente pas des masses.*

– T'es immonde…

– *C'est toi qui as commencé !*

Nous rions encore et je ne parviens plus à effacer le sourire qui s'est dessiné sur mes lèvres. La voix de Seven emplit tout mon corps, elle vibre à l'intérieur de moi et je me sens faible en l'entendant. Je prends appui sur le mur des toilettes, et tant pis pour mes fringues que je ruine en faisant ça ; j'ai le cœur dans un tel état…

– Seven ?

– *Oui, Clément ?*

C'était justement ce que je voulais entendre : mon prénom. J'avais envie qu'il le prononce, envie qu'il glisse sur sa langue et caresse ses lèvres.

– Merci.

– *De ?*

– De lire dans mes pensées.

– *Je ne comprends pas bien de quoi tu parles, mais je t'en prie, c'est avec plaisir !*

Je sais que l'alcool est pour beaucoup dans la façon dont je ressens les choses ce soir, mais ce serait mentir que de dire que les sentiments n'existent pas. J'aime cet homme. J'en suis complètement dingue.

Mais je ne veux pas le lui dire au téléphone et certainement pas quand je suis dans cet état.

– Il faut que je rejoigne les autres. Quand je les ai laissés, ils faisaient un concours pour savoir qui pourrait boire le plus de shooters à la suite et je crains que Luigi ne soit tombé dans les pommes.

– *Le futur marié, c'est ça ? Qui est son adversaire ?*

– L'Irlandais.

– *Tu ferais mieux d'y retourner, ces gens-là ont une descente d'enfer !*

– Alors, salut…

– *À très vite, Clément.*

Merde, j'aime vraiment trop la façon dont il prononce mon prénom…

Je raccroche en soupirant et alors que j'ouvre la porte pour sortir des toilettes, un homme s'y rue en me poussant et s'accroupit pour vomir tout le contenu de son estomac. Je cligne des yeux quand je crois reconnaître le tee-shirt de mon ami…

– Luigi ?

Avec difficulté, il relève la tête et la tourne vers moi. Quand il remarque que c'est moi, il s'apprête à parler, mais un nouveau haut-le-cœur l'en empêche. Je grimace, mais je lui tends du papier toilette pour qu'il puisse s'essuyer. Il reste plusieurs minutes au-dessus des toilettes à attendre, pour être sûr que plus rien ne vient, puis il finit par s'asseoir contre le mur et je me dis qu'on aura tout intérêt à brûler nos vêtements quand on sera rentrés.

Luigi reprend doucement sa respiration, et sans ouvrir les yeux, il me dit :

– J'ai perdu.

C'était prévisible. Patrick est imbattable à ce jeu. Je ris, puis je me penche pour le soulever et le sortir de là. Je tangue un peu, et quand Sandy vient me prêter main-forte, cela ne nous aide pas vraiment parce qu'il est encore plus ivre que nous. C'est finalement Patrick qui s'approche, prend Luigi et le jette sur son épaule, comme un sac à patates.

– Tu vas le faire vomir, lui dit Sandy.

– Vieille amitié ne craint pas le vomi.

– C'est pas plutôt : Vieille amitié ne craint pas la rouille ?

Patrick hausse une épaule et je ris parce que cette erreur est la seule preuve qu'il a un peu trop bu, lui aussi. Quant à Luigi et à notre inquiétude, je ne suis pas sûr qu'il lui reste quoi que ce soit dans le ventre, et puis j'ai l'impression qu'il s'est endormi, ou qu'il est tombé dans les pommes, je ne sais pas vraiment. Inquiet, je lui tapote la joue, et quand il ouvre les yeux en ronchonnant, je suis rassuré.

Je pense que la soirée est terminée. Je crois aussi que, demain, on va la payer.

***

Le réveil est terrible. J'avais raison. Encore une fois, j'ai les pieds de Sandy dans la gueule et je ne comprends pas comment il fait pour toujours finir à l'envers dans le lit. Je suis presque certain qu'il ne s'est pas endormi comme ça… J'ai un mal de tête terrible et le bruit que j'entends dans la pièce voisine n'aide absolument pas.

Je grogne, incapable de faire mieux que ça, et j'ai encore plus mal au crâne. Je sens que Sandy bouge, alors je me retourne avant de prendre un coup, mais la porte de la chambre s'ouvre soudain et la lumière me brûle les yeux à travers mes paupières.

– Debout, les marmottes !

Pour la première fois de ma vie, je déteste Lara. OK, ce n'est certainement pas la première fois, mais ce matin, particulièrement, je ne l'aime pas. Sa voix me fait un mal de chien et quand elle vient secouer Sandy et qu'il me met un coup de pied, j'ai envie de les pousser tous les deux hors du lit. J'ai vraiment la tête qui va exploser, j'en suis convaincu. C'est bien fait pour moi, je n'avais qu'à pas boire autant.

Je me lève avec beaucoup de difficulté, mais une grande motivation. Je ferais n'importe quoi pour échapper à la voix trop forte de Lara et aux grognements de Sandy qui semble dans le même état que moi. On a la gueule de bois et c'est encore moins beau à vivre qu'à voir, j'en suis certain.

Dans le salon, je retrouve Luigi, en boule dans un fauteuil. Il a l'air encore plus mal en point que moi. J'aperçois Patrick dans la cuisine, en train de cuisiner avec Violette. Je ne comprends pas comment il peut tenir debout et péter autant la forme. Je persiste à penser qu'il n'est pas humain.

Ma douce Riley est dans le canapé et me fait signe de venir m'allonger sur elle, alors je m'exécute. Je ne sais pas où sont les autres filles de leur soirée et je m'en moque complètement parce que les doigts de ma pin-up préférée se posent sur mes tempes et le massage qu'elle commence à me prodiguer transforme soudain mon cauchemar en paradis. C'est tellement agréable.

Violette nous rejoint après quelques minutes et fait avaler un truc à Luigi, je le vois du coin de l'œil. À sa tête, je dirais que ce n'est vraiment pas bon et quand elle me tend un verre à moi aussi, je ne suis pas sûr de vouloir goûter.

– Ce n'est qu'un mauvais moment à passer pour être sur pied ensuite.

– De mon point de vue, tu devrais les laisser souffrir toute la journée, ça leur ferait du bien, dit Lara en nous rejoignant, tirant Sandy derrière elle.

Je me redresse et prends mon verre au moment où mon meilleur ami s'assied et prend le sien. On les lève et on les boit cul sec. Je crois que nous faisons la même grimace que Luigi… C'est vraiment dégueulasse.

– Maintenant que tout le monde va mieux, si on parlait du mariage ? dit Lara en tapant dans ses mains.

– Tu vas épouser une folle, grommelle Sandy à l'attention de Luigi.

– J'aime la folie, répond-il, toujours recroquevillé dans son fauteuil.

Je crois que cela fait sourire sa future épouse, mais je n'en suis pas sûr, je ne vois plus très clair, honnêtement.

– Ils ne vont pas pouvoir parler tout de suite, laisse-leur un peu de temps.

Au moment où Violette prononce ces mots, je me sens très faible. Je me réinstalle sur Riley et je crois qu'en quelques secondes seulement je sombre à nouveau. Je suis tellement épuisé.

Quand je me réveille, je me sens beaucoup mieux. Le temps semble s'être figé, tous mes amis sont au même endroit, ils n'ont pas bougé d'un pouce. J'ai toujours la tête sur les cuisses de Riley, la seule différence, c'est qu'elle lit maintenant un livre au-dessus de moi.

– Ça va mieux ? me demande-t-elle.

– Bien mieux.

– On va peut-être pouvoir régler les derniers détails du mariage, maintenant, dit Lara.

– C'est pas ce que vous avez fait hier ? entends-je Luigi lui répondre.

– Bien sûr, pendant que vous faisiez la fête entre hommes, nous, les femmes, on travaillait sur le mariage… Dans quel monde tu vis ? On s'est éclatées, nous aussi ! Bienvenue au vingt et unième siècle, mon cher.

– Je ne sais pas si j'ai toujours envie de t'épouser quand tu es comme ça.

– Bien sûr que tu en as envie, c'est comme ça que tu la préfères, répond Sandy.

– C'est vrai.

Je me redresse en souriant, libérant mon amie qui en profite pour se lever et se dégourdir les jambes. Je ne sais pas combien de temps j'ai dormi, mais j'ai l'impression que la journée est déjà bien avancée.

– Quelle heure il est ?

– Seize heures, répond Violette.

– Je suis complètement déréglé.

– C'est le risque des consommations abusives.

Je tourne la tête vers la doyenne de notre groupe. Je sais qu'elle ne parle pas de l'alcool que l'on a ingurgité hier. Je suis tenté de mettre les pieds dans le plat et de l'obliger à dire le fond de sa pensée, même si je le connais, mais je n'ai pas envie d'entrer en conflit avec elle. De manière générale, je n'aime pas me fâcher avec les gens, mais encore moins avec cette femme que j'aime tant, et surtout pas à quelques jours du mariage de deux de mes meilleurs amis. Alors même si je sais qu'elle me juge pour ma consommation de cannabis, je ne dis rien. Riley et elle m'ont clairement fait savoir qu'elles ne cautionnaient pas mon comportement et je leur ai exprimé tout aussi clairement que, jusqu'à preuve du contraire, c'était encore ma vie.

Je sais qu'elles sont inquiètes pour moi, mais elles n'ont pas de raison de l'être. Si elles doivent s'alarmer pour quelqu'un, autant qu'elles se tournent vers Sandy, c'est celui qui a le plus de risques de faire une connerie à toujours être en quête de sensations.

– On bosse sur le mariage ou on attend qu'il soit passé ? s'impatiente Lara.

– Pas moi.

– Comment ça, pas toi ? Qui est-ce que j'épouse, le voisin ?

– Je préfère que ce soit moi, répond Luigi en souriant, mais je ne peux pas aujourd'hui. Clément et moi, on a un truc à faire.

Je tourne la tête vers lui et l'interroge silencieusement. De quoi est-ce qu'il parle ?

Je comprends très vite à son regard qu'il faut que je le suive dans son délire, alors je le fais. On sauve les amis d'abord, on vérifie après s'ils étaient coupables.

– Tu veux le faire maintenant ? OK, c'est toi qui décides.

– De quoi vous parlez ? demande Sandy.

– C'est un secret, répond Luigi.

Un si bon secret que je ne sais même pas de quoi il s'agit. Je me demande dans quoi il va m'entraîner… S'il a menti pour fuir les préparatifs et s'enfermer dans son garage pour retaper des bécanes, ça ne va pas le faire.

– Louis, tu sais que si j'apprends que tu m'as menti, tu es un homme mort ?

Je vois que Lara a eu la même idée que moi…

Luigi sourit et cela suffit à sa future femme qui fait un geste de la main et se tourne vers le reste de la bande avant d'annoncer :

– Prenez du café, vous allez en avoir besoin.

Je ne suis pas fâché d'être épargné. Lara est directive et autoritaire, et son mariage la stresse, alors elle est encore plus flippante quand il s'agit de ça. Je n'ai pas spécialement envie de rester, et quoi que mon ami ait prévu pour échapper à ces préparatifs, même si c'est nettoyer son garage de fond en comble, je le suivrai. Pour fuir cet appartement, je le suivrais même au bout du monde, sans aucune hésitation.

***

– T'es sérieux ?

Luigi hoche la tête, et malgré la peur que je lis sur son visage, je sens qu'il veut vraiment le faire.

Dès notre arrivée chez lui, il m'a emmené dans la pièce où je stocke mon matériel professionnel pendant mon séjour à Lyon et il m'a demandé de m'installer pour le tatouer. Venant de Sandy, la demande aurait été prévisible, mais de la part de Luigi, c'est incroyable. Mon ami n'a aucun tatouage, pour la simple raison que cela le terrifie et qu'il ne supporte pas de se faire tatouer. Quand j'ai un jour essayé, à sa demande, il a fait une crise de panique, il s'est jeté sur moi et j'ai dû le frapper afin d'éviter qu'il ne me tue. Il a complètement perdu la tête.

Ce n'est pas tant la douleur qui le gêne, c'est le bruit de la machine qui fait remonter en lui de vieux souvenirs et le met dans un état terrible. On avait décidé que les tatouages étaient impossibles pour lui, je croyais que c'était une affaire classée, alors je ne comprends pas pourquoi il veut encore essayer.

– Pourquoi ?

– Tu comprendras quand je t'expliquerai quel tatouage je veux.

– T'es sûr de toi ?

– Je ne te sauterai pas dessus.

– Il vaut mieux, sinon je te jure que cette fois tu passes par la vitre.

Je ne suis pas sérieux, il le sait, je m'inquiète plus pour lui que pour moi. Luigi et moi sommes de force égale, s'il perd la tête, je garderai la mienne claire pour le maîtriser. Je ne veux juste pas qu'il se fasse du mal. Mais il a vraiment l'air de le vouloir, ce tatouage…

Qu'il en soit ainsi.

– Laisse-moi attraper ma tablette et ensuite tu m'expliques ce que tu veux. Je ne vais pas te tatouer avant d'avoir fait le dessin.

– Je te fais confiance.

– C'est gentil, mais non.

J'attrape mon appareil pour dessiner et m'installe sur la chaise de bureau, puis je l'invite d'un geste de la main à m'expliquer.

– J'aimerais que tu me tatoues l'insigne de béret militaire artillerie.

J'écarquille les yeux et mon cœur se serre. Il ne me faut pas plus d'une seconde pour comprendre sa décision. C'est en rapport avec le père de Lara. Ce dernier est mort avant sa naissance, elle en sait très peu sur lui, mais elle est toujours très fière de dire qu'il était artilleur, que c'était un militaire et qu'elle tient sa force de lui. Je sais qu'elle pense à lui chaque fois qu'elle monte sur le ring et à chaque autre moment important de sa vie.

– Disons que c'est mon alliance.

– Vous n'avez pas acheté de bagues ?

– Si, mais je veux quelque chose qui ne peut être enlevé. Je veux lui prouver que je serai toujours sien.

Elle le sait, je suis convaincu qu'elle le sait, mais avec ce tatouage, c'est certain qu'elle n'en doutera jamais. Elle est au courant de ce qu'a vécu Luigi et elle a connaissance de son incapacité à se faire tatouer. Il n'y a pas plus belle mais plus folle preuve d'amour.

Je prends mon stylet et commence à griffonner après avoir récupéré l'insigne sur Internet. Ce ne sera pas long, c'est une petite pièce. Je n'ai qu'à y mettre ma petite touche.

– Quelle partie du corps ? demandé-je.

– Le poignet gauche.

Je hoche la tête, prends les mesures, puis je me replonge dans mon travail pendant que Luigi s'échappe et revient avec deux bières. Il allume une cigarette en attendant que je finisse de dessiner et je me dis qu'il va falloir que je lui précise qu'il ne pourra pas fumer pendant que je le tatoue. Je ne pense pas qu'il réussira à tenir une cigarette, de toute façon.

En quelques minutes, j'ai fini ma pièce. Elle est simple : ce sont des canons croisés sur lesquels repose un missile moderne. Le tout est entouré d'un cercle épais. J'ai choisi de ne pas tout remplir et de ne pas faire tous les traits en continu, j'ai bien sûr utilisé la technique du *dot art*[9] dont je suis si friand. Ainsi, le tatouage restera fidèle à la pièce originale, mais il aura mon style.

Je tends la tablette à Luigi, dont la jambe tremble déjà, et quand il voit mon travail, il en lâche sa cigarette.

– Tu vas foutre le feu !

Il se dépêche de la ramasser, avant de me dire :

– T'es vraiment talentueux.

– C'est maintenant que tu le remarques ?

Il sourit, mais je sens qu'il est stressé.

– Ça va aller ?

– Ouais. Je compte sur ta douceur.

Il essaye d'employer ce ton séducteur dont il aime bien user quand il prétend me draguer, mais ça ne sonne pas comme d'habitude. Je vois bien qu'il est mal. Pour Lara, il va se confronter à ses démons

9. Technique de tatouage qui consiste à réaliser une pièce ou des éléments de celle-ci uniquement avec des points.

passés et je me demande si ça en vaut la peine. Elle sait qu'il l'aime plus que tout, inutile de se faire du mal comme ça. Mais si cela lui tient à cœur, qui suis-je pour remettre sa décision en question ? Ce n'est pas parce que je fuis mes ténèbres que tout le monde doit faire pareil. Luigi choisit de les affronter, je ne peux qu'être admiratif et le soutenir.

Je le laisse finir sa cigarette, pendant ce temps, je sors tout mon matériel pour imprimer le tatouage, puis pour installer tout ce qu'il faut dans la salle de bains. Je désinfecte entièrement les surfaces ainsi que mes mains. Je termine au moment où Luigi me rejoint. Je le soupçonne d'avoir fumé une cigarette supplémentaire.

– Installe-toi.

Il obéit, mais il est loin d'être détendu et ça ne s'arrange pas quand je lance la machine et qu'il entend le bruit. Je n'ai pas besoin de mettre ma main sur sa poitrine pour savoir que son cœur bat à cent à l'heure. J'éteins immédiatement l'appareil.

Ça ne marchera jamais, il faut que je trouve une solution…

Je tourne le problème dans tous les sens jusqu'à ce qu'une idée me vienne. Je sors de la pièce et y reviens quelques minutes plus tard. Là, je place un petit objet mou dans la main droite de Luigi et commence à dérouler mon casque.

– Qu'est-ce que tu fous ?

– Serre et desserre ta main sur ce truc, ça détend. Et mets ça dans tes oreilles, dis-je en lui tendant mes écouteurs après les avoir désinfectés.

Il ne comprend pas, mais il obéit. Là, je lance la musique et il sursaute.

– C'est trop fort !

Je coupe un instant, juste pour qu'il m'entende.

– Arrête de te plaindre, je t'ai mis du rock, c'est ton style préféré, alors maintenant, tu te tais, tu écoutes, tu serres et desserres, et tu ne bouges pas si tu ne veux pas que je te tatoue « je t'aime Clément » sur le poignet.

Il soupire, un faible sourire sur les lèvres, puis il ferme les yeux. Je remets la musique, un peu moins fort, et cette fois, quand je lance mon pistolet, il n'a aucun mouvement, il n'entend pas le bruit.

J'y vais en douceur pour voir ses réactions et lorsque je commence à tatouer, son autre main s'active sur ce que j'ai mis dedans, mais il ne bouge pas l'endroit que je dois marquer. Ça marche !

Il ne me faut qu'une trentaine de minutes pour réaliser la pièce. Elle ne fait pas plus de cinq par cinq et il y a peu de remplissage, la majeure partie est en *dot art*, ce qui est très complexe, mais peu douloureux, selon moi – cela dépend toujours des gens. Quand j'ai terminé, après avoir nettoyé et désinfecté mon travail, je ne peux m'empêcher de le contempler une minute. Je sais que Luigi attend que je lui dise que c'est fini, qu'il ne bougera pas avant que je le fasse, mais je suis fasciné par cette pièce. Je ne suis pas narcissique, ce n'est pas mon travail que je regarde ainsi, c'est le sens. Sur la peau de mon ami s'étale l'encre du passé de celui qui aurait dû devenir son beau-père et je me fais alors la réflexion que tous les tatouages que j'ai faits jusqu'ici représentent des morceaux du passé ; des choses vécues, des souvenirs, des naissances à ne pas oublier, des décès douloureux, des voyages effectués, des passions… Toutes mes marques appartiennent au passé.

En voyant Luigi bouger, j'éteins la musique. Je l'ai assez fait patienter.

– C'est fini.

Il lève son poignet gauche vers son visage et son sourire fait remonter sa petite moustache. Je sais qu'il est heureux.

– Tu sais ce que j'aime chez toi ? me demande Luigi.

– Non.

– Moi non plus.

Je vais le tuer, ce connard.

– Je plaisante. Ce que j'aime le plus chez toi, c'est que tu sais toujours te tirer de toutes les situations, pas toujours de la manière attendue, mais tu y arrives à tous les coups.

Je ne comprends pas bien ce qu'il veut dire. Est-ce qu'il me remercie d'avoir trouvé une solution pour le tatouer alors qu'il n'était pas sûr lui-même de réussir à le supporter ?

– Tu t'en sortiras toujours dans la vie. Merci, mec, ça compte énormément pour moi, ajoute-t-il.

Alors c'était bien ça. Je souris au compliment et à sa gratitude. Je sais ce que cela signifie pour lui. Il parle peu, mais tout a du sens, et ses silences en ont sûrement autant que ses mots.

Je suis heureux d'avoir pu faire ça pour lui, presque autant que je le suis de l'avoir marqué pour l'éternité. D'une certaine façon, je serai toujours avec lui comme je suis toujours avec Sandy, Lara, Riley, Patrick et Violette, que j'ai déjà tatoués. J'ai besoin de ce genre de marques, même si elles deviennent un jour des signes du passé, elles m'aident à vivre.

CHAPITRE 14

CLÉMENT

La mère de Sandy est au bras de Luigi et l'escorte devant le maire. Il dépose un baiser sur sa joue quand ils ont atteint leur destination et elle le quitte avec un sourire. Entre alors Lara, accompagnée de sa mère. Elle se fiche que la tradition veuille qu'un homme la cède à son futur mari, c'est une pratique qu'elle juge sexiste et aucune autre personne que celle qui l'a mise au monde n'aurait pu être à son bras ce jour-là.

Elle avance fièrement vers nous. Elle est sublime. J'entends Luigi et Sandy jurer et je souris parce que je les comprends. Ses cheveux sont relevés et son maquillage simple fait ressortir sa beauté naturelle. Sa longue robe blanche traîne derrière elle et dessine parfaitement son corps fin mais musclé. Son décolleté est léger, mais il suffit à attirer les regards sur la poitrine tatouée de notre amie, et quand elle arrive à destination, je sais que tous se perdent dans la contemplation de l'immense pièce que j'ai encrée sur sa colonne vertébrale et que sa robe au dos nu dévoile.

Lara est maintenant à côté de celui à qui elle va bientôt dire oui – si elle ne dit pas non juste pour l'embêter. Son petit sourire taquin pourrait le laisser penser, mais elle a trop attendu ce moment pour plaisanter maintenant, et elle aurait trop peur que le cœur de Luigi ne cesse de battre.

À droite du futur marié, je me tiens en tant que témoin. Je sens toutes les émotions qui l'envahissent et je suis certain que Sandy, placé à la gauche de Lara, les ressent aussi, s'il n'est pas trop perdu dans ses propres sentiments. Assister au mariage de ces deux êtres est un moment exceptionnel pour chacun d'entre nous. Ils seront peut-être les seuls de notre groupe à se passer la bague au doigt et aucun couple n'est plus évident qu'eux. Je suis profondément heureux d'être présent pour ce jour exceptionnel. Je ne l'aurais manqué pour rien au monde.

La cérémonie se déroule simplement, saupoudrée de quelques blagues pas très fines de Sandy et des rires de ceux qui les entendent. Lara n'est pas d'humeur à l'engueuler, elle rit avec lui, elle est trop heureuse pour faire quoi que ce soit d'autre. Un mariage avec Sandy ne peut pas être autrement et un mariage sans Sandy n'en serait pas un pour elle.

Nos amis se disent oui, ils se passent les alliances au doigt, et quand ils s'embrassent, nous crions tous. La mairie semble soudain trop petite pour contenir notre joie, et lorsque tous les documents sont en ordre, nous sortons pour attendre les mariés à l'extérieur. Ils ne tardent pas à arriver et nous les recouvrons de pétales avec grand plaisir. Certains s'accrochent dans leurs cheveux et dans la moustache de Luigi, ce qui nous fait rire. Le soleil brille dans le ciel et la journée est aussi belle que nos deux amis. Sandy a un bras autour des épaules de sa mère et la voir heureuse, loin de son mari, me comble peut-être autant que lui.

Je sens une main sur mon bras. Quand je vois que c'est celle de ma Violette, j'entoure son cou pour la serrer contre moi.

Tous les gens que j'aime sont là pour vivre l'un des plus beaux jours de notre existence à tous. C'est la journée de Lara et Luigi, mais je crois qu'on est aussi heureux qu'eux. Ainsi est notre amitié, faite de personnes dont les émotions se font écho et qui ressentent les uns pour les autres. Et au milieu de cette effervescence, je pense à l'homme que j'aime, le seul qui manque à mon équation pour que tout soit parfait. Je sors mon téléphone, non pas pour lui écrire un long discours, mais pour prendre une photo des jeunes mariés et partager mon bonheur avec lui.

Moi : *1 + 1 = 1*

Je range mon portable aussitôt, je ne peux pas attendre sa réponse, le cortège va s'en aller sous peu et Treize m'attend. Quelques photos supplémentaires pour le souvenir et nous partirons sur le dos de nos motos célébrer cette union dignement.

***

Sandy se lève et fait un signe à l'animateur pour récupérer le micro. Je sais ce qui nous attend : un discours. Je sens qu'on va rire…

– Vous pensiez que vous alliez y échapper, hein ? J'aime voir vos visages inquiets, j'aime avoir les cartes en main… Je vais commencer par vous mettre la honte et on finira sur du bon pour oublier mes faux pas, OK ?

Luigi, un bras autour des épaules de sa femme, secoue la tête. Il a fait tomber la veste, mais il n'a pas encore remonté ses manches, je me demande quand il montrera son tatouage à sa belle… De ce que je sais, il a porté un bandage chaque fois qu'elle rentrait chez eux en prétextant s'être foulé le poignet en faisant de la mécanique. Il a même dû mettre la mère de Lara dans le coup. Elle est médecin, s'il ne l'avait pas prévenue, elle aurait absolument voulu l'ausculter. C'était la seule solution pour ne pas avoir à montrer sa peau à sa future femme. J'imagine que Luigi a aussi dû éviter les douches avec elle, ce qui a dû les agacer autant l'un que l'autre… Mais Lara n'a pas l'air contrariée, elle rit et reste fixée sur notre meilleur ami qui continue :

– Tous ici, vous connaissez Lara et Luigi… pardon, Louis, avec les années, j'ai fini par oublier son prénom ! Vous les connaissez, mais sûrement pas aussi intimement que moi. Oui, je parle bien de sexe.

– Sandy ! s'exclame sa mère, assise à la table qui se trouve juste derrière moi.

Je ris parce que la mariée rit aussi et que tant qu'elle a ce sourire, c'est que tout va bien. Sandy est inconvenant, mais il ne dépasse jamais les bornes, pas avec nous, en tout cas. Il ne gâchera jamais ce jour si important pour eux.

– Ne vous méprenez pas, je n'ai jamais rien fait avec ces deux-là ! J'ai bien essayé avec Lara, mais…

La mère de Sandy est toute rouge, et moi, je n'arrive plus à arrêter de rire parce que cet homme est vraiment sans filtre et qu'il est en train d'en choquer plus d'un. J'aperçois June qui se cache la bouche pour rire elle aussi.

– Jamais elle n'a voulu. Je me suis souvent demandé pourquoi. Reconnaissez que je ne suis pas désagréable à regarder, hein ? Mais j'ai compris quand je l'ai vue avec celui-là, dit-il en pointant le marié de son verre. Lara était faite pour lui, il était fait pour elle. Jamais cela n'aurait pu marcher avec moi parce que l'évidence, c'était eux.

Il en vient enfin à la partie touchante. Lara ne rit plus, elle porte la main à son cœur et Luigi la serre un peu plus fort contre lui.

– Je crois que je n'ai jamais vu des âmes paumées aussi faites pour se retrouver que vous deux. Quand Luigi est incapable de parler, Lara entend ses silences. Quand Lara est prête à exploser, Luigi sait la désamorcer avant qu'elle ne se détruise – et ne nous détruise tous au passage. J'ai parfois l'impression que vous ne faites qu'un tant vous vous complétez, et c'est dans ces moments que je suis heureux que Lara m'ait rejeté parce que, mec, je n'ai vraiment pas envie de coucher avec toi.

J'entends quelqu'un recracher le contenu de son verre, surpris qu'il recommence à faire l'idiot. Mais rien ne l'arrête, il n'a pas terminé son discours :

– Tous les deux, vous étiez faits pour vous trouver et je suis heureux que ce soit arrivé. Avant vous, je ne croyais pas en l'amour, vous m'avez prouvé que cela existait et que c'était putain de beau. Soyez aussi heureux que je vous aime et alors vous ne serez jamais tristes, vous pouvez en être sûrs. Pour finir, je vais citer quelque chose qui parlera à Lara, mais qui ne dira rien à Luigi, parce qu'il est inculte : « Ne pleurez pas votre passé, car il s'est enfui à jamais. Ne craignez pas votre avenir, car il n'existe pas encore. Vivez votre présent et rendez-le magnifique pour vous en souvenir à jamais. »

Aucun doute que c'est tiré de sa série fétiche : *Les Frères Scott*. Il n'aurait pas pu faire un discours sans la citer au moins une fois.

Sandy lève son verre et les mariés l'imitent, les yeux humides. Ils boivent et nous applaudissons tous. Puis mon ami nous rejoint à table et se rassied, tout fier.

– Je suis un incroyable orateur.

– T'es surtout un petit con, répond Luigi.

– Aussi.

Nous rions tous. Je suis juste profondément heureux. Je pose mes yeux sur chaque visage autour de la table et je me sens reconnaissant. La fin du discours de Sandy résonne dans ma tête et je me promets de profiter à fond de mon présent, du mieux que je le peux. Mon passé m'a longtemps fait souffrir, qu'il s'agisse de mes parents que je n'ai jamais réussi à retrouver, des enfants qui m'isolaient, des adolescents qui me rejetaient, du décès de mes grands-parents… tout ça n'existe plus autrement que dans mes souvenirs et dans ma peau, grâce à l'encre que je porterai éternellement. Je ne veux plus y penser parce que cela me rend toujours inquiet pour l'avenir, et moi, j'aimerais juste vivre un peu dans le présent, j'aimerais vivre aujourd'hui.

Je ne sais pas si j'y arriverai, mais Sandy m'inspire et me donne envie d'essayer.

Je lève mon verre dans sa direction, et même s'il ne comprend pas bien pourquoi, il lève le sien et boit avec moi.

Je n'ai pas besoin de plus.

***

La soirée défile à toute vitesse entre les discours, les mets à déguster, les jeux, la superbe prestation de Riley – le mariage de Luigi et Lara n'aurait pas été parfait si elle n'avait pas chanté – et les vidéos souvenirs de nos tourtereaux qui sont diffusées sur l'écran. Il n'y en a pas de Luigi quand il était bébé, les siennes commencent à la fin de l'enfance, tout au début de l'adolescence, quand la mère de Sandy a commencé à le filmer pour en garder des souvenirs, alors que son fils n'était même pas encore ami avec lui. Elle a fait ça parce qu'il n'avait pas de parents et qu'elle voulait qu'il ait des souvenirs quelque part. Ce n'est pas pour rien si c'est elle qui l'a amené devant le maire, elle est ce qui se rapproche le plus d'une mère pour Luigi. Au fond, si Lara voulait tant qu'elle soit présente au mariage, c'était peut-être plus pour son mari que pour elle-même…

Toute la bande est installée autour de la table, June nous a rejoints et discute avec sa cousine. Sandy charrie Luigi sur le fait qu'il ne pourra plus jamais avoir d'autres partenaires sexuelles et Lara finit par tendre l'oreille vers eux et intervenir :

– Il peut.

– Comment ça, il peut ? T'es OK pour une relation libre ? demande Sandy.

– Non, mais rien ne l'empêche de me tromper.

– Je n'en ai pas l'intention.

– Je m'en doute, mais ça ne veut pas dire que tu ne pourrais pas le faire.

– Est-ce que tu es en train de dire que tu accepterais qu'il te trompe ? m'étonné-je.

– Pas du tout, je dis juste que rien ne l'en empêche. Je n'ai pas précisé ce que je lui ferais si ça arrive.

– Et qu'est-ce que tu me ferais ?

– Je te couperais les couilles.

Sandy s'étouffe sur son verre et je le comprends, j'ai mal juste en y pensant.

– Tu me coupes les couilles et tu me quittes, voilà un plan joyeux…

– Je n'ai pas dit que je te quitterais.

– Tu resterais avec moi ?

– Bien sûr ! C'est toi qui me trompes, pourquoi je me priverais en plus de mon bonheur ? Je te garde et je te fais souffrir.

Lara s'empare de son verre et boit une gorgée sous nos regards choqués.

– Tu n'aurais jamais dû l'épouser, dit Sandy.

Mais Luigi sourit parce qu'il sait qu'il ne la trompera jamais. Il aime beaucoup trop cette femme pour prendre le risque de la blesser, il l'aime tellement qu'il n'a même pas envie d'une autre.

Tout le monde y va ensuite de son avis sur le sujet, et moi, je ne sais pas quoi en penser. L'idée ne me plaît pas, ce serait la pire trahison. On peut faire mille erreurs pardonnables, mais je ne pense pas que celle-ci entre dans ma liste de l'acceptable.

Je ne sais pas comment je réagirais, en vrai, mais je suis certain que ça me briserait si Seven me faisait quelque chose comme ça. On ne s'est peut-être rien promis, je devrais sûrement lui en parler, mais pour moi, il est évident que nous formons un couple monogame où la fidélité est importante. Je dirais que ça coule de source puisque c'est le standard de notre société. Et quand cette pensée me traverse, je comprends qu'il faut que je discute avec lui du sujet, parce qu'en fait je n'en sais absolument rien, et considérer qu'il est monogame juste parce qu'il ne m'a pas dit le contraire, c'est comme considérer qu'un homme est hétérosexuel juste parce qu'il n'a pas dit qu'il était homosexuel. Je ne serai pas prisonnier des standards de cette société, hors de question. J'en ai trop souffert.

La discussion continue un moment jusqu'à ce qu'il soit l'heure de découper la pièce montée. Lorsque c'est fait, Luigi prend la main de Lara et je sais immédiatement ce qu'il a en tête. Je tire Sandy par le bras pour qu'il ne manque pas ça. Je n'en ai parlé à personne, j'ai gardé le secret.

– Qu'est-ce qu'il t'arrive ? demande Lara, soudain inquiète.

– Il y a quelque chose que je veux te montrer.

Elle fronce les sourcils et attend.

Luigi défait les boutons de la manche de sa chemise et la remonte alors pour lui dévoiler son premier et unique tatouage, celui qu'il a fait pour elle.

Je souriais déjà, mais mon sourire s'élargit quand je vois le visage de Lara. Elle s'accroche au poignet de son mari, elle n'en croit pas ses yeux. Aucun mot ne sort de sa bouche, je pense qu'elle en a perdu la voix. Je devine les larmes dans ses yeux, mais elle les retient, comme toujours. Elle ne se montre jamais vraiment vulnérable devant les autres, pas même devant nous. Je crois que c'est quelque chose qu'elle réserve à Luigi, à leur intimité.

– Danse avec moi, dit-elle à voix basse.

Je sais qu'elle ne peut pas dire ce qu'elle ressent, c'est trop intense pour elle. Le sujet de son père a toujours été douloureux, mais cet homme qu'elle n'a jamais connu a une place de choix dans son cœur. En faisant ça, Luigi lui dit « je t'aime » bien mieux que s'il avait juste prononcé des mots.

– C'est toi qui le lui as fait ? demande Sandy.

Je hoche la tête.

– Le week-end dernier, c'est ça qu'on est partis faire pendant que vous régliez les derniers détails.

– Putain… Je n'en doutais pas avant, mais là j'en suis certain, il l'aime comme un malade.

Sandy sait aussi bien que moi combien il est difficile pour Luigi de se faire tatouer, il pensait même que c'était impossible jusqu'à aujourd'hui. Mais par amour, il a rendu cela possible. Il n'aurait pas pu mieux prouver ses sentiments à sa femme, nous en avons tous conscience.

Les jeunes mariés se mettent à danser, sans jamais rompre le lien invisible tissé par leurs regards. Ils sont beaux, terriblement beaux, et je les aime autant que je les envie. Ils forment un couple parfait.

La musique est douce, mais quand ils dansent, j'ai l'impression de voir tout autre chose. Je ne suis pas le seul à avoir cette sensation…

– C'est moi ou on dirait qu'ils font l'amour ? demande Sandy.

– Incapables de cacher leur amour, renchérit June.

– C'est normal que je trouve ça excitant ?

– Est-ce qu'il existe une situation qui ne te donne pas envie de t'envoyer en l'air ? me moqué-je.

– Je suis d'accord avec Sandy, ils donnent envie.

– C'est peut-être parce que vous êtes tous les deux des obsédés.

– C'est pour ça qu'on s'entend si bien, me répond Sandy en levant la main vers June pour qu'elle tape dedans.

Elle lui jette un drôle de regard, mais elle sourit. Ce n'est pas vraiment son genre, mais pour lui faire plaisir, elle tape dans sa main.

– Tu ne veux pas qu'on aille faire un tour dans le parc à côté ? continue mon meilleur ami.

– J'avais des vues sur l'un des musiciens, répond-elle.

– Tu pourras toujours le retrouver après.

– Vous savez que je suis toujours là ?

Cela ne semble pas les déranger le moins du monde. Je secoue la tête en riant, puis je me lève. J'emporte mon verre et sors prendre l'air. Le ciel est déjà noir et l'air s'est rafraîchi. Les manches de ma chemise sont relevées et mon col est ouvert, mais je ne m'en soucie pas. La seule chose qui m'importe, c'est de retrouver Seven, même si ce n'est qu'à l'écrit.

Je sors mon téléphone de ma poche et ouvre le message qu'il m'a envoyé. Il y a une photo de Nine et de lui devant laquelle je fonds totalement.

Seven : 3 – 1 = 0
On a le moral à 0 sans toi.

Je veux les retrouver, j'en ai terriblement envie et plus encore quand je vis un moment si joyeux avec mes proches qui me rappelle que ce serait encore plus beau s'ils étaient là, avec moi. Cela me fait un peu plus prendre conscience de mes sentiments, et après un an, je peux enfin les accepter et les prononcer, je le sais.

Sandy et June passent devant moi sans me voir et s'enfoncent dans la nuit en riant, comme des gamins.

J'en connais deux qui vont passer un bon moment et je les envie. Je donnerais cher pour être avec Seven. Pourvu que le mois passe vite…

CHAPITRE 15

CLÉMENT

Arcachon au mois de juillet, c'est sûrement la pire idée de ma vie. C'est la pensée que j'ai quand je tourne en rond dans la ville jusqu'à trouver l'adresse que m'a donnée Seven. Malgré la moto, ça avance au ralenti et je me dis que j'irais plus vite à pied. Si je n'étais pas aussi heureux de retrouver l'homme que j'aime, je crois que je descendrais de Treize pour aller exploser la gueule de l'abruti qui ne veut pas arrêter de klaxonner derrière moi. Je n'ai aucune patience aujourd'hui, j'ai beaucoup trop hâte d'arriver. Rouler sur l'autoroute était un régal, mais avancer ainsi sur des chemins bondés est un supplice.

J'arrive finalement dans une rue plus calme de la Ville d'Hiver et quand j'aperçois Seven et Nine, un peu plus loin, je klaxonne à mon tour, pour des raisons très différentes de celles du type qui me suivait.

J'arrive à leur hauteur et mets un pied au sol en coupant le contact, puis je retire mon casque.

– Salut, dis-je.

– Salut, toi.

Nine couine de joie et je me presse de descendre pour aller le câliner. Je suis aussi heureux que lui. Il se roule par terre jusqu'à avoir les quatre pattes en l'air, désireux que je lui gratte le ventre.

– C'est la première fois que je suis jaloux de mon chien.

– Tu veux que je te gratte le ventre, toi aussi ?

– Non, mais je veux bien que tu me laisses te serrer dans mes bras avant que ma joie de te revoir ne finisse par me faire disjoncter et que je termine comme Nine, roulant par terre.

Je ris, mais je suis autant touché qu'amusé. Derrière sa plaisanterie se cachent aussi beaucoup d'émotions qu'il me transmet avec aise et qui sont bien entendu partagées. Je me redresse, toujours souriant, et en un pas, je suis devant lui. Je sens la chaleur de son corps qui vient se mêler à celle que je dégage. J'ouvre mon blouson parce que j'étouffe, et quand c'est fait, ses doigts viennent se poser sur ma poitrine, juste au-dessus de mon tee-shirt. Je sais qu'il sent mon cœur s'emballer à ce simple contact.

Le temps s'est comme arrêté, j'ai la tête levée vers lui, il a la sienne baissée vers moi et nous sommes perdus l'un dans le regard de l'autre, comme à notre habitude. Sa main glisse sous mon blouson pour se poser dans mon dos et il me plaque contre lui.

Je ne me souviens pas qu'une de nos étreintes ait été aussi intime et sensuelle. Jusqu'ici, nous avons fait attention à nos gestes et avons mis une certaine distance pour ne pas céder à des désirs que nous refusions d'assouvir, mais cette fois, lui comme moi savons qu'il n'est plus question de résister. Je n'ai pensé qu'à ça tout au long du voyage de Lyon à Arcachon, et même avant. Je me suis transformé en boule de tensions et d'envies.

J'ai le souffle court, je vais étouffer si je ne l'embrasse pas maintenant, alors je m'agrippe à son débardeur et tire dessus pour que ses lèvres me soient accessibles. Il me sert un peu plus fort contre lui pendant que je le dévore. L'excitation monte d'un cran, suivie d'un sentiment d'apaisement. Seven est comme une drogue, il me fait en tout cas le même effet. Je suis fou de ses baisers, de la manière dont sa langue joue avec la mienne en ce moment et de cette main puissante qui appuie avec force sur mon dos pour que je ne puisse m'échapper. Sait-il que pour rien au monde je ne m'enfuirais ? Il n'en a peut-être aucune idée, mais je n'irai nulle part où il n'est pas sans avoir la certitude de pouvoir le retrouver. Je ne peux plus me décrocher de lui et il ne s'agit pas seulement d'une parfaite description de l'instant présent, mais bien de mes sentiments complets. Je voudrais que lui et moi ça ne s'arrête jamais.

Nine nous donne des coups de patte pour attirer notre attention, mais ni l'un ni l'autre ne voulons nous arrêter. Il finit par aboyer et nous sommes obligés de mettre un terme à ce baiser pourtant parfait. Seven soupire en fermant les yeux. Il appuie son front contre le mien, il refuse de me lâcher. Je passe mes bras autour de son cou pour mieux le sentir, et notre compagnon à poils continue à aboyer en voyant qu'il n'obtient pas ce qu'il veut.

– C'est la première fois depuis que je l'ai adopté que j'ai très envie de l'abandonner quelque part. Tu entends, vilain chien, je vais t'abandonner sur la plage ! ajoute-t-il en tournant la tête vers son animal, sans pour autant retirer sa main de mon dos ou se défaire de notre étreinte.

Je sais qu'il n'est pas sérieux et c'est pour ça que je ris, et parce que Nine ne comprend pas ce qu'il dit et commence à remuer la queue.

Seven replonge son regard dans le mien, et de son pouce, il vient caresser ma lèvre inférieure. Il a décidé de me rendre complètement fou, ce n'est pas possible autrement. Je sais qu'il sent aussi bien mon excitation contre sa jambe que je sens la sienne contre mon ventre. Malgré tout, il continue à me provoquer et j'en viens à me demander si je ne vais pas obéir à mon corps. Tant pis pour l'exhibitionnisme.

– Je suis heureux de te revoir, dit-il.

Quand il ne tourmente pas mon corps, c'est mon cœur qu'il malmène. Je ne suis plus qu'une poupée avec laquelle il peut jouer dès qu'il le désire.

– Moi aussi, réponds-je à voix basse.

Nous nous écartons finalement l'un de l'autre et je sens déjà le manque, j'ai froid aux endroits qu'il avait pourtant rendus brûlants.

– Qu'est-ce que tu veux faire ?

– Est-ce que c'est une vraie question ? demandé-je, riant presque.

– Pas maintenant.

– Par pas maintenant, tu veux dire pas de suite ou pas pendant ces quelques semaines ?

Là, je commence à m'inquiéter. Je respecterai sa décision comme il a respecté la mienne, mais j'ai besoin de le savoir maintenant pour me faire à l'idée.

– Juste pas tout de suite parce que je suis un foutu romantique et que j'ai passé des mois à penser à ça et à préparer les choses dans ma tête, et en vrai.

J'arque un sourcil. J'avais noté son côté romantique dans sa façon de me parler, de me préparer à manger ou encore dans l'espace tendre qu'il avait créé pour nous au Nouvel An, mais je ne m'étais pas attendu à ce qu'il injecte sa dose de cœurs et de papillons dans notre première fois. Non que cela me déplaise, c'est juste que c'est nouveau pour moi.

– Ça te gêne ? me demande-t-il.

– Absolument pas, je suis juste surpris parce que ce n'est pas le genre de relations auxquelles je suis habitué…

– Tu es plutôt coup d'un soir ?

– Oui et non. J'ai connu des relations longue durée, mais on a très rapidement fait l'amour sans s'embarrasser de quoi que ce soit.

Quand je vois son visage inquiet, je continue, parce que je ne veux pas qu'il s'imagine que je le voudrais autrement ou que je n'aime pas le romantisme :

– J'ai hâte de voir ce que tu as préparé. Ce sera une première pour moi et je suis sûr que ce sera parfait.

Je caresse son bras et le sourire qui vient se dessiner sur son visage me réchauffe le cœur. Il n'a pas l'apparence d'un homme aussi tendre et je crois que c'est l'une des choses que j'aime aussi chez lui. Il a ce côté viril et dur qui n'est en fait que la première image qu'il montre, mais au fond, c'est un pur amoureux de l'amour, un homme plein de tendresse, mais aussi d'humour et de pensées intéressantes. Je n'avais pas de type d'homme avant lui, mais je crois qu'il est devenu mon idéal.

– Tes affaires sont arrivées hier, en fin d'après-midi.

– Merci de les avoir réceptionnées, dis-je.

Il se contente de me sourire et m'invite à le suivre pour garer la moto dans le jardin de la grande villa pittoresque que nous louons pour le mois. Cette fois, nous partageons un toit. Le prix pour quelques semaines dans cette bâtisse de charme est assez élevé, mais je crois que ça le vaut : l'endroit est divin.

J'avance en regardant vers le ciel, la maison est à étage et s'élève fièrement dans un paysage verdoyant qui me plaît beaucoup.

– Tu pensais vraiment que je voudrais m'abstenir plus longtemps ? me demande soudain Seven.

– Je l'ai envisagé.

– Tu es fou. Je suis à mon point de rupture. Et attention, si tu voulais attendre encore, ça serait OK, mais tu peux être sûr que moi, je n'en ai pas envie. Je suis arrivé au stade où je dois me maîtriser pour ne pas t'aimer aux yeux de tous.

Romantique, mais avec un désir animal. J'aime assez ce contraste. Je souris et presse le pas pour qu'il ne voie pas combien je suis heureux et qu'il ne sache pas qu'il est la raison de ce bonheur démesuré.

***

Je me réveille de ma sieste vers dix-huit heures. La route m'avait épuisé et j'ai finalement choisi de dormir un peu avant de suivre Seven dans ses plans pour la soirée.

Le minois qui se trouve devant le mien n'est pas celui que j'aurais souhaité à mon réveil, mais il me fait quand même sourire, bien que faiblement. J'ai encore fait un cauchemar désagréable, un de ceux qui se répètent sans cesse dans ma tête. Si le souffle chaud de l'animal devant moi ne m'avait pas réveillé, qui sait où ce songe m'aurait porté, cette fois…

Nine me lèche soudain la joue et je roule de l'autre côté du lit en riant pour le fuir. C'était exactement ce qu'il me fallait pour me sortir de mon brouillard noir. L'animal monte sur les draps et commence à faire le fou.

– Tu es intenable !

L'énorme bête blanche m'écrase à moitié, sans pour autant me faire mal. Il n'est pas brutal, seul son poids est un problème. Je roule avec lui et je n'arrive pas à m'arrêter de rire. Ce n'est qu'au moment où je me retrouve à bout de souffle que je supplie Nine de se calmer et que je remarque Seven, adossé au mur de la chambre, les bras croisés sur sa poitrine. Il nous regarde en souriant. C'est une vision un peu trop belle pour le cœur d'un homme qui bat déjà à toute vitesse après ces quelques minutes de jeu.

Je me laisse retomber sur le lit sans le quitter des yeux. Je pourrais le regarder des heures et ne pas m'en lasser. Je crois qu'il y aura toujours dans ses iris l'inspiration que je cherche au quotidien.

– Il vaut mieux que je sorte avant de gâcher mes propres plans, dit-il, d'une voix grave et pleine de désir.

Je soupire, puis je me retourne sur le dos et passe une main dans mes cheveux sûrement en bordel. Je sens un petit souffle frais venir chatouiller la peau de mon ventre que mon mouvement a dénudé.

– Putain, Clément… siffle-t-il.

Je n'ai pas le temps de lui demander ce qu'il lui arrive, il s'échappe, et je me dis que c'est mieux ainsi parce que je suis à deux doigts de craquer.

Nine est resté. Il s'est assis à côté de moi, son énorme langue pend sur le côté de sa mâchoire et il a un petit air fou qui me ferait sourire en temps normal, mais qui ne suffit pas à me tirer de mes pensées indécentes envers son propriétaire. Je note que ce monstre blanc est capable de me sortir de mes cauchemars noirs, mais pas de mes rêves érotiques…

– Tu ne sais pas ce que c'est, toi.

Il aboie, comme pour me répondre, et je glisse ma main dans le pelage de son cou en soupirant.

Ma sieste n'a pas arrangé l'état de mon corps, j'ai toujours une envie monstrueuse de faire l'amour avec Seven. Pendant le trajet, je me suis dit que, peut-être, mes souvenirs étaient faux, et qu'il n'était pas aussi beau que je le pensais, mais c'est tout le contraire. Sa peau sombre est encore plus attirante que dans mes souvenirs, ses yeux lagon sont plus profonds, ses lèvres charnues m'appellent plus encore qu'avant et sa voix a toujours le même effet sur moi, si ce n'est plus. Je ne me sens plus maître de moi-même.

Tentant de chasser mes pensées, je m'étire et me lève. J'ai juste besoin d'une bonne douche pour calmer un peu ce corps d'adulte qui se comporte comme celui d'un adolescent. Cela fait plus d'un an qu'il se sent délaissé. J'ai beau m'en occuper, j'ai l'impression qu'il réclame Seven et qu'il en veut à mon cœur de l'avoir obligé à attendre. C'est le problème de ma vie : ma tête, mon cœur et mon corps ne partagent jamais le même avis. Qui a dit qu'être un humain était simple ? J'ai toujours trouvé ça terriblement compliqué.

Nine me suit jusque dans la salle de bains de l'étage et je suis obligé de le pousser hors de la pièce pour pouvoir me laver tranquillement. Je n'ai pas spécialement envie d'être nu devant lui. Ce chien est un véritable pot de colle et je l'adore, mais j'ai quand même besoin d'intimité.

La douche me fait un bien fou, elle est exactement ce dont j'avais besoin. L'eau chaude détend mes muscles et le dernier jet que je règle froid volontairement me réveille parfaitement et finit de chasser tout ce qui menaçait de me bouffer.

Je me sèche en vitesse et regagne la chambre, seulement vêtu d'une serviette. Je suis heureux que Seven ne passe pas par là à ce moment sinon il m'accuserait de le provoquer, alors qu'en réalité je suis impatient de voir ce qu'il a préparé et comment il a pensé notre première fois ensemble. L'idée d'être chouchouté ne m'est pas familière, mais ça ne veut pas dire que je n'ai pas envie d'y goûter. Je suis sûr que ce sera merveilleux. Ça le sera forcément, juste parce que je serai avec lui. Ce sont nos sentiments pour la personne avec qui on partage chaque instant qui font toute la différence.

Après avoir enfilé des sous-vêtements propres, je suis en quête d'une tenue, mais j'ignore comment je dois m'habiller.

– Seven !

– Oui ? répond-il, depuis le rez-de-chaussée.

– L'endroit où on va nécessite une tenue particulière ?

– Non, mets-toi à l'aise, ce qui te plaît conviendra très bien.

– OK, alors j'en ai pour cinq minutes et je serai prêt.

– Tu me retrouves en bas ?

– Ouais.

J'enfile un jean noir serré aux chevilles et une paire de bottines Chelsea dans lesquelles je me sens à l'aise. C'est ça ou mes Dr Martens et j'ai peur d'avoir trop chaud… Une ceinture, un tee-shirt blanc ample au col particulièrement échancré qui dévoile d'autres de mes tatouages – ce n'est pas complètement irréfléchi, j'avoue vouloir séduire Seven –, et me voilà paré. Plus c'est simple, mieux c'est. J'oublie montre et bracelets, je sens que ça va me gêner, surtout s'il fait aussi chaud dehors que dedans. Je veux profiter de cette soirée, je suis sûr qu'elle sera exceptionnelle.

Je glisse mon téléphone dans la poche de mon jean et descends finalement les escaliers. Seven est installé derrière son ordinateur et Nine est couché à ses pieds. Il m'a vu, mais il semble bien, à cet endroit, alors il ne réagit pas. Son humain n'a pas noté ma présence, mais ça ne me vexe pas. Il a l'air absorbé par son travail, et après tout, il est là pour ça. Sous peu, moi aussi, je serai occupé avec mes clients. Je ne peux pas aller de ville en ville et juste prendre des vacances dans celles où je le retrouve, il faut bien gagner de l'argent… Sans compter que je ne supporterais pas de rester enfermé à ne rien faire, tout le temps collé à lui.

Je profite du fait qu'il soit occupé pour l'observer comme il l'a fait avec moi un peu plus tôt. Appuyé contre le chambranle de la porte, je regarde ses doigts taper à toute vitesse sur l'ordinateur. Il n'est pas sur papier, cette fois, lui qui aime pourtant tellement ça.

Son visage est concentré, il se mord parfois la lèvre et j'ai envie de lui faire subir la même chose. Il est un peu trop beau pour être réel. Je me demande souvent si tout n'est pas qu'une illusion, mais je refuse de gâcher mon bonheur à cause de craintes infondées. Si tout cela est un rêve, alors je ne me réveillerai pas. Ce serait bien la première fois que je ne souhaite pas me réveiller…

Seven s'arrête finalement et s'étire. Moi, je suis fasciné par la façon dont bougent ses muscles puissants…

C'est seulement à ce moment qu'il note ma présence. Il se tourne vers moi et je n'arrive pas à décrypter ce qu'il ressent. Il se lève et s'approche de moi. Quand il n'est plus qu'à quelques centimètres, il glisse son index dans le col de mon tee-shirt et frôle au passage ma peau et ses tatouages.

– Je vais avoir du mal à penser à autre chose qu'à mon désir, avec ta tenue.

– Je me suis dit la même chose en voyant la tienne, dis-je, en glissant mes doigts sur son biceps droit, dévoilé par son propre haut.

Son vêtement n'est pas moulant, mais il montre malgré tout les lignes de son corps. L'été me permet de voir plus de sa peau, plus de son corps. C'est pareil pour lui. Je crois que c'est un peu pour ça qu'on est dans cet état.

– On y va ? propose-t-il.

Je hoche la tête. Je suivrai cet homme où il le voudra.

***

– Qu'est-ce que tu veux boire ? me demande Seven alors que nous venons de nous asseoir à la table du restaurant où il a réservé.

J'adore la décoration industrielle. Il y a d'immenses vitres entourées de fer forgé qui laissent bien passer la lumière. Il est encore tôt, le soleil n'est pas couché et il éclaire agréablement les lieux. Il y a du monde, c'est un peu bruyant, mais ça ne me gêne pas. Les tables sont bien séparées et nous nous trouvons juste à côté des fenêtres, alors j'ai presque l'impression d'être dehors, d'être toujours libre.

– Clément ?

– Désolé. Je vais prendre une Trinquette. Je compte prendre du blanc avec les huîtres alors je préfère éviter les mélanges.

Je préfère le rouge, mais j'adore le vin. En règle générale, c'est bière, vin ou whisky, rien d'autre ne trouve grâce à mes yeux.

– Je vais te suivre, mais ce sera un kir pour moi. Alors une Trinquette et un kir cassis, s'il vous plaît, dit-il au serveur en lui rendant le menu des boissons.

Quand celui-ci s'échappe, Seven se retourne vers moi et me sourit. Je lui rends son sourire.

– Ça va aller pour Nine ? demandé-je.

On l'a laissé à la maison après l'avoir sorti dans le jardin et je me demande s'il ne va pas se sentir seul, lui qui a l'habitude d'être toujours avec Seven.

– Pour quelques heures, ça ira. On retournera le chercher pour la suite.

Je dois afficher une mine plus horrifiée que je ne le pense parce qu'il se met soudain à rire avant de reprendre :

– Pas pour ça. Je voudrais qu'on aille se promener le long de l'océan avant de rentrer.

– Tu me rassures…

– Pour la suite, il ne sera pas présent. Les enfants ne doivent pas voir ce genre de choses.

Il me fait un clin d'œil et je ris à mon tour.

– Trois, me dit-il soudain.

– Ça m'avait manqué…

On y a joué par téléphone, c'est devenu une habitude pour nous, mais je ne mens pas, je ne suis même pas ironique, ça m'avait vraiment manqué d'y jouer en vrai.

– Trois choses que tu n'as pas pu faire pendant ces six mois où nous étions séparés et qui t'ont manqué, dis-je.

– Voir ton sourire, sentir l'odeur de ta peau et me perdre dans tes yeux.

Quand il dit des choses comme ça, j'ai une terrible envie de lui hurler combien je l'aime. L'amour est un sentiment dévastateur.

– Cinq, dis-je, à mon tour.

– Cinq raisons de te laisser repartir à la fin du mois comme c'est prévu.

– Premièrement, tu n'as pas le choix, tu ne pourras pas m'attacher.

Il me lance un regard de défi et cela me fait sourire franchement. Je crois que depuis que je le connais, mes zygomatiques n'ont jamais autant travaillé.

– Deuxièmement, tu pars aussi et je ne vois pas l'intérêt de me retenir ici si tu ne restes pas. Troisièmement, si on ne se sépare pas, tu n'arriveras pas à te concentrer sur ton travail, je ne t'en laisserai pas l'occasion.

Cette fois, ses yeux s'assombrissent du désir que cette remarque fait enfler en lui.

– Quatrièmement, si tu me laisses partir, tu auras le plaisir de me retrouver. Et cinquièmement, on partage un logement et ce n'est pas dit que tu n'aies pas envie de me voir partir plus tôt que prévu.

– J'en doute fortement.

– Je suis un solitaire, je ne suis pas sûr d'être un très bon colocataire sur le long terme. Je pourrais vite te rendre fou.

– Vraiment ?

Je hoche la tête. Je n'ai jamais eu de colocataire, alors je ne peux pas en être certain, mais le peu de temps que j'ai passé chez Violette, mes cauchemars n'ont pas su se taire et ça a été très compliqué pour elle comme pour moi. C'est une partie de mon être que je n'ai pas spécialement envie de partager.

– Donne-moi un chiffre, dit-il.

– C'était à toi, normalement… Mais d'accord : quatre.

– Cite-moi quatre défauts ou choses qui font que ça pourrait devenir invivable.

– Je suis un maniaque, je déteste le désordre et la saleté. Tu as un chien avec des poils longs, si tu ne passes pas l'aspirateur tous les jours et que je retrouve des poils sur mes fringues, je risque de te le faire payer. Ensuite, je mange n'importe comment parce que je n'ai pas la patience de cuisiner, tu seras obligé de toujours faire à manger si tu veux satisfaire ton estomac. En troisième position, je dirais mon besoin de solitude : même si j'aime passer du temps avec toi, je vais forcément avoir besoin de temps juste pour moi, dans ma bulle, et quand ça arrive, je peux sembler très froid pour mon entourage. Mes amis ont eu du mal à s'y faire, ils pensaient qu'un truc clochait, au début.

– J'aime que mon environnement soit ordonné, je ne peux pas travailler dans le bordel ou la saleté, alors pas de soucis là-dessus. J'adore cuisiner, ça ne sera pas un problème non plus. Quant à tes besoins de solitude, ça me donnera l'occasion d'écrire. J'espère que ton dernier point sera plus dissuadant, dit-il en riant.

Le dernier point est le plus important.

– Je fais parfois des cauchemars, souvent, en fait, surtout la nuit, et quand ça m'arrive, personne ne peut me toucher ou même m'approcher jusqu'à ce que je réussisse à me calmer. Ça peut prendre une heure comme une semaine.

Le visage de Seven change et je m'en veux un peu d'avoir alourdi l'ambiance, même si j'étais obligé de mentionner ce détail. En un mois, cela pourrait m'arriver et il pourrait donc y être confronté. Ce Clément-là, je ne crois pas qu'il ait envie de le voir, mais il fait partie de moi et je me devais d'être honnête.

Le serveur nous apporte nos verres et quelques gâteaux apéritifs, puis il repart dès qu'il a pris la suite de notre commande.

– Je ne voulais pas gâcher l'ambiance, dis-je finalement, quand le silence devient trop lourd.

– Tu n'as rien gâché du tout. Je suis plutôt heureux que tu m'aies confié ça, en fait… Je me demande juste si je peux t'en demander plus ou si ça serait déplacé.

– Tu peux, mais tu n'obtiendras pas de réponse satisfaisante. Je n'ai aucune idée de la raison de ces cauchemars.

– Tu as consulté ?

Je secoue la tête.

– Je m'y refuse. Pour être honnête, je crois que j'ai un peu peur de ce que je pourrais découvrir. C'est un peu lâche, mais je fuis.

– Je ne crois pas que fuir soit forcément synonyme de lâcheté. Parfois, c'est une preuve de bon sens, crois-moi…

Je sens qu'il parle en connaissance de cause et qu'il y a un truc très sombre tapi en lui, mais je n'ose pas lui demander des explications. C'est un peu mon problème quotidien, il y a plusieurs choses que j'aimerais lui demander, des questions que je ne peux poser lorsque nous sommes séparés parce que j'ai besoin de l'avoir en face de moi pour en parler, mais je ne me lance jamais, par peur de gâcher l'instant. Et pour finir, je reste dans l'ignorance.

Cette soirée, c'est un peu notre première fois. Cela fait un peu plus d'un an que nous nous fréquentons et elle annonce tellement plus pour l'avenir que je n'ai pas envie de tout gâcher avec mes questions. Je ne veux pas ternir mon présent avec mon passé ou le sien. À la place, je lève mon verre.

– À nous ? proposé-je comme toast.

– À nous, répond-il en tapant son verre contre le mien.

***

Après le repas, nous sommes allés chercher Nine et avons redescendu les rues pour regagner la plage. Il fait plutôt sombre, maintenant, et je crois qu'on ne verra pas grand-chose, mais quand la main de Seven se glisse dans la mienne tandis que nos pieds nus s'enfoncent dans le sable, je me dis que l'obscurité me plaît bien. Je n'aime pas me montrer en public, afficher ma sexualité ou, dans le cas présent, mon amour. Je n'ai absolument pas honte de qui je suis ou de l'homme avec qui je me promène en ce moment, j'évite juste les conflits et je n'ai parfois pas assez d'énergie ou de patience pour tolérer les regards pleins de jugements des gens. S'il avait fait jour, j'aurais manqué cette occasion de sentir la main de l'homme que j'aime dans la mienne alors que le vent caresse mon visage et que le chant de l'océan emplit mes oreilles. Je serais passé à côté d'une fin de soirée parfaite.

– Tu n'as pas peur de perdre Nine ? demandé-je.

– Non, il reste toujours près de moi, c'est un truc de chiens de berger. Un de mes frères a un berger australien, et apparemment, il ne le lâche pas d'une semelle non plus. De vrais pots de colle.

– Il sait nager ?

– Oui, je lui ai appris très tôt. On est allés ensemble dans l'eau pour qu'il n'ait pas peur. C'est pour ça que je lui ai fait une remarque le jour où on s'est rencontrés, toi et moi, il était petit, mais il savait déjà nager, il aurait pu venir m'aider !

– Tu n'avais qu'à pas tomber.

– Tu n'avais qu'à pas me faire peur, rétorque-t-il.

La discussion est banale et je crois que c'est ce qui me plaît et me fait sourire ainsi. Les mots viennent facilement, et quand il y a un silence, il n'est pas pesant. Tout est fluide entre nous. J'aime la simplicité de nos échanges et le côté naturel de notre relation. Je me sens à l'aise avec Seven et c'est quelque chose que je n'avais encore jamais ressenti dans l'une de mes relations amoureuses. Ça fait un bien fou.

– À quoi tu penses ? me demande-t-il soudain.

– À toi.

Il serre ma main un peu plus fort et cette simple pression me fait comprendre combien mes mots, pourtant basiques, le touchent. Il s'arrête alors, et avant que je puisse lui demander ce qui se passe, je sens sa main se poser sur mon visage et ses lèvres capturer les miennes. Il a le goût du vin que nous avons bu, et le parfum de sa peau emplit mes narines. Je suis complètement transporté par mes émotions.

Le baiser n'est pas assez long, j'en voudrais plus, mais quand sa voix vient caresser mon oreille, je ne regrette plus la séparation de nos lèvres :

– Je t'aime, Clément.

Je pensais avoir tout ressenti avec cet homme, mais j'ignorais que lorsqu'il mettrait des mots sur ses sentiments, il m'atteindrait à ce point. La manière dont il a prononcé mon prénom, ce qui l'a précédé… Je suis chamboulé. L'écho de sa déclaration résonne à l'intérieur de mon corps, je la sens dans chaque parcelle de moi et je ne peux que m'accrocher à son tee-shirt pour ne pas tomber sous la force des émotions qui explosent en moi.

Je suis incapable de lui dire que je l'aime en retour, non pas parce que je ne le pense pas, pas non plus parce que je veux cacher mes sentiments, mais parce que j'ai du mal à parler et que je ne veux pas que la première fois où je lui avouerai mon amour se passe ainsi. Je veux qu'il comprenne chaque mot et sa puissance, qu'il ne doute pas une seconde que je suis complètement fou de lui.

– J'aimerais qu'on rentre, parviens-je à dire, à voix basse.

Je ne suis pas sûr qu'il m'ait entendu, je ne sais plus vraiment ce qu'il se passe, mais il reprend ma main et nous faisons le chemin inverse.

Je veux rentrer. J'ai besoin d'aimer Seven entièrement, pas juste en paroles, parce qu'il n'y a pas de mots assez forts pour lui exprimer ce que je ressens. Il comprend mes silences, il comprend mon corps, c'est pour cela que nous devons rentrer.

Jamais encore je n'avais vécu pareille émotion, tellement forte que je serais bien incapable de la dessiner, malgré tout mon talent. Je ne peux que la vivre intensément.

CHAPITRE 16

SEVEN

En entendant sa demande, je n'ai pas hésité une seule seconde. J'ai pris sa main et j'ai fait demi-tour. Moi aussi, j'ai besoin de rentrer. Cette soirée magique en sa compagnie n'a fait qu'intensifier mon amour, au point où je n'ai pas réussi à suivre mon plan. Je n'ai pas été capable d'attendre notre retour pour lui avouer que je l'aime. J'avais pourtant tout prévu, je voulais me plonger dans ses yeux et ne pas manquer le léger changement en eux au moment où je lui ferais part de mes sentiments, mais c'est raté.

Clément parle avec son regard, et tout ce qu'il ne verbalise pas, il me le dit dans la manière dont ses yeux me taquinent, me caressent ou me dévorent. Il n'y a rien que ses pupilles sombres puissent me cacher, et c'est une des choses que j'aime à son sujet. J'aurais voulu lui confier mes sentiments en plongeant dans les profondeurs de son âme pour savoir ce que mes mots ont comme répercussion sur son cœur. Je ne peux pas imaginer que je suis le seul à vibrer ainsi, je n'y crois pas.

Quand nous passons le seuil de notre logement, Nine se précipite vers sa gamelle pour boire goulûment, et je lâche la main de Clément.

– Tu veux bien m'attendre là, une minute ?

Il hoche la tête et je commence à monter les escaliers, mais je fais marche arrière pour me précipiter sur l'homme que j'aime et l'embrasser à nouveau, fiévreusement. Quand nos lèvres se séparent, je me perds dans ses yeux voilés de désir et il me faut faire preuve de toute la force dont je dispose pour ne pas oublier mon idée. Je n'ai plus qu'une envie, lui faire l'amour ; sur le sol de l'entrée ou sur l'escalier, le lieu n'a plus aucune importance. Malgré tout, je recule en murmurant :

– Je me dépêche.

– Je compte sur toi, souffle-t-il.

Percevoir le désir dans sa voix ne m'aide absolument pas, mes jambes sont tremblantes et j'ai bien du mal à monter les escaliers en gardant ma dignité. J'ai l'impression que chaque marche qui m'éloigne de lui est un supplice que mon corps ne supporte pas.

Lorsque j'arrive dans la chambre, j'installe les petites attentions que j'avais préparées : quelques bougies, un plaid doux, des coussins confortables et même quelques pétales, juste parce que depuis que j'ai vu Clément avec un tee-shirt rouge, je sais que cette couleur fait particulièrement ressortir ses cheveux et ses yeux noirs, autant que sa peau bien plus claire que la mienne. L'image de cet homme, nu, étalé sur un lit de pétales rouges me hante depuis des mois. J'ai déjà beaucoup écrit à ce sujet…

Tout cela est à l'opposé du désir sauvage que je ressens actuellement. Mon érection douloureuse n'a rien de romantique, elle réclame libération, mais mon cœur est toujours présent, et il vibre pour Clément, pas pour son corps, mais pour ce qu'il est. J'ai l'impression que l'histoire de sa vie n'a pas été très douce et la romance a rarement été au centre de ses relations amoureuses, alors je veux faire quelque chose de différent, quelque chose qui n'appartiendra qu'à nous. Je n'y connais pas grand-chose moi-même, pas plus que ce que j'ai imaginé pour mes personnages, mais j'avais envie de lui offrir tout ça, de nous l'offrir à tous les deux.

Quand tout est installé, je redescends et passe par la cuisine pour attraper une bouteille de vin et deux verres, puis je tends ma main libre à Clément, qui attend sur le canapé. Il s'en empare et le contact m'électrise.

Ensemble, nous montons à l'étage, et quand il découvre la chambre, il écarquille les yeux. Je passe à côté de lui après avoir fermé la porte pour que Nine ne vienne pas nous déranger. Je pose tout sur la table de nuit et je lance la musique sur mon téléphone. C'est une chanson de Bruno Mars qui a un côté presque trop niais, ce qui va parfaitement avec l'ambiance. Je ne m'en sens même pas mal à l'aise.

Je nous sers un verre de vin, et au moment où je tends le sien à Clément, le refrain envahit la chambre. Il ne pouvait pas mieux tomber.

« *When I see your face*
There's not a thing that
I would change
Cause you're amazing just
The way you are[10] »

Mes yeux sont plongés dans les siens, et dans cette pièce à la décoration peut-être exagérée, j'ai l'impression que je vis le plus beau des instants, simplement perdu dans le regard de l'homme que j'aime. Je sais que je devrais me sentir monstrueux, que ce que je fais est mal et que la culpabilité de seulement penser à faire l'amour à Clément devrait me ronger, mais à cet instant, j'oublie tout ce qui n'est pas lui, tout ce qui n'est pas nous. Je suis épris de celui qui se tient en face de moi, si désireux d'un avenir différent en sa compagnie que j'efface

10. *Quand je vois ton visage, il n'y a rien que je voudrais changer, parce que tu es incroyable, juste telle que tu es.* (Paroles de Just The Way You Are, de Bruno Mars.)

de ma tête la vie que je mène, je gomme ma réalité et j'enfouis mon quotidien là où il ne pourra pas se rappeler à moi ; il n'y a plus que cet instant qui compte.

– Merci, me dit-il.

Je hoche la tête, mais il la secoue.

– Je ne parle pas du vin, je parle de tout ça, précise-t-il en montrant la pièce de la main qui tient son verre. Personne n'a jamais fait ça pour moi avant.

– Parce que personne ne t'a jamais aimé comme je t'aime.

Ce ne sont pas des mots en l'air, j'ai la conviction que personne ne peut l'avoir aimé ainsi. Quiconque aurait ressenti mes sentiments ne l'aurait jamais laissé partir, il aurait tout fait pour que Clément n'ait jamais envie de se défaire de lui.

Il s'avance vers le lit recouvert de pétales, et quand ses doigts s'y glissent, j'ai un peu plus de mal à respirer. Le rouge des restes de fleurs caresse le blanc de sa peau et le noir de ses tatouages, c'est absolument magnifique.

Il boit son verre et le pose ensuite sur la table de nuit avant de s'asseoir sur le lit pour continuer à jouer avec les pétales.

Il est beau. Je ne suis pas sûr qu'il réalise combien il l'est à cet instant ; cet homme au regard sombre, au visage sérieux, au corps parfaitement dessiné et à l'attitude contrôlé, dans ce lit de pétales, est simplement divin. Je ne parviens plus à rester éloigné de lui, alors je m'approche et m'assieds, ma cuisse contre la sienne. Il se tourne vers moi et prend mon verre pour l'écarter. Lorsque c'est fait, sa main encore froide d'avoir tenu son vin s'approche de mon visage pour me caresser, et j'ai bien du mal à ne pas fermer les yeux à ce contact. Je recouvre ses doigts des miens, puis je les écarte doucement pour embrasser sa paume. Mes lèvres remontent vers son poignet, son avant-bras. Elles continuent leur course jusqu'à embrasser son épaule encore recouverte, ainsi que son cou. Naturellement, il penche la tête pour me laisser libre accès et je peux enfin savourer sa peau comme je le souhaite. Ma langue glisse sur la boussole tatouée là et remonte jusqu'à son oreille, mes lèvres se referment pour suçoter sa peau et mes dents finissent par jouer à leur tour.

Je pose ma main gauche sur sa poitrine, je veux sentir son cœur changer de rythme comme j'entends sa respiration se modifier au rythme de mes baisers. C'est la première fois que nous faisons ça, je ne sais pas ce qu'il aime, mais ses réactions me parlent. Quand je m'éloigne d'un point qu'il apprécie, il se détend, quand je m'en rapproche, son corps s'agite. Il n'y a rien de plus merveilleux que de le sentir évoluer avec moi dans cette danse que nous avons tant souhaité entamer ensemble.

Lorsque mes lèvres remontent vers son menton, puis sa bouche, Clément semble incapable de se contrôler et agrippe mes cheveux pour m'empêcher de m'échapper quand il m'embrasse. Il ignore que pour rien au monde je ne m'éloignerais de cette bouche tentatrice. Le sol peut s'écrouler et le jour ne plus jamais se lever, cela n'a aucune importance, parce que cela ne fait pas le poids face à ses caresses.

Nous nous embrassons de manière un peu désordonnée, je crois que nous avons un peu perdu le contrôle, mais j'essaye de calmer le tremblement de mes mains quand je les glisse sur les cuisses de Clément jusqu'à remonter au bord de son tee-shirt que j'attrape pour le lui retirer. Il se défait de ma bouche à contrecœur, juste pour que je puisse enlever ce vêtement qui lui allait divinement bien, mais qui est devenu gênant. Il ne me laisse pas le temps de l'observer que, déjà, il reprend possession de mes lèvres et m'attire à lui. Il tombe sur le dos et je me rattrape comme je peux sur le matelas pour ne pas l'écraser. J'ai du mal à calmer le baiser, mais je le veux.

– Laisse-moi te regarder, dis-je, à voix basse. S'il te plaît…

Il caresse une dernière fois mon visage, puis il laisse retomber ses bras sur le lit et me permet de me redresser. Je peux enfin voir cette partie de lui et je crois que je meurs un peu en le faisant. C'est exactement ce que j'avais imaginé : sa peau blanche, marquée à de multiples endroits de traces noires, couchée sur une couverture de pétales rouges. Je n'ai jamais rien vu de plus beau dans ma vie.

Mes yeux glissent sur tout le haut de son corps jusqu'à ses lèvres entrouvertes et son regard sombre. Je vais perdre mes moyens sous peu, je le sens.

Quand je le vois s'attarder sur le bas de mon tee-shirt, je comprends ce qu'il veut. De mes deux mains, je saisis mon haut et le retire d'un coup. Clément se redresse sur ses coudes pour mieux me voir et je sens que je ne peux plus patienter. Je n'arrive pas à rester immobile et inactif quand il me détaille de la sorte.

– Si tu continues à me regarder comme ça, je ne donne pas cher de moi.

Il sourit et prend appui sur ses mains pour se mettre en position assise puis se hisser sur ses genoux. Je m'installe en miroir, et quand ses doigts glissent sur mon torse, je frissonne. Il est doux et lent alors que mon corps est déjà en feu. Je le sens s'arrêter sur une marque de mon ventre, puis une deuxième et une troisième… Mes yeux se ferment parce que je ne veux pas voir l'interrogation ou l'inquiétude dans ses yeux. Je ne veux pas tout gâcher…

Soudain, son torse est contre le mien et ses mains dans mes cheveux me ramènent à la réalité. J'ouvre les yeux, et dans les siens, je ne lis ni pitié ni peine, juste du désir. Je l'aime un peu plus pour ça.

Nos lèvres se retrouvent, et à elles seules, elles font l'amour comme nos corps crèvent d'envie de le faire. Puis les choses s'enchaînent, le désir prend le pouvoir et nous ne sommes alors plus que ses esclaves. Mes mains peinent à défaire la ceinture de Clément, les siennes s'acharnent sur mon pantalon. Nous rions parce que nous sommes maladroits tant nous nous voulons.

Je me détache de lui et me redresse pour retirer moi-même mon bas. J'avais déjà ôté mes chaussettes en entrant, seul mon boxer cache encore un bout de mon anatomie, et sous le regard de Clément, je me sens le plus beau des hommes. Il a ce pouvoir. Quand il me scrute ainsi, je me sens plus fort, meilleur, et j'espère pouvoir lui transmettre un peu de ces sentiments parce que je n'ai jamais rien connu de plus grisant.

Il pose les pieds au sol, mais au lieu de se lever pour se dévêtir, il m'attire à lui. Je me tiens debout entre ses cuisses et ses mains remontent le long de mes jambes, sur mes hanches, sur mes bras, sur tout ce qu'il peut atteindre. Il trace des lignes qui me brûlent et mon érection devient presque trop douloureuse, plus encore quand il dépose une pluie de baisers sur mon ventre et que le dos de sa main frôle par inadvertance – ou intentionnellement, je l'ignore – mon sexe tendu.

Je crois qu'il a pitié de moi, car il se lève finalement et retire le reste de ses vêtements. Tous, sans exception. Je suis obligé de reculer et de me tenir au mur derrière moi pour ne pas tomber. Existe-t-il un homme plus beau ? Il se tient là, devant moi, nu et fier, et je ne suis plus certain que désir ou envie soient des mots assez forts pour qualifier ce que je ressens. Je commence à voir trouble, seul mon souhait de ne pas m'évanouir et de ne pas gâcher ce moment me permet de rester debout.

Quand je parviens à bouger, je retire mon dernier vêtement, qui glisse le long de mes jambes jusqu'à finir par terre. Je l'écarte du pied, puis je m'avance vers Clément afin de toucher enfin ce torse que je n'ai pour l'instant qu'admiré. Il a la peau douce et chaude, c'est un délice, et moi, je ne vais pas tenir longtemps, je le sais.

Je le force à reculer jusqu'à ce que l'arrière de ses jambes touche le lit et qu'il s'y laisse tomber. C'est une œuvre d'art vivante ; Clément nu sur ce lit fleuri, c'est une toile impossible à redessiner qui ne quittera pourtant jamais plus mes pensées.

Je m'allonge à côté de lui et il se tourne pour me faire face. Nos mains impatientes touchent tout ce qu'elles peuvent jusqu'à ce qu'elles se referment sur nos verges fièrement dressées. Le geste nous arrache un gémissement que la musique ne parvient pas à couvrir. J'oublie tout : ma vie, mes mensonges, les marques sur mon corps, plus rien ne compte à part les yeux de cet homme qui m'envoûtent et sa main qui me procure un plaisir sans égal. La position n'est pas des plus confortables, et pourtant, je ne crois pas que l'instant pourrait être meilleur. La main de Clément monte et descend avec une lenteur cruelle qu'il compense parfois en serrant un peu plus fort mon érection. Je lui inflige le même traitement.

Je ne veux pas que ça aille trop vite, même si j'ai bien du mal à ne pas exploser.

Nous nous caressons longuement ainsi, les yeux dans les yeux, nos souffles se mêlant, nos gémissements s'unissant. Parfois, j'échappe à son regard pour observer sans gêne la beauté du membre que je tiens entre mes doigts et je crois que c'est ce qui me fait complètement perdre pied.

Je sens mon corps se contracter et les pupilles de Clément sont tellement dilatées que je suis certain qu'il est dans le même état que moi. Je ne vais pas tenir beaucoup plus. Alors nous accélérons, sans avoir besoin de le dire, nous intensifions nos caresses et mes lèvres s'écrasent puissamment contre les siennes. Je ne suis plus que gémissements, muscles contractés et frissons, j'ai le corps en feu, et quand je sens que je vais jouir, je mords la lèvre de mon amant qui gémit un peu plus fort et se répand entre mes doigts et sur son ventre alors que mon plaisir recouvre sa peau laiteuse et blanchit les pétales rouges sous nos corps.

Sous mes paupières, je vois des étoiles, et dans mon cœur, il y a un cheval fou qui ne sait faire autre chose que galoper. Tous mes muscles sont douloureusement tendus, et quand ils se relâchent, je sens mes jambes trembler. Puis vient l'apaisement, le calme absolu, ce moment où j'ai l'impression de ne plus être sur cette terre.

Lorsque j'ouvre à nouveau les yeux, je rencontre ceux de Clément. Nos mains sont liées, recouvertes de notre amour, mais cela ne me gêne même pas. Tout ce qui compte, c'est ce regard, l'âme de l'homme que j'aime qui s'est connectée à la mienne.

Je ne me souviens pas avoir un jour été aussi heureux. J'aimerais que cet instant dure éternellement.

CHAPITRE 17

CLÉMENT

La musique s'est arrêtée, il n'y a plus que nos respirations pour rythmer ce moment spécial que nous partageons. Mes yeux sont dans les siens et j'ai le sentiment que rien d'autre n'a d'importance. Je n'arrive pas à décrocher.

C'était notre première fois. Pour certains, elle ne serait pas complète, il ne serait question que de caresses, mais nous avons fait l'amour, c'est une certitude. J'ai entendu ses sentiments mieux que jamais et je suis convaincu qu'il a aussi compris les miens. Je l'espère, en tout cas, parce que je ne me suis jamais autant mis à nu que cette fois. Avec mes autres partenaires, j'ai toujours mis des barrières, certains ne les ont jamais vues, mais elles étaient bien là. Avec Seven, tout s'est effondré. Est-ce toute sa préparation romantique qui m'a fait lâcher prise ? Est-ce l'intensité qui s'est dégagée de lui ? Ou juste le fait que mes sentiments pour lui sont nouveaux et ne ressemblent à rien de ce que j'ai pu vivre jusqu'ici ? Je n'en sais rien et je m'en moque un peu parce que je suis là, allongé à côté de lui, perdu dans son regard, ma main contre son ventre et la sienne sur ma hanche, et c'est sur ça que je veux me concentrer.

Je viens de vivre quelque chose de merveilleux. Mon cœur ne s'en est pas encore remis, pourtant mon corps m'en réclame encore. Je le sens dans le sang qui brûle mes veines. Je ne suis pas rassasié et je me demande si je le serai un jour.

– J'ai toujours envie de toi, dis-je, brisant le silence.

– Moi aussi…

Nous sourions simplement et je nous vois comme deux gamins qui découvrent l'amour pour la première fois. C'est une sensation électrisante. Ces papillons que plusieurs décrivent, ils agitent leurs ailes dans mon estomac. C'est incroyable.

– Laisse-moi attraper quelque chose pour nous essuyer.

Il embrasse rapidement mes lèvres avant de se lever. J'en veux plus, je n'ai pas envie qu'il parte, pas même une minute, mais je me tais. Je n'aime pas demander des choses, surtout si cela me rend suppliant. Alors je le laisse se relever et je me demande comment il fait pour tenir debout alors que je ne crois pas que mes jambes accepteraient de me porter pour l'instant.

Je roule sur mon autre côté pour mieux le voir, et sans vraiment m'en rendre compte, je me mords la lèvre. Il a un corps absolument divin. Si je ne le connaissais pas, je penserais qu'il travaille dans le bâtiment ou dans n'importe quel métier qui torture les muscles, je n'imaginerais pas qu'il passe ses journées assis à écrire.

– Ne me regarde pas comme ça… Laisse-moi le temps d'attraper ce qu'il faut, me dit-il, d'une voix pleine de désir.

Je sais ce qu'il ressent et pas seulement parce que son sexe qui recommence déjà à durcir me le dit. Je le sais parce que je ressens exactement la même chose.

Il s'échappe et je soupire. Je vis beaucoup trop de choses en ce moment, les émotions sont bien trop fortes.

Quand il revient avec une serviette, je n'ai pas bougé. Il me la tend et je remarque qu'elle est chaude et humide, alors j'essuie mon ventre et ma main avec. Seven en profite pour retirer le plaid que nous avons taché. Il le jette par terre, impatient, faisant voler des morceaux de fleurs partout, et je me débarrasse aussi promptement de la serviette. Nous nous retrouvons tous les deux assis sur le lit, à nous dévorer de nouveau du regard. Il prend une poignée de pétales encore sur le lit qu'il fait tomber sur la peau noircie d'encre de mes cuisses. Je crois qu'il aime vraiment me voir baigner dans cet océan fleuri qu'il a préparé. Je ne me vois pas avec ses yeux, je ne sais pas ce qu'il peut ressentir, mais si je lui plais ainsi, cela me convient très bien.

– Tu es magnifique, dit-il soudain.

Mon cœur se serre parce que j'ai passé tellement d'années à me penser repoussant d'être ainsi rejeté par les gens qui m'entouraient que ces simples mots dits avec une sincérité déconcertante me touchent plus que je ne l'aurais cru. Avant mes amis, personne d'autre que mes grands-parents ne m'avait fait me sentir ainsi aimé et désiré.

Je glisse mes doigts le long de son mollet, de son genou, puis de sa cuisse. J'évite à dessein la partie la plus intime de son être pour continuer à tracer une ligne invisible sur son ventre dessiné et sur son torse. Il frissonne, en particulier quand je passe sur ses cicatrices. Il en a plusieurs et je suis presque certain que ce sont des brûlures de cigarette. Bien sûr, je suis intrigué, inquiet aussi, mais il m'en parlera quand il s'en sentira capable, et en attendant, je vais aimer son corps tout entier, jusque dans ces marques du passé qui semblent le faire encore tant souffrir.

J'approche mon visage du sien et l'embrasse de manière brève avant de continuer à dessiner sur son corps, de ma langue, cette fois. Je glisse sur sa mâchoire, j'aspire le lobe de son oreille et je caresse son cou, puis son épaule. Le parfum de sa peau est enivrant, je ne saurais pas le décrire, mais il me tourne la tête de plaisir et d'envie.

Je baise la marque de brûlure au-dessus de son cœur, je descends capturer un téton, puis je glisse pour infliger le même sort au second. La main de Seven s'accroche finalement à mes cheveux en désordre, et cela ne fait que m'exciter un peu plus de le sentir ainsi incapable de se contrôler, d'entendre sa respiration changer et me prouver son envie de moi.

Tandis que mes lèvres et ma langue continuent à aimer chaque morceau de son corps, jusqu'à la pointe de ses doigts que je prends un par un dans ma bouche pour jouer avec, je frôle son érection de ma main. Sa respiration est sifflante et je sens une vague dévastatrice s'écraser contre les parois de mon cœur.

J'ai terriblement envie de lui, de tout de lui.

Je ne m'arrête que parce que j'ai besoin de quelque chose pour la suite.

– Tu as un préservatif ?

Il ne me répond pas, il se contente de se pencher sur le côté pour ouvrir le tiroir de la table de nuit et en sortir un paquet neuf. Sa main tremble, je le vois quand il me tend l'emballage, alors quand je récupère ce que je lui ai demandé, je retiens ses doigts pour venir embrasser chacune de ses phalanges avec tendresse.

Mes actes sont en parfaite opposition avec mon désir. Je me montre doux et caressant, tout autant qu'il l'a été avec moi en préparant cette soirée, alors que je suis un feu impossible à éteindre qui voudrait tout brûler sur son passage. J'espère qu'il comprend que je ne suis pas plus calme que lui, je veux juste qu'il reçoive mon amour comme j'ai reçu le sien.

Après l'avoir défait de son emballage, je déroule le préservatif sur la verge tendue de Seven et ce simple contact le fait se crisper. Cela m'excite terriblement, alors je n'attends pas plus longtemps, je laisse ma main monter et descendre sur toute la longueur, et très vite, ma bouche la rejoint. Il est dur et chaud contre ma langue. J'ai l'impression que je pourrais venir juste comme ça, en le gardant au chaud entre mes lèvres.

Ses doigts se resserrent sur mon épaule tandis que je continue à lui prodiguer mes caresses, puis ils remontent dans mes cheveux pour accompagner mon mouvement. Il ne me force pas à aller plus vite ou à le prendre plus profond, il me suit simplement. Ses gémissements atteignent mes oreilles et me transcendent, je ne peux m'empêcher d'accélérer le mouvement. Parfois, je le relâche entièrement pour mieux le reprendre ensuite. Par moments, je me contente de le caresser de la main pendant que j'embrasse ses cuisses ou taquine ses bourses de la langue.

Ma propre érection est douloureuse, c'en est presque insupportable, et je finis par glisser ma main libre entre mes jambes pour me soulager un peu.

– Tu vas me tuer, murmure-t-il.

Je libère son sexe à contrecœur, juste pour lui répondre :

– C'est tout le contraire de ce que je veux.

Il rit et cela me fait sourire. J'aime notre façon de faire l'amour, j'aime que nous puissions plaisanter en étant dans un tel état d'excitation. Je trouve que c'est la plus belle façon de s'aimer.

Je reprends mes caresses localisées, mais après quelques minutes, le reste de son corps me manque. J'ai envie de le toucher partout, d'être en contact avec chaque partie de lui, alors je remonte embrasser son torse, puis son cou et enfin sa bouche. Nous nous dévorons et nous laissons emporter. Je finis assis sur lui, ses mains serrant mes fesses avec force.

Je ne me lasserai sûrement jamais de nos baisers, de la façon dont nous dansons ainsi ensemble.

Lentement, ses doigts se rapprochent de mon anus et je me crispe, pas de peur, mais d'excitation. Il l'a à peine frôlé, pourtant j'ai l'impression que ça a fait vibrer tout le reste de mon corps. C'est dingue.

Seven mordille ma lèvre inférieure, et quand il la relâche, il vient la caresser de son index droit qu'il glisse ensuite dans ma bouche. Je sais très bien ce qu'il veut, ce qu'il a l'intention de faire, et c'est avec plaisir que j'humidifie son premier doigt, puis le deuxième qui le rejoint peu de temps après. Cela a quelque chose de terriblement érotique de sucer cette partie de lui, et quand il les retire, je me sens vide, alors je viens me venger en mordant son cou.

Quand je le sens caresser doucement la partie la plus tendre et intime de mon corps, je ne peux m'empêcher de gigoter. Je n'y peux rien, je suis tellement excité. Mon sexe frotte contre le sien, sa bouche joue avec mon oreille, et soudain, l'un de ses doigts se glisse en moi, avec douceur, avec lenteur. Tous mes muscles se contractent. J'en veux plus, je veux tout de lui.

Je m'accroche à ses épaules quand, après quelques minutes de ses caresses intimes, il enfonce un deuxième doigt. La sensation est extraordinaire et je n'ose imaginer le plaisir que je ressentirai quand je le prendrai entièrement en moi.

Je perds vite la notion du temps, j'oublie tout pour ne me concentrer que sur les sensations : ses lèvres contre ma peau, ses doigts en moi, la chaleur de son corps contre le mien, le parfum de notre désir qui m'emplit les narines… J'en veux encore plus.

– Fais-moi l'amour, exigé-je soudain.

– C'est ce que je fais.

– Tu sais très bien ce que je veux dire.

Je le sens sourire contre ma peau et je le déteste un peu de jouer maintenant. J'en étais heureux tout à l'heure, mais je n'ai plus la capacité de l'être. Je suis à l'agonie, j'ai besoin de le sentir en moi, immédiatement.

Il me soulève de ses bras puissants pour m'allonger sur le dos, et quand son corps n'est plus contre le mien, je me dis que si j'avais la capacité de pleurer, je le ferais. Sa chaleur me manque dès qu'elle me quitte.

J'ai soudain peur qu'il n'aille me goûter, qu'il tente de faciliter les choses pour moi ou juste pour son plaisir. Je ne peux pas attendre plus, j'ai vraiment besoin de ça. Par chance, il humidifie sa main, puis son sexe, avant de se placer correctement.

Ses yeux s'ancrent dans les miens, et doucement, presque trop, il glisse en moi. J'ai envie de fermer les paupières sous la torture, mais je ne parviens pas à me détacher de ce lagon captivant dans lequel mes ténèbres se reflètent. Ce n'est que lorsqu'il est entièrement en moi que je le fais en gémissant. La sensation est absolument divine. J'en ai le souffle coupé, mon corps se cambre.

Seven reste immobile en moi, et même si j'ai envie de lui hurler de se mouvoir, je ne dis rien parce qu'à travers mes yeux à moitié clos, je vois les traits tendus de son visage. Je comprends alors qu'il essaye de se contrôler. Cette image fait monter plus encore l'excitation en moi et quand il encadre mon visage de ses coudes et pose son front contre le mien, je ne peux que fermer entièrement les paupières pour ne pas jouir trop vite en le regardant.

Son souffle se mêle au mien, j'entends mon sang battre dans mes tempes et son cœur frapper si fort contre sa poitrine qu'il se répercute contre la mienne. Et puis soudain, il se met à bouger. Toujours lentement, toujours avec douceur, il entre et sort, m'arrachant gémissement sur gémissement. Je sens que mon corps se resserre autour du sien, et lorsque son buste s'écrase un peu sur le mien et qu'il frictionne mon érection à chaque coup de reins, les larmes me piquent les yeux.

J'enfonce mes doigts dans son dos, l'obligeant à s'allonger presque sur moi pour que la délicieuse caresse ne s'arrête jamais.

Je vais mourir de plaisir, j'en ai l'intime conviction ; Seven va me tuer.

Il accélère de plus en plus, nos gémissements deviennent des râles, presque des grognements. Je vais sûrement laisser de nouvelles marques sur sa peau tant je m'agrippe à lui, mais je n'ai pas la force de le relâcher. C'est la fête dans mon corps, tout part en vrille et plus rien ne compte. Je sens que je suis à deux doigts d'exploser.

Il est dans le même état que moi. Sa voix grave qui hurle presque le plaisir qu'il ressent à être ainsi au chaud et serré par mon intimité ne fait qu'aggraver mon cas. Je sens ses muscles se contracter sous mes doigts, et d'un coup de bassin plus puissant, il m'envoie dans les étoiles. Réellement, je les voix briller sous mes paupières. Tout explose dans ma tête, mon corps est en feu, je brûle entièrement.

Je crois qu'il vient quelques secondes après que je me suis répandu entre nos deux corps, mais je n'en suis pas certain parce que je n'arrive pas à redescendre. Mon corps vibre, il tremble presque, et même quand mon amant s'arrête et reste fiché en moi sans bouger, je ne parviens pas à revenir à la réalité. Je ne sais pas où je suis, mais j'y suis avec lui et je n'ai pas envie de quitter ce lieu. Jamais.

Je sens une larme glisser sur ma joue. Non pas une larme de tristesse, celles-là ne coulent jamais, c'est juste l'émotion qui est trop forte et ma jouissance trop puissante.

Je n'ai jamais connu pareil plaisir. C'est indescriptible.

Je ne sais pas combien de minutes passent avant qu'il ne se redresse difficilement et se retire. Je n'ouvre même pas les yeux, je n'en ai pas la force. Je devine au bruit qu'il ôte le préservatif, c'est préférable. Je le sens juste revenir vers moi et m'essuyer avec la serviette humide qui est devenue froide, puis il s'installe à mes côtés, et là seulement, je parviens à bouger pour me mettre contre lui. J'avais besoin de retrouver sa chaleur.

Le calme regagne peu à peu la pièce, et dans le silence, je parviens à percevoir les battements du cœur de Seven contre mon oreille et ma joue. C'est aussi apaisant qu'inspirant…

– J'ai envie de dessiner.

– Et moi d'écrire, me répond-il.

Nous rions parce que nous sommes un peu bizarres, comme à peu près tous les artistes. Celui qui crée sait combien il est dur de faire taire l'envie d'exprimer son art quand il prend possession de nous.

– Tu veux qu'on descende faire ça ? me propose-t-il.

Je relève la tête vers lui et je souris parce que je réalise que cet homme me correspond parfaitement. Un autre aurait voulu rester au lit à câliner, peut-être remettre le couvert, lui n'a qu'une envie, écrire, comme j'ai envie de dessiner.

Je hoche la tête et me redresse avec difficulté après avoir embrassé son torse, juste au niveau de son cœur. J'ai le corps endolori, mais je me sens profondément bien.

Je descends du lit et enfile simplement mon boxer. Seven ne bouge pas, il reste étendu sur les draps, nu. Il est beau, je ne cesse de me le dire. Il me regarde en souriant et je ne peux m'empêcher de lui rendre son sourire en secouant la tête. Je me moque indirectement de son incapacité à détacher ses yeux de moi, mais la vérité, c'est que j'ai bien du mal à regarder ailleurs, moi aussi. Comment faire autrement quand un homme aussi magnifique est allongé juste devant moi ? Si je n'avais pas autant envie de dessiner, je crois que je reprendrais une dose.

J'étais certain qu'il deviendrait une drogue.

Il se lève finalement et choisit de revêtir un peignoir. Il prend nos verres et la bouteille tandis que j'attrape mon matériel, puis nous descendons. Nine ouvre un peu les yeux, mais il les referme aussitôt. Quand il dort, rien ne peut le perturber.

J'installe mes affaires sur la table ; je n'ai pas grand-chose, quelques crayons et feutres noirs avec des mines ou des pointes différentes, une règle et des feuilles. Il ne me faut rien de plus. Un simple stylo et un ticket de caisse auraient fait l'affaire.

Seven se met en face de moi avec son carnet après nous avoir resservi un verre. Il est peut-être minuit, peut-être deux heures du matin, je n'en sais rien, mais nous sommes là, à trinquer une nouvelle fois avant de nous plonger dans notre monde.

Pendant que je dessine, je sens son pied caresser le mien sous la table, mais lorsque je lève la tête, je remarque qu'il n'essaye pas d'attirer mon attention. Je ne suis même pas sûr qu'il soit conscient de ce qu'il est en train de faire. Il est complètement pris par ce qu'il écrit et me caresser de son pied s'est fait sans qu'il en ait conscience. Je ne peux nier aimer ça.

Je profite d'avoir la tête relevée pour le regarder un peu plus longuement et tomber amoureux un peu plus fortement. Oui, je suis fou d'amour, complètement fou, et je suis dingue de ce que nous avons créé tous les deux.

C'est sur cette délicieuse pensée, et le sourire aux lèvres, que je me replonge dans l'illustration qui m'appelle désespérément. J'ai besoin d'encrer tout ça, de le coucher sur papier par crainte de ne parvenir à l'ancrer dans ma mémoire. J'ai une peur bleue d'oublier tous ces instants, même si j'ai l'impression qu'il serait impossible que cela arrive.

CHAPITRE 18

CLÉMENT

Je suis réveillé de la plus délicieuse des façons, par des baisers dans la nuque, les bras de Seven autour de moi et son érection matinale contre mes fesses dénudées. Je ne sais pas s'il est possible de mieux commencer la journée.

Je commence à bouger pour me retourner, mais il m'en empêche en me serrant plus fort. Il se colle un peu plus à moi et je souris. En un an, malgré nos retrouvailles peu nombreuses, j'ai découvert qu'il mettait toujours du temps à bien se réveiller, ce qui n'est clairement pas le cas de l'intégralité de son corps…

Ses baisers sont paresseux, ses caresses lentes, mais notre désir ne l'est pas du tout et alors que tout est silencieux autour de nous, tant dans la maison qu'à l'extérieur, nous faisons l'amour une nouvelle fois pour bien commencer la journée.

– Bonjour, dit-il finalement, après avoir communiqué de ses gémissements et de ses caresses.

– Bonjour.

Il sourit au-dessus de moi, bien réveillé, cette fois, puis il se lève et je l'imite.

– Que penses-tu d'une douche à deux, suivie d'un petit déjeuner copieux et d'une promenade dans Arcachon après ça ?

– Je suis partant pour les trois.

Nine aboie soudain d'en bas, et quand je regarde mon téléphone, je constate qu'il est déjà treize heures.

– Tu devrais peut-être sortir ton chien avant. Quant au petit déjeuner, ça sera plutôt un brunch, je crois.

– Je ne pensais pas qu'il était si tard.

– On n'est pas allés au lit très tôt.

Après avoir écrit et dessiné, j'ai fumé mon joint et nous nous sommes allongés dans des draps propres. Là, nous avons discuté un long moment avant de nous endormir, l'un contre l'autre. Je ne suis généralement pas amateur des câlins la nuit, j'aime mon espace et j'étouffe vite dans les étreintes, mais avec Seven, je me sens toujours bien. Il bouge beaucoup et me libère dans la nuit, mais au matin, il me reprend toujours dans ses bras, que l'on soit nus comme hier ou habillés comme les autres fois. Cela n'a rien de sexuel, il ne s'agit que de tendresse et j'aime beaucoup ça.

Je me redresse et enfile un sous-vêtement. Puis je passe à côté de Seven en caressant son ventre nu.

– Tu me rejoins ? dis-je.

– J'y compte bien.

Il m'embrasse sur la tempe et quand je m'échappe, je sens son regard sur mon dos, mes fesses, mes cuisses. Ses yeux me brûlent et j'adore ça.

Une fois sous la douche, je n'entends pas Seven sortir Nine ou le nourrir, mais je devine ses actions parce qu'il fait toujours les mêmes. Quand il se lève, il s'occupe toujours de son chien dès que celui-ci se réveille. J'ai moi aussi mes rituels et je ne fais généralement rien avant d'avoir fumé, mais l'idée de prendre une douche avec l'homme que j'aime m'a plus attiré que le cannabis. Je le regrette un peu quand je ferme les yeux sous le jet d'eau chaude et que des images me hantent. Je suis obligé d'ouvrir les paupières pour les faire disparaître. Je déteste ça et je ne veux pas que cela gâche une journée qui promet d'être magique. Sous peu, je reprendrai le travail, je n'aurai plus autant de temps libre pour être avec Seven, et le peu dont je dispose, je refuse que mon esprit tordu le gâche.

Je m'apprête à sortir de la douche pour aller fumer sans m'être lavé, mais des bras puissants m'entourent soudain, et la noirceur des images de mon esprit laisse place à l'éclat des souvenirs de notre nuit. D'un simple contact, il a effacé mes craintes.

Je ne laisserai plus jamais personne se moquer de l'amour. Il a des vertus qu'ignorent tous ceux qui ne l'ont jamais connu. Il ne guérit pas de tous les maux, mais il calme très certainement les souffrances. Il les rend plus supportables.

***

– Je mangerais bien une glace.

– Où est-ce que tu mets tout ça ? me demande Seven en riant.

– Dans mon ventre.

Il rit plus fort encore et je souris parce que je suis incapable de m'en empêcher quand je le vois aussi heureux.

Nous arpentons les rues de la Ville d'Été, pleines de touristes comme nous et peut-être aussi de locaux qui n'ont pas fui en cette saison chargée, puis nous arrivons devant un petit glacier qui ne paye pas de mine, mais dont les produits nous font envie. Une fois nos cornets en main, nous continuons notre route vers la plage. Elle est bondée et je n'ai pas spécialement envie de me mêler à tout ce monde. Cela doit se voir sur mon visage, car Seven me dit :

– On peut remonter jusqu'au port, si tu veux. Il y aura sûrement un peu moins de monde.

Je hoche la tête et nous reprenons notre route. Je devine qu'il est déjà venu ici à la façon dont il me guide dans la ville, et s'il y revient, c'est qu'il doit vraiment aimer l'endroit. Je suis heureux de le découvrir en sa compagnie.

Nine marche à côté de nous, tranquillement. C'est un chien plutôt calme en balade, j'en suis toujours surpris.

– Tu lui as appris à marcher au pied ?

– Ouais. J'ai commencé son éducation dès petit parce que je savais que j'irais souvent me promener avec lui et je ne voulais pas toujours devoir lui mettre la laisse. Je préfère qu'il profite de sa liberté.

– Tu as fait du bon boulot.

– Pour être honnête, il a toujours été plutôt facile à éduquer et les friandises ont aidé. Il ferait à peu près n'importe quoi pour un bout de jambon.

En entendant le mot magique, Nine lève la tête vers Seven et s'assied soudain en remuant la queue.

– Merde… Il y a des mots à ne pas dire devant lui et celui-là en fait partie. Tu me donnerais un petit bout de ton cornet ? Je n'ai rien pour lui.

– Je vais me sacrifier, plaisanté-je.

Je donne la fin de mon cornet à Nine qui, tout heureux, se relève et reprend sa marche. C'est vraiment un chien facile. Je me dis parfois que les animaux sont de toute façon plus simples que les êtres humains.

Lorsque nous arrivons au port, nous nous asseyons sur un banc libre, à l'ombre, et j'inspire un grand coup. L'air iodé est agréable, autant que le paysage ou la compagnie. Le temps est chaud, un peu étouffant – ça sent l'orage –, mais cela reste supportable. Et même s'il y a du monde ici aussi, je me sens plus à l'aise qu'à la plage. Je crois que je pourrais rester ainsi des heures, à côté de Seven, à regarder les bateaux amarrés.

– C'est inspirant.

– Tu m'ôtes les mots de la bouche, dis-je.

Alors que nous sommes perdus dans notre contemplation, un son de guitare s'élève derrière nous. Il est presque inaudible avec le bruit de la rue et je devine qu'il provient de l'un des appartements voisins, mais même s'il est faible, il ajoute à l'ambiance déjà si agréable. Je me sens terriblement bien.

– Deux, dit soudain Seven.

Je souris, comme chaque fois qu'il fait ça, puis je bascule la tête en arrière, les bras sur le haut du banc. C'est tout lui, il faut toujours qu'il joue à ce jeu. C'est tout nous, en fait, parce que je joue avec lui.

– Deux choses dont tu as honte.

Quand seul le silence me répond, je tourne la tête vers Seven et je remarque qu'il est lui aussi affalé sur le banc, mais il a les yeux clos et les bras croisés. Je le sens tendu et je regrette d'avoir fait cette proposition.

– Je peux trouver autre chose, si tu préfères.

– Non, c'est mieux ainsi.

Je ne comprends pas bien ce qu'il veut dire, mais je me tais, préférant le laisser s'exprimer.

– J'ai honte de ne pas avoir utilisé mon vrai nom pour me faire publier. J'ai l'impression d'avoir menti.

– Beaucoup d'auteurs utilisent un nom d'emprunt.

– Oui, mais dans mon cas, c'est lourd à porter parce que ça s'ajoute à ma plus grande honte : je suis un homme faible.

– Je ne comprends pas…

Seven n'a rien de faible. Il est sensible, bien sûr, mais c'est loin d'être de la faiblesse. Au contraire, il m'apparaît comme étant un homme plutôt fort.

– C'est compliqué.

Je reporte mon regard sur les bateaux quand je vois qu'il ouvre les yeux et décroise les bras pour les laisser retomber mollement à côté de lui. Discrètement, je prends sa main dans la mienne, je la cache entre nous pour que personne ne puisse voir ce geste affectueux. Je n'aime pas m'afficher ainsi en public, mais je ne peux pas laisser l'homme que j'aime ainsi torturé et ne lui montrer aucune forme de soutien.

– Douze, dis-je alors.

Il tourne la tête vers moi, je le sens, alors je l'imite. Et soudain, son sourire revient. Il sait pourquoi je donne un chiffre aussi élevé et pourquoi je le fais aussi précipitamment, sans insister plus sur ce qu'il vient de m'avouer. Je ne supporte pas de le voir dans cet état, en souffrance, je ne peux pas. Je brûle d'envie de savoir ce que ses yeux cachent quand ils s'assombrissent de la sorte, mais je refuse de le pousser à parler si cela doit lui faire tant de mal. Et puis si je l'oblige à s'ouvrir, plus rien ne me servira d'excuse, je devrai moi aussi parler de ce qui me ronge.

Parfois il est plus simple de fuir la vérité.

– Douze qualités que tu aimes retrouver chez les autres, propose-t-il.

– En amour ou en amitié ?

– Qu'importe.

– La gentillesse, l'humour, l'intelligence, l'honnêteté, le sens des responsabilités, la bienveillance, l'ouverture d'esprit, la tendresse, la compassion, la combativité, la force de caractère et la fibre artistique.

– Aucun homme ni aucune femme ne possède toutes ses qualités à la fois.

– Je ne crois pas, mais si quelqu'un a déjà une de ces qualités, ça me suffit.

– Combien j'en ai, selon toi ?

– De ce que j'ai vu jusqu'ici, tu as la gentillesse, l'humour, l'intelligence, la tendresse et la fibre artistique. Le reste, il est encore trop tôt pour le définir.

– J'espère que je serai à la hauteur, répond-il, trop sérieux à mon goût.

– Ce n'est pas une compétition. Ce n'est pas grave si tu n'es pas parfait, je crois que je préfère que tu ne le sois pas. Ça me mettrait trop la pression.

Je souris pour tenter d'alléger un peu cette ambiance pesante et pour calmer la tension qui est devenue palpable. Je ne comprends pas comment on en est arrivés là et je m'en voudrais presque d'avoir voulu que Seven me parle de ce dont il a honte. Si j'avais su que cela le mettrait dans cet état, je ne l'aurais pas fait.

Je lâche sa main et me relève sous son regard surpris. Nine, qui s'était allongé à nos pieds, lève la tête vers moi, lui aussi.

– J'ai bien envie de rentrer.

– Déjà ? s'étonne-t-il.

– Il y a des choses qui me font envie et que je ne peux décemment pas obtenir ici.

Mon visage ne trahit aucune émotion, mais je sais que mes yeux en disent long. Il ne faut que quelques secondes à mon partenaire pour comprendre, et tout aussi vite, un sourire se dessine sur ses belles lèvres tandis qu'il se lève. J'aime que nous soyons sur la même longueur d'onde, lui et moi.

***

Après un après-midi à s'aimer comme nous en avions le désir, Seven et moi terminons la journée par un repas dont il a le secret. Quand je goûte à ses plats, je me demande s'il a bien fait de devenir auteur, s'il n'aurait pas dû devenir cuisinier. C'est un excellent écrivain – en un an, j'ai eu le temps de lire tous ses livres, et même si je ne suis pas friand de romance, je dois reconnaître qu'il a un style addictif et une plume pleine de sensibilité, je comprends pourquoi cela plaît à son lectorat –, mais il est tout aussi bon pour manier un stylo que pour user d'un couteau, ce qui n'est pas pour me déplaire. Je pourrais épouser un homme comme ça juste pour manger aussi bien chaque jour. Pour être honnête, non, je ne pourrais pas, l'idée du mariage ne m'a jamais vraiment tenté. Cela n'a rien à voir avec ma sexualité, depuis quelques années, nous pouvons aussi nous marier, et si je trouve que cela a un peu tardé à arriver, je suis heureux que nous ayons enfin cette liberté, mais je n'en ai pas envie. Je n'aime ni l'idée d'être enchaîné ni tout ce que le mariage implique comme complications quand il y a une séparation. Il est vrai qu'avant Seven, je n'avais même jamais envisagé de m'investir aussi sérieusement avec quelqu'un, mais même si je devais un jour m'installer avec lui – ce qui n'est clairement pas en haut de ma liste de priorités, chaque chose en son temps –, ce serait sans officialiser notre union. Je changerai peut-être d'avis un jour, je ne ferme jamais aucune porte et je ne prétends pas connaître l'avenir, mais à ce jour, je me sens heureux ainsi.

– Tu as déjà pensé à te marier ? demandé-je soudain.

Seven écarquille les yeux en entendant ma question et cela m'aurait fait sourire s'il n'y avait pas sur son visage autant d'inquiétude. Je ne comprends pas ce qui lui arrive aujourd'hui, j'ai l'impression que tous les sujets que j'aborde sont sensibles. C'est peut-être lui qui l'est un peu plus, pour une raison qui m'échappe.

– Rassure-toi, je ne te demande pas de m'épouser, précisé-je.

– Je ne te vois pas vraiment comme quelqu'un qui serait tenté par le mariage.

– Je ne le suis pas. Je me demandais juste si toi tu l'étais.

– Je n'y ai jamais réfléchi…

– Tu n'es pas obligé de le faire aujourd'hui, c'était une question comme ça.

– D'où ça t'est venu ?

– Du fait que tu cuisines divinement bien.

– Alors tu ne m'épouserais que pour ça ? demande-t-il, faussement vexé.

Je suis rassuré de voir qu'il se détend, je peux à nouveau sourire avec lui.

– En partie. Que veux-tu, je suis un homme, mon estomac me contrôle.

– On dit généralement que c'est plus bas qu'est notre cerveau.

– Là aussi, c'est vrai. Mais comme tu assures aussi à ce niveau, qu'est-ce que je peux demander de plus ?

Nous rions ensemble et je me sens plus léger. Les émotions des autres ont toujours un fort effet sur moi. Quand Riley a des bas, ça me bouffe complètement. Je suis une vraie éponge et c'est difficile parce que je lutte déjà au quotidien pour ne pas sombrer. Parfois je me dis que je devrais m'éloigner des âmes en peine pour survivre, mais ce n'est pas ça la vie. Ce n'est pas en fuyant ceux que j'aime que je serai plus heureux, et si je ne suis pas là pour eux, quel ami, quel frère, quel amant je fais ? Je fuis déjà assez mes propres démons…

Le téléphone de Seven sonne soudain, et de nouveau, son visage change. J'ai l'impression de faire un pas en avant et deux pas en arrière, aujourd'hui. J'aimerais prendre son portable et le jeter dans le mur. Chaque fois qu'il se manifeste, il bouffe l'homme que j'aime et ça me tue un peu.

– Je dois…

– Je sais, soupiré-je. Décroche. Je vais sortir Nine dans le jardin, en attendant.

Je lui souris pour le rassurer, je ne veux pas lui ajouter un autre poids, puis je me lève et entraîne mon compagnon à poils blancs avec moi. La vérité, c'est que je suis inquiet, je trouve ses réactions étranges chaque fois qu'il reçoit un coup de fil, et je me dis qu'un jour ou l'autre il faudra bien qu'on en discute, mais je crois que je continue à espérer qu'il s'ouvrira à moi avant que je sois contraint de l'y pousser.

Une fois dehors, je suis surpris par la pluie, que je n'avais pas entendue de l'intérieur. J'avais senti l'orage venir, les gouttes qui coulent sur ma peau ne devraient donc pas m'étonner, mais c'est quand même le cas. Je pense alors à ma douce Riley qui y est si sensible et je sors mon téléphone pour prendre des nouvelles de mes amis.

Je ris parce que Lara dit qu'elle veut divorcer et que personne ne la croit. Sandy mène toujours la vie qu'il a choisie et continue à nous parler de ses conquêtes sans comprendre que nous n'y voyons pas d'intérêt. Quand il ne parle pas d'elles, il nous tanne avec ses nouveaux tatouages et cela m'intéresse déjà plus. Il m'a encore demandé de le marquer quand on s'est vus pour le mariage. C'est un foutu accro, mais pour ce qui est des tatouages, je le comprends.

J'envoie une photo du port d'Arcachon dans notre groupe Facebook, ainsi que d'autres clichés de la ville, en leur disant qu'il faudra qu'on revienne ensemble par ici.

Ma bonne humeur est revenue, juste parce que j'ai pris ma dose de mes proches. Je peux me moquer de Sandy, affectivement, je suis moi aussi un camé.

Je range mon téléphone et lève la main vers le ciel, comme pour mieux sentir la pluie. Je fais souvent ça quand je suis seul. Je crois que c'est venu à force de vivre en ville. Quand la nature me manque, je peux la retrouver ainsi, avec la pluie qui coule sur moi. J'aime juste sentir l'eau glisser entre mes doigts.

Soudain, une douce chaleur recouvre mon dos. Sur ma main, il n'y a plus seulement de l'eau, il y a aussi les doigts de l'homme que j'aime. Il ramène mes bras contre mon ventre et me serre fort. Je me sens alors chez moi, en sécurité, moi qui n'ai jamais vraiment su où se trouvait mon foyer.

Je me retourne pour lui faire face, sans me défaire de son contact, et mes yeux dans les siens, je lui dis enfin ce que mon corps lui crie depuis longtemps et que je ressens à présent le besoin de verbaliser :

– Je t'aime, Seven.

Il ferme les yeux et me serre plus fort encore contre lui, d'une manière presque désespérée. La pluie se fait plus forte au-dessus de nous, nous sommes trempés, même Nine est allé s'abriter, mais nous restons là, comme figés. Son cœur bat à toute allure et le mien va au même rythme effréné, mais je ne sais pas si c'est pour les mêmes raisons.

– Tu te souviens des qualités que tu as citées, tout à l'heure ?

Je hoche la tête, sans comprendre pourquoi il me demande ça maintenant.

– Je suis aussi honnête. En tout cas, je veux l'être pour toi. C'est pourquoi il y a quelque chose que je tiens à te dire.

Je me recule légèrement et me retourne pour mieux le voir. Je n'aime pas son visage sérieux. Je préférerais qu'il se taise, qu'il m'embrasse et qu'il oublie tout ça. Je viens de lui dire que je l'aime, mais je ne crois pas qu'il s'apprête à me le dire à nouveau. Et moi, j'ai soudain la certitude que je ne veux finalement pas qu'il soit honnête.

– Clément…

Tais-toi. C'est la première fois que je n'aime pas comment il prononce mon prénom.

– Il y a quelqu'un d'autre dans ma vie.

IV

Aimer

Dans le mensonge

« Sometimes honesty is the worst policy
Happy ever after, happy ever after
Let it go, you never need to know[11] »

---

11. *Parfois l'honnêteté est la pire politique, heureux jusqu'à la fin des temps, heureux jusqu'à la fin des temps, oublie, tu n'as pas besoin de savoir.* (Paroles de The Man Who Never Lied, de Maroon 5.)

CHAPITRE 19

CLÉMENT

J'entends mon téléphone sonner, mais ce n'est qu'un son recouvert par le bruit de la pluie, emprisonné, comme les battements de mon cœur. C'est sûrement Sandy, il n'y a presque que lui qui préfère les appels aux échanges écrits, mais qui que ce soit, je suis incapable de lui répondre. Je ne peux plus rien faire.

Je ne suis pas assez stupide pour ne pas comprendre ce que les mots de Seven veulent dire, mais je n'arrive pas à saisir le sens de tout ça pour autant. Pourquoi me l'avoir caché ? Pourquoi avoir commencé quelque chose avec moi ? Pourquoi dire qu'il m'aime s'il ne le pense pas ? J'ai au moins vingt questions à poser et aucune dont j'ai envie d'entendre les réponses. Je ne veux pas.

Je repense soudain au mariage de Luigi et Lara, à la discussion sur la tromperie, et je me sens tellement stupide de ne pas avoir pensé une seconde qu'il pourrait déjà y avoir quelqu'un dans la vie de cet homme… Je me sens idiot, mais surtout, je m'en veux, parce que je voulais parler d'exclusivité avec lui, mais que j'ai évité le sujet à chaque fois, trop pris dans mon bonheur d'être avec lui.

– Clément…

– Tais-toi.

Je veux qu'il arrête de prononcer mon nom. Il est en train de gâcher toutes les fois où il m'a fait vibrer juste avec ces deux syllabes.

C'est pour ça que je déteste les mensonges, ils ternissent le passé, ils empêchent de savoir ce qui était réel et ce qui n'a pas vraiment existé. Je ne sais plus si ses mots et ses gestes étaient honnêtes. D'une simple phrase, il a tout détruit.

– Viens te mettre à l'abri.

– Je me sens plus en sécurité dehors que là-dedans avec toi.

– S'il te plaît…

Je maudis mon cœur de continuer à trembler en entendant la souffrance dans sa voix. J'aimerais plutôt qu'il le haïsse de nous faire subir ça.

J'aime la complexité humaine autant que je la déteste. Je nous trouve inaboutis. Nous ne sommes qu'un brouillon, le premier d'une longue collection réalisée par les dieux, en quête de perfection. Ces fous n'ont jamais compris que c'était une idée vaine. Leurs fondations sont instables, ils n'obtiendront jamais de nous l'excellence, nous en sommes incapables.

Ça ne va pas. Je ne vais pas bien.

La pluie n'est plus aussi douce, elle me brûle la peau, et en même temps, elle me fait du bien ; elle est les larmes que je ne verserai certainement pas.

Mon regard descend sur mon avant-bras et quand je tombe sur le triangle qui est tatoué sur ma peau, je ferme les yeux. Je l'ai fait faire peu de temps après mon premier, je le voulais simple visuellement pour cacher toute la complexité qu'il représente. Le triangle a de multiples symboliques, il est la pointe de la flèche, de la direction, de la détermination, il est aussi la conclusion, le résultat, parce que toute forme aux contours brisés peut être découpée en triangle, et j'avais espoir qu'il m'aiderait à détruire la pièce carrée dans laquelle mon cœur s'est enfermé. Pour moi, il avait beaucoup de sens, jusqu'à aujourd'hui. À présent, quand je le regarde, je n'y vois que trois traits, trois angles, trois personnes, et moi, je n'ai jamais voulu être à trois.

Malgré moi, je me mets à gratter ce tatouage. J'ai l'impression qu'il se moque de moi, qu'il me regarde et se rit de ma situation alors qu'il n'a même pas d'yeux pour le faire.

C'est un tel désordre à l'intérieur de moi… Plus je me gratte, plus les choses s'agitent dans ma tête. Il n'y a plus seulement Seven à l'intérieur, il y a aussi le gamin de mes cauchemars, toutes les choses qui me hantent depuis des années.

Je vais me faire bouffer.

Des doigts se resserrent soudain autour de mon poignet et Seven me tire dans la maison. Je n'arrive même pas à protester, je me dégoûte d'aimer encore le contact de sa peau contre la mienne.

Lorsque nous sommes à l'intérieur, Nine se secoue et envoie de l'eau partout. En temps normal, cela m'aurait sûrement fait sourire, c'est ce qui aurait dû se passer quelques minutes plus tôt, mais là, j'en suis incapable. Je n'ai même pas pitié de Seven qui hésite entre sécher son chien et m'empêcher de m'enfuir. Il me lâche à contrecœur et monte chercher des serviettes. Une fois redescendu, il m'en tend une, puis il essuie Nine. Et moi, je réalise qu'il n'en a même pas pris pour lui, qu'il pense à nous uniquement, et tant pis si l'eau continue à ruisseler sur son corps.

J'ai envie de hurler. Je le déteste de continuer à être l'homme que j'aime tout en ne l'étant plus.

Quand il en a fini avec son chien et qu'il se redresse, je ne peux pas m'empêcher de lui dire :

– Tu devrais te sécher.

Il semble s'apercevoir qu'il est lui aussi trempé.

– Plus tard, il faut qu'on parle. Ma priorité, c'est toi.

– Arrête…

– Arrête quoi ?

– Arrête de continuer à te comporter comme si j'avais de l'importance pour toi.

Épargne-moi.

– Bien sûr que tu en as !

Je sursaute parce que je ne l'ai jamais entendu crier avant aujourd'hui. Il se calme immédiatement et passe une main sur son visage en soupirant.

– Je t'aime, Clément, dit-il, me déchirant un peu plus le cœur. Le fait qu'il y ait quelqu'un d'autre dans ma vie ne change absolument rien à ce que je ressens pour toi.

– Bien sûr que si, ça change tout !

Cette fois, c'est moi qui m'énerve. Comment peut-il oser dire une chose pareille ?

– Tu ne peux pas aimer deux personnes à la fois !

Je sais que c'est faux, bien sûr qu'on peut aimer plusieurs personnes à la fois, le polyamour n'est pas un mythe. Mais ça m'est égal, je ne suis pas en mesure de l'accepter, alors je me défends et me protège comme je le peux. C'est bien plus simple pour moi de me dire qu'il ne m'aime pas vraiment, de faire de lui un enfoiré à ajouter à la liste de mecs que je ne veux pas dans ma vie plutôt que de souffrir juste parce qu'il n'est pas exactement ce que je voudrais qu'il soit.

– Tu sais très bien que si, mais là n'est pas la question. Je ne suis pas amoureux d'elle.

– Elle ?

C'est une femme… J'ai l'impression que c'est pire. Je réalise soudain que Seven n'est pas homosexuel comme je le pensais, et je sais que nous n'en avons jamais parlé, que j'ai tiré mes propres conclusions de notre relation, mais ça me rappelle que, manifestement, je ne le connais pas vraiment.

– Est-ce que je ne suis qu'une expérience pour toi ?

– De quoi est-ce que tu parles ?

– Au cours de notre première soirée, tu as voulu fumer avec moi, tu m'as dit qu'en tant qu'auteur, il fallait que tu expérimentes des choses, qu'il n'y avait rien de mieux pour écrire. C'est ça que je suis, une nouvelle expérience à raconter ?!

– Bien sûr que non !

Il s'approche de moi et va pour poser sa main sur mon bras, mais je recule.

– Ne me touche pas.

– Ne me repousse pas…

Je déteste entendre la souffrance dans sa voix. J'en viens à culpabiliser de le rejeter alors que c'est lui qui marche sur mon cœur. C'est plus fort que moi, je déteste l'idée de le peiner, même si c'est lui qui m'a mis en miettes. Mes émotions me font un mal de chien et tout est trop confus dans ma tête.

Je suis fatigué. C'est trop pour une soirée.

– Je vais aller me coucher.

– Clément…

– Pas ce soir. Je ne peux pas. Laisse-moi fumer et dormir.

– Promets-moi qu'on en discutera demain.

– Je ne fais jamais de promesse que je ne suis pas sûr de tenir, je te l'ai dit.

Malgré ma réponse, il ne tente pas de me retenir. Il me laisse monter les escaliers, et dans la chambre, je récupère ce qu'il me faut pour dormir en bas.

Quand je redescends, il n'a pas bougé, il semble perdu dans ses pensées et tellement malheureux que j'ai un peu plus mal encore. Il lève la tête quand il m'entend arriver et dit :

– Prends le lit.

– Le canapé ira très bien.

Je sais que cela lui coûte de me laisser dormir là, je crois qu'au fond, il ne joue pas quand il me fait passer avant lui, il ne ment pas quand il dit que je suis sa priorité. C'est ce qui rend tout plus difficile. J'aurais préféré qu'il soit un monstre.

En silence, je roule mon joint et je vais le fumer à la fenêtre. Les lumières s'éteignent derrière moi et avec elles se meurt celle de mon cœur.

***

Quand je me réveille, j'ai mal à la tête. Ma nuit était pleine de cauchemars, et pas uniquement de ceux que je fais habituellement. Cette fois, mes songes étaient emplis de Seven, d'images de lui entrecoupées de mes films nocturnes réguliers avec le petit garçon malmené.

J'ai l'impression d'être encore plus mal qu'avant de m'endormir. C'est un supplice.

J'ouvre les yeux pour découvrir Seven, assis par terre, les yeux posés sur moi. Il ne bouge pas, il se contente de m'observer, mais avant que je puisse ouvrir la bouche, il s'explique :

– J'avais peur que tu ne disparaisses.

Je referme les yeux, douloureusement. Ses mots sont pleins d'amour et de souffrance, et comme toujours, ils me retournent. Je prends alors conscience que je suis toujours fou amoureux de cet homme et que son aveu de la veille n'a rien effacé de mes sentiments.

C'est à ce moment précis que je réalise qu'en dépit de ce qu'il m'a confié, de ses erreurs, du mal qu'il me fait, je ne me sens pas capable de m'éloigner de lui, de le repousser. Je crois que c'est ce qui me fait le plus mal parce que cela veut dire que je suis un homme faible, malgré tous mes efforts pour rester fort. Les regards tristes que Violette pose parfois sur moi, ils sont justes : je suis misérable.

Si je voulais me montrer courageux, la bonne décision serait d'envoyer Seven se faire foutre, de prendre mes affaires et de partir. Le frapper pourrait aussi être une option, il le mériterait, mais je suis incapable de faire ça. Ce qui devrait être la bonne décision m'apparaît comme étant la plus douloureuse et ce qui ne devrait pas être fait est l'unique possibilité pour moi de ne pas être malheureux.

Comme d'habitude, une musique emplit la pièce. Nous avons pris l'habitude de vivre au rythme des chansons que nous aimons, Seven et moi, et les paroles de celle qui se diffuse dans le salon ne pouvaient pas mieux coller à ma situation…

« I feel something so right
by doing the wrong thing

And I feel something so wrong
by doing the right thing[12] »

Au fond de moi, je sais que si je prends mes affaires et que je pars, je souffrirai terriblement, et malgré tout ce qui se passe et toute la peine que je ressens, je ne veux pas quitter Seven. J'aime la façon dont il me regarde, j'aime son habitude de toujours mettre de la musique en fond, comme je le fais chez moi ou au travail, j'aime comment il m'embrasse et comment il me fait l'amour, j'aime sa voix, la manière dont il prononce mon prénom et tout ce qui le compose… J'aime tout de lui, si ce n'est cette autre relation et tout ce que cela implique. À cause de ça, je ne sais plus si ce que j'aime tant chez lui est bien réel ou si ce n'est qu'une illusion.

– J'ai besoin de savoir la vérité, dis-je, la voix un peu cassée, mal réveillée.

Il s'apprête à me répondre, mais je tends la main devant moi en secouant la tête.

– Je fume d'abord, on parle après.

Il hoche la tête.

– Je t'ai fait du café, me dit-il.

– Merci…

Je ne sais pas si je ne suis pas un peu idiot de le remercier comme ça, après ce qu'il m'a dit hier.

---

12. *Je me sens tellement bien en faisant ce qui est mal, et je me sens tellement mal en faisant ce qui est bien.* (Paroles de Counting Stars, de OneRepublic.)

Mais j'ai bien besoin de ce café et je ne peux pas m'empêcher d'être reconnaissant qu'il soit prévenant avec moi. C'est plus fort que moi…

Pourquoi faut-il que la première fois que je rencontre un homme prêt à me traiter avec respect et considération, un dont je suis tombé follement amoureux, ce même homme soit aussi celui qui me déchire de l'intérieur ?

Je prends le café que Seven me tend et l'engloutis sans me soucier qu'il soit brûlant. Pendant que je roule mon joint, il m'en prépare un autre et je constate à nouveau qu'il me connaît dans des petits détails qu'il a remarqués par lui-même, sans que j'aie eu besoin de les lui expliquer. Je bois presque toujours deux cafés à la suite quand je suis fatigué ou tendu, pour me donner un peu de force.

Mes pensées vont dans tous les sens et même le cannabis ne parvient pas à les remettre en place, pas plus que la douche chaude que je prends ensuite et qui ne me décontracte pas autant que je l'aurais souhaité.

Quand je redescends pour avoir cette discussion aussi attendue que redoutée, je ne me sens pas mieux. J'aimerais juste avoir rêvé, que tout cela n'ait pas existé. Pourtant, c'est la réalité, le visage de Seven ne me permet même pas d'en douter.

Je suis trop agité pour réussir à me rasseoir, alors je reste debout, les bras croisés.

– Pourquoi ne pas l'avoir dit avant ?

– Avant quoi ?

– Avant, je ne sais pas. Au début.

– Je ne savais pas comment dire ça.

– Avec des mots, tu sais t'en servir, je crois, réponds-je, sarcastique.

– Ce n'est pas aussi simple…

Il baisse la tête en soupirant, mais je ne l'aide pas. C'est à lui de parler, à lui de m'expliquer.

– Quand je t'ai rencontré, j'ai ressenti quelque chose de nouveau. Je ne pouvais pas l'expliquer, ni avec des mots ni avec quoi que ce soit. Je crois que même si je l'ai nié, je suis tombé amoureux de toi dès que j'ai sorti la tête de l'eau.

Je le comprends, j'ai ressenti exactement la même chose. Même si je ne voulais pas accepter que je puisse l'aimer aussi vite, c'était le cas.

– Sortir la tête de l'eau… C'est une réalité aussi bien qu'une métaphore parfaitement choisie. Quand je t'ai rencontré, j'ai sorti la tête de l'eau. Plus rien ne comptait à part toi et ce que tu me faisais ressentir. Je ne pouvais pas me résigner à te perdre alors que je venais juste de te trouver.

– Tu aurais pu me le dire après.

– Je l'ai fait, je te l'ai dit hier.

– Tu as attendu qu'on couche ensemble.

– Qu'on fasse l'amour, me corrige-t-il. Mais ce n'était pas calculé.

Ce n'était peut-être pas fait exprès, mais moi, j'ai l'impression qu'il a volontairement tu cette histoire pour obtenir ce qu'il désirait et je crois que c'est une des choses qui me bouffent le plus. J'ai attendu un an avant de faire quoi que ce soit, précisément parce que je voulais être sûr de mes sentiments, de nous, et pour finir, j'ai l'impression d'avoir attendu pour rien, parce qu'il arrive ce que je voulais à tout prix éviter : je le perds.

– Tu as l'impression que j'ai profité de toi, dit-il soudain.

– Non. Oui. Je ne sais pas…

Je n'arrive pas à imaginer qu'il puisse faire ça, et en même temps, mon mécanisme de défense me pousse à le croire.

Je me frotte la tête en soupirant, tout est tellement confus.

– Tu savais que je repoussais ce moment alors que j'avais terriblement envie de toi juste par peur qu'à l'instant où tu aurais eu le sexe, tu n'aurais plus besoin de moi. En définitive, j'ai l'impression que ça n'a servi à rien, cette attente que je me suis imposée.

– J'ai besoin de toi, Clément.

– Tu as déjà quelqu'un, ça n'a pas de sens !

Malgré moi, je m'énerve. Je ne peux pas contrôler cette colère que j'ai en moi, je n'y arrive pas. Et quand il s'approche de moi et pose sa main sur mon bras, c'est plus fort que moi, je le repousse avec force en appuyant ma main contre sa poitrine. La réaction qu'il a à ce moment me tétanise. Il est terrifié. Ses yeux sont écarquillés et il recule violemment en se protégeant de ses mains levées.

Il a peur de moi. C'est la première fois que je vois cette émotion dans ses yeux et ça me donne envie de vomir. Je tremble malgré moi et recule jusqu'à ce que mon dos heurte le mur derrière moi. Mon cœur s'emballe et mon souffle devient laborieux. Des images envahissent mon esprit, mes nuits reviennent de jour et j'ai bien du mal à ne pas sombrer. Seule la terreur que je lis en Seven me permet de décrocher de la mienne.

Qu'est-ce qui vient de se passer ? Je n'y comprends rien. Je ne voulais pas l'effrayer comme ça, je voulais juste qu'il s'éloigne…

Quand je me calme assez pour être certain que j'ai repris le contrôle de mon corps, je m'approche de lui, mais il recule.

– Pardon… dis-je, incapable de faire autrement que de m'excuser.

– Non, c'est moi, je…

Il n'arrive pas à terminer sa phrase et se rassied, la tête dans les mains.

– Je ne te ferai jamais de mal.

– Je sais… répond-il, d'une voix pleine d'émotions variées que je ne parviens pas à toutes nommer.

Quelque chose ne va pas. J'en suis certain. Et ce n'est pas uniquement lié à nous et à notre situation.

– Tu ne me dis pas tout, dis-je.

– Je ne peux pas…

– J'ai besoin que tu me parles, Seven.

– Tu me quitteras si je te dis la vérité.

– Je te quitterai si tu ne le fais pas.

– Je ne peux pas, répète-t-il, la tête toujours basse.

J'ai le cœur en miettes de le voir dans cet état. J'ai plus mal encore que quand il m'a annoncé qu'il y avait une autre personne dans sa vie. Aimer quelqu'un est l'une des plus belles choses en ce monde, mais c'est aussi l'une des plus douloureuses. On ressent alors la souffrance de l'être cher plus fort que sa propre peine et elle nous bouffe, elle nous avale, sans nous laisser l'occasion de nous en sortir.

Je tombe à genoux devant lui et pose les doigts sur sa cuisse. Sa main tremblante recouvre la mienne et nos fronts se posent l'un contre l'autre.

– Je ne sais plus quoi faire, dis-je, dans un murmure.

C'est la vérité. Je n'ai aucune idée de ce qu'il faut que je fasse. Je l'aime, c'est une certitude, je suis fou amoureux de cet homme, mais j'ai l'impression qu'il est aussi plein de secrets que je le suis, et je ne sais pas si je peux vivre avec tout ça alors que j'ai déjà du mal à vivre avec moi-même.

Avant notre premier baiser, Seven m'a dit qu'il n'avait rien du rêve, qu'il était plutôt un cauchemar. Je comprends enfin pourquoi. Je viens d'entrer dans un songe terrifiant dont je ne sais me réveiller.

CHAPITRE 20

CLÉMENT

La musique envahit mes oreilles et j'essaye de m'y noyer. J'ai fui, incapable de supporter de voir Seven dans cet état, incapable de me supporter moi-même. Alors je me suis échappé pour me réfugier dans mon futur salon, et quand la nuit est tombée, je ne suis pas rentré, je n'en avais pas le courage. À la place, je suis sorti. Je me suis lâchement abrité dans une boîte de nuit afin d'avoir une excuse pour ne pas parler. Je n'ai envie de discuter avec personne. Je n'ai pas envie de grand-chose à vrai dire.

Je commande un verre, puis deux, et cela en devient trois. Je bois sans réfléchir. Je laisse la musique me vriller les oreilles. Je n'aime pas vraiment ce qui est diffusé en ce moment, mais je ne suis pas là pour ça. Pourquoi suis-je là, en fait ? Je ne sais pas pour quelle raison j'erre ainsi dans la ville d'Arcachon, comme un paumé. J'imagine l'inquiétude de Seven et je m'en veux. Et en même temps, je m'agace de m'en vouloir. Après tout, c'est sa faute si on en est là. Pourtant, je ne peux pas m'empêcher de culpabiliser d'avoir été assez idiot pour faire ce que tout le monde fait : présumer de sa sexualité, de sa façon d'aimer. À aucun moment je ne me suis demandé s'il était autre chose qu'homosexuel, pas une fois je n'ai pensé à l'éventualité qu'il pouvait être polyamoureux. Je n'ai entendu que ce que je voulais entendre.

On pense parfois que les gens demandent toujours aux hommes s'ils ont une copine et aux femmes si elles ont un copain parce que nous sommes dans une société à la norme hétérosexuelle, la vérité, c'est qu'on demande ce qui nous intéresse, ce qui nous concerne. On croit ce qu'on souhaite, on s'imagine ce qu'on préfère. J'ai fait comme tous les autres, j'ai présumé des choses, et pour un mec comme moi qui sort tellement de ces cases sociétales et qui refuserait d'y entrer s'il en avait la possibilité, c'est une pilule dure à avaler. Je m'en veux terriblement. J'ai l'impression d'être le seul à blâmer. J'aurais dû l'interroger. Si je voulais savoir, il me suffisait de demander. Ma première question aurait dû être : « Es-tu célibataire ? »

J'ai été idiot.

Après mon quatrième verre, je ne tiens plus, il faut que je vide ma vessie. Je me lève et me dirige vers les toilettes de la boîte de nuit. Il y a la queue, mais à part mon envie, je ne suis pas pressé par le temps, je ne sais même pas où je vais aller après.

– C'est urgent ?

Appuyé contre le mur, la tête basse, je me redresse pour voir qui s'adresse à moi et je me retrouve face à un jeune homme au sourire lumineux qui doit avoir mon âge.

– Pardon ?

– Est-ce que c'est pressé ? C'est libre, si tu veux.

– Non, c'est bon, tu peux y aller avant.

Je n'en suis quand même pas à ce point.

– Si aucun de vous ne veut pisser, moi, j'y vais ! s'écrie le type derrière nous avant de nous passer devant.

Je m'apprête à l'attraper par le bras et certainement à le secouer un peu, juste parce que j'ai pas mal de colère à évacuer, mais le garçon poli m'en empêche, un sourire toujours figé sur les lèvres.

– Ça n'en vaut pas la peine.

– Tu as sûrement raison, dis-je en soupirant.

Il tend soudain la main vers moi.

– Hugo[13].

– Clément, réponds-je en empoignant sa main.

– La bonté.

Je hausse les sourcils, ne comprenant pas ce qu'il veut dire. Est-ce que je suis tombé sur un fou ? C'est bien ma veine… Au moins, il n'a pas l'air méchant.

---

13. Personnage du roman *Sous le même ciel*, d'Erika Boyer.

– Ton prénom signifie bonté ou capable de pardon. C'est un des enfants de l'hôpital où je travaillais qui me l'a dit. Il avait un truc pour la signification des prénoms.

Il rit alors qu'une nouvelle porte de toilettes s'ouvre, et quand il s'approche pour y entrer, il recule aussitôt.

– Je vais patienter un peu plus, dit-il.

Je n'ai pas besoin d'entrer pour vérifier, je lui fais confiance, même si c'est un inconnu, je ne mets pas les pieds là-dedans maintenant que j'ai vu sa grimace.

– Je porte mal mon nom, dis-je soudain.

– Vraiment ?

– Je ne crois pas pouvoir lui pardonner.

Il ne doit pas comprendre de quoi je parle, mais je m'en moque un peu. On peut être deux à passer pour des fous. Je ne suis plus à ça près.

Une nouvelle porte s'ouvre. Cette fois, c'est le malpoli qui sort. Puis une troisième. D'un signe de la tête, je m'éloigne de l'inconnu pour enfin aller uriner, quand je l'entends soudain m'appeler. Je me retourne et l'entends me dire :

– Est-ce que je peux te donner un conseil ?

– Ça ne pourra pas faire de mal, vas-y.

– Quand tu es perdu, regarde le ciel. Il n'y a rien de plus vrai, de plus stable, tout en étant la plus changeante des choses. Il n'y a rien de plus grand non plus que cette voûte céleste. Tu penseras alors que tu n'es rien à côté, mais tu te rappelleras que tu es pourtant tout pour quelqu'un ou que tu le seras forcément un jour. Si c'est ce quelqu'un qui a besoin de ton pardon, donne-le-lui. N'attends pas qu'il soit trop tard.

Il me sourit et s'enferme dans ses toilettes alors que je me retrouve bêtement seul, les yeux écarquillés.

Il n'est peut-être pas fou, en fin de compte… Mais je me demande quand même pourquoi je ne croise que des gens à l'aise avec les mots, moi qui ne sais pas comment les utiliser ou même les mettre en ordre pour comprendre mes propres pensées.

Je soupire et m'enferme à mon tour. Je n'ai même plus envie, maintenant… Je suis bloqué. On dirait que mon corps fait écho à mon cœur. Il me coince, il m'empêche de faire ce que je dois pourtant faire. Le problème, c'est que je ne suis pas convaincu moi-même de la décision que je dois prendre et de la manière dont je dois agir. Je suis partagé entre ma culpabilité d'avoir été tellement emporté par mes sentiments que je n'ai pas pris la peine de demander le plus important à Seven avant d'entamer une relation avec lui, et ma colère contre lui qui n'a pas trouvé judicieux de me prévenir de lui-même. Bien sûr qu'il existe différentes façons d'aimer, que je n'aurais pas dû assumer, mais n'aurait-il pas pu simplement me le dire directement ?

Je soupire en réalisant combien mon avis sur la question change en fonction de ma situation. Reprocher à cet homme de ne pas m'avoir annoncé clairement qu'il était polyamoureux, ce serait comme me reprocher de ne pas déclarer ma sexualité à toute personne qui pourrait m'intéresser. Ça n'aurait pas de sens, ça ne devrait pas être la première chose que l'on dit, ça ne devrait pas nous définir. Je me retrouve à participer à ce double standard que je ne supporte pas habituellement et ça m'énerve un peu plus. Il n'y a vraiment rien qui va, ce soir.

Je suis dans une situation dont je n'arrive pas à me sortir, j'ai des questions qui restent sans réponse parce que je n'ose pas les poser, et la seule façon de me soulager un peu de tout ça, c'est en m'énervant et en faisant de Seven le grand coupable de cette histoire qui me peine.

Je n'y peux rien, je suis à bout.

J'arrive finalement à faire ce pour quoi que je suis venu ici, puis je sors me laver les mains, et quand je quitte les toilettes, j'aperçois le jeune homme que j'ai rencontré un peu plus tôt. Il est assis au bar, une fille semble lui faire la conversation, mais on dirait qu'elle parle seule. Il a les yeux dans le vide, l'air perdu. Je fronce les sourcils parce qu'il ne ressemble plus à celui qui m'a accosté tout à l'heure et j'en viens même à me demander si c'est bien le même homme. Il a l'air d'être dans un autre monde, un qui n'est pas le même que le mien. Est-ce qu'il s'est drogué ?

Inquiet, je vais pour m'approcher, mais deux hommes le rejoignent, et après quelques minutes, celui qui m'a dit s'appeler Hugo semble revenir un peu parmi nous. Il se lève pour partir avec ces personnes qu'il a l'air de connaître et cela me rassure.

Au même moment, un mec me rentre dedans et je me retourne, tendu parce qu'il ne prend pas la peine de s'excuser. Je lui jette un regard noir. Je ne sais pas s'il arrive à le voir, mais il revient vers moi.

Je sens que c'est ma chance, je suis tombé sur le genre de petit con dont j'avais besoin.

– T'as un problè…

Je ne le laisse pas finir sa phrase, je lui mets un coup de tête qui le fait reculer en se tenant le nez.

Je ne suis pas du genre bavard et je n'ai pas non plus la patience de l'écouter m'embrouiller, pas ce soir. Passons directement à ce qui nous attendait de toute façon. Parfois, il vaut mieux brûler les étapes.

Je n'entends pas quelles insultes il profère avant de se redresser, ce que j'entends en revanche, c'est la chanson qui emplit à présent la boîte de nuit. Elle tombe à pic, celle-là, exactement ce qu'il me fallait pour être dans l'ambiance. Je sens qu'on va bien s'amuser, cet enfoiré et moi.

« *Everybody, everybody, let's get into it*
Get stupid
Get it started, get it started, get it started[14] »

---

14. *Tout le monde, tout le monde, on s'y met, soyez bêtes, allez-y, allez-y, allez-y.* (Paroles de Let's Get It Started, de Black Eyed Peas.)

Comme s'il avait choisi son moment, l'inconnu se jette sur moi à l'instant où le chanteur incite la foule à y aller. Je me sens électrisé par l'ambiance, et toute la colère que je gardais à l'intérieur sort enfin. C'est exactement ce dont j'avais besoin et sûrement ce que je cherchais inconsciemment en venant ici.

J'évite son poing et passe mon bras au-dessus de lui pour le faire pencher en avant et envoyer mon genou dans son estomac. Je ne lui laisse pas le temps de se remettre, je le force à se redresser et l'envoie dans le mur.

Là, alors que je m'apprête à lui mettre une droite, je sens mon bras être saisi par une autre main et je suis tiré vers l'arrière. Je me rattrape difficilement à un fauteuil de bar derrière moi et j'ai à peine le temps d'éviter le poing d'un nouveau type, sûrement un ami de celui que j'étais en train de frapper.

Voilà qui promet d'être amusant. Deux contre un. Ça ne changera pas grand-chose, je ne perdrai pas, parce que pour perdre, il faudrait que me retrouver sur le carreau ressemble à une défaite pour moi, et ce n'est pas le cas. Qu'ils finissent en sang ou que cela soit moi, ça ne change rien, je prendrai mon pied. Je veux la douleur, la mienne ou la leur, ça n'a aucune sorte d'importance. À ce stade, je prendrai ce qu'on me donnera.

Quelques coups supplémentaires sont échangés ; je sais que je vais avoir un bleu au ventre et un peu de sang sur le visage, mais je ne m'arrêterai pas avant qu'on m'y oblige. Au moment où cette pensée me traverse l'esprit, je me fais attraper par une montagne, une autre s'occupe de mes deux adversaires. La partie est terminée, je ne joue pas avec ces types-là. Je suis fou, mais pas suicidaire. Je préfère laisser l'homme me jeter dehors sans protester.

Je m'attendais à retrouver les deux types dehors, mais ils ne sont pas là et ça me déçoit. Je n'ai pas l'impression d'en avoir eu assez. Je suis de nouveau seul avec mes pensées, à errer dans les rues d'Arcachon, et je déteste ça.

Foutue nuit…

Malgré moi, mes pas me portent vers la villa que nous louons, Seven et moi. Pourtant, je n'ai pas envie de rentrer, pas encore… Alors je continue ma route jusqu'au parc Mauresque. Je m'enfonce dans la verdure jusqu'à arriver à un manège où je me laisse tomber sur le sol en soupirant. Il y a quelques bouteilles vides et des mégots, mais je m'en moque. J'ai d'autres préoccupations que l'état de mes vêtements.

Où je vais comme ça ? Qu'est-ce que je fabrique ?

En sentant ma main douloureuse d'avoir cogné des inconnus, je jure mentalement : je suis vraiment idiot. Je déteste quand je me laisse emporter comme ça. Qu'ils l'aient mérité ne change rien au fait que je n'aime pas cette version de moi, je hais cette rage à l'intérieur de mon être et les ténèbres que j'autorise parfois à m'engloutir.

Je me tourne sur le côté et regarde mon téléphone. J'ai au moins dix appels manqués de Sandy et trois fois plus de notifications sur Facebook, mais tout ce qui m'intéresse pour l'instant, c'est le message non lu de Seven.

Je cède, je l'ouvre.

Seven : Donne-moi un chiffre,
n'importe lequel, et je te donnerai
autant de raisons de ne pas mettre
un terme à cette relation. Et tant pis
pour les règles du jeu, je t'aime,
l'idée de te perdre m'est insupportable.
Laisse-moi une chance, s'il te plaît.

J'ai le cœur qui se serre de tout l'amour que j'ai pour cet homme. C'est un sentiment dévastateur. J'ignorais que cela pouvait faire si mal… De quelques mots qui pourraient sembler malvenus, il me fait l'aimer plus encore, il me comble. C'est ça, le pire, mon amour pour lui a creusé un trou dans ma poitrine et son amour pour moi est en train de le reboucher doucement, à chaque nouvelle parole, à chaque nouveau regard. C'est cette triste réalité que je trouve si dure à accepter.

La tête posée sur mon bras, je lève les yeux vers des inscriptions sur les poutres du manège, et quand je vois une formule qui est mathématique et littéraire à la fois, je ne peux m'empêcher de penser à Seven et moi.

« *A + H = ciel* »

Le conseil du jeune homme dans la boîte me revient à l'esprit, et sans vraiment savoir pourquoi, je décide de l'écouter. Alors je me lève et je vais m'allonger dans l'herbe pour être en mesure de voir le ciel. Il est parsemé d'étoiles. L'orage d'hier appartient déjà à un passé qui ne laisse que l'humidité sur le sol pour toute marque. Et moi, je me sens soudain comme lui : effacé, oublié. Ma peur de ne rien laisser sur cette terre me reprend, et à l'idée de n'avoir jamais existé, mon corps réagit. Je sens ma cuisse me gratter.

Je ferme les yeux pour essayer de me contrôler, mais la démangeaison est plus forte encore, alors je rouvre mes paupières et me concentre sur le ciel. Je ne connais aucune étoile ni constellation, mais il n'est pas utile d'avoir de telles connaissances pour apprécier la splendeur de cette voûte céleste. Hugo avait raison, on se sent tout petit quand on la regarde. La nature a quelque chose de vraiment magique, je ne peux le nier.

Peu à peu, au fil de ma contemplation, je m'apaise. Ma peau ne me démange plus et mes muscles se détendent. Je lève le bras, comme pour essayer d'atteindre ce plafond céleste, et mes yeux se posent à nouveau sur mon tatouage. Je le devine plus que je ne le vois. Le triangle noir ne se moque plus de moi, mais il me renvoie toujours à l'homme que j'aime et à notre situation. Inévitablement, mes pensées reviennent vers lui, vers nous ; je peux difficilement faire autrement. Depuis que je le connais, je le sens partout avec moi, dans chaque chose qui m'entoure et dans tout ce qui me compose. Tout me semble différent, depuis un an ; mes cauchemars sont moins violents et mes sourires plus fréquents. Je me sens moins en colère – jusqu'à hier –, je prends plus de plaisir à vivre. Je ne suis pas sûr que qui que ce soit l'ait remarqué, à part Violette, même si elle n'a jamais abordé le sujet avec moi, et ça me va très bien comme ça. Si mes amis ne voient pas ma joie, ils ne voient pas non plus ma peine. L'idée d'être un poids pour eux m'est insupportable.

Je suis obligé de reconnaître que Seven a changé positivement les choses pour moi. L'amour a ce genre de pouvoir, il ne peut effacer le passé ou soigner les blessures profondes, mais il apaise et offre la possibilité de voir du bon dans tout ce qu'il y a de mauvais. Pourtant, aujourd'hui, nous sommes en train de tout gâcher. Il n'est pas le seul fautif, je suis aussi à blâmer. La décision me revient. Je peux choisir de m'éloigner de tout ce bonheur qu'il me procure ou tenter d'accepter quelque chose qui me déplaît aujourd'hui pour continuer à jouir des joies que m'offre notre relation.

Je repense aux mots de Hugo, à sa tirade sur la signification de mon prénom et sur le fait que je devrais pardonner avant qu'il ne soit trop tard. Est-ce que je le peux ? M'est-il possible de continuer à fréquenter Seven même s'il a omis de me dire la vérité ? Je pense que oui. Mais le puis-je alors que je dois le partager avec quelqu'un d'autre ?

Une des phrases de mon compagnon me revient soudain et me donne à réfléchir. Il m'a dit ne pas être amoureux d'elle et je me demande alors s'il compte la quitter ? Mais je balaie rapidement cette idée hors de mon esprit, parce que s'il avait dû le faire, il l'aurait certainement déjà fait et il n'aurait alors pas eu à me dire qu'il avait quelqu'un. Son aveu sous-entend que c'est une situation qui ne changera pas de sitôt et qu'il est à prendre avec elle ou à laisser. C'est la question que je dois me poser : est-ce que je reste dans ces conditions ou est-ce que je pars ?

J'aimerais que la réponse soit plus simple…

CHAPITRE 21

SEVEN

Je n'ai pas dormi de la nuit. Clément est parti hier et n'a pas répondu à mon message. Je le comprends, à sa place, je ne l'aurais sûrement pas fait non plus. Une nuit sans sommeil n'est pas une punition à la hauteur de ce que je mérite. Je ne sais pas comment j'aurais réagi s'il m'avait annoncé quelque chose de similaire, mais c'est certain que je l'aurais mal vécu.

Je tourne en rond dans la maison, et Nine, très sensible à mes émotions, le vit mal. Mais je n'arrive pas à écrire, je n'arrive même pas à écouter de la musique. Toutes les chansons de ma playlist me rappellent Clément d'une façon ou d'une autre, que ce soit un moment vécu ou juste un sentiment, et cela me renvoie au monstre que je suis.

J'ai peur de le perdre et de me perdre avec. Je ne crois pas pouvoir continuer sans lui. Les gens se trompent à mon sujet, ils ne savent rien du tout, et s'ils savaient, ils m'aimeraient sûrement moins.

Je n'ai pas la force que l'on imagine, je n'ai rien de ce que mon physique laisse penser et ça me fait honte… Je commence à être fatigué de vivre avec moi-même.

Après avoir fait les cent pas, je décide finalement de m'asseoir, mais rien ne se calme dans mon cœur. Je me prends la tête dans les mains et soupire. Je ne regrette pas de lui avoir dit la vérité, même si elle est incomplète, mais je ne sais pas comment rattraper le coup. Pourtant je ne peux pas imaginer que c'est déjà la fin. Je n'arrive pas à me faire à l'idée que je n'ai eu droit au bonheur qu'une année dans ma vie, c'est trop difficile à accepter.

Quand j'entends la porte d'entrée s'ouvrir, je me redresse immédiatement. Je suis sur mes pieds lorsque le visage de l'homme que j'aime apparaît et j'arrive soudain mieux à respirer. C'est là tout l'effet qu'il a sur moi ; il est mon oxygène.

Je n'ose pas ouvrir la bouche, j'ai peur de parler et de dire quelque chose qui aggravera la situation. Nous nous contentons de nous regarder, et dans ses yeux, je revois tout ce que l'on a vécu ensemble sans réussir à lire s'il y aura une suite à ces instants magiques.

– Salut, dit-il.

– Salut.

Mon cœur s'emballe d'entendre sa voix, de l'entendre me saluer simplement comme nous le faisons chaque fois. Un instant, j'ai l'impression qu'hier n'a jamais existé et que je n'ai pas tout gâché.

Après quelques secondes de silence, il s'approche de moi, puis il détourne le regard et la perte de ce contact est comme un coup de poing dans l'estomac. Il s'assied sur le canapé, alors je l'imite, me gardant bien de le toucher. Le silence est pesant aujourd'hui, et à raison, pourtant Clément finit par le rompre, me sauvant une fois de plus de mon tourment :

– Quinze raisons de ne pas mettre un terme à notre relation.

Mon cœur s'emballe. Le fait qu'il me dise ça maintenant, qu'il réponde à mon SMS et joue à ce jeu, cela me donne tellement d'espoir que je ne peux contrôler mes émotions. Je tente pourtant de ne rien laisser paraître parce que je ne veux pas le faire changer d'avis ou me montrer plus ridicule encore en lui faisant comprendre combien je suis misérable sans lui. Malgré tout, à l'intérieur de moi, une étincelle s'apprête à m'enflammer.

– Quinze ?

– C'est le minimum pour me convaincre.

Je n'hésite pas une seconde, je me lance :

– Un, je t'aime. Deux, Nine va te manquer. Trois, je te ferai tous les plats que tu veux. Quatre, on a les mêmes goûts musicaux et c'est important pour un couple. Cinq, personne ne t'aimera autant que moi, je peux te l'assurer.

J'insiste sur ce point parce que je suis persuadé qu'il est impossible d'aimer plus fort que ça.

– Six, je ne suis pas envahissant et je respecterai toujours la liberté dont tu as besoin. Sept, je crois qu'on s'accorde plutôt bien au lit et j'aimerais te montrer qu'on s'entendra bien sur ce plan à d'autres endroits aussi.

Je place autant de choses sérieuses que de choses futiles ou qui se veulent amusantes, et je suis heureux quand certaines de mes raisons le font discrètement sourire. Je ferais n'importe quoi pour réussir à le convaincre et lui rappeler combien lui et moi on est bien ensemble.

– Huit, je t'aime entièrement, pour tout ce que tu es, même ce que tu vois comme des défauts. Neuf, je peux supporter tes cauchemars, même quand ils te rongent et même si j'ignore tout d'eux. Dix, je sais raconter des histoires, tu ne t'ennuieras jamais avec moi. Onze, je ne t'enchaînerai jamais quelque part, si tu veux aller de ville en ville, je te suivrai.

C'est vrai, je le suivrai au bout du monde jusqu'au jour où il trouvera l'endroit où il voudra s'arrêter.

– Douze, je t'aime tellement que si tu me le demandais, j'accepterais de te laisser me tatouer, même si ça me fait flipper. Treize, je t'aime au point où, pour me faire pardonner, je veux bien que tu me laisses seul au milieu de l'océan avec toutes ces foutues bêtes cachées dedans…

S'il le faut, je le ferai, en espérant ne pas mourir d'une crise de panique…

– Quatorze, si tu restes, je t'aimerai de toutes les façons possible, de la plus romantique à la plus atypique, tout ce qui te plaira. Et quinze… je suis convaincu que je peux te rendre heureux.

Son regard est maintenant plongé dans le mien. Il me scrute avec une telle intensité que je frissonne. Cet homme a un pouvoir immense sur moi et je ne sais pas s'il le réalise.

– Tu as oublié la raison la plus importante, dit-il soudain.

Je fronce les sourcils. Je ne comprends pas.

– Je t'aime, dit-il.

Cette fois, c'est sûr, mon cœur va se décrocher et partir se promener sans moi.

Comment parvient-il à me mettre dans cet état ? Personne ne m'avait dit que l'amour était capable de faire ça. Je sens mon corps se réchauffer, et regarder Clément devient presque trop compliqué tellement mes émotions me font suffoquer. Je refuse malgré tout de m'arracher à cette superbe contemplation, je ne veux pas rompre le lien. J'ai besoin qu'il lise dans mes yeux, qu'il sache combien il compte pour moi.

– Est-ce que je peux te toucher ? tenté-je, à voix basse.

Je n'ose pas l'approcher ni essayer quoi que ce soit, je ne veux pas le brusquer et j'ai peur que ce qui s'est passé hier se reproduise, que mon corps se braque s'il me repousse un peu trop vivement. Je ne veux plus qu'il me voie comme ça, c'est trop humiliant…

Il vient un peu plus près de moi et je me mets à espérer. Je crains d'être déçu, la possibilité que tout cela ne soit qu'un rêve est en train de me tuer.

– J'aimerais beaucoup que tu me prennes dans tes bras, me répond-il, tout bas.

– Je ne demande pas mieux, soufflé-je.

– Mais je te préviens, j'ai dormi par terre, je ne suis pas responsable de mon odeur.

– Si tu savais comme je m'en fous.

Et sur ces mots, je le prends dans mes bras et le serre de toutes mes forces. Ses mains s'accrochent à ma nuque, à mes épaules, à mes cheveux… un peu partout. Je comprends son indécision, je suis dans le même état, j'ai envie de toucher chaque partie de son corps pour être sûr qu'il est bien là, que tout est réel. Il n'y a rien de meilleur que la chaleur de sa peau qui se mêle à celle de la mienne. J'ignorais que j'avais tant besoin de le sentir de nouveau ainsi.

– Je suis désolé, dis-je doucement à son oreille.

– De quoi ?

– De ne pas être celui que tu mérites.

Clément me serre encore plus fort et je l'aime davantage. Je ne sais pas bien pourquoi. Je crois qu'une part un peu naïve de mon être se dit qu'il sait tout, qu'il comprend même ce que je ne dis pas et qu'il l'accepte. Mais c'est impossible, et c'est une bonne chose. Je ne veux pas qu'il sache le genre d'homme que je suis réellement. Celui-là, il ne fait aucun doute qu'il ne l'aimerait pas.

Je ne sais pas combien de temps nous restons ainsi, à nous enlacer, mais quand il se défait lentement de moi, j'ai envie de hurler. Nine se met à aboyer au même moment, alors qu'il avait la tête contre ma jambe jusque-là, et j'ai l'impression qu'il crie pour moi.

Clément met malgré tout un terme à notre étreinte et tourne la tête vers mon compagnon blanc.

– Je dois aller me doucher.

C'est comme s'il avait eu la même idée que moi, qu'il s'était lui aussi dit que Nine lui reprochait de briser cet instant, mais c'est sûrement fou de penser ça.

Sans un mot, il se lève et m'abandonne sur le canapé pour monter les escaliers et disparaître à l'étage. En temps normal, ça ne m'aurait rien fait, je n'aurais ressenti ni peur ni inquiétude, mais aujourd'hui, c'est différent. À cause de moi, plus rien n'est pareil. J'ai peur qu'il ne redescende pas – ce qui est absurde, il ne va pas rester éternellement là-haut – ou qu'il le fasse avec des désirs autres que ceux que j'espère. Je ne sais pas si je l'ai convaincu avec mes mots ou si c'était une étreinte d'adieu. Cela m'angoisse terriblement.

Je soupire et me lève à mon tour. Je ne peux pas rester bêtement comme ça, à attendre son retour en me rongeant les sangs. J'ignore où nous allons, Clément et moi, mais j'ai dit que je le rendrais heureux si nous continuions à avancer ensemble et je compte bien tenir cette promesse.

Alors que j'entends la douche commencer à couler, je sors tous les ingrédients nécessaires à la préparation de petits financiers. J'avais prévu de lui en faire pendant notre séjour à Arcachon, alors j'ai acheté des moules en silicone et tout ce qu'il me fallait. Je suis le genre de personne qui pense que le sucre est ce qu'il y a de meilleur sur terre pour redonner le moral – l'une des meilleures choses, en tout cas – et je veux tester à nouveau cette théorie en nous préparant un petit déjeuner délicieux qui fera du bien au cœur de Clément comme au mien.

Ce sont des gâteaux qui ne demandent que trente minutes de préparation, et quand je les enfourne, la douche s'arrête à peine de couler. Je lance le café, je remplis deux verres de jus d'orange pressée et je coupe quelques tranches de brioche que je mets sur un plateau avec du beurre et des confitures variées.

Lorsque Clément descend, une quinzaine de minutes plus tard, tout est sur la table, à l'exception de mes financiers que je m'apprête à sortir du four.

– Tu as faim ? demandé-je, depuis la cuisine.

Son ventre me répond avant sa bouche, on dirait qu'il grogne. Je ne peux m'empêcher de rire. Le doux sourire qui se dessine sur ses lèvres me fait fondre. Je craque complètement devant lui, et ses cheveux encore humides et en désordre ne m'aident pas du tout. Je ne sais pas si je suis heureux d'être avec un homme aussi agréable à regarder ou si je suis jaloux, je n'arrive pas à savoir quel sentiment domine… Clément a des traits fins qui lui donnent un charme fou ; je suis complètement dingue de lui.

Les souvenirs de notre première fois me reviennent, je me rappelle de la douceur de sa peau, de la fermeté de son corps et des lignes délicieuses de son corps. Je revois sa bouche s'entrouvrir pour laisser échapper de mélodieux gémissements et ses paupières se fermer malgré lui sous le coup du plaisir. Et puis je me souviens de l'œuvre d'art qu'il formait, nu sur ce lit de pétales rouges… Je l'ai trouvé magnifique et je le trouve toujours aussi beau. C'est le genre d'homme qui n'a besoin de rien d'autre que sa personne pour illuminer une pièce. Il m'éclaire chaque fois de sa simple présence.

– Seven ?

– Hein ?

– Je te demandais ce que tu faisais cuire.

– Des financiers, je… Merde !

Je me précipite pour ouvrir la porte du four. Heureusement, rien n'a brûlé. Ils sont un petit peu plus cuits que ce que j'avais prévu, mais ils ne sont pas gâchés, c'est le principal.

Je les démoule dans une assiette et reporte mon attention sur Clément.

– C'est à cause de toi.

– Je suis curieux de savoir pourquoi, dit-il, en arquant un sourcil.

– Tu es beaucoup trop beau, je me suis perdu dans ma contemplation.

Il secoue la tête en riant et s'assied sur une des chaises de la salle à manger. Je le vois sourire un peu plus en découvrant deux tasses de café. Je sais qu'aujourd'hui fait partie de ces jours où il lui en faudra deux, à cause de moi…

Il avale le premier d'un coup, puis il met le deuxième devant lui alors que j'apporte les petits gâteaux que j'ai faits. Là, nous commençons à manger en silence. Je n'ose pas dire quoi que ce soit et il n'a pas l'air d'avoir envie de parler pour le moment, alors je ne le force pas. Je préfère apprécier cet instant simple en sa compagnie, ce sera peut-être le dernier et je veux l'ancrer dans ma mémoire.

À la fin du petit déjeuner, Clément me remercie et m'aide à débarrasser. Moi, je sens le moment tant redouté arriver. Je recommence à angoisser. Mais le pire, c'est quand je le vois se diriger vers la porte et qu'il l'ouvre. Mon sang se glace.

– Ne pars pas, dis-je, d'une voix sûrement trop suppliante.

– Je ne pars pas, je vais fumer.

Son joint du matin, bien sûr. Je suis idiot.

Il revient vers moi et son visage soucieux me fait réaliser que je dois avoir un air de chien battu. Il me le confirme de ses mots :

– Je ne veux pas te quitter, Seven, je vais fumer, et après, on discutera.

Je me contente de hocher la tête. Je me sens honteux de m'être montré si faible devant lui, si désespéré. Je ne veux pas qu'il me voie comme ça, tellement pathétique. Il faut absolument que je me ressaisisse. Clément n'est pas tombé amoureux de cette misérable version de moi. Si je continue comme ça, ce n'est pas de mon aveu que je vais le perdre, mais de ma faiblesse.

Pendant qu'il fume, je me mets derrière mon ordinateur pour écrire. Tout ce que je ressens, j'ai besoin de l'exprimer, et si je ne peux pas lui confier ces sentiments dont j'ai si honte, il faut que je les sorte de ma tête malgré tout. Alors j'écris, j'écris et j'écris encore. Je le fais jusqu'à oublier où je suis et même un peu qui je suis. Ce n'est qu'au moment où il pose une main sur mon épaule pour me signaler sa présence que je m'aperçois que plusieurs minutes se sont déjà écoulées.

De la tête, il m'indique le canapé. Je hoche la tête, encore un peu perdu dans un autre monde. J'enregistre mon fichier et referme mon ordinateur, puis je le rejoins et je m'assieds à côté de lui.

Le silence recommence à être pesant, mais je ne sais pas quoi dire et je ne pense pas avoir le droit de lui demander de parler sous prétexte que je suis à l'agonie. Je l'ai bien mérité. Pourtant il a la bonté de me sortir du cauchemar que je vis :

– J'ai beaucoup réfléchi. Toute la nuit, en fait. Je n'ai pas vraiment dormi. J'ai retourné ça dans tous les sens, et malgré toutes les raisons que j'ai de le faire, je refuse d'écouter cette voix qui me crie de prendre mes jambes à mon cou.

– Pourquoi ?

– Parce que j'ai réalisé que ça ne me rendrait pas heureux.

Il soupire et se frotte la tête. Moi, j'ai la gorge nouée et le cœur qui bat trop vite pour que ce soit normal. Je ne le montre pas, je ne veux pas.

– Depuis que je te connais, je me sens différent, positivement. C'est difficile à expliquer, mais je sens que je suis bien avec toi, et si tu ne m'avais jamais dit que tu avais quelqu'un d'autre, je ne me serais pas questionné sur notre relation.

– Tu aurais préféré que je me taise ?

– Non, je pense que tu as bien fait de me le dire, mais ça m'a fait tout remettre en question. Je me suis demandé si ce qu'on avait vécu avait du sens. J'ai besoin de savoir ce qui était vrai et ce qui était faux dans ce que tu m'as dit, dans ce que tu m'as fait.

Je me redresse, touché par ses mots. L'idée qu'il puisse imaginer que cela change quoi que ce soit à ce que je ressens pour lui est parfaitement compréhensible, mais elle me peine.

– Tout ce que je t'ai dit, tout ce que j'ai partagé et vécu avec toi, c'était vrai. Je ne t'ai pas dit que j'étais déjà en couple, mais je te jure que je n'ai menti sur aucune des choses que je t'ai dites ou faites. Il n'y a rien de faux dans ce qu'on a vécu, il faut que tu me croies !

– Ça peut sembler fou, mais je te crois.

Je laisse échapper un soupir de soulagement. Rien n'aurait été plus douloureux que de savoir que tout ce que nous avons vécu était remis en question. Je ne lui mens pas quand je dis que je l'aime et qu'il est ma priorité…

– Merci, dit-il.

– Je ne crois pas que je mérite que tu me remercies…

– Tu as été honnête, c'est plus que ce que beaucoup auraient fait.

Son compliment me vrille le cœur. Je vis dans un mensonge, ma vie entière en est un, et je m'en veux de ne pas pouvoir le lui avouer, mais avec lui, je me sens moi-même, je me sens vrai, et j'ai beaucoup trop peur de perdre tout ça.

– Tu m'as dit que tu ne l'aimais pas, reprend-il soudain. C'était vrai aussi ?

– Oui, tout, absolument tout était vrai.

– Mais tu restes avec elle.

– Oui.

Il baisse la tête et devient muet. J'ai envie de lui hurler ce que je ressens. Je voudrais qu'il me demande de la quitter, qu'il me dise que c'est la seule possibilité pour que l'on continue tous les deux. Pour lui, je crois que j'y arriverais, mais s'il me laisse décider, je serai incapable de faire quoi que ce soit… Je suis un lâche, et Clément n'est pas le genre d'homme à m'imposer sa décision, alors je sais qu'il ne me demandera jamais quelque chose comme ça et que je resterai toujours prisonnier.

Parfois je me dis que la vie ressemble à Judas et que Clément n'est que le baiser qu'elle dépose sur ma joue. Un jour viendra où je me réveillerai en réalisant que mon existence m'a trahi. Même si j'ai bien conscience que j'en serai le seul coupable.

– Je ne comprends pas pourquoi, mais je crois qu'on a tous des raisons qui nous sont propres pour chacune de nos actions, et si tu n'as pas envie de m'en parler, moi, je n'ai pas envie de t'y forcer. Mais un jour ou l'autre, il faudra bien que tu le fasses. Pas aujourd'hui ? D'accord. Je peux l'accepter, mais je ne te promets pas de le supporter éternellement.

Comment le pourrait-il ? Je sais que ce n'est pas une vie et qu'il mérite des réponses, mais je n'arrive pas à avouer de moi-même…

J'aimerais lui dire que si je l'aime d'être aussi compréhensif, cette fois, je donnerais cher pour qu'il aille contre ses principes, qu'il ne patiente pas et qu'il m'oblige à parler, mais je ne le peux pas. J'aime Clément, de tout mon cœur, je l'aime, et je ne le veux pas autrement. Sa discrétion, sa bienveillance, sa compassion, la façon dont il prête toujours une oreille attentive sans jamais être intrusif, j'en suis fou. Je suis bien incapable de lui demander d'être un autre quand j'aime tellement celui qu'il est. Et puis je sais que c'est à moi de faire ce qu'il faut, je le sais depuis des années. Je ne suis juste pas prêt pour ça.

– Je veux qu'on continue.

– À discuter ? demandé-je.

Il sourit, et moi, je meurs.

– Aussi, mais je parlais de notre relation. Je veux rester avec toi malgré tout.

– Vraiment ?

Pourquoi est-ce que j'insiste ? J'ai bien envie de me mettre une droite pour me punir d'être aussi idiot.

– Je ne dis pas que ce sera facile et je n'ai aucune idée d'où ça nous mènera, mais aujourd'hui, je suis heureux avec toi et je n'ai pas envie de m'éloigner de ce bonheur.

Sa main glisse vers moi et je m'en empare avec joie. Je la porte à mes lèvres, puis je l'embrasse. Je pleurerais presque de bonheur si je savais comment faire couler mes yeux. Il y a bien longtemps que j'ai oublié. Sûrement quand j'ai réalisé que ça ne servait à rien, que ça ne me sauverait pas.

Clément se rapproche un peu plus de moi, jusqu'à ce que son visage soit tout près du mien, puis il me murmure quelques mots dont j'ai rêvés mille fois :

– Et maintenant, j'ai très envie que tu me fasses l'amour.

– Rien ne me ferait plus plaisir.

CHAPITRE 22

CLÉMENT

Après notre discussion, les jours ont filé à toute vitesse. J'ai dû reprendre le travail et j'avoue que je n'en ai pas été mécontent. Cela m'a permis d'extérioriser certaines choses que je gardais à l'intérieur de moi et cela m'a aussi offert un peu de temps loin de Seven. Ce n'est pas que je ne veux pas être avec lui, j'ai simplement besoin de moments pour moi, plus encore après tout ça. Je crois qu'il me faut un temps d'adaptation. Je n'ai jamais été dans ce type de relation, je ne sais pas encore bien comment gérer tout ça. Et puis, il y a un autre bonheur au fait de se séparer : on peut mieux se retrouver.

À ce jour, je ne sais pas encore si j'ai pris la bonne décision. Je ne m'imagine pas sans lui, mais j'ignore où nous allons ni si cela fonctionnera sur le long terme. J'ai un peu l'impression d'avoir choisi l'option la plus simple pour moi parce que l'idée de me séparer de lui me semblait insupportable. Je me sens lâche et cela ne me plaît pas vraiment de me renvoyer cette image lorsque je me regarde dans le miroir, mais je veux bien l'être si cela m'offre plus de temps avec lui.

Quand mon deuxième client quitte le salon, satisfait, je me sens bien. C'est toujours un plaisir de savoir que mon travail est apprécié. Et quand je tatoue, je ne pense pas à toutes les choses qui me rongent lorsque je ne m'occupe pas. Ça me fait un bien fou d'avoir repris le boulot. Je ne peux pas rester trop longtemps sans tatouer. Le dessin me procure du plaisir, mais c'est le moment où je me grave éternellement dans la peau d'un autre être qui est réellement euphorisant.

Mon téléphone sonne à côté de moi et mon sourire s'élargit parce que je sais déjà qui c'est.

– Oui, Sandy ? dis-je, en décrochant.

– *On va à Saint-Tropez !*

– Moi aussi, je suis content de t'entendre. Je vais bien, merci.

Je ris parce que c'est tout lui. Il est tellement excité à l'idée de reprendre la route que plus rien d'autre n'a d'importance. Quand Lara a eu ses congés, il était déjà fou, mais maintenant que Violette nous a annoncé l'itinéraire, je sais qu'il va être intenable jusqu'à ce qu'on parte. Il va falloir supporter ça jusqu'à fin août.

Je le taquine, mais je ne lui en veux pas. Je culpabilise d'avoir ignoré ses appels après l'aveu de Seven et de lui avoir ensuite menti en lui disant que j'étais trop occupé, et surtout, en lui faisant croire que ça allait. Je n'ai pas voulu l'inquiéter – et encore moins parler de mes problèmes alors qu'il n'est même pas au courant pour ma relation – et je me sens un peu mal d'être ainsi alors que lui est toujours si honnête avec ses sentiments. Ce n'est pas que je ne lui fais pas confiance, en vérité, c'est plutôt de moi dont je doute. Si je commence à parler, si j'évoque certaines choses, je sais que mon meilleur ami va me prêter l'oreille et l'épaule nécessaires, je risquerais alors de trop en profiter.

– *Désolé. Tu vas bien ?*

– Très bien. Je viens de finir une pièce dont je suis assez fier.

– *Je veux que tu me tatoues*, geint-il.

– Je t'ai tatoué il y a quelques semaines…

– *Je suis déjà en manque.*

Il est irrécupérable.

– Alors, Saint-Tropez ?

– *Ouais ! Je compte bien me faire cramer sur la plage de Pampelonne !*

– Pas si je te tatoue.

– *Tu me tatoueras après, on ne peut pas aller à Saint-Tropez et éviter cet endroit, mon ami. Je veux me faire la plage naturiste !*

– Sans moi.

– *Allez ! Personne ne veut y aller à part Pat', ne me lâche pas.*

– Il est hors de question que je me foute à poil devant toi ou Patrick.

– *On ne va pas te sauter dessus, promis.*

– Rien que le fait que tu dises ça, c'est bizarre, mais le fait que tu le promettes, ça me confirme que je n'irai pas.

Il rit à l'autre bout du fil, il sait qu'il ne tient jamais ses promesses. Je l'entends ensuite allumer une cigarette, ou un joint, je ne sais pas trop.

– *Ça va être un été mémorable. Et tu vas pouvoir rouler*, ajoute-t-il, un peu énigmatique.

– On va tous rouler.

– *Je te parle d'un circuit.*

– Comment ça ?

– *Violette ne t'a pas dit ?*

– Je ne te le demanderais pas si c'était le cas, soupiré-je.

– *Je sais que tu sais pour Saint-Tropez, je pensais qu'elle t'avait aussi dit ça.*

– Crache le morceau, putain !

Je commence vraiment à m'impatienter. Il ne peut pas me parler de circuit et me laisser comme ça, j'ai le cœur qui s'emballe, tellement je suis excité.

– *Notre Violette étant ce qu'elle est, elle a prévu un petit quelque chose pour toi.*

– Sandy, si tu ne te dépêches pas, je te promets que je ne te tatouerai plus jamais, et tu sais que moi, je tiens mes promesses.

– *On va passer par le Driving Center, au Castellet ! Apparemment, un vieil ami de Violette et de ma grand-mère organise une course non officielle. C'est un événement de petite envergure, mais qui permettra de collecter des fonds pour une association.*

– Ils peuvent privatiser les lieux comme ça ? Et comment ils vont faire pour collecter de l'argent ? Pour quelle association ? Explique mieux !

– *Je te sens bien excité*, répond-il, rieur. *Je ne connais pas les détails, mais j'imagine que ce sont tous de vieux amis. Je me souviens plus du nom de l'asso, tu demanderas à Violette, mais c'est pour venir en aide aux accidentés de la route. Je crois qu'ils veulent aussi faire de la prévention dans les écoles concernant les dangers de la conduite, notamment en état d'ivresse. Ils vont faire payer l'entrée de la course et vendre des trucs sur place.*

– Je vois le circuit, mais je n'ai pas le souvenir qu'il y ait des gradins ou quoi que ce soit.

– *Y'a de la place, ils vont sûrement installer ce qu'il faut. Mais on s'en fout des détails ! Tu vas rouler, mec ! Violette t'a inscrit.*

Je n'arrive plus à parler, je suis tellement emballé par l'idée de rouler à toute allure sur ce circuit que je suis obligé de me lever. Je fais les cent pas dans mon salon. Je ne peux pas rester assis alors que mon corps est parcouru de petites décharges électriques.

C'était exactement ce qu'il me fallait. Je n'ai qu'une hâte, pouvoir me défouler, me libérer. Je sens que Treize en a besoin, elle aussi. Elle n'est pas faite pour les petites routes de campagne, et même si je la tire régulièrement sur l'autoroute, au risque de prendre une amende, cela ne lui suffit pas. Elle et moi, on a besoin de rugir un peu.

– *T'es toujours là ?*

– Ouais.

– *T'es euphorique, hein ?*

– T'imagines même pas…

– *J'imagine plutôt bien, si. Je te connais, Clément.*

Il me connaît trop bien, assez pour savoir quand ça ne va pas, même si je me tais, assez pour ne pas insister alors qu'il crève d'envie de m'aider, et assez pour être conscient que cette nouvelle est exactement ce dont j'avais besoin. C'est pour ça qu'il me l'a dit, je le sais.

– *Vivement le mois prochain*, souffle-t-il.

Je ne le lui fais pas dire…

Quand j'ai raccroché, je me dépêche d'envoyer un message à mon ange gardien. Je n'ai pas besoin de dire beaucoup, je sais qu'elle comprendra. La connaissant, elle se doutait que Sandy vendrait la mèche. Quelque chose me dit qu'elle voulait même qu'il le fasse.

Moi : *Merci.*

Elle ne tarde pas à me répondre.

Violette : Avec plaisir, mon poussin.

Moi : *Tu prépares ça*
depuis un moment, hein ?

Elle met un peu plus de temps que moi à taper, je sais que les téléphones portables l'énervent, mais elle en utilise quand même. Si elle en a un, c'est uniquement pour communiquer avec nous, parce qu'on l'a tannée avec ça et qu'elle nous aime tellement qu'elle nous cède à peu près tout.

Violette : Ça ne s'organise pas
en un jour, effectivement.
Je voulais te faire la surprise.

Moi : *Pourquoi tu as laissé Sandy
vendre la mèche ?*

Violette : Je savais que ça lui ferait
plaisir de te le dire.

J'aime cette femme de tout mon être. Elle a le plus grand cœur du monde. Des âmes paumées comme Sandy, moi ou les autres membres de notre bande, elle en a sauvées tellement…

Moi : *Il va être complètement fou
pendant la course… Merci encore.
J'ai hâte d'y être.*

Quand je fais des circuits, Sandy est peut-être aussi excité que moi. Je peux presque l'entendre hurler depuis les gradins malgré le bruit des motos. C'est autant un cadeau pour lui que pour moi, je crois.

Violette : Et j'ai hâte de te voir rouler.
En attendant, prends soin de toi.
On se revoit bientôt.

Moi : *À très vite.*

Il y a des jours comme ça où je me dis que la vie est vraiment belle. Parfois il suffit d'une toute petite chose pour me faire oublier tout ce qui ne va pas. J'ai souvent besoin qu'on me rappelle combien je suis chanceux. Le moindre moment un peu dur me replonge dans mes cauchemars et me fait comprendre que je suis enchaîné à mon passé, quel qu'il ait été, et qu'il me serre toujours la gorge à chaque pas que je fais vers l'avenir. Malgré tout, je ne trouve pas le courage de changer les choses. Je ne pense pas qu'il soit possible d'effacer les anciennes marques, alors je me contente d'utiliser mes plus belles encres pour tracer mon présent, et dans les plus jolies, il y a sans conteste celles aux couleurs de mes amis.

***

– Ta journée s'est bien passée, on dirait.

Seven me sourit alors que je rentre après avoir fermé le salon, et il a raison, j'ai passé une très bonne journée. Je suis heureux et je crois que rien ne pourrait gâcher mon bonheur.

– Je vais rouler, dis-je, en venant appuyer mes fesses contre la table, juste à côté de son ordinateur.

– Rouler ?

– J'ai eu Sandy au téléphone et j'ai appris que Violette m'avait inscrit à une course caritative dans le Var, le mois prochain.

– C'est génial !

Je hoche la tête de manière enthousiaste, mon sourire ne cache rien de mes émotions. Je suis tellement heureux que je n'ai pas la force de conserver mon calme.

Seven sourit lui aussi avec sincérité, puis il se lève. Il entoure mon corps de ses bras puissants et m'embrasse en se collant à moi.

Voilà une bonne façon de me rendre plus joyeux encore.

– J'aimerais bien venir te voir, me dit-il en parsemant mon visage de baisers.

– Viens.

– C'est quand ?

– Fin août. Je n'ai pas encore la date exacte, j'ai complètement oublié de demander, mais ce sera pendant notre voyage, avec la bande.

– Je ne sais pas si je pourrai venir, mais je vais essayer. Tu m'enverras les infos ?

Quand il m'embrasse dans le cou, je ne peux pas répondre, je me contente de hocher la tête. L'idée qu'il vienne me voir rouler m'excite sûrement autant que ses caresses. Ce qui est certain, c'est que je n'ai plus envie de parler, à présent. Il y a bien quelque chose que j'ai envie de faire à la place… Je connais une belle façon de rendre cette journée plus belle encore.

Une sonnerie recouvre la musique de fond que Seven avait lancée pour écrire, et ce n'est pas mon téléphone. Son corps se contracte contre le mien. Cela n'a rien à voir avec son désir. Je sais hélas pourquoi il réagit comme ça. C'est elle qui appelle, encore, toujours… Et comme d'habitude, il va devoir s'isoler parce qu'elle n'est pas au courant pour nous.

Sa tête tombe sur mon épaule et mon corps se tend. Je ne parviens pas à rendre ma voix chaleureuse quand je lui dis :

– Réponds.

Il s'écarte de moi pour attraper son téléphone, puis il monte. Mon corps est soudain froid. Je ne bouge pas, mes yeux restent perdus dans le mur blanc en face de moi, et la chaleur de Seven me manque. Mais même s'il était resté, il n'aurait pu empêcher le bloc de glace de tomber au fond de mon estomac et de me geler complètement et douloureusement.

Je pensais que rien ne pourrait gâcher cette journée, mais il faut croire que je me trompais.

CHAPITRE 23

CLÉMENT

Quand il redescend, je lève la tête vers lui et je me retrouve face à son visage coupable. J'imagine assez bien ce qu'il ressent, mais j'ignore s'il s'en veut de m'imposer ça à moi ou de le lui imposer à elle. C'est peut-être un peu des deux…

Il me rejoint sur le canapé, où j'ai pris place après son départ. Sa main glisse doucement vers la mienne, d'un mouvement incertain qui me montre qu'il a peur de ma réaction. Je réduis la distance qui sépare nos doigts et je serre fort les siens dans les miens. Je déteste voir l'inquiétude teinter son visage. Je suis dévasté chaque fois que ses fragilités m'apparaissent et que j'ai l'impression qu'il pourrait se briser sur mes mots. Depuis la dernière fois, quand j'ai vu son air terrorisé, c'est moi qui suis effrayé à l'idée de le blesser. Cela pourrait être un jeu, une façon de me manipuler ou un abus de sa part, mais je n'ai pas l'impression qu'il se moque de moi. Quelque chose lui fait peur. Je ne pense pas que ce soit vraiment moi, mais je ne veux pas prendre le risque de devenir son bourreau. Après tout, j'ai choisi de continuer cette relation avec lui. Je ne dis pas qu'il n'a aucun tort dans cette affaire, néanmoins, je pouvais partir si je le voulais. J'ai décidé de rester, ce n'est pas pour le faire culpabiliser chaque jour d'avoir une autre personne dans sa vie. Je n'ai jamais supporté ce genre de comportement, ces gens qui refusent de se défaire d'une relation, mais qui la brisent malgré tout en ne sachant comment pardonner. Je ne serai pas cet homme.

– C'est bon, Seven, dis-je.

– Rien n'est bon dans cette situation.

– Je suis là, est-ce que ce n'est pas un peu positif ? tenté-je, avec douceur.

Un léger sourire se dessine sur ses lèvres, faisant écho au mien, et je suis heureux d'avoir pu le dérider un peu.

– Ta présence est la plus belle des choses. Tu es la lumière dans mes ténèbres.

Foutu écrivain qui me regarde dans les yeux en me disant quelque chose comme ça, maudit regard lagon qui crie sa sincérité. Mon cœur est un faible qui ne tient pas en place quand il lui fait entendre de telles choses.

Je ne peux pas répondre à ses paroles, pas quand mon corps vibre ainsi, alors je reviens au sujet initial :

– Je pense qu'on a besoin d'un peu d'ajustement. Je n'ai jamais été dans ce type de relation. Je ne crois pas avoir un jour été sincèrement amoureux avant toi, en fait, et je ne m'attendais pas à ce que ma première fois soit si… particulière.

– Désolé…

– Ne le sois pas, cela fait partie des choses qui doivent cesser. Tu ne peux pas te culpabiliser en permanence. Tu as fait tes choix et j'ai fait les miens, je ne peux pas te reprocher ça, tu ne m'as ni enchaîné ni mis un couteau sous la gorge. J'ai décidé de continuer comme ça et tu n'as pas à t'en excuser. Ta culpabilité me fait culpabiliser derrière, c'est trop de pression.

– Alors je ne m'excuserai plus.

Ses doigts remontent sur mon visage pour caresser ma joue. Je ferme les paupières au contact. Voilà, c'est ainsi que je le préfère, quand il est tendre, quand je ressens son amour et uniquement cela.

– Est-ce qu'il y a d'autres choses dont tu veux que l'on discute par rapport à ça ? demande-t-il.

– Je ne veux pas entendre parler d'elle.

C'est sorti tout seul, preuve que c'est une chose dont je suis certain. J'accepte qu'il ait une autre relation, mais je ne veux pas y être mêlé, je ne veux pas qu'il me la rappelle, qu'il m'en parle ou quoi que ce soit du genre.

– Je ne veux pas la voir, je ne veux pas l'entendre et je ne veux pas que tu me parles d'elle.

– Ça me semble être une demande plutôt raisonnable.

– Ce n'est pas que je nie son existence. Ne crois pas que je me berce d'illusions. Il y a d'ailleurs des chances pour que je t'imagine avec elle chaque fois que nous serons séparés, mais ça, ça me regarde, c'est à moi de gérer ce problème. Toi, par contre, je te demande de t'abstenir de l'amener dans notre couple autrement que par ses appels. Je ne pense pas pouvoir le supporter.

Seven se rapproche un peu plus de moi, sa bouche se pose sur mon front dans un baiser tendre, et ses doigts se resserrent autour des miens. Je sens ses émotions mieux que s'il les exprimait par des mots.

– Je ne sais pas si ça aidera, ce sera peut-être pire que je le dise, mais… quand je suis avec toi, je ne pense absolument pas à elle, pas une seule minute. Il n'y a que toi et moi, moi et toi, le reste du monde n'a pas grande importance. Je ne sais même pas si je remarquerais ma propre mère dans une pièce où tu te trouves.

– C'est sûrement cruel de ma part, mais si, ça aide…

– Alors on est deux monstres.

Ses lèvres s'écrasent contre les miennes et au plaisir que je ressens en l'embrassant, je me dis qu'il a raison, nous sommes deux êtres abjects qui ne se soucient pas de ceux qu'ils piétinent sur le chemin qui mène à leur bonheur. Je ne crois pas être un homme égoïste, mais pour la première fois de ma vie, je veux que quelque chose ou quelqu'un soit mien, même si c'est une tromperie. Je me fiche de ce que Seven fait quand il n'est pas avec moi, mais lorsque je suis là, je veux être le seul dans sa tête, l'unique dans son cœur. J'userai de tout ce que j'ai en ma possession pour que ce soit le cas.

Sans interrompre notre baiser, je le pousse à s'adosser au canapé et je passe ma jambe droite au-dessus de lui pour m'asseoir sur ses cuisses. Il y a bien une arme dont je dispose, et c'est celle-ci que je vais utiliser pour mener la bataille du jour.

***

La fin du mois de juillet arrive beaucoup trop vite à mon goût. Seven et moi allons devoir nous séparer dans quelques jours et je ne sais pas encore quand je le reverrai. Je suis impatient à l'idée de retrouver la bande et de participer à la course caritative, j'ai aussi espoir qu'il pourra venir m'y voir, mais rien n'est sûr. Et même ainsi, ce sera de courte durée. Il ne pourra pas rester et je ne pourrai pas le suivre non plus. Quand je pars avec les *Lost Souls*, je suis avec eux, pas ailleurs. Notre rencontre, à Seven et à moi, était une exception, je ne veux pas que notre relation prenne sur mon temps déjà très limité avec mes amis. Bien sûr, je pourrais le leur présenter, mais j'ai un peu peur des questions que cela entraînerait. Je ne me sens pas prêt pour ça, encore moins maintenant que je sais qu'il y a une femme dans sa vie. Je ne pense pas que mes amis jugeraient mon choix, mais je ne veux pas qu'ils aient une mauvaise image de Seven, alors si je peux repousser le moment où je leur parlerai de lui, je préfère le faire.

Je soupire en fermant mon salon de tatouage. Même le soleil encore haut dans le ciel et la beauté de la Ville d'Été ne suffisent pas à me redonner le moral. Je lève la tête, en quête d'une aide quelconque là-haut, mais mes prières restent sans réponse. Cela m'apprendra à ne pas croire en Dieu, quand j'ai besoin de lui, il n'est pas là.

Lorsque j'entre dans la maison, je suis certain que mon humeur est la même qu'au moment où j'ai quitté le travail. Nine en profite pour me prendre par surprise. Il me saute dessus et me fait tomber par terre. Il fait tout le temps ça, j'aurais dû m'y attendre, mais j'étais ailleurs. Cela a au moins le mérite de me faire sourire.

– Tu n'es qu'une brute, le grondé-je faussement.

– Même moi, je me retiens de lui sauter dessus comme ça. Ce ne sont pas des manières !

Je lève la tête vers Seven et mon visage s'éclaire, je le sens. Il est un vrai rayon de soleil. Depuis notre discussion, il est redevenu comme avant et je puise mon énergie en lui. Il a cette capacité incroyable de pouvoir illuminer mon monde.

Il m'aide à me relever et quand je suis à nouveau sur mes pieds, je découvre la salle à manger entièrement décorée. Il y en a partout : des ballons, des guirlandes, de la nourriture à n'en plus finir…

– C'est l'anniversaire de qui ?

– Le tien.

– Je suis né en mai, le corrigé-je.

– Je sais, mais on n'a pas pu le fêter, alors je me suis dit qu'on pouvait se rattraper.

– On n'a pas fait le tien non plus.

Seven est né en janvier, nous aurions pu le célébrer un peu en avance puisque nous étions ensemble au début de l'année, à Oloron-Sainte-Marie, mais nous ne l'avons pas fait.

– Raison de plus, on peut se faire un double anniversaire !

– À ce stade, c'est limite un anniversaire en avance…

– On peut faire ça aussi.

– Tu as réponse à tout, hein ? demandé-je, taquin.

– Quand il s'agit de trouver une excuse pour fêter quelque chose avec toi ? Oui.

J'aime cet homme. Je l'aime beaucoup trop.

Seven me prend la main et m'entraîne dans la salle à manger. Nine est sur nos pas, il semble tout heureux, lui aussi. Je note que mon humeur a radicalement changé en quelques secondes, et tout ça, je le dois à ces deux êtres.

Sur la table, je trouve des assiettes remplies de choses salées comme de mets sucrés à grignoter, et au centre, il y a un gros gâteau avec des bougies.

Je ne peux pas m'empêcher de sourire. C'est la première fois depuis longtemps que je fête vraiment mon anniversaire, et je ne pensais pas que je pourrais être aussi enchanté de le faire. Avec la bande, nous rattrapons toujours les anniversaires en les célébrant tous en même temps si besoin, mais ce n'est pas pareil, parce que la plupart du temps nous nous contentons de rouler et de boire un coup. Cette fois, c'est différent, et je ne pensais pas que cela pourrait me plaire autant.

Seven s'échappe en cuisine et revient muni d'une bière bien fraîche que j'accepte avec grand plaisir. Par cette chaleur, il n'y a pas mieux.

– À toi, dit-il en levant sa bouteille.

– À nous.

Nous trinquons, puis nous nous installons pour déguster ce qu'il a préparé. Sans surprise, tout est délicieux. Je suis toujours impressionné par ses talents culinaires. C'est un pur régal.

Je regarde la décoration de la pièce, tout ce qu'il a préparé pour moi, et je me sens vraiment chanceux et reconnaissant. Cela a dû lui prendre un temps fou d'installer tout ça.

– Je connais quelqu'un qui n'a pas beaucoup écrit aujourd'hui… plaisanté-je.

– Je n'ai pas mis tant de temps que ça à tout préparer, ça ne m'a pris que trois heures.

Je m'étouffe avec ma bière.

– Trois heures ?!

Je m'apprête à lui dire qu'il est fou, qu'il n'aurait pas dû, mais je sais que ça lui a fait plaisir et que tout ça c'était pour me rendre heureux. Je ne peux pas le remercier en lui reprochant d'avoir perdu du temps, je m'y refuse. Alors à la place, je prends sa main chaude dans la mienne et je murmure :

– Merci.

Quand je vois son sourire, je comprends que c'était la meilleure chose à dire. Parfois, il suffit de remercier les gens pour tout ce qu'ils font pour nous au lieu de s'inquiéter que cela soit trop pour eux.

– Avec plaisir.

Il m'embrasse, puis il se lève.

– J'ai prévu de super films d'anniversaire, mais avant ça, j'ai un petit cadeau pour toi.

– Je n'ai pas de cadeau, moi.

– Mon cadeau, c'est toi. Et ne t'inquiète pas, je me suis douté que ça te mettrait mal à l'aise que j'achète quelque chose, alors je n'ai pas dépensé d'argent.

Je l'interroge du regard, mais il se contente de sourire avant d'aller attraper une enveloppe sur le comptoir de la cuisine. Il revient et me la tend.

– Je n'ai que les mots pour t'exprimer combien je t'aime, parfois les chiffres aussi, mais j'espère que ça suffira.

– Tout ce que tu as fait là, dis-je en montrant la pièce, la table, ce sont des actes, et ils sont bien assez parlants.

– Mais j'ai besoin de te le dire autrement.

Je le sais, Seven a besoin des mots. C'est sa façon à lui de gérer ses émotions, il faut qu'il les écrive.

Je prends l'enveloppe et l'ouvre. À l'intérieur, une simple feuille de papier avec des lignes écrites de sa main, je reconnais l'écriture. J'ai encore dans mes affaires le numéro de téléphone qu'il avait gribouillé derrière quelques phrases de son travail…

Clément… Est-ce que tu sais que c'est un des plus beaux prénoms que je connaisse ? La vérité, c'est qu'avant toi, je n'avais jamais rencontré d'homme qui s'appelait ainsi et je n'aurais sûrement jamais pensé que c'était un beau prénom si tu n'avais pas croisé ma route. Pourtant, chaque lettre est aussi la première d'un mot que je trouve particulièrement beau :

C comme la caresse de tes lèvres contre les miennes, L comme la lumière que tu as mise dans ma vie et qui me guide quand je suis dans le noir, E comme l'éclat de tes yeux qui m'ont appris que ce qui est sombre n'est pas forcément terne, M comme la magie que créent tes doigts quand ils se lient aux miens, E comme l'éternité que notre relation me donne envie d'expérimenter pour la première fois, N comme la nouveauté que je ressens à chaque instant avec toi et qui fait que je ne me lasserai jamais de nous, T comme la tempête dévastatrice et tendre à la fois que tu es pour mon pauvre cœur amoureux.

Je sais comment tout cela sonne, comme cela en ferait grincer certains des dents et les frissons de dégoût que cela provoquerait chez d'autres, mais c'est justement ça qui est merveilleux, avec toi, je peux être un fichu romantique bourré de clichés et ne pas m'en sentir ridicule. Avec toi, je peux être simplement qui je suis et ne pas en avoir honte. Je ne sais même pas comment te remercier.

Alors pour tes vingt-et-un ans, je veux t'offrir vingt et un baisers, vingt et un mots d'amour, vingt et une choses qui te rendront heureux. Demande-moi ce que tu veux et je le ferai autant de fois que tu as vécu d'années. Et si tu veux vingt et une étoiles, je te jure que je ferai tout mon possible pour les décrocher du ciel, quitte à mourir en essayant. Je ferai absolument n'importe quoi pour te faire sourire.

Je t'aime, mais ça semble presque superflu de le dire, maintenant.

Je suis complètement retourné, et c'est peu dire. Mille pensées me traversent l'esprit. Je suis heureux et touché qu'il ait pensé à mes sentiments, à la façon dont j'aurais reçu un cadeau qui lui aurait fait dépenser de l'argent. En faisant le choix de m'écrire quelques mots, il me montre qu'il ne veut pas m'imposer quoi que ce soit pour son plaisir, que c'est un cadeau qu'il avait besoin de faire, mais qui devait surtout me plaire. Et il n'imagine peut-être pas combien j'aime ce qu'il m'a offert, plus que tout ce qu'il aurait pu m'acheter en magasin.

Il dit vrai, pour certains, ce romantisme prononcé serait de trop, mais je suis quelqu'un qui n'a jamais reçu de telles attentions, je n'ai jamais eu l'occasion de m'en lasser ou de trouver ça trop cliché, alors je me moque de ce que les autres pourraient dire, que cela vienne d'inconnus ou de mes amis, ça m'est bien égal parce que moi, je suis complètement fou de Seven et de son côté romantique. Je ne le voudrais pas autrement.

Est-ce parce que j'ai manqué d'amour – pas de mes grands-parents, du reste du monde – lorsque j'étais enfant ? Est-ce parce que je ne suis pas moi-même capable de m'exprimer ainsi ? Je n'en sais rien, mais une chose est certaine : je chéris ses mots et ils me procurent une joie que peu de choses sur cette terre seraient capables de m'apporter.

Délicatement, je replie sa lettre et je la pose sur la table, puis je me lève. Là, je lui tends la main et il la prend sans hésitation. Je l'entraîne à l'étage, dans l'intimité de la chambre que nous partageons, puis je le lâche. Je ferme la porte et me retourne. Il est devant moi, silencieux, et j'aime qu'il ne parle jamais pour ne rien dire, donnant ainsi plus de valeur aux choses qu'il prononce. C'est aussi pour ça que je crois tout ce qu'il me raconte, que j'ai confiance en chacune de ses déclarations, et ce même après son mensonge par omission.

– Moi, je ne sais pas aussi bien parler, mais j'ai d'autres façons de communiquer et j'espère que tu m'entendras aussi bien que je t'ai entendu.

Avec lenteur et douceur, je remonte son tee-shirt sur son ventre jusqu'à le lui retirer, puis je le défais de son bas et de son sous-vêtement. Il se retrouve nu devant moi, dans toute sa splendeur, et le fait de le voir aussi empli de désir que moi ne fait qu'intensifier mon envie de lui.

– Pour mes vingt et un ans, je n'ai pas besoin de vingt et une choses, une seule me suffira : toi.

Et en retour, il n'y a qu'une chose que je puisse lui offrir : moi.

Un simple baiser aurait suffi, un seul regard aurait sûrement fait l'affaire pour lui montrer combien je l'aime, mais j'ai envie de plus et je veux lui donner plus. Je ne marchande pas mon corps, je ne m'offre pas ainsi à lui en remerciement, c'est bien plus profond, à mes yeux. C'est pour cette raison que je ne me sens absolument pas gêné de faire ça.

Toujours vêtu, je le force à reculer et je l'invite à s'allonger sur le lit. Quand, sans un mot, je le fais se tourner sur le ventre, je sais qu'il s'interroge, mais il me fait confiance et se laisse faire. Je me déshabille alors, puis je fouille dans mes affaires jusqu'à trouver ce que je cherchais. Je ne veux pas simplement que l'on fasse l'amour, je veux toucher chaque partie de son corps pour atteindre chaque parcelle de son âme.

Je sors l'huile que j'emporte partout avec moi. C'est une préparation que Riley m'a faite et que j'applique chaque fois que j'ai des douleurs musculaires. Ma position de travail a souvent des répercussions sur mon corps et depuis que mon amie m'a massé et m'a offert de quoi le faire moi-même lorsque je suis seul, je ne m'en passe plus.

Je reviens vers le lit et je fais couler de l'huile dans mes mains avant de la chauffer. Quand mes doigts se posent sur son dos, il se tend, puis il comprend mes intentions au moment où je commence à le masser. Tendrement, mais avec précision, je malaxe ses épaules, son dos, ses bras. J'appuie sur les points qui me semblent noueux, puis je glisse sur ses fesses fermes où je m'attarde un moment avant de glisser sur l'arrière de ses cuisses, ses mollets, et même ses pieds. Rien n'est oublié, je veux tout toucher, tout sentir.

Je masse l'arrière de son corps pendant de longues minutes et ses soupirs de plaisir n'arrangent pas mon excitation. La suite n'aidera pas non plus, je le sais…

Doucement, je le fais se retourner, puis j'entreprends de masser cette autre face. Je commence par ses pieds, je remonte sur ses tibias, ses genoux, ses cuisses… je caresse ses hanches après avoir évité ce qui m'appelle pourtant, puis je masse son ventre, son torse, ses mains, ses bras et même le bout de ses doigts. Je remonte jusqu'à son cou et son visage. Je ne manque aucune partie.

Finalement, je redescends et masse enfin son sexe tendu. Mes mouvements sont lents, mais fermes, et lui arrachent un gémissement qui me fait durcir un peu plus. J'entends à nos respirations combien nous nous voulons, lui comme moi, et je sais que c'est la fin du massage sans quoi je n'obtiendrai pas ce que je désire.

Après avoir recouvert son sexe d'un préservatif, je me hisse au-dessus de lui, l'huile que j'ai étalée glisse sur ma peau, et mes lèvres viennent caresser celles de Seven délicatement.

– Tu n'es pas juste ça pour moi, tu le sais, hein ? murmuré-je, soudain soucieux de ce qu'il pourrait penser.

– Je le sais. Je le sais depuis le jour où tu m'as dit que tu ne voulais pas coucher avec moi.

Je m'en souviens et je m'en souviendrai sûrement toujours. Quand tout a commencé… Je n'oublierai aucun détail de notre histoire, jamais.

Je ferme les yeux un instant, submergé par mes émotions, par mon amour pour cet homme. Je ne sais pas encore bien gérer tout ça. C'est tout nouveau pour moi et c'est tellement beau, tellement bon.

Quand j'ai repris pied, je recommence mon massage où je l'avais laissé, mais à présent, il est plus sensuel. Seven ne parvient pas à garder ses mains inactives et il commence à me caresser lui aussi. Il prend de l'huile et glisse ses doigts partout où il le peut. Il fait terriblement chaud et ce massage n'était peut-être pas ma meilleure idée, mais je m'en moque. Je ne suis plus qu'une boule de désir. Je gémis plus que je ne respire, plus encore lorsqu'il glisse ses doigts en moi ou quand il entoure mon érection.

Je suis obligé de l'arrêter, c'est beaucoup trop bon. Je plaque ses mains sur le lit et dévore sa bouche en continuant à me frotter contre lui, et quand je mets un terme à ce baiser, alors que je m'apprête à finalement le recevoir en moi, il prononce quelques mots qui sont à moitié recouverts par nos souffles ravagés :

– Tu n'as pas soufflé tes bougies.

– Après, murmuré-je en me laissant finalement glisser sur lui.

Après. Rien ne presse.

CHAPITRE 24

SEVEN

Plus le temps passe et plus il m'est difficile d'être loin de Clément. Nous avons passé un mois ensemble, et puis nous avons dû prendre des chemins différents… Quand nous nous sommes séparés, à Arcachon, je n'avais déjà qu'une envie, le retrouver. C'était un mois intense, tant positivement que négativement. Je lui ai confié l'un de mes secrets, au risque de le perdre, et je sais que je l'ai profondément blessé. Il a accepté de continuer à avancer avec moi, et rien n'aurait pu me faire plus plaisir, mais je n'arrive pas à effacer cette culpabilité qui me ronge un peu plus chaque jour. Je suis partagé entre diverses émotions ; j'ai honte de moi, de la vie que je mène, je me dis que cet homme mérite bien mieux que ce que je lui offre, et en même temps, je l'aime au point de ne pouvoir me résigner à le quitter et je reste persuadé de pouvoir le rendre heureux, en dépit des monstres qui se tapissent en moi. Je n'ai pas menti quand je lui ai dit que personne ne pourrait l'aimer autant que moi. Je n'ai jamais ressenti une telle chose, pour qui que ce soit, et en dépit de mon esprit ravagé et de ma vie compliquée, j'ai le sentiment que je peux être celui qu'il lui faut. Je ferai tout pour, c'est une promesse que je me fais.

Clément m'a demandé de cesser de culpabiliser, mais je ne peux pas. Je ferai en sorte de ne plus le lui montrer, qu'il ne ressente plus ce dégoût que j'ai pour moi-même, mais en réalité, je ne réussirai pas à m'empêcher de m'en vouloir. Chaque fois que je serai loin de lui, à chaque instant seul, j'y penserai.

Je soupire et lève la tête de mon écran. Je n'arrive plus à écrire. J'ai mal à l'estomac et la gorge nouée. L'histoire que j'écris me plaît suffisamment, mais comme toutes les autres, elle sonne faux. La seule façon de la rendre plus vraie à mes yeux, c'est d'y mettre ces petits morceaux de ma réalité que personne ne trouvera dans les lignes, qu'aucun ne comprendra vraiment. Il y a quelque chose de magnifique avec l'écriture d'un livre et les lectures qui suivent, c'est que personne ne fera vivre l'histoire de la même façon. Alors j'y cache des éléments que j'ai besoin de sortir de ma tête, par nécessité de les raconter, même si personne ne les comprendra. D'un côté, il est rassurant de savoir que mon secret restera bien gardé, de l'autre, c'est triste de me dire que je resterai toujours seul, prisonnier d'une réalité que je ne peux montrer. Il m'arrive de vouloir crier toutes ces choses, mais c'est impossible. Même lorsqu'il me prend l'envie de tout effacer et de tout reprendre autrement, je ne le fais pas. Je sais que mon éditrice n'apprécierait pas et que jamais elle ne publierait un livre qui dépeint mon existence. Je ne prendrai pas le risque d'essayer.

Je me lève et caresse Nine, allongé à mes pieds, comme à son habitude, puis j'attrape un carnet et un stylo. Quand rien ne vient devant mon ordinateur, d'autres choses sortent sur le papier. Depuis que j'ai rencontré Clément, j'écris différemment, en secret. Pour la première fois, je raconte une histoire entre deux hommes, et pour la première fois depuis des années, je vibre en la racontant. Je ne me demande jamais ce qui a changé entre mon premier roman et les suivants, je le sais bien et je ne peux rien y faire, alors je me contente de continuer à avancer comme je le peux. Depuis que je suis amoureux, les choses sont différentes, plus plaisantes. Peut-être que je devrais me concentrer sur ça au lieu de continuer à m'en vouloir… Clément a raison, ma culpabilité est pesante, et pas seulement pour lui.

Il est tard quand je lève les yeux de mon histoire. C'est Nine qui me fait comprendre que je ne l'ai pas sorti et que je n'ai pas mangé non plus. Je commence par m'occuper de lui, puis je me fais un sandwich en rentrant. J'adore cuisiner, encore plus quand c'est pour Clément, mais ce soir, j'ai juste envie de me mettre devant un film sans perdre de temps. Demain, je le reverrai après un mois de séparation, et toutes mes pensées noires s'effaceront. Je retrouverai alors mon air.

Loin de lui, je suis en apnée.

Je ne lui ai pas dit que je viendrai pour la course, j'ai envie de lui faire la surprise. Je ne pourrai pas rester longtemps, je repartirai le soir même, je ne devrais déjà pas être là, mais je ne pouvais pas manquer ça. Je ne l'ai encore jamais vu rouler et j'ai très envie de découvrir cette autre facette de lui. J'ai envie de tout voir, tout savoir. Chaque chose qui le compose m'intéresse et je sais que la moto compte énormément pour lui.

Un sourire aux lèvres en pensant au fait que je le vois demain, j'attrape mon téléphone pour lui envoyer un message.

Moi : *Trois.*

Clément : Trois choses auxquelles
tu as pensé aujourd'hui.

Je ne m'attendais pas à ce qu'il réponde aussi vite. Je sais qu'il est avec ses amis, et lorsque c'est le cas, il se consacre entièrement à eux, c'est quelque chose que j'aime chez lui, même si j'envie ces gens et même un peu Clément. Si je n'avais pas mon chien, je me sentirais terriblement seul.

Moi : *À toi en train de rouler.*
À tes lèvres contre les miennes.
À ton sourire.

Clément : Tu n'as pensé qu'à moi.

Moi : *C'est un bon résumé*
de ma journée.

Clément : J'ai pensé à toi aussi.

Moi : *Beaucoup ?*

Clément : Énormément.

Il dit souvent ne pas être à l'aise avec les mots, mais il n'imagine pas combien ce qu'il dit me touche à chaque fois. C'est justement parce qu'il parle peu que chacune de ses paroles est percutante.

Je ne suis pas encore remis de mes émotions que mon téléphone m'indique un nouveau message :

Clément : Cinq.

Moi : *Cinq choses dont tu rêverais,*
là tout de suite.

Clément : Que tu sois avec moi.
Que Sandy arrête de chanter. Une part
de pizza maison. Un câlin de Nine.
Que tu sois avec moi.

Moi : *Tu en as dit une deux fois.*

Clément : Parce que j'en ai très envie.

Moi : *Je t'aime.*

Clément : Et moi tout autant…

Moi : *Passe une bonne nuit, Clément.*

Clément : J'adore quand tu prononces mon nom, je crois que j'aime autant quand tu l'écris.

Moi : *Clément, Clément, Clément, Clément, Clément…*

Je l'imagine en train de rire en regardant son téléphone et cela me fait sourire.

Clément : Bonne nuit, Seven.

La nuit sera longue parce que je n'ai qu'une hâte, le retrouver demain et voir son sourire que je me contente pour le moment d'imaginer.

***

J'ai été obligé de laisser Nine dans le jardin de la petite maison que j'ai louée. Je n'aime pas trop ça, mais la propriétaire des lieux a été adorable et m'a dit qu'elle viendrait le voir et jouer avec lui. C'est une femme d'une quarantaine d'années qui a deux beaux bergers allemands avec qui Nine a tout de suite accroché quand on est arrivés. Cela me rassure de savoir qu'il ne sera pas tout seul. Je me sépare rarement de lui, mais il m'était impossible de l'emmener sur le circuit.

En voyant le monde qu'il y a sur place, je suis content qu'il ne soit pas là. Clément semblait dire que c'était un événement de petite envergure, moi je trouve qu'il y a beaucoup de gens. C'est très animé. Les gradins sont remplis, il y a des stands sur un côté qui vendent de la nourriture, mais également des produits variés. Il me semble apercevoir une exposition de motos et d'équipements, ainsi qu'une sorte de galerie de photos, mais je ne vois pas bien d'aussi loin.

C'est vraiment rempli. Devant moi, il y a le circuit, assez proche pour que les spectateurs puissent voir ce qu'il s'y passe, mais bien sécurisé. Je ne sais absolument pas comment cela va se dérouler, mais je commence à être excité. C'est la première fois que j'assiste à une course de vitesse. J'en ai déjà vu à la télévision, mais jamais en vrai. Celle-ci est non officielle, je sais qu'elle est caritative et que ce sont des amateurs qui y participent, pourtant je doute que n'importe qui puisse y prendre part. J'imagine qu'il ne suffit pas d'avoir le permis pour concourir, c'est une discipline sportive qui demande certainement plus que juste savoir conduire une moto.

Je ne sais pas trop où aller. Je ne monte pas dans les gradins, je reste en bas, sur le côté. Derrière moi, les gens continuent à arriver et à grimper pour aller s'installer. Un peu plus loin, à ma droite, je vois des professionnels s'occuper des motos, il me semble que c'est là que se fait l'arrêt au stand imposé dans les courses. Je ne crois pas qu'il y en aura ici, Clément ne m'a pas dit combien il y aurait de tours ni quelle est la durée de la course, mais je ne pense pas qu'ils respectent toutes les règles imposées par la Fédération internationale de motocyclisme, puisque ce n'est pas une course officielle. Peut-être qu'ils n'en ont pas le choix, cela dit… Je me dis qu'il faudra vraiment que j'interroge Clément à ce sujet, ce sont des connaissances qui m'intéressent. L'idée d'écrire sur cette discipline sportive ne me déplairait pas. J'imaginerai forcément l'homme que j'aime en décrivant mon personnage, mais c'est une bonne chose, ça ne me fera que m'y attacher un peu plus.

Alors que mes yeux sont toujours sur ce stand, mon cœur manque un battement. Je crois que je viens d'avoir la preuve que je repérerais cet homme n'importe où, même en un lieu bondé comme celui-ci. Clément est là, dans sa combinaison, un casque à la main, et il est tellement sexy que j'ai encore plus chaud à l'ombre que ce n'était le cas tout à l'heure au soleil. Il discute avec une femme âgée. À sa peau noire et à sa mèche colorée, je sais que c'est Violette, la doyenne de leur bande. Il m'en a parlé à de nombreuses reprises.

L'homme qui était agenouillé devant Treize se redresse soudain pour leur parler et je me demande si c'est le fameux Luigi. Clément m'a dit qu'il s'occupe généralement de sa moto et ce type a une moustache, comme il me l'a décrit.

D'autres personnes arrivent et je suis certain que le mec qui passe un bras autour des épaules de Clément est Sandy. Et la pin-up, c'est Riley. J'en déduis alors que le loubard est Patrick et l'autre femme, Lara. Toute la bande est là, avec lui. Je suis heureux de les voir, même si eux ne me verront pas, et je suis un peu jaloux aussi. Ce n'est pas que je les envie d'avoir ce temps avec Clément ou cette relation, non, c'est leur amitié que j'envie. Nine me manque soudain cruellement. Mais l'homme pour qui j'ai parcouru tout ce chemin sourit soudain et j'oublie tout.

Je ne laisserai aucune pensée noire gâcher ce moment. Je vais voir Clément voler sur le dos de Treize, j'ai tellement hâte. Je sens que ça va être incroyable et particulièrement excitant. La tenue a déjà beaucoup d'effet sur moi…

Après quelques embrassades, le groupe d'amis se disperse. À l'exception de Clément, Violette et Luigi, tous se dirigent vers les gradins, et donc vers moi.

– Il va les exploser, entends-je Sandy dire, alors qu'ils passent tous devant moi.

– Tant qu'il ne s'explose pas lui, ça me va, soupire Riley.

Je ne peux qu'être d'accord avec elle. Je n'y avais pas pensé avant, mais c'est un sport dangereux. Pourvu qu'il ne lui arrive rien…

Après les avoir suivis du regard jusqu'à ce qu'ils s'installent à quelques mètres de moi, en hauteur, mes yeux retrouvent celui que je veux vraiment voir. Il semble finir de vérifier les derniers détails avec son ami, puis il met son casque et chevauche sa belle. Je ne crois pas qu'il y ait quelque chose de plus sexy que ça sur cette terre… J'ignorais qu'il pouvait m'offrir une vision plus désirable que celle de son corps nu sur mon lit de pétales. Cet homme n'est que tentation.

Les pilotes se mettent sur la ligne de départ et j'entends la musique retentir et les motos rugir. L'euphorie me gagne, je n'ose plus bouger pour aller m'installer, je ne veux pas rater le départ. La foule commence déjà à hurler, mes oreilles vont exploser. La tension est palpable.

Les vocalises de la voix féminine qui sortent des enceintes m'électrisent, et soudain, le refrain retentit :

« I am a missile, I am the fire
Love is destruction
But this war is mine…[15] »

C'est à ce moment exact que les motos s'enflamment et j'ai l'impression que mon cœur va lâcher quand je les vois passer. L'excitation est à son

15. *Je suis un missile, je suis le feu, l'amour est la destruction, mais cette guerre est la mienne.* (Paroles de Missile, de Dorothy.)

comble, je sens le sol vibrer sous mes pieds et ma tête est pleine de ces images magnifiques et des hurlements qui recouvrent presque la musique. Le soleil brille haut dans le ciel, mais je ne cherche pas à le regarder, je suis subjugué par ce qui se passe devant moi. Les motos repassent devant mes yeux, le premier tour est déjà fini. Ils roulent à toute vitesse, c'est impressionnant.

Je finis par perdre Clément. Je ne sais pas combien de tours ils ont déjà effectués ni combien ils comptent en faire, mais une part de moi aimerait que ça ne s'arrête jamais. C'est un spectacle incroyable.

Je tourne la tête vers les gradins et je vois le meilleur ami de Clément hurler en s'accrochant à la rambarde. Il est comme un fou et je sais que celui qu'il encourage va bientôt repasser devant nous, alors je me reconcentre sur le circuit. Là, je le retrouve !

Je suis en admiration devant lui. J'aime sa façon de ne faire qu'un avec sa moto, la manière dont il se penche dans les virages, et j'imagine l'excitation qu'il ressent en ce moment. Je vibre pour lui. Je sais combien il aime ça, mais j'ignorais que j'aimerais autant le regarder prendre son pied.

Je ne sais pas exactement combien de temps dure la course, mais je sais quand elle se termine aux cris qui s'intensifient. Clément boucle finalement son ultime tour. Il n'est pas premier, mais il n'est pas dernier non plus, et je crois qu'il s'en moque complètement, moi, en tout cas, cela m'est égal.

Je ne me remets pas de ce que je viens de vivre. C'était complètement dingue. Ma fièvre ne descend pas quand mon pilote préféré retire son casque et passe la main dans ses cheveux.

Il n'est pas humain. Je me demande parfois même s'il existe vraiment tant il est divin.

Il lève la tête et écarquille les yeux quand il me voit. Ce lien, ce contact bien à nous, il fait un peu plus monter la température. Hélas, Clément se détache trop vite de moi, car ses amis le rejoignent.

Je les regarde s'enlacer et discuter, puis je remarque qu'ils s'éloignent, sûrement pour aller boire un coup. Je ne sais pas ce que Clément leur dit, mais ils lui font un signe de la main, et il vient vers moi. Une fois à ma hauteur, il attrape ma main et me force à le suivre. Je n'ai aucune idée de ce qu'il fait ou de ce qu'il ressent. Est-ce qu'il m'en veut d'être venu sans prévenir ? Il ne voulait certainement pas me présenter à ses proches, c'est pour ça que je ne suis pas allé immédiatement à sa rencontre, je sais qu'il tient à garder notre histoire secrète. Cela ne me vexe pas, je ne suis pas venu pour ça. J'avais juste envie de le voir.

J'ignore s'il est fâché, mais en tout cas, il est pressé. Il court presque et m'entraîne dans ce qui ressemble à un vestiaire. Il ferme derrière lui, pose son casque, et soudain, il se jette sur moi. Sa bouche s'écrase sur la mienne et sa langue s'enfonce entre mes lèvres. Ce baiser n'a rien de tendre, mais je crois qu'il prouve qu'il n'est pas en colère contre moi.

Quand il me relâche, nos souffles sont détraqués et ses yeux voilés sont de toute beauté.

– Tu n'imagines pas combien j'ai envie de toi, dit-il.

– Si, j'imagine très bien.

C'est lui qui n'imagine pas combien j'ai envie de lui faire l'amour, là, tout de suite, et certainement pas d'une façon très romantique.

Il semble lire dans mes pensées.

– Est-ce que tu crois que cette fois tu peux oublier le romantisme et la douceur ?

– Je dirais même que j'en ai très envie.

– Il est peut-être temps de vérifier si tu as la force nécessaire pour l'antilope.

Notre discussion sur les positions du Kama-sutra me revient, et tout en me faisant sourire, elle m'excite. J'ai très envie de voir si c'est dans mes cordes.

Je retire en vitesse la combinaison de Clément, mais je me promets de lui demander un jour de la remettre pour que je la lui enlève très lentement. Lorsqu'il est nu, je l'aide à retirer mes propres vêtements. Nos gestes sont pressés et donc brouillons. Nous avons du mal à avancer vers notre objectif parce que nous ne parvenons pas à arrêter de nous embrasser. Je profite de l'un de nos baisers pour préparer au mieux mon amant ; sexe sauvage ne veut pas dire sexe douloureux. Il gémit dans ma bouche quand mes doigts glissent en lui, et son sexe qui frotte contre le mien me rend haletant. J'ai toutes les difficultés du monde à me défaire de lui pour attraper une protection, mais je parviens finalement à me recouvrir d'un préservatif. Là, je glisse mes mains sous ses fesses que je presse avec envie, puis je le prends dans mes bras. Ses jambes m'entourent et je trouve cette position particulièrement sexy, surtout quand il tire sur mes cheveux pour que je lui redonne accès à ma bouche, dont je l'ai privé dans ma manœuvre.

Je le plaque contre le mur, tant pis si ce n'est pas tout à fait ce qui était prévu, mes jambes ne tiendront pas, autrement. Ce n'est pas que je manque de force, c'est qu'il est tellement beau et bon que j'en tremble.

– Tu étais magnifique, tout à l'heure, murmuré-je. Tu l'es encore plus maintenant.

– Merci, répond-il, sincère. Et maintenant, prends-moi avant que je ne devienne fou, ajoute-t-il, d'une voix plus sensuelle.

C'est la première fois qu'il parle comme ça et je découvre que ça me fait complètement perdre la tête. Je crois qu'il m'est impossible de savoir si je préfère quand c'est doux ou quand c'est sauvage. En tout cas, ce qu'il se passe là, j'adore. Alors je ne vais pas me faire prier. J'obéis. Je glisse en lui et je crois que je pourrais jouir juste en le sentant se serrer autour de moi et en voyant ses yeux se fermer dans un mélange de plaisir et peut-être d'une légère douleur. Je ne bouge pas, j'attends, et c'est seulement quand il s'agite et me presse de ses mouvements que je commence à aller et venir en lui.

Comme il me l'a suggéré et comme ses doigts enfoncés dans mon épaule et mon crâne l'exigent, j'y vais avec force, avec rage. Je lui fais l'amour passionnément et intensément, avec toute l'excitation que cette course a fait monter en moi. J'entends la musique de l'autre côté du mur, j'y vais encore plus vite, en rythme. Les gémissements de Clément sont trop pour moi, je sais que je ne vais pas tenir longtemps.

C'est chaud, c'est serré, c'est délicieusement bon. Je me perds totalement en cet homme et je ne cesse mes coups de bassin que lorsque je le sens se répandre entre nous et que je le fais en lui. Il tremble, et moi avec. Je le colle un peu plus contre le mur de peur de finir par le lâcher. Il me sert tellement fort contre lui que je ne peux pas le déposer au sol. Je n'en ai de toute façon pas envie. J'aime trop le Clément post-orgasme, je veux le garder contre moi, et ce jusqu'à ce qu'il redescende sur terre.

Quand je sens ses bras et ses jambes se desserrer, je l'aide à se remettre sur ses pieds.

– Il faut que j'y retourne, dit-il en caressant mon visage.

Tant de tendresse dans sa voix, et cette caresse après nous être envoyés en l'air comme deux animaux… J'aime beaucoup ça.

– Je vais devoir filer, moi aussi. J'ai laissé Nine tout seul.

Clément hoche la tête, et pendant que je retire le préservatif, il attrape de quoi nous essuyer. Nous nous rhabillons, puis nous nous scrutons, amoureux et rassasiés. Je crois que ça nous a fait du bien de nous retrouver ainsi.

– Merci d'être venu, dit-il.

– C'était avec plaisir.

Il sourit, et je suis convaincu que je suis l'homme le plus heureux du monde.

Au micro, quelqu'un annonce une nouvelle course. Je crois reconnaître le nom, c'est peut-être un pilote célèbre ? Je n'en suis pas certain, et je m'en moque, en fait. Je prends mon téléphone et envoie un SMS à Clément alors que nous ne nous sommes pas encore quittés.

– Je t'ai envoyé l'adresse de la maison que je loue. Je repars demain matin, si tu veux passer ce soir, n'hésite pas. N'importe quelle heure, ça me fera plaisir.

– Je verrai si je peux.

– Aucune obligation, c'est juste au cas où.

Je ne veux pas qu'il pense que je lui mets la pression et je ne tiens pas à l'envahir. Je sais combien il a besoin de sa liberté.

Il m'embrasse une dernière fois et son baiser déborde de son amour et de sa reconnaissance. Je suis heureux d'avoir tout fait pour venir. C'était un moment incroyable, et je ne parle pas de nos ébats – même si c'était exceptionnel –, mais bien de la course. Et puis le voir aussi heureux de ma présence ne pouvait pas me faire plus plaisir.

Il me quitte et son départ me pèse déjà. Il a emporté un bout de mon cœur. Je ne suis jamais entier quand il s'en va. Mais je commence à m'y faire.

***

Le lit s'affaisse et je sens quelqu'un s'y glisser. Je n'ai pas besoin d'ouvrir les yeux, si Nine n'a pas aboyé, cela ne peut qu'être lui. J'avais laissé la porte déverrouillée en prévision, sans trop espérer, et le voilà, au beau milieu de la nuit.

Il vient se blottir dans mes bras, doucement. Je retrouve son odeur et la chaleur de son corps avec grand plaisir. À nouveau, je me sens complet. Il ne me manquait que lui, c'était aussi simple que ça, finalement.

V

Aimer

Même ce que l'on déteste

« Say my name, say my name
If you love me, let me hear you
Say my name, say my name
I am dying to believe you...[16] »

16. *Dis mon nom, dis mon nom, si tu m'aimes, laisse-moi t'entendre, dis mon nom, dis mon nom, je crève d'envie de te croire.* (Paroles de Say My Name, de David Guetta, Bebe Rexha & J Balvin.)

CHAPITRE 25

CLÉMENT

Trois ans depuis la rencontre

Trois ans, c'est long, et en même temps ce n'est pas assez. En trois années de relation, j'ai appris à connaître Seven comme personne avant moi ne l'a connu, je crois, à part peut-être elle… Je l'ai aimé de nombreuses façons, je l'ai aussi beaucoup détesté, mais sans jamais réussir à ne plus avoir d'amour pour lui. Il m'est arrivé de me dire que nous deux, ce n'était pas une bonne idée, j'ai douté bien plus de fois que je ne l'aurais souhaité, et pourtant, on est toujours ensemble.

Notre relation est singulière, parce qu'il n'y a pas que nous deux, bien sûr, mais aussi parce que nous ne pouvons pas nous voir aussi souvent que nous l'aimerions. Parfois, je me dis que c'est aussi ça, la réussite de notre couple, le fait que nous ne passons pas tout notre temps ensemble. Je ne sais pas s'il me serait possible de vivre avec lui en permanence, je finirais sûrement par étouffer ou par l'étouffer lui. Mais peut-être que je me dis ça pour me consoler de ne pas pouvoir l'avoir tout le temps à mes côtés… Il y a bien des mensonges que l'être humain se raconte pour réussir à supporter sa vie.

Je soupire en avalant mon deuxième café. Je sais que je vais en avoir besoin. Sandy arrive sous peu et je vais avoir du travail. J'ai l'impression de ne pas l'avoir marqué depuis des années – alors que ça ne fait que quelques mois – et je sais que je vais avoir autant envie que lui de remettre ça.

Je suis heureux qu'il passe me voir. Depuis l'annonce du décès de son père, je me fais un sang d'encre. Sandy a beau dire qu'il est soulagé d'en être enfin libéré, je sais que ce n'est pas tout à fait vrai. Comme moi, il transforme la vérité pour qu'elle soit plus facile à accepter. Il détestait son père, mais d'une certaine façon, il l'aimait aussi. J'aurais souhaité qu'il en ait un meilleur. J'aimerais que tout soit plus facile pour lui. Son paternel est parti, sa mère est malade, et le voilà prêt à entamer une chasse au passé pour retrouver sa sœur disparue et peut-être sauver la femme qu'il aime le plus au monde. Je m'inquiète pour lui. Il n'est jamais bon de replonger dans le passé, ce n'est pas pour rien que j'évite de le faire… Et je connais Sandy, c'est un louveteau fou, il va forcément s'attirer des ennuis.

La seule chose qui me rassure, c'est que je ne serai pas loin. Seven et moi avions déjà prévu de nous retrouver à Lège-Cap-Ferret. Le voyage de mon meilleur ami tombe pile au même moment, et j'espère pouvoir garder un œil sur lui, si je ne suis pas trop perdu dans les tumultes de ma propre vie… Pour la première fois, je vais prendre le risque de me retrouver face à Lina, la femme avec qui je dois partager Seven. Je déteste cette idée. Elle ne restera qu'une semaine et je pensais attendre son départ pour rejoindre mon compagnon, mais elle s'est décidée au dernier moment et j'avais déjà signé pour le local où je vais installer mon salon temporaire. Il est hors de question que j'annule mes rendez-vous. Certains de mes clients attendent depuis des années que je passe vers chez eux afin de pouvoir se faire tatouer, je ne peux pas leur faire un coup pareil. Alors tant pis, je ferai mon possible pour ne pas la croiser. Dans mon malheur, j'ai de la chance, je n'aurai à supporter sa présence que quelques jours puisque je ne pars pas de suite. Malgré tout, je suis inquiet. C'est la première fois que j'enfreins une règle que j'ai moi-même posée : ne jamais la voir. J'espère que ce ne sera pas la plus grosse erreur de ma vie. Trois ans de relation gâchée par une mauvaise décision, je crois que je ne m'en remettrais pas.

La clochette de mon salon retentit et je souris. Il est là, enfin. Je sens déjà l'excitation me gagner.

Il m'a manqué. Je le lui dis rarement parce que je sais que, de nous tous, il est celui qui supporte le moins bien la distance, alors je ne veux pas en rajouter, mais il me manque en permanence. Je suis vraiment heureux de savoir qu'on va se voir plus longtemps, et j'ai encore plus hâte de voir sa tête quand je le lui annoncerai.

Je dépose ma tasse dans l'évier et me dirige enfin vers l'entrée. J'ai à peine le temps de voir Sandy et de lui sourire que, déjà, il se jette dans mes bras. Je le serre de toutes mes forces, sûrement aussi fort qu'il le fait. Le sentir contre moi me fait un bien fou. D'une simple étreinte, il me fait oublier toutes mes inquiétudes au sujet de Seven.

– Putain… dit-il, avec émotion.

– Ouais.

Je ne peux pas dire plus, j'ai la gorge nouée. Je plains les gens qui ne vivent pas une telle amitié, du fond du cœur, je les plains, parce que je ne connais rien de plus beau que ce lien qui nous unit, Sandy et moi.

***

Comme prévu, je l'ai marqué. Quand il m'a montré ce que son amie Cookie lui avait tatoué sur la poitrine, je n'ai pas pu m'empêcher d'y ajouter ma griffe. Elle a fait un travail magnifique. J'ai eu plusieurs fois l'occasion de voir ses œuvres sur le corps de Sandy et ça me donne chaque fois plus envie de la rencontrer. J'ai eu beau aller de nombreuses fois à Lyon, je n'ai jamais pu la voir. Elle a son salon sur place, mais Sandy m'a dit qu'elle en avait un deuxième ailleurs et je la manque à chaque fois. Apparemment, elle n'aime pas trop parler de sa situation et de cette histoire de double salon, et connaissant mon meilleur ami, il ne doit pas insister non plus. Il a un côté envahissant, mais il respecte toujours l'intimité des gens. Je ne sais donc pas ce qu'il en est, mais ce que je constate, c'est que depuis cinq ans que je suis proche de Sandy, pas une fois je n'ai réussi à voir cette femme. C'est à croire qu'elle n'existe pas.

Je tire sur mon joint avant de le passer à mon ami. Nous sommes installés tranquillement dans la cour. Les bruits de la ville viennent jusqu'à nous, et étrangement, ils m'apaisent. J'aime beaucoup Toulouse, c'est un lieu animé où je me sens bien. Je pense que nous irons y rouler ce soir et sûrement y boire un verre ou deux. Sandy ne reste que cette nuit, alors je vais profiter de lui. On se retrouvera sous peu à Lège-Cap-Ferret, et l'expression de son visage quand je le lui ai annoncé juste avant de le tatouer était à la hauteur de mes espérances.

Le souvenir me fait sourire. C'est pile à ce moment que j'entends à nouveau la clochette de mon salon. Sandy panique et commence à cacher le joint, mais je le rassure d'un signe de la tête. Je sais qui c'est, il n'a pas à s'inquiéter. Celui qui est un peu stressé, maintenant, c'est moi. C'est la première fois que mon meilleur ami va voir Seven, et je ne lui ai encore jamais parlé de lui. Mon partenaire et moi ne sommes pas du genre à nous embrasser ou à nous enlacer en public, mais je connais Sandy, il analyse très bien les gens. Il voit des choses que les autres ne voient pas, et je sais qu'il va comprendre ce qui se passe. Ce n'est pas que je me sens gêné de lui en parler, c'est juste que je ne ressens pas l'envie de le faire. Mon histoire d'amour n'appartient qu'à moi.

Un jour, il faudra pourtant bien que je le lui dise…

Quand j'arrive à l'entrée et que je vois Seven avec Nine, mon cœur s'emballe, comme toujours quand mes yeux se posent sur lui. Trois ans et je vibre toujours de la même manière. Mes sentiments n'ont pas faibli, je suis toujours complètement fou de lui et qu'importe ce qui ne va pas dans notre relation, je ne crois pas pouvoir faire taire mon amour.

Seven et moi faisons ce que nous faisons chaque fois : nous nous perdons l'un dans l'autre, mais Sandy arrive derrière et brise cet enchantement.

– Bonjour.

Cette voix, je l'aime tellement… J'ai bien du mal à ne pas me perdre à nouveau en l'entendant.

– Je te présente Sandy, dis-je.

– J'ai beaucoup entendu parler de toi, continue-t-il en tendant la main vers mon ami.

Pour le coup, ce n'est pas une simple formule de politesse, j'ai beaucoup parlé de lui, peut-être trop.

– Tout ce que Clément a pu dire à mon sujet est faux. Sauf s'il a dit du bien, ça, c'est sûrement vrai.

Je souris, comme Seven, et quand ses yeux replongent dans les miens, j'oublie à nouveau que nous ne sommes pas seuls. Je suis complètement envoûté. Je crois que n'importe qui comprendrait ce qu'il y a entre nous, même quelqu'un qui n'aurait pas le sens de l'observation que possède mon meilleur ami.

– Je ne reste pas longtemps, je dois continuer la route jusqu'au Cap Ferret.

– Elle te rejoint là-bas.

Je n'ai pas pu m'en empêcher. Je ne pense qu'à ça depuis des semaines.

Il hoche la tête, et si je suis heureux de ne pas lire de culpabilité sur son visage, ça ne m'empêche pas d'être dérangé par l'idée. J'aimerais déjà qu'elle soit repartie…

Comme s'il lisait dans mes pensées, il me dit :

– Ce ne sera que pour une semaine.

– La plus longue de ma vie.

En vérité, quand j'arriverai, elle sera déjà sur le départ, il ne lui restera plus que quelques jours, mais ce sera suffisant pour la voir et en souffrir.

– Je ferai tout pour te la faire oublier.

– Je compte sur toi, dis-je, en souriant faiblement.

Sa main caresse discrètement la mienne et je me moque que Sandy puisse voir ce geste. J'aime ce contact, j'aime le courant électrique qui me traverse quand ma peau touche la sienne ; je n'ai pas envie de m'en défaire.

– On se voit bientôt ?

Je hoche la tête, mais je suis déçu qu'il reparte déjà. Il n'a pas le choix et je n'ai de toute façon pas le temps pour lui, pourtant la déception est là.

– Pourquoi tu es passé ?

– J'avais besoin de voir ton visage.

Il monte ma main vers sa bouche et embrasse doucement mes phalanges. Nine frotte mon autre main de sa tête et je me sens juste bien, ainsi avec eux. Pourtant, quand ils partent, c'est de nouveau le vide qui me gagne.

Je soupire.

Je dois me ressaisir, ça devient fatigant, à force.

Quand je me retourne, je remarque que Sandy n'est plus là. Je ne sais pas à quel moment il est parti, mais lorsque je le retrouve dans la cour, il sourit.

– Tu vas à Lège pour le travail, hein ?

Son ton est plein de sous-entendus. Je lui tape dans l'épaule, ce qui le fait rire.

Je n'ai pas besoin de répondre, je sais qu'il sait.

– T'es prêt ? demandé-je, à la place.

– Qu'est-ce que tu as prévu pour moi ?

– Une petite virée dans Toulouse.

– Avec Treize et Haley, rassure-moi ?

Haley, c'est sa moto. Ce foutu accro aux séries n'a pas pu s'empêcher de nommer sa moto d'après l'héroïne des *Frères Scott*.

– Bien sûr qu'on part avec elles.

Il écrase le joint et se lève, prêt à rouler. Rien ne l'excite plus que cette idée, presque rien, en tout cas.

Nous enfilons nos blousons, et quelques minutes après, nous nous retrouvons à rouler dans la Ville rose. Ce n'est qu'à ce moment que la tension dans mes épaules s'atténue. Les bâtiments qui sont plus dorés que roses défilent devant mes yeux, lentement – impossible de rouler vite ici, il y a trop de piétons, malgré l'heure tardive, mais ça ne me dérange pas – et c'est ce qui finit par me calmer. C'est agréable de prendre parfois le temps de simplement vivre l'instant présent, sans trop penser à l'avenir, ou pire, au passé.

Quand nous arrivons sur le périphérique, je peux accélérer et me faire plaisir autrement. Nous nous éclatons, côte à côte, et j'ai l'impression de sentir mes ailes se déployer. Il n'y a rien de meilleur que la route pour que mes soucis s'envolent. Je les laisse derrière moi ; avec Treize, je file et je m'en éloigne, même s'ils finissent toujours par me rattraper.

Nous roulons un long moment ainsi, à toute vitesse, puis nous finissons par regagner la ville. À un feu, d'un mouvement de la tête, je montre un bar à Sandy et il lève un pouce. Il est temps d'aller boire un coup.

Nous nous garons et nous retirons nos casques avant de nous installer en terrasse. Nous n'avons même pas encore commandé que je vois déjà certains regards se poser sur mon ami. Je secoue la tête en souriant.

– Quoi ?

– Je comprends pourquoi t'as autant d'assurance.

Il ne voit pas de quoi je parle.

– La petite brune à ta gauche, la blonde un mètre plus loin et la rousse juste derrière toi.

Sans aucune discrétion, il se retourne, et moi, je soupire. Il fait même un signe de la main, ce con.

– Elles sont mignonnes. Par contre, la brune, c'est pas moi qu'elle regarde.

Je fronce les sourcils et tourne la tête vers la droite. La brunette me sourit timidement, mais je détourne vite le regard. Je n'aimerais pas lui donner de faux espoirs.

– Je me suis toujours demandé si ça se voyait, reprend Sandy.

– De quoi ?

– Le fait que tu es gay. Les filles n'ont pas l'air de le remarquer, et je ne l'aurais pas su non plus si tu ne m'avais pas dit la première fois pourquoi on tapait sur la gueule de ces mecs.

– Je trouvais ça important de te préciser pourquoi tu venais d'éclater des inconnus, réponds-je en riant.

– J'étais juste content de me battre.

Il hausse les épaules, comme si c'était normal.

– Tu aurais pu me frapper, moi.

– T'avais l'air sympa, pas eux.

– On ne décide pas comme ça de qui est bon ou mauvais.

– J'ai un très bon instinct.

Je soupire parce que là n'est pas la question. Il ne peut pas définir de la qualité d'une personne juste en la voyant quelques minutes. Je sais qu'il se trompe rarement, mais ce n'est pas une raison. Je sais aussi que ça ne sert à rien de le lui dire, il n'en fait qu'à sa tête, alors je reviens sur le sujet initial :

– Non, notre sexualité ne se voit pas sur notre visage.

– Alors tu ne savais pas que j'étais hétéro quand on s'est rencontrés ?

– Toi, si.

– Tu vois que tu juges, toi aussi !

– Ça n'a rien à voir, juste après t'être battu, tu as descendu ton verre et tu as emballé la serveuse !

– J'aurais pu être bi.

– Tu aurais pu.

Je le reconnais, mais je sentais que non, ça ne s'explique pas.

– Disons que pour certaines personnes, on sent des choses, pour d'autres, c'est le flou total.

– C'est pas un peu compliqué pour draguer ?

– Pas plus que pour toi. Tu tentes et ça passe ou ça ne passe pas. C'est juste plus délicat pour ceux qui ne sont pas hétéros parce que ça peut mal finir, surtout avec les mecs.

– T'as déjà eu des soucis ?

– Je ne drague pas, Sandy, tu le sais.

Je n'aime pas ça. Je préfère laisser les choses se faire naturellement. D'un simple contact peuvent découler beaucoup de choses, si cela doit arriver. Je ne dirais pas que j'attends patiemment, c'est un coup à manquer sa chance, mais je n'aime pas les jeux de séduction, pas comme mon meilleur ami qui ne vit que pour ça.

– Ça l'air compliqué d'être toi, me dit-il soudain, après avoir fini son verre.

– Pourquoi, parce que je suis gay ?

– Non, parce que tu n'aimes pas draguer alors que c'est ce qu'il y a de plus amusant dans la relation ! Mais ne pas aimer les femmes, ça aussi, ça doit être terrible.

Je ne peux pas m'en empêcher, je ris. Je ris parce que je sais que Sandy n'essaye pas de m'insulter, il a vraiment du mal à imaginer une vie sans femmes. Il les aime trop, il en est complètement fou. Et je ris parce que je sais qu'il plaisante. Moi aussi, je le charrie souvent en lui disant qu'il rate un truc à ne pas aimer les hommes.

– Alors, avec laquelle tu vas partir, ce soir ? demandé-je, pour revenir aux femmes qui le dévorent toujours des yeux.

– Aucune, je repars avec un homme.

De quoi est-ce qu'il parle maintenant ? Est-ce que la discussion lui est montée à la tête ?

Mon visage doit montrer mon incompréhension parce qu'il rit et ajoute :

– Avec toi, je repars avec toi ! C’est notre soirée, je n’ai pas envie d’être avec quelqu’un d’autre et j’aurai bien le temps de combler mon manque de femmes quand je serai à Lège.

Il me fait un clin d’œil. Je lève mon verre à ses mots, un simple sourire sur le visage, alors qu’au fond, ce qu’il vient de dire me touche énormément.

Sandy est ce type d’homme, le genre qui aime ses amis plus que tout au monde et qui les fait passer avant tout, absolument tout, et moi, je me sens toujours vraiment chanceux de l’avoir dans ma vie.

Après un deuxième verre et beaucoup de rires, grâce à des discussions légères qui n’ont à voir ni avec son père ni avec Seven, nous reprenons la route et nous finissons la nuit en roulant, sous l’œil bienveillant d’une lune magnifique. J’avoue que nous buvons un peu plus lorsque nous rentrons chez moi et je ne sais pas vraiment comment nous réussissons à nous mettre au lit, mais je sais une chose, quand je m’endors, j’ai le sourire aux lèvres et le cœur léger.

Tout ça, je le dois à Sandy.

CHAPITRE 26

CLÉMENT

À quelques jours de mon départ pour le Cap Ferret, je m'apprête à me coucher quand j'apprends une nouvelle qui ne pouvait pas me rendre plus heureux et qui comblerait presque le manque de Seven ou mes pensées noires au sujet de sa copine. Je ne lui ai pas écrit depuis qu'il est passé au salon et lui non plus. Je ne sais pas quoi lui dire. Chaque fois que je prends mon téléphone, je pense à elle, à eux, et je le repose. Aujourd'hui, pourtant, je sais que je vais le contacter. Lara est enceinte. Luigi et elle vont avoir un bébé et je suis tellement excité pour eux que j'ai besoin de lui en parler. Il est le premier à qui je pense en apprenant la nouvelle, je ne sais pas si c'est parce que je connais son aversion pour les enfants ou si c'est juste parce qu'il est celui avec qui j'ai envie de partager ma joie, mais c'est vers lui que je me tourne directement. Alors avant de répondre dans la discussion de groupe que j'ai avec mes amis, je lui envoie un SMS :

Moi : *Lara et Luigi vont avoir un bébé.*
Tu le garderas quand on ira rouler ? :)

Je souris parce que je sais que ce simple message va le faire flipper. À moins que ça ne le fasse sourire parce qu'il comprendra vite que je plaisante. Il est tard, il dort sûrement déjà, mais tant pis.

Une fois mon message envoyé, j'en expédie un autre à Sandy pour lui rappeler que je serai là dans quelques jours – comme s'il pouvait l'oublier –, puis je retourne sur Facebook.

Moi : *Félicitations !*

Luigi : Merci, mon frère.

Il a toujours été comme un frère pour moi et je le suis aussi pour lui, mais quand il en vient à l'écrire noir sur blanc, c'est qu'il est vraiment envahi par l'émotion, je le sais. J'imagine combien il doit être heureux. Il rêve d'avoir un enfant depuis longtemps. Depuis que je le connais, je sais qu'il veut être père, lui qui n'en a jamais eu. Et je sais qu'il en sera un excellent, justement parce qu'il sait combien il est dur de grandir sans parents.

Riley : Vous avez déjà une idée
de prénom ?

Lara : Merci, Clément !
Si c'est une fille, ce sera Maria !

Moi : *Et pour un garçon ?*

Luigi : Ce sera une fille.

Lara : Il a décidé que ce serait une fille, ça va lui faire un choc quand il verra un pénis sur le bébé.

Violette : Pour quand est prévu l'accouchement, les enfants ?

Lara : Début décembre.

Moi : *Un bébé de l'automne ou de l'hiver alors.*

Patrick : L'hiver donne le froid, le printemps la verdure, l'été le blé, et l'automne le bon vin.

Lara : On doit comprendre quoi ?

Luigi : Que l'automne, c'est mieux, y'a du vin.

Riley : Je ne suis pas sûre que les dictons de Pat' soient à prendre littéralement...

Violette : Je viendrai vous voir en décembre, alors.
Je passerai Noël à Lyon,
je vais m'arranger avec Jacky.

Patrick : Je viendrai aussi.

Riley : Ça ira pour le travail, Pat' ?
Moi, ce sera bon, mais je passerai

vous voir avant. J'ai un *gig*[17] prévu par là sous peu, ça tombe bien.

Patrick : Ça ira.

Court, clair et net, tout Pat'. Je crois qu'il se moque bien que ça n'aille pas, il ne manquera pas la naissance du bébé de nos amis. Et puis à Lyon, il y a la mère de Sandy, et j'ai toujours pensé qu'il avait un petit faible pour elle.

De mon côté, je serai de la partie, c'est certain. Je veux voir cet enfant le plus vite et le plus souvent possible. Je n'en ai jamais voulu moi-même, mais j'espérais sincèrement que ces deux-là en aient un. Ça a toujours été un sujet de discorde entre eux. Je suis heureux que ce soit enfin réglé et j'espère que tout se passera bien. Aussi solide soit leur couple, je ne sais pas comment il tiendrait s'ils perdaient ce petit être. Lara risquerait de ne pas vouloir retenter l'expérience…

Moi : *Je n'étais pas encore décidé pour mon planning de décembre. Je crois que Cookie n'est pas à Lyon, elle me prêtera peut-être son salon… Mais je viendrai quoi qu'il arrive !*

Lara : Merci…

Riley : Il faut juste voir où on dort.

Luigi : Je pense que la mère de Sandy vous accueillera avec plaisir.

17. Performance musicale en direct.

La discussion autour de nos prochaines retrouvailles continue avec un seul absent : Sandy. Vu l'heure, j'imagine qu'il fait la fête sur la plage, ça lui ressemble beaucoup. À peine arrivé, il a rencontré une femme. Ce n'est pas étonnant. Ce qui l'est, en revanche, c'est qu'il n'ait pas déjà oublié son nom et qu'il nous en ait autant parlé alors qu'il ne la connaît que depuis quelques jours…

Mon téléphone m'annonce un nouveau SMS. Je n'hésite pas une seconde avant de quitter Facebook pour ouvrir le message de Seven.

Seven : Tu sais que je ferais n'importe
quoi pour toi, mais ça…
Je peux échanger l'enfant
contre un chien ?

Je ris parce que c'est exactement la réponse que j'attendais, celle qui lui ressemble le plus. Je n'ai pas le temps de répondre qu'il m'écrit à nouveau.

Seven : Mais je suis content
pour tes amis, c'est une bonne
nouvelle, pas vrai ?

Moi : *Ouais,*
Luigi en voulait vraiment un.

Seven : Pas Lara ?

Moi : *Disons qu'au début,*
pas vraiment, mais je la connais,
elle n'aurait pas cédé pour lui, donc
c'est qu'elle le veut vraiment, ce bébé.

Seven : Alors c'est une bonne chose.

Moi : *Comment tu vas, toi ? Et Nine ?*

Mon téléphone m'indique qu'il est en train d'écrire, mais le message tarde à arriver. Quand je le reçois finalement, je le trouve très court en comparaison avec le temps qu'il a mis à le taper, et surtout, trop bref.

Seven : Ça va.

Moi : *?*

Seven : Je ne sais pas comment
détailler sans te parler d'elle.

Moi : *Fais-le, ça ne fait rien.*

Au point où j'en suis… Sous peu, je mettrai peut-être un visage sur cette femme dont je déteste déjà l'existence alors qu'elle n'a rien fait, la pauvre… Et puis je m'en veux un peu de l'empêcher de pouvoir se confier à moi.

Seven : Elle n'aime pas vraiment
se promener, elle veut passer
son temps à la plage, et Nine a besoin
de se dégourdir les pattes,
moi aussi. Alors ça va, il fait beau
et c'est agréable, mais j'ai vraiment
envie d'aller faire un tour.

Moi : *Tu ne peux pas y aller seul ?*

Seven : C'est compliqué.

Toute sa relation me semble compliquée. Je ne comprends toujours pas pourquoi il reste avec elle s'il n'est pas amoureux, et comme je me refuse à l'interroger à ce sujet, je suis dans le flou depuis des années.

Moi : *On ira faire un tour*
quand je serai là et qu'elle sera partie.

Seven : J'ai hâte…

Je ne sais pas s'il a hâte de me retrouver ou hâte qu'elle parte, mais moi, je suis impatient pour les deux. Il me tarde d'arriver au Cap Ferret.

J'ai toujours été dépendant du temps, j'ai parfois voulu qu'il s'arrête, j'ai souvent souhaité qu'il fasse marche arrière, et aujourd'hui, j'aimerais qu'il passe plus vite. J'ai besoin de retrouver Seven pour me sentir à nouveau complet.

***

Je suis enfin en route. Mes affaires ont dû être livrées hier, je n'emporte presque rien avec moi, je n'ai de toute façon pas la possibilité de le faire. Je brûle d'impatience de prendre possession des lieux, de retrouver Sandy et même de rencontrer les amis qu'il s'est faits sur place. Dès le premier jour, il s'est intégré à un petit groupe dont il n'a cessé de nous parler. Ça ne m'étonne pas de lui, il est très sociable et c'est un homme assez facile à aimer. Je suis sûr qu'il n'a eu aucun mal à se faire apprécier.

Depuis Toulouse, je n'ai que quatre heures de route, en comptant une petite pause, peut-être moins, peut-être plus s'il y a du monde. La route me fait un bien fou et Treize est ravie de me porter vers ma nouvelle destination.

Je suis parti alors qu'il faisait encore nuit et j'arrive donc avant midi. Si j'en crois Sandy, je ne suis pas exactement à côté du lieu où il réside. J'ai beau avoir l'habitude de rouler, je suis un peu perdu là-bas. Il y a trop d'appellations qui se ressemblent : Lège, Lège-Cap-Ferret, le Cap Ferret… Tout ce que je sais, c'est que Sandy est en haut, et moi, à la pointe. Je suis entre le bassin et l'océan, et quand j'observe mon environnement, je constate qu'il est très fréquenté. C'est une bonne chose. Une partie de mon emploi du temps est prise par mes réservations, mais j'ai quelques créneaux libres que je pourrai certainement remplir avec tout ce monde.

Je passe les dernières heures de la matinée à installer toutes mes affaires, et quand j'entends frapper à la porte de mon salon et que je vois le visage de Sandy, je suis euphorique. Un grand sourire barre mon visage. C'est un vrai bonheur de se revoir après une semaine – pas tout à fait, c'est plutôt quatre ou cinq jours, mais c'est presque pareil, et j'ai ressenti ça comme deux semaines au moins.

Il a à peine le temps d'entrer, de m'embrasser et de me dire qu'il a commandé des pizzas que quelqu'un frappe à nouveau contre la vitre. Je découvre un jeune homme d'une vingtaine d'années au sourire communicatif.

– Tic Tac ? demande Sandy derrière moi.

Alors c'est lui, le gamin plein de vie pour lequel mon meilleur ami a eu un coup de cœur ? J'aurais presque pu le deviner, il dégage vraiment tout ce qui m'a été décrit à son sujet.

Les deux discutent un peu, puis Sandy me présente. Le dénommé Tic Tac me serre la main avant de me dire :

– Tu viens boire un verre avec nous, ce soir ?

– Avec plaisir.

– Super ! Toute la bande sera là.

– Danny bosse, non ? demande Sandy.

– Ouais, on va aller boire dans son bar.

Notre adorable livreur de pizza rit avant de s'échapper pour continuer sa tournée. C'est un véritable vent frais qui fait un bien fou, surtout avec cette chaleur. Mon ami n'avait pas menti, je l'ai constaté en quelques minutes seulement.

– Lui, c'est le gamin attachant dont tu nous as parlé. Et Danny, la fille qui partage ton lit ?

Je demande juste pour la forme, je connais déjà la réponse.

– Je squatte le sien, en fait. Mais ouais, c'est ça.

– La soirée promet d'être intéressante, dis-je en souriant.

– T'avais pas prévu de voir ton copain ? Il peut venir, s'il veut, plus on est de fous, plus on rit.

Je perds aussitôt mon sourire. Ce n'est pas que penser à Seven me déplaît, je suis toujours heureux quand il est dans ma tête – et il y est très souvent –, mais pour l'instant, il est occupé ailleurs avec une autre ; c'est ça qui me bouffe.

– Je crois qu'il est temps que tu me parles de lui, tu ne crois pas ?

Je soupire parce que je sais qu'il a raison, j'ai gardé le secret assez longtemps, et s'il y a bien quelqu'un à qui je souhaite en parler en premier, c'est à Sandy. Violette a deviné qu'il y avait un homme dans ma vie, avant même que mon meilleur ami ne se retrouve face à lui, mais je ne peux pas lui parler de ça. Je ne veux pas l'inquiéter ; j'ai peur qu'elle ne voie Seven comme une nouvelle drogue et qu'elle juge que celle-là aussi, je la consomme avec excès.

Sans répondre à Sandy, je m'installe et je commence à manger de la pizza. Il m'imite et patiente, sans insister. C'est ce que j'aime avec lui, il est plus impatient que quiconque, mais il ne me presse jamais. C'est pour ça que je finis toujours par lui parler.

– Il s'appelle Seven. Et je t'interdis de faire une blague.

Je le connais par cœur, il a forcément un truc à dire au sujet de son prénom et ce sera pire quand il saura comment s'appelle son chien, je le sens. Rien qu'à la mine boudeuse qu'il affiche là, quand je lui interdis de se moquer, je sais qu'il a mille conneries au bord des lèvres.

– Il est réunionnais et il est écrivain. Il voyage beaucoup pour l'inspiration, c'est comme ça que nos chemins se sont croisés.

– T'as pas peur de finir dans un de ses livres ? Je me méfie des écrivains, ils nous utilisent !

Je souris malgré moi parce que je comprends sa crainte et qu'en même temps je doute fortement que cela arrive. Notre histoire est un secret qu'il ne dévoilera certainement jamais.

Je ne lui réponds pas, ce n'était pas une vraie question. Je préfère continuer à lui raconter avant de ne plus en avoir le courage.

– On a vite accroché, lui et moi, et on a commencé à se fréquenter. C'est là que j'ai adopté le concept de boutiques éphémères, pour pouvoir aller de ville en ville avec lui.

– Attends, t'as commencé à faire ça, y'a…

– Trois ans, ouais.

Trois ans que je suis avec cet homme et que je l'aime comme un fou.

– C'est carrément sérieux, toi et lui, reprend Sandy. Et c'est seulement maintenant que j'apprends son existence ? Je sais que t'aimes garder ta vie privée pour toi, mais là, t'as fait fort.

– C’est pas si sérieux.

– Pas si sérieux ? Je trouve que le suivre dans toute la France pendant trois ans, c’est sérieux.

– Pas pour lui, apparemment.

Mensonge. C’est très sérieux pour moi et je refuse de croire que ça ne l’est pas pour lui. Et en même temps, si ça l’était, pourquoi continuerait-il à fréquenter une femme dont, de son propre aveu, il n’est pas amoureux ?

– Il y a quelqu’un avec qui il partage déjà sa vie, un appartement à Paris, une relation… Habituellement, elle reste à la capitale, mais là, elle est venue pour la semaine. Il doit être avec elle quelque part en ce moment. Peut-être qu’il lui fait l’amour dans la maison hors de prix qu’il a louée.

J’entends la jalousie dans ma propre voix et je déteste ça. Je ne supporte pas l’homme que cette situation me fait devenir. C’est exactement pour ça que je refuse que Seven me parle d’elle. Je ne connais que son nom et l’endroit où elle vit avec lui parce que ces informations ont dû m’être données à un moment, inévitablement, mais je ne veux pas parler d’elle ou en entendre parler. Chaque fois, ça me transforme.

– Peut-être qu’il pense à toi en le faisant, suggère Sandy.

– Ce serait encore pire…

Ce serait même terrible. Pauvre femme, j’ai beau ne pas l’aimer à cause de la place qu’elle a dans la vie de Seven, je ne lui souhaite pas quelque chose comme ça, je me sens déjà assez mal d'être celui à cause de qui elle est devenue une femme trompée et trahie.

Je soupire et repousse la boîte à pizza. Je ne veux pas en dire plus, c'est suffisant pour une journée.

– Voilà, tu sais.

– Si c'est ça l'amour, je passe mon tour. Ça te donne une mine bien sombre.

Lui qui disait vouloir aimer sincèrement, il y a quelques années… Le pauvre n'a que très peu de modèles heureux de couples formés par amour ; c'est triste. Mais ce qui est plus triste encore, c'est que de nous deux, c'est lui qui a la mine la plus sombre.

– Tu peux parler, t'as vu ta gueule ? dis-je.

– Quoi ma gueule ?

– Combien tu fumes par jour ? T'as les yeux explosés.

– Pas plus que d'habitude.

Il me ment, je le sais, et je déteste ça. Mon meilleur ami est facilement dépendant et je m'inquiète de le retrouver dans cet état après quelques jours seulement. Je l'avais déjà trouvé pâlot à Toulouse, mais là, il m'a l'air en piteux état.

– Fais gaffe, Sandy.

Je ne supporterais pas qu'il lui arrive quelque chose. L'idée de perdre Seven m'est insupportable, mais perdre Sandy me serait fatal, j'en suis certain.

***

L'après-midi s'est montré moins pesant que ma discussion avec mon meilleur ami. J'ai finalement rencontré la fameuse Danny et j'ai eu la surprise de retrouver Sandy en elle, dans son amour pour les tatouages, dans son caractère – notamment quand j'ai cru qu'elle allait le tuer après qu'il a raté son tatouage, ce qui était particulièrement drôle – et dans sa façon d'être, tout simplement. C'était un bon moment qui m'a permis d'oublier un peu ce qui me travaille dernièrement, et je suis ravi de continuer la soirée avec eux et le reste de la bande.

Au bar, je retrouve Tic Tac, je fais la connaissance de Léni, le meilleur ami de Danny, et de Nicky, la copine de Jules, un beau jeune homme – lui aussi présent, ce soir – que j'ai rencontré un peu plus tôt, quand il a emmené Danny au salon. Il n'a pas caché son intérêt pour moi, à ce moment. En temps normal, j'aurais donné suite à ses avances, j'aurais continué le jeu de séduction que nous avons entamé parce qu'il est fort plaisant à regarder, mais je suis avec Seven et au-delà du fait que je suis du genre fidèle, je suis très amoureux de lui et je m'imagine mal avec une autre personne. Je n'en ai pas du tout le désir.

Cette pensée change pourtant bien vite quand, assis à la table avec les autres, la pire des visions s'offre à moi. Seven est là, et il n'est pas seul. Une femme est à son bras. Je n'ai pas besoin d'être devin pour savoir qu'il s'agit de Lina.

Merde, elle est vraiment mignonne. Elle a un visage de poupée et un beau sourire. Je déteste ça. Je me compare à elle alors qu'il n'y a aucune raison valable de le faire. La seule chose qui nous lie, c'est une personne : lui. Mais ce que je déteste le plus, c'est moi, de savoir que je fais un coup pareil à une femme qui a l'air si gentille. Elle tient le bras de Seven et lui sourit amoureusement. Je me dégoûte.

Mon tourment doit se voir sur mon visage, car Nicky me demande :

– C'est qui ?

– Le mec avec qui j'ai une relation.

Je ne parle pas de la femme qui l'accompagne et je n'ose même pas dire qu'il est mon partenaire, j'ai étrangement l'impression de ne pas en avoir le droit. Je me sens soudain misérable.

– À ta tête, je dirais que ce n'est pas comme Nicky et moi, pas un accord entre vous, me dit Jules.

– Non. Je ne suis pas d'accord pour le partager.

J'ai accepté, mais ça ne veut pas dire que je vis bien la situation ou que je suis d'accord avec, j'ai fait ce choix parce qu'aucun autre ne me semblait convenable. Je ne peux cependant pas le reprocher à Seven, c'était ma décision…

J'avale ma bière, agacé par mes sentiments, et quand je relève la tête, mes yeux sont attirés par ceux de l'homme que j'aime. Je sais que je ne devrais pas, je savais ce que je risquais en acceptant tout ça, mais je suis énervé. Mon doigt tape involontairement sur la table et c'est pire quand Seven détourne la tête. Son visage ne laisse rien paraître. J'ai envie de hurler de frustration. J'ai l'impression d'être devant une autre personne et ça me fait l'effet d'un coup de poing dans l'estomac.

Je m'étais imaginé des tas de choses, mais je ne pensais pas que cela serait aussi douloureux. La façon dont il a détourné la tête, le sourire de cette femme, les amis qu'ils rejoignent et avec qui ils rient… C'est une autre vie de Seven, une à laquelle je n'appartiens pas.

Rien ne va. J'ai l'impression d'étouffer.

– Viens danser, me propose Jules en se levant.

– Je ne suis pas bon danseur.

– Tu auras juste à te coller à moi et à me laisser guider, ça devrait aller.

Il rit et cela me fait du bien. Je crois que je sais ce qu'il essaye de faire. Je ne pense pas qu'il profite de la situation pour me draguer un peu plus, j'ai plutôt l'impression qu'il veut rendre à Seven la monnaie de sa pièce. Mais mérite-t-il vraiment que je lui inflige une chose pareille ? Je souffre tellement de le voir avec elle que j'ai du mal à accepter l'idée de lui faire vivre cette peine. Et pourtant, pour la première fois depuis que je suis au courant de son autre relation, j'ai envie qu'il ressente la même chose que moi. Je m'en veux déjà d'envisager la chose et je me maudis de même y penser parce que je sais que je souffrirai de le blesser, mais tant pis.

Je sens mon corps qui commence à me gratter à cause de mon énervement et il est hors de question que je fasse une crise ici. Alors je me lève et je suis Jules à l'endroit où d'autres bougent au rythme de la musique. C'est une chanson populaire et sensuelle qui tombe parfaitement bien. Je vais m'en servir pour lui faire ressentir ce que je vis, et tant pis si c'est cruel de ma part.

L'alcool ne m'aide pas à penser autrement et je déteste l'image que j'ai de moi-même ou de Seven, à cet instant. Pourtant je n'arrive pas à me ressaisir.

Jules me tire vers lui alors que le refrain enflamme le bar et je me laisse porter par les paroles.

« *I may be crazy, don't mind me*
Say, boy, let's not talk too much
Grab on my waist and put that body on me[18] »

La chanson nous emporte un peu plus loin, et très vite, les mains de Jules glissent sur mon corps, jusqu'à mon visage dont il s'empare pour me voler un baiser. Il embrasse bien, je suis forcé de le reconnaître, mais je ne ressens rien, pas le moindre désir ou plaisir. C'était couru d'avance, je suis trop accro à Seven pour ressentir quoi que ce soit avec un

---

18. *Je suis peut-être fou, ne t'occupe pas de moi, dis, mec, ne parlons pas trop, attrape ma taille et mets ce corps au-dessus du mien.* (Paroles de Shape Of You, d'Ed Sheeran.)

autre… Je suis complètement foutu pour les autres hommes maintenant, c'est terminé.

Je ne sais pas si Seven nous voit et je ne veux pas le savoir. Je crois que j'ai assez vécu en une soirée, je me suis fait assez mal.

Je suis reconnaissant envers Jules de m'avoir entraîné sur la piste, même si je déteste danser. Je sentais que j'étais en train de perdre la tête. Voir l'homme que j'aime avec sa compagne était bien plus dur que je ne le pensais. Et même si je n'ai rien ressenti avec ce baiser, cela m'a fait du bien de me lâcher comme ça, de m'oublier ne serait-ce qu'une minute en bougeant maladroitement dans les bras de ce presque inconnu. Je n'en suis pas particulièrement fier, mais j'en avais cruellement besoin, et juste pour ça, j'accepte de me pardonner moi-même.

– Tu veux aller faire un tour ?

Jules me tire de mes pensées en criant par-dessus la musique. Je ne suis pas contre l'idée de m'échapper, mais j'ai peur qu'il n'y ait un malentendu.

– N'attends rien de moi, je ne peux rien te donner.

– Je n'ai rien envie de te prendre, me répond-il, en souriant. Rassure-toi, je vois bien que tu n'as pas la tête pour un plan cul, mais peut-être que tu ne seras pas contre un nouvel ami ?

– J'en ai déjà assez, mais étrangement, ta proposition me tente bien.

– Sinon j’aurais pu être l’inconnu qui t’écoute vider ton sac, je suis plutôt bon pour ça.

Il rit et m’entraîne vers la table. Sandy a disparu et je ne vois pas Danny, alors j’imagine qu’ils sont ensemble. Jules s’arrête pour murmurer quelques mots à l’oreille de sa douce, puis il l’embrasse avec une passion non dissimulée avant de revenir vers moi. Ça, c’était un baiser, un vrai… Je ne suis pas jaloux, je connais ce sentiment, mais le seul que j’autorise à m’embrasser ainsi, ce soir, il ne le peut pas…

Je ne jette même pas un œil vers Seven, je ne veux pas savoir ce qu’il fait ou s’il est encore là. Je ne veux rien savoir du tout. Pour une fois, j’ai juste besoin de m’éloigner de lui, de mettre le plus de distance possible entre nous.

CHAPITRE 27

CLÉMENT

– Tu vas pouvoir conduire ? me demande Jules.

– Si on ne va pas trop loin, ça ira, mais je n'ai pas de casque pour toi. T'es venu comment ?

– En voiture, t'inquiète. On va au camping où on crèche, c'est pas très loin. Tu me suis ?

Je hoche la tête et il me sourit avant de rejoindre son véhicule. Je jette un dernier coup d'œil derrière moi, vers le bar. Je ne sais même pas ce que j'espère voir, ce n'est pas comme si les murs étaient transparents ou que j'avais un super pouvoir…

Je soupire. La situation me fatigue déjà. Je n'aime pas être ainsi partagé entre mes sentiments, mais c'est la relation que j'ai choisie et il est trop tard pour faire marche arrière. De toute façon, je ne suis déjà plus capable de vivre sans Seven.

J'enjambe Treize et démarre. Intérieurement, je remercie Jules de ne pas aller trop vite. J'ai un peu bu et je n'aime pas ce que je fais, prendre le volant après avoir consommé plus de deux verres, alors je ne tiens pas à courir plus de risques que nécessaire.

Heureusement, il n'avait pas menti ; le camping est tout proche. Il se gare sur une place et ouvre la fenêtre pour me faire signe. J'avance à sa hauteur, puis je retire mon casque.

– À cette heure, on ne peut pas entrer dans le camping avec les véhicules. Enfin, si, mais pas sans se faire allumer. J'aime beaucoup la propriétaire des lieux, elle m'adore aussi et j'aimerais que ça reste comme ça, plaisante-t-il. Tu veux pousser ta moto jusqu'à notre emplacement ? Je te préviens, y'a une belle côte.

– Comment fait Sandy, habituellement ?

– Lui, il n'écoute rien. Quand Stéphane lui aura mis une amende, il fera moins le malin.

– Crois-moi, ce n'est pas une amende qui l'arrêtera.

– Pourquoi ça ne m'étonne pas ?

Il rit et je l'imite en voyant que mon meilleur ami est fidèle à lui-même. Ici aussi, il n'en fait qu'à sa tête. Jules l'a bien cerné.

– Si tu as peur qu'il lui arrive un truc, on peut la mettre derrière l'accueil. Je préviendrai Lily. C'est la propriétaire, me précise-t-il.

– Je veux bien. J'ai ce qu'il faut pour la sécuriser, mais quand même.

Il hoche la tête et descend de sa voiture après avoir coupé le contact. Je mets, moi aussi, mon moteur au repos, puis je descends et pousse Treize jusqu'à l'endroit qu'il m'indique. J'ai soudain très chaud. Ma belle est assez lourde et je suis heureux de ne pas avoir pris la très mauvaise décision de la monter à l'endroit où ils dorment.

Après cela, je suis Jules dans les allées du camping jusqu'à un emplacement où se trouvent plusieurs tentes ainsi qu'un petit coin aménagé, sûrement pour y manger et y discuter.

– Bienvenue chez nous.

– C'est sympa.

Il m'invite à m'asseoir, puis il ouvre un cadenas accroché à une chaîne qui entoure le frigo avant de me tendre une bière que j'accepte avec plaisir. Il s'installe ensuite à côté de moi et sort de quoi se rouler un joint. Rassuré de voir qu'il n'y a pas de problème avec ça, je fais la même chose.

Il me sourit, sans prononcer un mot de plus. J'apprécie vraiment. Je n'aime pas les gens qui parlent pour ne rien dire, pas quand je suis dans cet état, en tout cas. J'ai envie de discuter avec lui, autrement je ne l'aurais pas suivi, mais je préfère éviter tout discours inutile, au moins le temps que je fume.

Nous restons un long moment silencieux à tirer sur nos joints avant que j'ouvre de nouveau la bouche :

– Comment ça se passe, Nicky et toi ?

– Comment on procède dans notre couple, tu veux dire ?

– Ouais. Vous n'êtes pas exclusifs, apparemment.

– Non.

– Libertin ? Polyamoureux ?

– C'est une bonne question, répond-il, en se penchant en arrière.

Il garde l'équilibre en s'accrochant à la table de son pied.

– Tu ne sais pas toi-même ?

– C'est compliqué. Nicky est polyamoureuse, c'est une certitude. Moi, je me considère plutôt comme libertin. Je ne suis jamais tombé amoureux d'une autre personne qu'elle.

– Et ça ne te gêne pas qu'elle puisse aimer quelqu'un d'autre ?

– Pas vraiment. Ça ne change rien à ce qu'elle ressent pour moi. Et tant que c'est le cas, je n'y vois aucun inconvénient. Quand ça influe sur notre relation, là, ça pose problème.

À sa voix, et au choix du temps employé, je devine que c'est déjà arrivé, mais il ne continue pas, alors j'en déduis qu'il ne tient pas à en parler. C'est donc moi qui reprends :

– Qu'est-ce qui fait que tu ressens le besoin d'aller voir ailleurs, le besoin de plus ?

– Tu demandes pour ce mec, hein ?

Je hoche la tête.

– Je ne vais pas pouvoir t'aider, je ne ressens aucun désir pour plus que Nicky.

– Comment ça ?

– Elle me suffit amplement. Je ne dis pas que je suis contre découvrir de nouvelles saveurs, il y a certains avantages à cette possibilité, notamment celle de pouvoir être aussi avec des hommes.

Il tourne la tête vers moi et m'offre un sourire séducteur qui me fait rire.

– Mais je n'en ai pas besoin, je pourrais tout à fait m'en passer.

– Et elle ?

– Elle, non. Elle a besoin d'une femme dans sa vie. Ce qui ne nous empêche pas d'être parfois avec des hommes, mais ça, elle le fait pour mon plaisir.

Le silence retombe entre nous et je ne peux m'empêcher de réfléchir à ses mots. Sa relation n'a pas l'air si simple que ça, mais elle ne ressemble pas à la mienne. Je ne crois pas que Seven soit avec sa copine pour le plaisir, il dit même ne pas en être amoureux, c'est d'ailleurs ce qui rend tout tellement confus pour moi.

– C'est quoi ton histoire ? demande soudain Jules.

– T'as combien de temps devant toi ?

– Toute la nuit.

Il rit et cela me détend.

J'écrase mon joint et prends une gorgée de ma bière. J'ai besoin de ça.

– J'ai rencontré Seven il y a trois ans. Un truc est directement passé entre nous, mais on a avancé progressivement. Je n'avais pas envie de me précipiter. Et puis on ne pouvait se voir que de temps en temps, on n'habite pas au même endroit.

– Tu es d'où ?

– De nulle part, c'est bien ça le problème.

– Et lui ?

– De La Réunion, à l'origine, mais il vit à Paris.

– Entre Paris et nulle part, il y a pas mal de distance, en effet.

Je ris avec lui. J'apprécie son humour et la simplicité de nos échanges. Je ressens une certaine facilité à discuter avec lui et c'est plutôt plaisant. Je n'ai pas assez bu ou fumé pour remettre ça sur le compte de mon état inhabituel ; c'est bien sa personnalité qui fait la différence.

– Un an après notre rencontre, il m'a avoué qu'il était déjà en couple, avec une femme.

– Ils sont polyamoureux, eux ?

– C'est ça le truc, non. Elle n'est pas au courant pour nous, et lui, il dit ne pas l'aimer.

Jules se redresse, un air perplexe sur le visage. Je vois qu'il ne comprend pas plus que moi.

– Pourquoi il reste avec, alors ?

– C'est la question que je me pose.

– Il en dit quoi ?

– Je n'en sais rien. Je n'ai jamais vraiment demandé. Je préfère qu'il m'en parle de lui-même, le jour où il se sentira prêt à le faire.

– Tu vas attendre longtemps.

– Considérant que je lui ai interdit de me parler d'elle, je crois que tu as raison.

Il rit à nouveau et je ne lui en veux même pas. Maintenant que je le dis, je réalise combien j'ai été idiot. Je ne veux pas forcer Seven à me parler, je veux lui laisser la possibilité de venir vers moi à son rythme, quand il le sentira, mais je lui demande aussi de ne jamais prononcer le nom de cette fille devant moi. Il ne risque pas de m'expliquer…

– Tu devrais en parler avec lui.

– Je devrais… Mais j'avoue que je vois mal comment il peut justifier ça. Est-ce que c'est la peur de la blesser ? L'inquiétude que son quotidien change ? Est-ce qu'il est du genre à respecter coûte que coûte un engagement ?

– Il peut y avoir mille raisons et il y a de fortes chances pour que tu sois à des années-lumière de la vérité.

– J'ai peur de la vérité, avoué-je.

C'est ça mon réel problème. Je suis terrifié par ce qu'il pourrait m'avouer. J'ai toujours eu peur d'obtenir des réponses à mes questions parce que le mensonge est parfois moins douloureux. Si je n'ai jamais voulu creuser dans mon passé, c'est aussi pour ça. Chaque fois que j'envisage la possibilité, je me demande si je serai en mesure de supporter ce que je découvrirai.

– Je vais faire quelque chose que je déteste.

Je tourne la tête vers Jules, curieux.

– Je vais te donner un conseil que je n'applique pas moi-même : confronte-le, affronte la vérité. Ne vis pas dans le mensonge, il finira par te dévorer.

– Tu parles en connaissance de cause.

Ce n'est pas une question, je suis sûr de moi lorsque je prononce ces mots.

– J'ai été élevé par un menteur. À un moment de ma vie, je ne sais plus quand exactement, j'ai décidé que je ne voulais plus rien savoir de ses histoires, que je ne voulais plus rien à voir avec lui. Depuis, je sais qu'il cache beaucoup de choses, mais j'ignore quoi, et je n'en suis pas plus heureux.

– Pourquoi ne pas appliquer ton conseil, alors ?

– Parce que je ne veux pas mêler Nicky à tout ça. Si je plonge là-dedans, elle va plonger avec moi, et je sais qu'elle ne parviendra pas à nager dans ces eaux-là. C'est peut-être pareil pour ton mec.

– Comment ça ?

– S'il ne te parle pas, il se peut que cela ne soit pas pour les raisons que tu crois. Peut-être qu'il veut juste t'épargner.

– Ça lui ressemble assez, mais je ne vois pas ce qu'il pourrait cacher que je ne serais pas capable de supporter.

– On n'imagine pas, parfois…

Jules a raison. Chacun a ses secrets et ses mystères. On ne sait des gens que ce qu'ils veulent bien nous confier. On peut toujours spéculer, imaginer mille scénarios, à la fin, on reste ignorants. Je peux continuer à me torturer l'esprit et à m'éloigner de plus en plus de la vérité, ou je peux questionner Seven. La réalité peut être pire que ce que j'imagine ou plus douce à vivre, je ne le saurai qu'en demandant.

J'entends soudain des voix derrière nous. Jules et moi nous retournons pour découvrir Nicky, accompagnée de Léni, le meilleur ami videur de Danny que je n'ai pas vraiment eu le temps de connaître. Sur son dos, il porte le jeune Tic Tac qui semble s'être endormi.

– Il est raide, dit la jeune femme en s'asseyant sur Jules et en lui prenant des mains la cigarette qu'il vient juste d'allumer.

Je le vois lui sourire avec tant d'amour que je ne peux m'empêcher d'être un peu jaloux d'eux, finalement. J'aimerais être capable d'aimer Seven comme ça, savoir accepter tout de lui et réussir à en être heureux. Je suis envieux parce que Jules semble si fou de cette femme qu'il est prêt à tout accepter d'elle sans même avoir besoin de se forcer. Je me demande si je peux aimer ainsi, moi aussi. J'ai encore beaucoup de chemin à faire pour ça, sans savoir si j'y arriverai un jour.

Léni revient vers nous après avoir déposé Tic Tac dans sa tente.

– Maintenant que le petit est au lit, je file, dit-il.

– Tu repars ? l'interroge Nicky.

– J'ai des trucs à faire.

– À cette heure ?

– J'ai une double vie, plaisante-t-il.

– Tu prêtes ta tente à Clément ? demande Jules.

– Sans problème, fais comme chez toi.

– Merci.

Je n'ai pas envie de m'imposer, mais je suis plutôt content de ne pas avoir à faire le chemin du retour jusqu'au Cap Ferret. J'ai trop bu et j'ai déjà fumé mon joint du soir, je ne me sens pas de faire de la route.

Je souris en voyant Nicky embrasser le cou de Jules d'une façon sensuelle. Sandy avait raison, ces deux-là ne sont vraiment pas pudiques.

Je me lève pour aller me coucher avant d'être témoin de quelque chose dont mes yeux ne se remettraient pas, quand je réalise que j'ignore laquelle de ces tentes est celle de Léni.

– La bleue, dit Jules, comme s'il lisait dans mes pensées. Mais tu peux aussi rester et participer, si tu veux.

Il me fait un clin d'œil et je ris parce que je sais qu'il plaisante. Alors, d'un signe de la main, je m'échappe. Je vais essayer de m'endormir avant que ces deux-là n'en arrivent à la partie bruyante…

***

La journée suivante passe à une vitesse folle. J'ai deux clients l'après-midi pour des projets qui sont petits mais complexes, et quand j'ai du temps seul, je pense soit à Seven, dont je n'ai eu aucune nouvelle, soit à Sandy et à sa foutue nouvelle addiction pour Rodrigue. C'est un type du coin qui s'éclate à le déposséder de ce qu'il a de plus précieux en échange d'informations sur sa sœur. Je déteste ça. J'ai été incapable de l'arrêter, ce matin. Je lui cède toujours tout, il me rend faible, et ça m'énerve d'être ainsi parce que j'ai vraiment peur qu'il ne lui arrive quelque chose un jour. Il va retourner voir ce fou et qui sait ce qu'il va encore y perdre… À trop jouer avec le feu, il va vraiment finir par se cramer.

Je soupire en me laissant tomber sur le canapé de mon salon de tatouage. Entre Seven et Sandy, je suis servi. Est-ce que j'attire les ennuis ? C'est peut-être moi le problème, en fait. Il m'arrive de me dire que je ferais mieux de prendre mes affaires et de m'enfuir sur une île, loin de tous ces gens que j'aime tant, mais qui m'épuisent autant qu'ils me rendent heureux.

La musique qui emplit alors mon lieu de travail se moque de moi et je commence à croire que ma vie est une immense blague qui fait peut-être rire les dieux, mais qui ne m'amuse pas.

« *No man is an island*
No one should be on their own
Look at the horizon
'cause love will always take you home[19] »

---

19. *Aucun homme n'est une île, personne ne devrait être seul. Regarde l'horizon, parce que l'amour te ramènera toujours à la maison.* (Paroles de No Man Is An Island, de The Script.)

Si même ma playlist est décidée à me contrarier, je crois qu'il est temps de clore cette journée.

Au moment où je me lève, la porte s'ouvre, et un monstre blanc me saute dessus, me faisant retomber dans le canapé. Nine est complètement fou et je ne peux pas m'empêcher de rire. Je vais devoir tout nettoyer demain matin, avant l'arrivée de ma cliente, mais ça m'est égal. Je suis aussi fou de joie de le retrouver qu'il l'est de me voir. Il m'a peut-être autant manqué que Seven. Pas loin, en tout cas.

Il finit par se calmer et par s'asseoir à côté de moi, la langue pendant hors de sa bouche. Je tourne la tête vers son humain, sans cesser de caresser la bête.

– Dis-moi que tu as envie d'aller faire un tour, me dit Seven, suppliant.

Pas bonjour, rien. Nous et notre relation bizarre. Pourquoi je l'aime autant ? Peut-être parce que, sans le savoir, il me propose toujours ce dont j'ai exactement besoin.

– J'en rêve, dis-je.

– Alors on va se promener.

Nine me perce presque un tympan quand il entend l'un de ses mots préférés, mais leur présence à tous les deux me rend trop heureux pour que je m'en agace. Je ne rêve que d'une chose, aller marcher un peu avec eux.

Une fois debout, je réalise que je viens de me perdre en Seven, en nous, comme je le fais souvent.

J'ai repris mes habitudes avec lui sans penser à rien d'autre. J'ai presque l'impression qu'il y a deux Clément, celui avec lui et celui qui souffre loin de lui.

– Où elle est ?

– Elle est repartie un jour plus tôt, elle en avait marre.

Marre ? Elle n'est même pas restée une semaine. Je ne comprends pas. Mais franchement, là tout de suite, je n'ai même pas envie de comprendre. Je désire seulement prendre l'air et passer du temps avec Seven et Nine. Je n'ai pas oublié ce que j'ai ressenti hier, je choisis juste encore une fois mon mensonge, dans lequel il n'y a qu'eux et moi, plutôt que la réalité, qui me déplaît.

Nous nous promenons en silence depuis un bon quart d'heure, en profitant simplement du soleil et du bonheur que prend Nine à se dégourdir enfin les pattes, quand Seven me dit soudain :

– Trois.

Je souris, c'est plus fort que moi. Même ça, ça m'avait manqué. Depuis presque une semaine, je suis tellement préoccupé par la présence de sa copine avec lui que c'est comme si j'avais mis notre vie de couple en pause. La reprendre me procure une immense joie.

– Trois choses qui te rendent heureux, là, tout de suite, dis-je.

– C'est trop facile. Être seul avec toi, pouvoir enfin permettre à Nine de se promener et l'ambiance des vacances.

– Tu n'es pas en vacances, je te signale. Tu es venu pour écrire.

– Laisse-moi rêver !

Je ris quand il me donne un petit coup d'épaule.

– À toi.

– Deux.

Je perds mon sourire en répondant parce que je suis convaincu qu'il va m'interroger sur hier, d'une façon ou d'une autre, et je le comprendrais. Je peux me mentir à moi-même, mais ça ne dure toujours qu'un temps.

Il me surprend pourtant en me disant :

– Deux parfums de glace que tu mangerais bien, là, tout de suite ?

Je l'interroge du regard. Il pointe un glacier du doigt et mon ventre répond. Je n'ai pas mangé ce midi, j'ai complètement oublié.

– Basique : vanille et fraise.

– Tu veux une italienne ou des boules ?

– Italienne.

Il hoche la tête et s'approche pour commander deux glaces à l'italienne, une vanille chocolat pour lui et une vanille fraise pour moi. Il m'invite, sans surprise.

Nous reprenons notre marche en mangeant nos glaces. Nos épaules se frôlent à plusieurs reprises et j'ai très envie de le prendre dans mes bras ou de juste tenir sa main. Je me sens dans une petite bulle en sa compagnie, c'est le bonheur. Pourtant je vais devoir la percer parce que je ne peux pas continuer comme ça.

– Tu ne me demandes pas ce que j'ai fait hier, quand je suis parti du bar ?

– Je n'en ai pas le droit.

Je m'arrête. Il fait de même. En voyant que nous gênons le passage, il m'entraîne sur le côté. Il me montre une terrasse et j'accepte de m'y asseoir avec lui. Boire un verre ne pourra que m'aider.

Nous commandons un plateau de fromages et deux bières, et alors que je commençais à penser qu'il avait décidé d'ignorer la discussion, il me dit :

– Tu as le droit de faire ce que tu veux, ça serait culotté de ma part de te faire des reproches…

– Je n'ai pas couché avec lui, me dédouané-je.

Je ne sais pas pourquoi je le lui dis. Peut-être parce que justement il ne me le demande pas ? Quand je vois ses épaules se détendre et ce doux sourire que j'aime tant se dessiner sur son visage, je suis heureux de l'avoir fait. Il passe la main dans ses cheveux et je comprends qu'il est partagé par ses propres émotions.

– Je sais que je n'ai pas mon mot à dire, mais je suis tellement content…

– Mais je l'ai embrassé.

– J'ai vu.

– Je voulais que tu ressentes ce que j'ai ressenti en te voyant avec elle, avoué-je.

Je ne peux pas lui mentir, j'en suis incapable. Je ne veux pas d'une relation comme ça, d'un nouveau mensonge. Je n'ai plus la force pour ça.

– C'est de bonne guerre.

– Non, dis-je.

Il m'interroge du regard.

– Je n'aurais pas dû faire ça. C'était stupide et j'ai détesté être moi, à ce moment. Et je me déteste encore plus parce que tu prends ça bien, tu ne t'énerves pas, tu es juste gentil.

– Tu veux que je m'énerve ? demande-t-il, rieur.

– Oui. Non. Je ne sais pas !

Sa main glisse sur la mienne et même si je n'aime pas exposer notre relation, la chaleur de sa peau contre la mienne est bien trop délicieuse pour que je m'en défasse.

– C'est juste que parfois j'aimerais te détester, mais tu rends ça impossible, soupiré-je.

– Je n'ai pas envie que tu me détestes.

– Alors tu dois être content parce que je ne ressens toujours aucune haine pour toi.

– Et de l'amour ?

– Intensément.

Il me sourit et je fonds. Soudain, c'est comme si tout était oublié. C'est faux, bien sûr. Cela ne change rien au fait qu'il a une compagne, que notre relation est un peu bancale et que je ne sais pas si on ne va pas finir dans un mur à force de continuer comme ça, mais pour l'instant, j'oublie tout.

Je pensais que Sandy était celui qui avait le plus de pouvoir sur moi, pourtant je commence à me demander si Seven n'en a pas tout autant.

Malgré tout, Jules a raison, il est temps de poser la question. Tant pis si la réponse me tue, tant pis si je ne la comprends pas ou qu'elle me peine, il me faut savoir.

– Pourquoi tu ne la quittes pas ?

CHAPITRE 28

SEVEN

Mon sang se glace. De toutes les questions qu'il pouvait me poser, celle-ci est celle que j'aurais aimé ne jamais entendre sortir de sa bouche. Je ne veux pas lui mentir et je ne peux pas lui répondre sans le faire. Se contentera-t-il d'une réponse évasive ? Je pense que oui. Clément n'est pas du genre à insister et il comprendra que je ne souhaite pas en parler, il ne me forcera pas, mais une fois de plus, je le blesserai. Cette idée me détruit, mais moins que la pensée de son regard sur moi s'il apprend la vérité. Je suis prisonnier. Je n'ai pas d'autre choix.

– Parce que je suis lâche, soufflé-je.

Je glisse ma main dans les poils de Nine qui est assis à côté de moi. J'ai besoin de sa force, de son réconfort. Mon cœur s'emballe déjà.

– Tu ne veux pas m'en dire plus.

Ce n'est même pas une question, il est résigné. Voilà ce que je fais de lui…

– Je te l'ai dit, il y a quelques années, mais je vais le répéter : si je te dis la vérité, tu me quitteras.

– Et je t'ai répondu que je te quitterais si tu ne le faisais pas.

– Tu ne me quitteras pas.

Ce n'est pas de la confiance, c'est juste que je ne peux pas imaginer qu'il le fasse, cela m'est impossible, tout simplement parce que cela me tuerait.

Mon visage reste impassible, mais au fond, j'ai envie de me jeter à ses pieds et de lui demander pardon quand je vois la déception se peindre sur ses traits.

Je suis le pire des hommes.

Ce que j'ai ressenti quand il a embrassé ce mec hier, ce n'est rien à côté de ce que je vis en ce moment. Lors de cette soirée, j'ai souffert le martyre qu'il soit dans les bras d'un autre, mais ce n'est pas ma propre peine qui a été la plus douloureuse, c'est comprendre combien il avait dû avoir mal de me voir avec Lina qui m'a vraiment dévasté. Je souffre bien plus de le savoir en miettes que de l'être moi-même, et c'est pour ça que je me déteste autant.

– Est-ce que tu me le diras un jour ?

– J'aimerais te dire oui, mais ce serait mentir. Je ne suis pas certain d'y arriver.

– Je ne sais pas combien de temps je tiendrai.

Sa voix n'est qu'un simple murmure et j'ai tellement mal au cœur que j'aimerais l'arracher de ma poitrine pour ne plus avoir à supporter ça. Les doigts de ma main droite se resserrent sur le pelage de Nine et ceux de ma gauche s'enfoncent dans la paume de Clément. Ses yeux sont dans les miens et j'aimerais qu'il comprenne, comme il le fait chaque fois, combien je l'aime. Je n'ai pas le choix, je ne peux pas lui dire ce qu'il veut savoir, mais je ne veux pas le perdre pour autant.

Il soutient mon regard un moment, puis il baisse la tête. Je m'en veux, je sais que je suis la cause de tout ça, alors que j'avais promis de le rendre heureux… Chaque jour je me dis que je dois lui parler, que je peux tout lui avouer et que cela n'effacera pas ses sentiments pour moi, mais la boule qui se forme dans ma gorge lorsque je pense avoir trouvé le courage de parler et l'envie de vomir qui s'empare de moi dans la foulée me rappellent que je suis incapable d'ouvrir la bouche et de laisser sortir les mots qu'il attend.

Les minutes passent, l'angoisse monte devant l'immobilité de Clément, et malgré tout, je n'arrive pas à parler. Je ne trouve pas la force. Est-ce que je vais le perdre ? Est-ce que c'est la fin ?

Soudain, je l'entends soupirer et dire :

– Donne-moi un chiffre, dit-il. Un gros.

D'une seule phrase, ma vie reprend, l'air entre dans mes poumons ; je crois que je pourrais pleurer, mais je ne sais pas si ce serait de joie ou de culpabilité.

– Seize.

– Et un autre, plus petit.

– Tu refais les règles.

– Tu n'es autorisé à parler que pour me donner un deuxième chiffre, se fâche-t-il gentiment.

Trop gentiment. Je ne mérite pas ça.

Je souris malgré tout, malgré cette ambiance pesante, cette peine, ma culpabilité et ma vie misérable. Je souris parce que Clément est ce qu'il existe de plus beau sur cette terre et qu'il me tient la main. Rien ne me donnerait plus de raisons de sourire.

– Cinq.

– Je veux seize belles choses que tu penses à mon sujet, et je veux connaître cinq de tes secrets, des choses que tu n'as jamais dites à personne. Si tu réussis, j'oublierai ces quelques jours passés, j'oublierai jusqu'à cette discussion, et tu feras pareil.

Ce n'est pas une proposition, c'est un ordre. J'obéis parce que c'est le minimum que je puisse faire dans ces conditions :

– Je vais commencer par mes cinq secrets, ça te va ?

Il hoche la tête.

– Un jour, j'ai surpris mes parents en train de faire… ce que deux personnes qui s'aiment font parfois. Ça m'a tellement perturbé que je n'ai plus réussi à faire l'amour ou à me toucher pendant presque un an.

– Tu avais quel âge ?

– Dix-sept ans, réponds-je, honteux.

– À cet âge, on sait que nos parents ont des rapports sexuels, non ?

– Peut-être, mais on n'est pas forcément capables d'accepter d'en avoir une preuve visuelle. Imagine si tu avais surpris tes grands-parents en train de…

– Non, tais-toi ! s'exclame-t-il en se cachant le visage.

Je ris, fier de moi.

L'ambiance s'est un peu allégée et mon cœur me fait un peu moins mal.

– Deuxième secret.

– Je déteste la femme de mon frère. Celui du milieu, en âge, Nolan. C'est une vraie peste et je ne la supporte pas.

– Tu ne le lui as jamais dit ?

– À Nolan ? Non. J'ai trop peur de le perdre. Il est vraiment fou d'elle. Je n'en ai parlé à personne, mais je suis sûr qu'Ilann et Thaïs, deux autres de mes frères, pensent comme moi. Il n'y a que le petit dernier, Léo, qui s'en moque, il est complètement obnubilé par sa passion – il veut devenir pompier, rien d'autre ne compte pour lui, je crois.

– Tes autres frères sont mariés ou en couple ?

– Non. Ma mère désespère d'être grand-mère un jour…

Elle ne dit rien, mais je sais qu'elle aimerait beaucoup avoir des petits-enfants. Je n'ai pas le cœur de lui avouer que je ne la comblerai jamais de ce côté-là. Il y a bien des choses que je cache aux gens que j'aime, beaucoup trop…

Quand Nine, fatigué, s'étale à mes pieds, et que j'ai la main libre, je bois une gorgée de mon verre. Puis je réfléchis à mon prochain secret. Il me vient plus rapidement que prévu.

– Un jour, j'ai volé un magazine chez le buraliste de la ville où j'ai grandi.

– Ne me dis pas que c'en était un de charme…

– Non, c'était un truc sur les bandes dessinées. Je ne saurais pas te dire quoi exactement, je ne m'en souviens plus, mais Thaïs a toujours été fan de ça. Aujourd'hui encore, il en lit énormément et il dessine même les siennes.

– C'est génial ! Tu me montreras ?

– Bien sûr, réponds-je, tout fier. Mon frère a beaucoup de talent, tu verras.

– Et donc tu lui as volé un magazine au lieu de le lui acheter ? me taquine Clément.

– On était jeunes et avec une famille de cinq enfants – quatre, à ce moment-là, Léo n'était pas né –, on n'avait pas beaucoup d'argent. Il le regardait tous les jours où on passait chez le buraliste, je savais qu'il le voulait…

– Tu es la seule personne capable de me faire penser qu'il est adorable quand il me dit qu'il a commis un délit…

Je me frotte la tête, un peu gêné.

– Continue.

– J'ai triché à un devoir.

– Tout le monde l'a fait au moins une fois.

– C'était un devoir de français…

– Et tu es auteur ! s'exclame-t-il, moqueur.

– Je sais, j'ai honte… Le pire, c'est que c'était une rédaction. J'ai payé Nolan pour la faire à ma place. J'ai dû faire ses corvées pendant un mois et prétendre que ça me faisait plaisir pour que mes parents ne découvrent pas notre secret.

Le souvenir me fait sourire. Avec mes frères, on a fait les quatre cents coups. Un peu moins avec Léo parce qu'il est arrivé tardivement, mais ça ne m'empêche pas de l'aimer de tout mon cœur.

Ils me manquent soudain beaucoup, tous les quatre. J'ai rarement le mal du pays, mais le mal d'eux, je l'ai en permanence.

– J'aimerais bien rencontrer ta famille.

Je relève la tête, étonné. Je n'avais jamais pensé que Clément pourrait vouloir les rencontrer un jour, mais ce qui me surprend, c'est que j'ai moi aussi très envie qu'il fasse leur connaissance.

– Je t'emmènerai à La Réunion, un jour.

– Avec plaisir. Par contre, je ne me souviendrai jamais des prénoms de tes frères…

– Du plus jeune au plus vieux : Léo, Ilann, Nolan et Thaïs. Et derrière, il y a moi. Et pour te le rappeler, les premières lettres de nos prénoms forment le mot *lints*, cela veut dire liens, en grec. Après la naissance de Léo, c'est devenu compliqué, alors on a trouvé cette idée pour les gens qu'on rencontre et qu'on ramène à la maison, histoire qu'ils s'y retrouvent.

– J'aime beaucoup, c'est une belle façon de me rappeler de l'ordre.

Son sourire est plus éclatant que le soleil qui tirera bientôt sa révérence. Il est magnifique et j'en suis fou amoureux. Et tout ça, juste parce que je lui parle de mes frères, de ma famille. Cette simple discussion me rend tellement heureux.

Je pourrais me perdre encore longtemps dans son regard ou dans les lignes de son visage, mais il me reste encore un secret à partager. Je sais quel est le plus gros, mais c'est celui que je ne peux confier. Si je le pouvais, nous n'en serions pas là. À la place, je choisis d'en révéler un autre qui y est lié, même si Clément ne fera jamais le rapprochement.

– Parfois, je déteste mon métier et je n'ai qu'une envie, tout arrêter.

– Arrêter d'écrire ?

– Non, ça, je ne peux pas, je te l'ai dit. Juste arrêter de publier. La pression de mon éditrice, l'attente de mes lecteurs, l'angoisse des chiffres qui diront si mes mots ont de la valeur, tout le faux qu'il y a dans ce qui entoure ma carrière… Je n'ai pas toujours les épaules pour le supporter.

– Tes épaules me semblent pourtant robustes.

Je souris parce que je sais qu'il essaye d'alléger l'ambiance et je lui en suis reconnaissant. C'est moi qui devrais faire ça, pas lui.

– Pourquoi tu n'arrêtes pas ?

– Parce que je ne peux pas. Je me sens comme prisonnier de mon nom de plume, aujourd'hui.

– Si tu veux, je t'aide à couper la chaîne qui te tient en otage.

Il me dit ces mots avec tant de douceur et de sincérité que mon cœur ne peut s'empêcher de s'emballer. Il ne réalise vraiment pas l'effet que ses paroles ont sur moi.

– J'ai très envie de te serrer dans mes bras et de te faire l'amour, dis-je, à voix basse, pour que personne ne m'entende à part lui.

– Voyons si les seize belles choses que tu as à dire à mon sujet te permettent d'atteindre cet objectif.

J'aime son sourire en coin, la lueur amusée dans son regard et sa voix taquine. J'aime tout de lui, mais surtout ces petits détails que peu doivent noter.

– Un : je pense que tu es un homme qui sait voir le bon chez les gens, c'est une qualité rare. Tu m'aimes avec tous mes défauts et j'imagine que c'est parce que tu as su voir mes quelques qualités. Et tu parles toujours en bien de tes amis ; même quand tu cites leurs points faibles, dans ta bouche, ça ressemble à des forces. Deux : tu es une personne intelligente, réfléchie et responsable. Tu n'agis jamais de manière inconsidérée, tu penses à tout et tu penses bien.

– C'est pour faire la balance avec Sandy qui lui est complètement inconscient, plaisante-t-il. Continue, je crois que j'aime de plus en plus ce jeu.

– Trois : tu es un artiste de talent. Je suis impressionné par chaque photo que tu partages sur ton compte Instagram. Tu as une telle imagination et un tel don pour prendre des modèles simples et en faire de vraies œuvres d'art… Quatre : tu es beau. Je ne sais même pas si je te l'ai dit un jour ou si je l'ai assez fait, mais mieux vaut tard que jamais. Je ne me souviens pas avoir vu un homme aussi beau un jour, et je t'interdis de penser ne serait-ce qu'une seconde que c'est faux ou que j'essaye de te flatter.

Je vois à son visage qu'il était prêt à me contredire, et à son petit sourire, je sais qu'il est amusé que j'aie anticipé ses mots. Peu à peu, les traces de tristesse et de déception quittent son visage, et si je m'en veux d'user de mon talent avec les mots pour lui faire oublier tout ce qui cloche chez moi, je suis malgré tout heureux parce que rien n'est plus difficile que de le voir mal à cause de moi.

– Cinq : tu as beaucoup de goût, et je ne parle pas de ceux que tu as pour les hommes, je ne me lancerai pas de fleurs – même si je ne suis pas trop mal, soyons honnêtes, ajouté-je en riant. Je parle de la décoration de ton salon, de tes vêtements, des musiques que tu aimes écouter… Tu as du goût. Tu es à mon goût. Six : tu es compréhensif. Tu te mets toujours à la place des autres et tu les acceptes tels qu'ils sont, même si ce n'est pas toujours facile, j'en suis certain.

Jamais je n'aurais l'audace de considérer que ce qu'il fait pour nous, accepter ma situation, est une chose aisée. Je n'imagine que trop bien combien cela doit lui coûter, je le vois chaque fois que le sujet est abordé.

– Sept : tu ne te plains jamais, tu ne demandes pas d'aide et tu n'attends rien de personne. Comme tout le monde, tu as envie de certaines choses, j'imagine qu'inconsciemment tu espères des choses de ceux qui t'entourent, c'est humain, mais tu ne vas jamais demander plus que ce qu'ils peuvent te donner, et je trouve ça incroyable qu'une personne comme toi existe dans un monde rempli d'égoïstes qui pensent que tout leur est dû. Huit : tu as du caractère, tu ne te laisses pas marcher sur les pieds. Tu acceptes beaucoup, mais tu sais aussi t'affirmer et taper du poing sur la table si c'est nécessaire. De toi à moi, c'est vraiment sexy… Neuf : tu es attentif aux autres. Je le vois dans ta façon de me comprendre sans que j'aie besoin de parler et dans la manière dont on fait l'amour, quand tu écoutes mon corps pour lui donner ce qu'il désire.

Mentionner ce point ne calme pas mon envie de lui, mais j'aime le désirer, même quand je ne peux pas assouvir ce désir.

– Dix : tu cernes facilement les gens. Tu te souviens de ce type qu'on avait croisé en Bretagne quand on a fait les courses ?

– Le voleur ?

Je hoche la tête.

– D'un seul coup d'œil, tu as su qu'un truc clochait avec lui et tu m'as dit de faire attention à mon téléphone. Ça n'a pas loupé, quelques minutes après, il détalait avec le sac qu'il avait arraché à cette pauvre femme.

– Et quelques secondes après, tu le plaquais au sol pour le récupérer.

– Je te rappelle que tu allais faire exactement la même chose. D'ailleurs, c'est mon point onze : tu es courageux et juste, tu défends et assistes les gens qui en ont besoin. Douze : je suis fou de ta passion pour la complexité humaine, je pourrais t'écouter parler de notre espèce pendant des heures et ne pas me lasser une seule seconde de ton discours. Treize : tu es passionné. Tout ce que tu entreprends, tu le fais avec force et passion, que ce soit notre relation, ton travail, les circuits… Tu vis tout intensément et ça me donne envie de faire pareil.

– Tu es passionné, toi aussi.

– Ce n'est pas la même chose.

– Je crois que si, mais que tu as plus de facilité à le voir chez moi que chez toi.

Il a peut-être raison, j'ai toujours du mal à voir le bon chez moi parce que je suis trop concentré sur le mauvais. C'est plus fort que moi. Ma lâcheté me pèse et me ronge au quotidien.

Je secoue la tête, je ne veux pas me lancer là-dedans maintenant, pas quand je fais tout pour que Clément oublie. À la place, je continue ma liste :

– Quatorze : tu es beaucoup trop sexy. Je ne sais pas si c'est une bonne chose, d'ailleurs. Habillé, nu, quand tu travailles, quand tu roules, quand tu lis…

et je ne te parle pas de tes lunettes, rien que pour te voir avec, je voudrais que tu lises plus souvent en ma compagnie.

– Ça peut sûrement s'arranger…

Mon excitation ne s'arrangera pas, elle, s'il fait ça, pas plus que mon amour pour lui.

– Quinze : tu as réussi à conquérir le cœur de deux êtres en même temps, celui de Nine et le mien. Je n'ai jamais vu mon chien aussi fou d'une autre personne que moi. Il adore mes frères – un peu moins Ilann parce qu'il a peur d'à peu près tous les animaux du monde et que Nine le sent –, mais toi, j'ai l'impression qu'il t'aime autant qu'il m'aime et je t'assure que ça veut dire beaucoup. Et seize : tu m'as fait découvrir l'amour, le vrai. Je croyais avoir déjà aimé avant toi, mais je me suis trompé, ça n'avait rien à voir, et je pense qu'il faut avoir un peu de magie en soi pour réussir à me faire tomber amoureux comme ça.

Le silence s'installe alors doucement entre nous, naturellement. Comme à notre habitude, nos yeux ne se quittent pas, jusqu'à ce que Clément prononce quelques mots à voix basse :

– Je ne pensais pas que tu trouverais vraiment seize choses…

– Je peux en trouver plus.

– Non, ça ira. Tu sais que c'est déjà incroyable que tu en aies trouvé autant et sans avoir à réfléchir plus que ça ?

– Quand on aime une personne, c'est facile, non ?

– Pas forcément. On aime les gens pour ce qu'ils sont dans leur globalité, mais quand ils nous demandent ce qu'on aime chez eux, il est très difficile d'y répondre, parce que c'est une question d'ensemble.

– Je t'ai dit que j'aimais quand tu parlais de l'être humain ?

– Tu l'as dit.

– Tant pis, je le redis.

Il rit et je ris avec lui parce qu'à présent je me sens plus léger, moi aussi. Je crois que j'avais besoin de dire tout ça à Clément, de lui raconter quelques secrets et de lui confier combien je l'aime. C'est pour ça que j'apprécie autant notre jeu. D'ailleurs, le fait que dès le premier jour il ait accepté de jouer avec moi, sans se moquer, c'est aussi un truc que j'aime chez lui.

Je ne mentais pas, je pourrais lui citer bien d'autres belles choses à son sujet.

– Je pense qu'il ne me manque qu'un seul petit détail pour mettre cette semaine compliquée dans la case de l'oubli, dit-il soudain.

Pour faire semblant de l'oublier serait plus exact, mais je l'aime jusque dans sa façon de se mentir à lui-même afin de ne pas me faire de mal. Je ne suis pas dupe, si Clément accepte tout ça, c'est uniquement parce qu'il m'aime tellement qu'il ne veut pas me blesser en me poussant à avouer ce que je cache.

Je ne mérite pas un homme comme lui.

– Laquelle ? demandé-je malgré tout, préférant moi aussi m'enfoncer un peu plus dans ce mensonge.

– Toi.

– Tu m'as déjà.

– Entièrement. Et maintenant.

Je n'ai pas besoin qu'il précise sa pensée. En trois ans, j'ai appris à lire Clément et notamment à comprendre ses regards. Alors je me lève et sors quelques billets de ma poche pour régler la note, puis nous nous échappons pour regagner mon logement.

Certains penseraient que nous enfouissons nos problèmes dans le sexe plutôt que de les affronter, mais ce n'est pas le sentiment que j'ai. Quand Clément et moi faisons l'amour, il n'est pas question de se voiler la face ou de se mentir, au contraire, c'est le seul moment où nous nous ouvrons vraiment à l'autre et où il nous est possible de voir combien nous nous aimons. C'est dans ces instants que nous nous disons que, en dépit de ma relation avec Lina, il n'existe que lui, moi, et notre amour. Parce que c'est ça la vérité, *ma* vérité en tout cas, il n'y a qu'un seul être humain dans mon cœur et il s'appelle Clément.

CHAPITRE 29

CLÉMENT

Les jours qui ont suivi ma désastreuse arrivée au Cap Ferret ont été bien plus doux que les précédents. Comme je me l'étais promis, j'ai jeté ma semaine de tourments dans la benne à souvenirs pour ne me concentrer que sur le bonheur d'être avec les gens que j'aime. C'est ainsi que je vis depuis toujours : je fuis. J'ai un peu honte, mais c'est la seule option qui me semble viable. J'ai beau souffrir de mon passé, j'ai si peur de l'affronter que je l'évite, et j'ai beau détester Seven de ne pas vouloir me dire la vérité, la crainte de le perdre m'est si insupportable que je me force à ne plus penser à sa copine. J'avance ainsi parce que la plupart du temps elle n'est pas dans l'équation que forme notre couple et que, le plus souvent, j'arrive à prétendre qu'elle n'existe pas, à y croire assez fort pour m'en convaincre. Combien de temps est-ce que j'arriverai à me leurrer, sur lui, sur moi, sur la vie que je mène ? Je ne sais pas vraiment…

Je passe le plus clair de mon temps à naviguer entre mon salon et le logement de location de Seven, mais dès que j'en ai l'occasion, je consacre du temps à Sandy et aux nouveaux amis que je me suis faits grâce à lui, notamment Jules.

Vendredi dernier, je suis allé avec Léni, Tic Tac et lui pour assister à la diffusion en plein air de *Grease*, puis nous avons fini dans le bar de Danny où j'avais prévu une petite surprise pour Sandy… Notre jolie pin-up, Riley, est venue à Lège-Cap-Ferret pour nous voir, et si la soirée s'est finie sur une belle bagarre, je ne dirais pas qu'elle a été mauvaise, bien au contraire. C'était un bonheur de boxer ainsi avec Sandy, cela faisait longtemps. Riley nous a tous jugés, nous autant que Danny – cette fille sait se battre, cela ne fait aucun doute –, mais ça valait le coup. Ça m'a fait un bien fou. J'ignorais avant ça que j'en avais besoin. Je sais que c'était pareil pour mon meilleur ami. L'un comme l'autre, nous avons causé du souci à Riley, qui est repartie en nous demandant de prendre soin de nous tout en sachant que, sans elle, ça allait être compliqué. Sur l'instant, j'avais envie de filer avec elle, et je crois que Sandy aussi, plus encore que moi.

Je ne me l'explique pas, mais j'ai terriblement envie de retrouver mes proches tout en souffrant à la simple idée de laisser Seven. Tout me pèse, ici, j'étouffe, et pas uniquement à cause de mes cauchemars la nuit. Je me sens épuisé.

J'ai l'impression que c'est pareil pour Sandy. Sauf que lui semble gérer encore moins bien que moi, il va de plus en plus mal, ce qui me bouffe un peu plus.

Le mois de juillet est déjà entamé et ses recherches n'ont pas l'air d'avancer ; cela n'arrange pas son état. De mes discussions avec Jules, je sais qu'il est retourné voir Rodrigue plusieurs fois et qu'il y a déjà perdu son casque et sa photo préférée. Cette photo, tous les membres des *Lost Souls* l'ont, c'est un de nos biens les plus précieux, et si Sandy ne m'a pas dit qu'il l'avait perdue, c'est précisément parce qu'il en souffre et qu'il ne veut pas que j'angoisse pour lui. Le problème, c'est que je ne peux pas m'empêcher de me faire du souci.

– Je m'inquiète pour Sandy, dis-je à Seven, alors qu'il prépare le repas.

C'est dimanche, et nous le passons tous les deux chez lui. Au programme : un délicieux repas et un marathon *Le Seigneur des anneaux*.

– Ça ne va pas ? Il a un problème ?

– Il n'en a pas qu'un, soupiré-je.

– Tu veux en parler ?

Je hoche la tête. Je crois que oui, j'en ai envie. Habituellement, je garde les histoires de mes proches pour moi, je considère que ça ne regarde personne, mais quand ça en vient à me peser, je n'ai plus d'autres choix que de me confier. Dans ces moments-là, Seven est la personne vers qui je me tourne toujours. C'est naturel et c'est presque devenu une habitude. Et puis, c'est facile d'en discuter avec lui parce qu'il est déjà au courant de la quête de Sandy. Je lui en ai parlé dès que je l'ai su pour lui expliquer pourquoi nous n'allions pas passer tout notre temps ensemble. Seven et moi avions déjà prévu notre séjour à Lège, mais tout a été chamboulé par le décès du père de Sandy et l'annonce de la maladie de sa mère, ainsi que par la décision de Lina de venir passer une semaine ici. Nous sommes donc bien loin du mois tranquille que nous envisagions ensemble…

– Il y a un mec, ici, Rodrigue. Apparemment, il sait tout sur tout le monde, et Sandy est persuadé qu'il sait aussi où se trouve sa sœur. Le problème, c'est que pour obtenir des informations, il lui demande des choses en échange. Ça a commencé par sa moto, ce que Sandy a bien sûr refusé, puis son casque, sa photo…

– Sa photo ?

Je fouille dans la poche de mon jean pour attraper mon portefeuille et en sortir ladite photo. Je la tends à Seven qui la prend et sourit en la voyant. Il sait combien ces gens comptent pour moi.

– On a toutes et tous la même, et aucun de nous ne s'en sépare jamais.

Même si j'ai confiance en Seven, je n'aime pas qu'on touche trop longtemps à mon bien le plus précieux, alors je la lui reprends sous son regard amusé avant de continuer mon histoire :

– Je ne sais pas ce qu'il lui a demandé de plus, Sandy évite de m'en parler parce qu'il sait que je n'approuve pas, mais j'ai peur que ça ne finisse par aller trop loin. Et à côté de ça, Rodrigue ne lui donne que des infos sous forme d'énigmes. Sandy devient fou, il fait de plus en plus de conneries.

– Quel genre de conneries ?

– Il consomme beaucoup plus. Alcool, tabac, cannabis… Il n'est pas comme moi, il aime la sensation, l'effet que ces drogues ont sur lui. Mais plus tu fumes ou tu bois, plus tu es résistant, et plus tu as besoin d'augmenter la dose pour ressentir des choses. Et après ça, il va prendre sa moto, sans porter son putain de casque, et se mettre en danger. Et maintenant, il me parle d'une *rave party* sur la plage, samedi prochain. Je sais très bien comment se passe ce genre de soirée, et surtout, je sais ce qu'on y consomme.

– Tu lui en as parlé ?

Seven m'invite à m'asseoir. Le repas est servi. Nous commençons à manger, et dès la première bouchée, je gémis.

– C'est trop bon.

– Merci.

Il me fait un clin d'œil en portant le verre de vin à ses lèvres. Parler d'un sujet si compliqué en mangeant quelque chose d'aussi délicieux est de suite plus plaisant. Si seulement il pouvait en être de même pour nos problèmes à nous…

– Je lui en ai déjà parlé, ses addictions ne datent pas d'aujourd'hui. Je lui ai dit que je n'étais pas pour la fête du week-end prochain non plus, mais il n'en fait qu'à sa tête et je ne peux pas le forcer… Il est adulte, et surtout, si la décision ne vient pas de lui, ça ne marchera pas.

– Alors, contente-toi d'être là pour lui.

Je lève la tête vers Seven, surpris par sa réponse.

– Si tu ne peux pas l'enchaîner à toi pour avoir toujours un œil sur lui et l'empêcher de faire des conneries, tu peux être là pour le sortir du trou dans lequel il sera tombé.

– J'ai peur qu'il ne s'enterre avant que je puisse l'en sortir…

Seven recouvre ma main de la sienne et la chaleur de son corps me fait un bien fou. C'est exactement ce dont j'avais besoin : de son soutien, de lui, tout simplement.

– Merci, dis-je, la voix pleine d'émotion.

– De ?

– De m'écouter.

– Merci à toi de me parler. Tu veux qu'on continue à en discuter ? Ça peut te faire du bien.

– Non, là, ce que j'aimerais, c'est mettre tout ça de côté, continuer à manger ce repas délicieux, puis faire semblant de regarder un film pendant que j'essayerai en fait de convaincre mon mec de lâcher les elfes et les nains pour s'occuper de moi.

– On peut aussi passer directement à l'étape souhaitée.

– C'est plus amusant de prétendre.

Son sourire charmeur et ses yeux brillants attisent mon désir, et en quelques minutes, Sandy et sa folie sont oubliés. Plus rien ne compte à part Seven. Comme d'habitude, je me perds en lui. Comme d'habitude, je fuis.

***

Le dimanche suivant, quand je sors de la douche, j'entends du bruit dans l'entrée. Seven m'appelle, et si sa voix ne laisse rien transparaître, un curieux malaise s'empare de moi.

J'entoure ma taille d'une serviette et je le rejoins en vitesse pour découvrir la plus douloureuse scène de ma vie. Sandy est dans un sale état, mais le pire, c'est quand il se met à pleurer. Je ne l'ai encore jamais vu verser des larmes et j'aurais aimé que cela n'arrive pas.

Mon cœur se brise.

Je me précipite vers lui et le prends dans mes bras. Je me moque de ma tenue ou du regard de Seven, je me fous de tout ce qui m'entoure, j'ai autant besoin de cette étreinte que mon ami, je crois. Je vais tomber en morceaux si je ne le serre pas contre moi.

Ses larmes coulent dans mon cou et ses bras s'agrippent à moi avec force et désespoir. Que lui est-il arrivé ? Qu'est-ce qui a pu le mettre dans cet état ? Je ne peux imaginer que ce soit Danny. Je sais qu'il en est fou, un idiot l'aurait compris à ses regards et à sa façon de se comporter avec elle, mais je ne peux pas croire qu'une rupture amoureuse fasse ainsi couler les yeux de Sandy. Ce n'est pas juste de la peine, là, il est dévasté. À moins qu'il ne lui soit arrivé malheur ?

Je serre mon meilleur ami plus fort encore, essayant de le calmer, mais pour le moment, je crois qu'il a juste envie de pleurer et je ne peux que respecter. Qu'il vide son cœur, c'est mieux ; il a trop longtemps gardé sa souffrance à l'intérieur.

Du coin de l'œil, je vois Seven mettre un collier à Nine. Il ne dit mot, mais d'un signe de la tête, il me fait comprendre qu'il va faire un tour et je le remercie intérieurement de me laisser un peu de temps avec Sandy, alors que nous sommes pourtant chez lui.

Quand mon ami se calme, je l'entraîne vers le canapé et l'oblige à s'asseoir.

– J'enfile quelque chose et je reviens, d'accord ?

Il hoche à peine la tête. Aucune blague sur le fait qu'il ne me sautera pas dessus, que je n'ai pas à avoir peur, rien. Cet homme, ce n'est pas celui que je connais, ce n'est plus qu'une ombre.

Dans la chambre, j'enfile des vêtements à la hâte. J'ai trop peur que Sandy ne disparaisse si je tarde trop.

En moins de trois minutes, je suis de retour. Il n'a pas bougé. Il est là, dans le canapé de Seven, les bras appuyés sur ses genoux, les yeux dans le vide.

Je meurs à petit feu. Le voir ainsi est beaucoup trop douloureux. Pourtant je prends sur moi. Ce que je ressens n'a aucune importance pour le moment, ce qui compte, c'est lui.

Je pose ma main sur son avant-bras et ce n'est qu'à ce moment qu'il semble réaliser que je suis revenu et que j'ai pris place à ses côtés. Il me regarde de ses yeux rougis. Je ne sais pas quoi dire, je préférerais que ce soit lui qui parle, mais quand sa voix faible s'élève dans les airs, je regrette soudain le silence :

– J'ai l'impression que je suis en train de mourir…

Il faut que je me ressaisisse. Je ne peux pas plonger avec lui, je dois faire quelque chose pour le tirer de là, n'importe quoi.

– Qu'est-ce qui s'est passé ?

– Tu avais raison, cette soirée était une mauvaise idée. J'aurais dû t'écouter. Je le sais pourtant que tu as toujours raison.

Il jure en se frottant la tête et essuie ses larmes avec force. Il est tourmenté, ses sentiments se mêlent et le blessent. Malgré tout, il continue. De manière un peu décousue, il m'explique la situation :

– On s'amusait bien, ça allait. Puis on est partis avec Danny, pour se retrouver un peu seuls. Quand on est revenus, c'était le bordel. Y'avait les flics, des gens qui couraient partout. C'était le cauchemar. Non, ça l'était pas encore…

Il s'arrête et se prend la tête dans les mains.

– J'aurais pas dû partir, j'aurais pas dû lui promettre qu'on reviendrait.

– Qui, Sandy ? À qui tu as promis ?

– À Tic Tac…

Je ne comprends pas ce qu'il essaye de dire. J'aimerais qu'il soit plus clair, mais je crois que ça ne l'est déjà pas pour lui. Malgré tout, j'insiste, il faut qu'il m'explique :

– Qu'est-ce qui s'est passé ?

– Il est mort. Thomas… Tic Tac, il est mort à cause de moi.

Mon cœur manque un battement. Le visage du jeune homme que je connais peu, mais que j'avais déjà commencé à apprécier, se dessine derrière mes paupières closes. Je n'ai pas pu m'empêcher de fermer les yeux en entendant ça. Je n'étais pas attaché à ce gamin comme Sandy l'était, mais cette nouvelle me met un coup. Je revois soudain son sourire, la première fois que je l'ai rencontré, le jour où il m'a invité à me joindre à eux pour une soirée. Je pense aussi soudainement à Danny, Nicky, Léni, et surtout à Jules, dont je suis le plus proche. Je n'ose imaginer dans quel état ils se trouvent en ce moment… Mais je les sors tous de ma tête pour l'instant, j'efface même ma propre peine. Il n'y a qu'un seul être qui compte pour le moment, tant pis si c'est égoïste de ma part, ma seule préoccupation, c'est l'homme effondré à côté de moi.

– Je l'ai tué… murmure-t-il.

– Qu'est-ce que tu racontes ?

– Il a pris de la coke, je l'ai vu, mais je me suis laissé distraire par Danny et je suis parti. Si j'étais resté, j'aurais pu l'empêcher de s'approcher de l'eau, j'aurais pu l'arrêter, j'aurais pu…

– Tu n'aurais rien pu du tout !

Je prends son visage entre mes mains alors que les larmes glissent à nouveau sur ses joues, et je plante mon regard sombre et déterminé dans le sien.

– Ce n'est pas ta faute, Sandy. Tu n'as pas enfoncé un couteau dans son cœur ou mis une balle dans sa tête. Arrête de dire ça.

– Je suis responsable, on l'est tous, me contredit-il.

– Je n'ai pas dit que vous n'aviez aucune responsabilité, on est tous responsables les uns des autres, moi le premier, j'aurais dû vous empêcher d'aller à cette soirée. Je savais ce qu'il risquait de s'y passer, même si je ne m'attendais pas à ça…

Ou bien j'étais un peu trop occupé par mes propres problèmes…

– Ce que je dis, c'est que tu ne l'as pas tué. Je ne te laisserai pas tenir de tels propos, pas devant moi.

Sandy pleure de plus belle et la main que je glisse dans ses cheveux pour lui donner du réconfort ne semble pas l'aider, au contraire, il pleure plus fort encore.

– J'ai besoin d'un verre, parvient-il à dire entre deux sanglots.

– La seule chose que tu auras aujourd'hui, c'est mon épaule pour pleurer.

Je tire sur son bras pour qu'il se lève et je l'entraîne avec moi.

– Il faut que je retourne voir Danny, dit-il, alors que nous atteignons la chambre.

– Tu n'iras nulle part. Tu vas t'allonger sur ce lit et tu vas dormir ou me parler, au choix. Je ne te laisse pas d'autre possibilité.

Je suis catégorique. Si je dois l'accrocher au lit, je le ferai, je n'aurai aucune pitié. Je jure que je n'hésiterai même pas à demander à Seven de m'aider si je n'ai pas assez de force pour calmer ce louveteau fou. J'ai assez cédé et voilà où ça nous a menés.

Sandy a raison, il est responsable de ce qui est arrivé à Tic Tac, et maintenant, je suis responsable de ce qu'il va lui arriver à lui. Je ne le laisserai pas m'échapper.

Il accepte à contrecœur et s'allonge. Je m'installe à côté de lui et il tente de m'expliquer un peu mieux comment tout s'est passé. Son histoire est entrecoupée de silence douloureux et de larmes, et finalement, il tombe dans un sommeil qui sera certainement peu reposant.

Je le regarde un petit moment dormir, le cœur serré de le voir dans cet état… Et quand je suis sûr qu'il ne se réveillera pas – je ne voudrais pas qu’il se retrouve seul à ce moment –, je me lève. J’ai entendu Seven rentrer.

Je le rejoins dans la cuisine, il est en train de préparer quelque chose de sucré que je n’identifie pas, mais qui sent vraiment très bon.

– Qu’est-ce que tu fais ? demandé-je, de derrière lui, en entourant sa taille de mes bras.

– Des madeleines. Il n’y a rien de mieux pour remonter le moral. Sandy aime ça, j’espère ?

Quand je ne réponds pas, il se retourne et pose sa main sur ma joue, inquiet.

– J’ai dit un truc qu’il ne fallait pas ?

Je secoue la tête et enfouis mon visage dans son cou. C’est tout le contraire. Il n’imagine pas combien ses mots me font du bien, sa gentillesse, sa générosité, sa compréhension… j’en avais tellement besoin. Aucun reproche au sujet de mon meilleur ami qui a envahi son espace ou sur le fait qu’il a dû sortir d’un logement pour lequel il a pourtant payé… Non, il ne dit rien de tout ça, il se contente de préparer quelque chose de doux pour remonter le moral d’un homme qu’il ne connaît même pas.

Je l’aime tellement que c’en est douloureux.

– Sandy adore les madeleines.

Le sourire de Seven est exactement ce qu’il me fallait. Quand je me détache de lui, je me sens un peu mieux. C’est comme s’il avait rechargé mes batteries.

– Il s’est endormi dans le lit, je ne sais pas quand il se réveillera. La nuit a été compliquée.

– Il les mangera quand il voudra.

– Je vais rester avec lui.

– Je vais en profiter pour travailler, alors. Quand tu es là, tu me déconcentres, me taquine-t-il en déposant un baiser sur mon front.

– De mon point de vue, tu es facile à distraire.

Il rit, et ça aussi, ça fait un bien fou à mon cœur. Voilà pourquoi je suis incapable de le quitter même quand il me fait de la peine, parce que la majeure partie du temps, c'est de bonheur qu'il remplit ma vie.

Je m'échappe de la cuisine, et en repartant vers la chambre, je prends le livre que j'avais laissé traîner. C'est un de ses romans, dans lequel je me suis récemment plongé.

Je l'agite.

– Je ne suis pas contre un peu de lecture.

– Tu es bien cruel de me dire ça. Je ne vais pas cesser de t'imaginer avec tes lunettes, maintenant.

J'attrape lesdites lunettes sur le meuble de télévision et les mets sur mon nez en lui faisant un clin d'œil. La plainte sourde que sa gorge émet me fait sourire, et c'est le cœur plus léger que je rejoins Sandy. J'avais besoin de ça. Le simple fait de le voir ainsi allongé, le visage encore marqué des larmes versées, me torture. Pourvu que j'aie la force de le soutenir dans cette épreuve…

***

Les jours passent et si l'état de Sandy est un peu moins préoccupant, j'ai bien du mal à me concentrer sur mon travail. Je suis professionnel et mes clients restent satisfaits de ce que je fais, mais j'ai des difficultés à être bien dedans. Je suis inquiet pour mon meilleur ami. Je sais qu'il est avec Seven et que ce dernier prend soin de lui – je lui suis d'ailleurs vraiment reconnaissant de faire ça pour moi –, mais je n'arrête pas de me faire du souci.

Jules et moi échangeons beaucoup par SMS depuis l'accident. Nous le faisions déjà avant, mais encore plus à présent. Il a été là pour moi le premier soir et je veux être là pour lui aussi, comme je le peux, mais nous parlons principalement de Tic Tac, ce qui n'arrange pas la situation. L'ambiance est très pesante et je ne parviens plus à apprécier les belles choses autour de moi. La mort a cette conséquence, elle prive les plus beaux paysages de leurs couleurs et nous retire toute source de joie. Elle est tellement cruelle…

Le temps passe très lentement et j'étouffe dans sa roue infernale qui ne va jamais au rythme que je désire. Je suis épuisé par tout ce qui arrive, et surtout, je finis par me perdre dans cette spirale noire. Mes cauchemars ne me laissent pas une minute de répit, et même si Seven ne pose aucune question quand je me réveille en sueur et que je pars m'enfermer dans la salle de bains, je sens que ça pèse sur notre couple. Mes propres secrets s'ajoutent aux siens, ils nous bouffent, mais je n'arrive plus à me concentrer sur nous, je suis trop occupé avec Sandy tout en luttant contre moi-même.

Le jeudi suivant, alors que je viens d'en finir avec mon premier client du jour, je prends mon téléphone et remarque que j'ai deux messages.

Jules : On enterre Tic Tac aujourd'hui.

Seven : Sandy est parti
rejoindre Danny.

Je soupire, même si c'était inévitable. Personne n'aurait pu empêcher Sandy de la rejoindre, pas aujourd'hui. Je ne peux pas en vouloir à Seven, même moi, je n'aurais rien pu faire. Si je m'étais interposé, ça aurait mal fini. Nous ne nous sommes jamais fâchés, Sandy et moi, et encore moins battus, mais je crois que cette fois, ce serait arrivé.

Je ne peux rien faire. Pour le moment, je ne peux qu'être présent au cas où il aurait besoin de moi, et même ça, je peine à le faire.

Dans l'après-midi, je vois le nom de mon meilleur ami s'afficher sur l'écran de mon téléphone. Je ne réponds généralement pas pendant le travail, j'ai toujours mon portable en silencieux quand je suis avec des clients, mais la situation est exceptionnelle. Je m'excuse auprès de l'homme que je suis en train de tatouer et je prends l'appel, inquiet.

– Sandy, tout va bien ?

– *Ça va, je suis avec Danny. Je t'appelle juste pour te prévenir qu'on va partir.*

– Partir où ?

De quoi est-ce qu'il parle, maintenant ? Quelle idée a-t-il encore eue…

– *Je sais pas trop, en voyage ? Faire un tour à moto, s'éloigner de Lège.*

– Attends, attends… C'est quoi cette histoire ? Tu devais pas retrouver ta sœur ? Et elle, elle peut partir comme ça ? Vous êtes pressés ?

– *Ouais, on veut partir avant qu'ils reviennent tous de l'enterrement.*

– Vous fuyez.

– *Oui.*

Cela a le mérite d'être honnête.

Je soupire parce que je sais que je ne peux pas l'en empêcher, même si j'aimerais. Je fais la même chose au quotidien, je peux difficilement le juger.

– OK, je sais que je ne pourrai pas te faire changer d'avis, mais fais attention sur la route.

– *Promis.*

– Putain, Sandy !

Il va se porter la poisse, cet idiot ! Et moi je vais finir par crever d'inquiétude.

– *Désolé ! Je ferai gaffe, je t'assure.*

– Appelle-moi quand vous êtes arrêtés quelque part.

– *D'accord.*

Il raccroche et je sens déjà le mal de tête pointer le bout de son nez. Sandy va vraiment me rendre dingue. Je ne serais pas étonné de trouver quelques cheveux blancs dans ma tignasse noire. Jamais personne ne m'a causé autant de souci, pas même Seven, et même pas moi-même !

Je reprends le travail à contrecœur. Je n'ai qu'une envie : rentrer chez moi. Le problème, c'est que je n'ai pas de chez-moi… En temps normal, j'aurais voulu retrouver Seven et Nine, parce qu'à ce stade il n'y a vraiment qu'eux qui pourraient m'aider à défaire les nœuds qui se sont formés dans mon dos et à apaiser mon cœur, mais aujourd'hui, je ne me sens même pas la force d'avoir ce désir. Je me sens trop fatigué pour être d'agréable compagnie.

Ma tête va exploser, à moins que mon cœur ne le fasse avant. Je n'en peux plus.

Par chance, je tatoue un vrai bavard et il me permet de penser à autre chose pendant que je travaille. C'est un vieil homme très gentil qui me fait beaucoup rire. Je suis déçu quand il s'en va. Il m'a mis du baume au cœur et j'aurais presque souhaité passer plus de temps avec lui si je n'étais pas dans un si sale état.

Alors que je raccompagne mon client à la porte, j'entends à nouveau mon téléphone sonner et je me dépêche d'aller le récupérer. Je m'étonne que Sandy soit déjà arrêté, mais à part lui et Seven, personne ne m'appelle jamais.

Quand je vois le nom de Lara s'afficher, je crains tout de suite qu'il n'y ait un problème avec Luigi et leur bébé. Elle n'aime généralement pas téléphoner. Alors je décroche à la hâte.

– Lara ?

Elle n’y va pas par quatre chemins :

– *Sandy a eu un accident.*

Mon sang se glace, mon cœur s’arrête et ma vision se trouble.

Cette journée est un cauchemar.

CHAPITRE 30

CLÉMENT

Je ne prends même pas la peine d'envoyer un message à Seven pour le prévenir, je n'ai pas le temps. Il m'attend sûrement avec un bon repas, mais je n'ai vraiment pas le cœur à ça.

Quand j'ai raccroché après avoir promis à Lara que je la tiendrai au courant, je ferme le salon et enfourche Treize pour foncer vers l'hôpital d'Arès. Mon cœur bat à une vitesse folle et j'ai peur qu'il ne me lâche avant que j'atteigne ma destination. Je manque d'air et j'ai presque envie de retirer mon casque pendant que je roule. Je pense soudain à Sandy et à son habitude de ne pas en porter… Un frisson remonte du bas de mes reins jusqu'à ma nuque. Est-ce qu'il portait son casque ? Je ne veux pas imaginer que non, ce serait la mort assurée, et il ne peut pas être mort. L'hôpital l'aurait dit à sa mère et Lara m'aurait prévenu. Il n'est pas mort, un point c'est tout.

Je me raccroche à ça, mais j'accélère quand même. J'ai besoin de le voir, tout de suite. Il faut que je sois sûr qu'il est vivant pour que mon angoisse disparaisse. Je dois garder la tête froide.

J'inspire et expire avec difficulté, en gardant les yeux sur la route pour ne pas finir dans un lit blanc, à côté de mon meilleur ami.

Une fois à l'hôpital, je me précipite à l'accueil, je passe d'une secrétaire à une infirmière, puis à un médecin, que je trouve accompagné de Lily, la propriétaire du camping où logeait Sandy.

– Comment il va ? demandé-je, essoufflé.

– Plus de peur que de mal.

– Je peux le voir ?

Je demande par politesse, mais en vérité, j'aimerais bien les voir essayer de m'en empêcher. Par chance, ils ne le font pas. Ils me communiquent le numéro de sa chambre et je me retiens de courir pour l'atteindre. J'ai bien du mal à marcher calmement dans les couloirs alors que mon cœur galope dans ma poitrine.

Quand j'ouvre la porte, je le trouve endormi dans des draps immaculés. Mes jambes me lâchent finalement. Je n'ai plus la force de porter mon poids. Je tombe à genoux et tente tant bien que mal de respirer normalement. Il est vivant. Il est vivant ! Je n'ai jamais eu aussi peur de toute ma vie…

Je me relève difficilement et m'assieds sur la chaise à côté de son lit. Il dort paisiblement et je suis partagé entre l'envie de le secouer pour le réveiller et lui hurler dessus, et le désir de le prendre dans mes bras. Mais je ne fais rien de tout ça, à la place, je le laisse récupérer et je profite de ce moment de calme pour envoyer un message à Seven et le prévenir que je rentrerai plus tard. Je lui explique que Sandy a eu un accident, mais qu'il va bien et que je le tiendrai au courant quand je repartirai de l'hôpital. Je suis bref, je n'arrive pas à faire mieux.

J'écris aussi à Lara pour lui dire de rassurer la mère de notre ami, je reste à ses côtés, je ne le quitte pas.

Sandy reste endormi un long moment, et quand il ouvre les yeux, je suis soulagé. J'avais commencé à craindre qu'il ne se réveille jamais.

– Tu vas toutes me les faire, hein ?

Je tente de plaisanter et de sourire, mais en réalité, je suis un mélange de colère, d'inquiétude et de soulagement. L'humour n'a pas vraiment sa place dans ce capharnaüm d'émotions.

– Qui t'a prévenu ? me demande-t-il.

– Lara. Ils ont appelé ta mère.

– Merde…

– Ouais, elle était dans tous ses états. Mais je l'ai rassurée, ne t'inquiète pas.

Je ne sais pas si je fais bien de le lui dire, il mérite de porter un peu le poids de sa culpabilité. Il cause du souci à tout le monde et il est peut-être temps qu'il assume enfin ses erreurs. Malgré tout, je ne peux pas lui infliger ça. Comme toujours, je suis faible devant lui. Je le suis encore quand il décide de sortir fumer alors qu'il n'en a sûrement pas le droit et que je ne l'en empêche pas. Je suis ainsi, incapable de lui résister. La vie n'est pas tendre avec Sandy, elle ne l'a jamais été, et j'ai l'impression qu'elle n'est pas décidée à l'être un jour.

Comme si cet accident ne suffisait pas, il faut que ce soit aujourd'hui qu'il découvre enfin où se cache sa sœur et que cette révélation le brise… Comment puis-je me fâcher contre lui ou être désagréable alors qu'il vit sûrement la pire période de sa vie ? Je sais que ce n'est pas une excuse, que cela ne lui donne pas le droit de tous nous faire tomber avec lui, mais je sais aussi qu'il ne le fait pas exprès.

Si je le pouvais, j'irais régler son compte à Rodrigue, ce fou qui n'a cessé de le tourmenter. Si j'en avais la possibilité, j'effacerais l'instant où il a découvert qu'une femme qu'il aimait de tout son cœur l'avait trahi. Si c'était faisable, je naîtrais avant lui pour le protéger de sa famille dysfonctionnelle qui a fait de lui cet homme si malheureux que je suis incapable de sauver. Mais je ne peux rien faire, il m'est impossible de remonter le temps et je suis bien incapable de gommer les marques que le passé a laissées dans le cœur de Sandy. Cette encre est éternelle, et une fois de plus, je me sens impuissant face à ce temps maudit qui nous torture tous.

***

Quand je rentre, je suis exténué. J'ai ressenti beaucoup trop de choses en trop peu de temps. Tout s'est enchaîné. Après mes histoires avec Seven, il y a eu celles avec Sandy, et quelles histoires ! J'ai l'impression d'étouffer, entouré de tous ces problèmes. Je manque d'air. Je crois que j'ai besoin de rouler, ou de simplement m'échapper. Je ne sais pas. Peut-être que j'ai juste envie de quitter ce Cap Ferret maudit qui m'a plus souvent fait souffrir que rire. Pourtant, lorsque je pousse la porte et que je suis accueilli par Nine, puis par Seven qui se lève et vient à ma rencontre, le poids sur mes épaules semble s'envoler. Quand je suis avec eux, je me sens chez moi, à l'abri, protégé de tout. Je réalise alors que si je ne voulais pas rentrer, ce n'était pas parce que j'étais à un point de souffrance où même ces deux êtres ne pouvaient rien pour moi, au contraire, c'était parce qu'inconsciemment je savais qu'avec eux tout irait mieux. Mais c'est un mensonge, tout est temporaire, avec Seven, je m'enferme dans une bulle qui n'est pas réelle, je vis dans le mensonge…

Pourtant j'accepte volontiers l'étreinte que me propose l'homme que j'aime. Il me serre fort contre lui et je voudrais que le temps s'arrête, là, maintenant, que plus rien ne se passe. Je commence à craindre ce que me réserve demain, et vivre dans la peur de ce soleil qui se lève chaque matin, ce n'est pas vivre.

– Je ne sais plus quoi faire, dis-je, dans son cou, d'une voix fatiguée.

– Tu fais déjà tout ce que tu peux.

– Ce n'est pas assez.

– C'est déjà trop.

Il s'écarte doucement de moi et plonge son regard lagon dans le mien. Je voudrais m'y noyer.

– Tu donnes trop, tu acceptes trop, et je ne parle pas seulement de Sandy, là. Je parle aussi de moi. Il faut que ça cesse.

L'angoisse me gagne soudain parce que je m'inquiète de ce que ses mots peuvent vouloir dire tout en sachant parfaitement ce que cela signifie. Et le problème, c'est qu'il a raison…

– Est-ce que tu es en train de me quitter ? demandé-je malgré tout, d'une voix faible.

– Non ! Je ne suis qu'un lâche, je suis bien incapable de me séparer de la seule personne qui me rend heureux.

– Alors tais-toi et ne dis plus jamais quelque chose comme ça.

Il ne faut plus qu'il le dise, sinon je risque de l'écouter, et je n'aurai alors plus rien pour supporter la douleur que je ressens au quotidien.

– D'accord.

Il me serre à nouveau contre sa poitrine et je m'accroche désespérément à son dos. Je me moque que ce soit une preuve de faiblesse de ma part, je ne peux pas me défaire de Seven, je n'en ai pas la force. Il est la seule personne qui me procure du bonheur en ce moment. Mes amis sont loin, et à cause de Sandy, je suis obligé de leur mentir. Alors pour l'instant, je déteste un peu mon meilleur ami et je ne peux pas compter sur ceux que je considère comme ma famille. La seule bouée qui m'empêche de me noyer, c'est Seven.

J'ai besoin d'un peu de temps. Les choses vont aller mieux. Il ne peut pas en être autrement.

***

Un gamin court dans la forêt en appelant sa mère. Les larmes recouvrent ses joues rougies par le froid. Il trébuche et tombe à plusieurs reprises. Son genou est en sang. Il a froid, il est terrifié, et la nuit qui tombe ne le rassure pas. Il continue à appeler sa mère, et soudain, elle apparaît à côté d'un arbre. L'enfant se relève et recommence à courir dans sa direction, mais elle s'échappe. Il la suit sur le chemin, jusqu'à une voiture dans laquelle elle monte. Elle démarre et le tas de ferraille avance de quelques mètres, alors il court derrière. Quand il s'arrête, épuisé, la voiture cesse aussi sa fuite. Il reprend et elle redémarre. Encore et encore. Cette terrible course l'épuise. Il n'arrivera jamais à la rattraper, sa mère est trop loin.

Je me réveille en sursaut et en sueur. Ce n'était qu'un mauvais rêve. Depuis l'accident de Sandy, je ne cesse d'en faire. Ce sont les mêmes depuis toujours, mais cette fois, j'étais ce petit garçon et j'ai eu l'impression de ressentir ses émotions comme si je les avais vraiment vécues. Je déteste les songes pour cette exacte raison ; ils laissent des traces, même au réveil, et il faut du temps pour réussir à les effacer.

Tremblant, je me lève et attrape de quoi fumer. J'en ai besoin, immédiatement. La voix du gamin appelant sa mère me brise encore les tympans et j'ai l'impression que je vais vomir.

Je ne comprends pas pourquoi je fais de tels cauchemars ni pourquoi ils m'affectent autant. J'ai vraiment l'esprit tordu. C'est moi qui devrais être auteur, j'aurais bien des folies à raconter…

– Clément ?

Je me tourne vers Seven, surpris de le voir là. Il fait encore nuit et j'ai dû le réveiller, mais je n'arrive pas à m'excuser. Dernièrement, je lui cause du souci. Le jour, ses secrets nous rongent, la nuit, mes cauchemars nous dévorent.

Je ne suis pas en mesure de parler, j'ai encore en bouche le goût de ce songe amer. Alors, en silence, il s'installe à côté de moi. Je n'ai même pas pris la peine de sortir pour fumer, ça ne me ressemble pas, je ne sais pas où j'avais la tête. Je ne sais plus où je l'ai depuis des jours, peut-être des années…

Ma main tremble et mon cœur refuse de se calmer. Qu'est-ce qui m'arrive ? Je commence à me gratter fortement le genou. Je revois la blessure du gosse et ça me démange terriblement.

Seven ne me retient pas, il ne semble pas oser me toucher et j'imagine que je lui fais peur. Je me comporte comme un fou. J'ai honte, mais je n'y peux rien.

Ce n'est qu'à la moitié du joint que je commence à me détendre. Mes ongles continuent à gratter mon genou jusqu'à ce que la main de l'homme que j'aime se pose sur la mienne et l'écarte de ma jambe.

– Arrête, dit-il.

Je tremble encore légèrement, alors j'aspire un peu plus de la fumée de mon bâton de drogue. Je sens que ça se calme doucement, mais j'aimerais que ça aille plus vite, beaucoup plus vite.

Les doigts de Seven serrent les miens avec force et je puise de l'énergie dans ce contact, comme toujours. J'absorbe sa force, je suis comme un suceur de sang, je me dégoûte.

Je lui suis reconnaissant de rester silencieux, de ne pas m'interroger. Je ne veux ni ne peux parler pour l'instant. Je ne pourrai certainement jamais le faire, mais il est sûrement le mieux placé pour le comprendre.

Quand j'ai fini de fumer, mon cœur est déjà plus calme et j'ai l'impression d'être revenu dans le monde réel. Mais quelle est la réalité ? Ce cauchemar que je fuis ou cette vie que je crée dans ma fumée de cannabis ? J'ai peur de me tromper, d'avoir faux depuis le début et de ne plus être en mesure de corriger mes erreurs. Il est déjà trop tard pour ça.

C'est exactement pour cette raison que je déteste les nuits où je rêve, elles me font remettre toute mon existence en question, et en ce moment, je n'ai vraiment pas besoin de ça. J'ai assez à penser avec des journées encore plus horribles que mes songes.

Je ne remarque l'absence de Seven que lorsqu'il revient vers moi, les mains chargées. Il s'agenouille et nettoie doucement la peau de mon genou avant d'y appliquer une crème qui apaisera certainement les dégâts que j'ai causés. Je me suis bien souvent abîmé et j'ai caché chaque marque derrière un tatouage pour ne plus avoir à la voir, pour ne plus avoir à regarder mes démons en face, mais celle-là, il la voit. Pour la première fois, c'est moi qu'il voit vraiment, ce Clément ravagé et effrayant. Et pourtant, il reste là, à mes côtés…

Les mains de Seven me massent tendrement. C'est si agréable que je ferme les yeux. J'ai le cœur lourd et une étrange envie de pleurer. Je prends sa tête entre mes doigts et viens y déposer mes lèvres, puis je le serre contre moi. Il reste immobile un moment avant de se lever en me prenant dans ses bras. Comme un enfant, je m'accroche à son cou et j'entoure son buste de mes jambes. Je le laisse me ramener au lit en silence. Il m'y allonge, mais comme je refuse de le lâcher, il s'installe sur moi, puis il roule légèrement sur le côté, sans s'éloigner.

Il me couvre de baisers et j'ai honte d'avouer que cela chasse mon cauchemar plus efficacement que de fumer. J'avais besoin de sa tendresse.

Ce n'est pas du cannabis dont je suis dépendant, c'est de cet homme. La vraie drogue, c'est lui.

– Quatre, murmure-t-il à mon oreille.

Mes doigts se resserrent sur ses épaules. Je ressens si fort mon amour pour lui que je ne peux contrôler mon corps. Il dit toujours exactement ce qu'il faut, il fait chaque fois ce dont j'ai besoin, et en ce moment où je me sens si misérable, j'ai l'impression que je prends sans rien donner en retour. Si j'avais la force de prendre du recul, je me rendrais sûrement compte que c'est faux, que c'est la voix à l'intérieur de ma tête qui parle, mais je n'en suis pas capable.

– Quatre jeux de société auxquels tu es sûr de me battre, réponds-je, tout bas, les yeux toujours clos, tentant de me sortir de mon tourment.

– Le *Uno*, le poker, le *Trivial Pursuit* et le *Pictionary*.

– Tu es vraiment sûr de me battre au *Pictionary* ? dis-je, en riant faiblement.

– Bien sûr. Tu es un très bon illustrateur, tu ne pourras pas t'empêcher de dessiner les moindres détails, alors que dans ce jeu, il faut se concentrer sur le plus important pour faire deviner ce qu'on gribouille.

– Admettons, mais pour le *Uno*, je t'arrête de suite, tu n'as aucune chance.

– J'aimerais bien voir ça !

– On y jouera.

– On y jouera, confirme-t-il en embrassant mon front.

Je l'espère du fond du cœur.

Le silence se réinstalle entre nous, mais ce calme est loin d'être déplaisant. Pourtant je le brise, parce qu'il y a quelque chose que j'ai envie de dire, plus que jamais aujourd'hui, je ressens le besoin de l'exprimer :

– Je t'aime.

– Je t'aime, Clément.

Mon nom sur ses lèvres me donne envie de pleurer. Je crois que c'est un mélange de joie et de tristesse. Cette nuit, je ressens les choses tellement intensément…

***

Le mois de juillet touche à sa fin. Aujourd'hui, je reprends la route. Je ne sais pas où je vais ni vers quoi, mais il faut que je parte. Seven va retourner à la capitale, et moi, je vais certainement errer ci et là. Avec tout ce qu'il s'est passé pendant la première partie de l'été, je n'ai pas eu l'occasion ni l'envie de réfléchir à ma prochaine destination. Mais où que j'aille, à présent, une chose est sûre, je pars du Cap Ferret avec le cœur vraiment lourd. Je garde très peu de bons souvenirs des lieux, même si Seven m'a offert des moments merveilleux, tout le reste est trop pesant pour ne pas prendre le dessus. Et puis je dois le quitter, et ça, ce n'est jamais simple, même lorsque c'est nécessaire.

Quand mon téléphone sonne, l'angoisse me gagne. Le nom de mon meilleur ami s'affiche et je n'ose imaginer ce qu'il va encore m'annoncer. Je décroche en vitesse, le cœur battant.

– Sandy ?

– *Tout va bien, ne t'inquiète pas, OK ?*

Je soupire de soulagement.

– *Je rentre à Lyon avec ma sœur...*

– Maintenant ?

– *Oui. C'est aujourd'hui que tu pars aussi, non ? Où tu vas après ?*

– Je viens avec toi.

Je n'ai pas réfléchi une seconde. Je n'avais rien prévu, mais dans l'état actuel des choses, j'irai où Sandy ira, c'est certain. Je ne le lâche pas. Je ne sais pas où va ma relation avec Seven, plus j'avance, plus c'est flou, mais mon amitié avec Sandy est certaine et je ne le laisserai pas seul avec ses problèmes. Et puis je crois que j'ai autant besoin de lui que lui de moi, en ce moment.

– *J'espérais que tu dises ça...*

– Tu vas m'avoir sur le dos un moment, Sandy.

– *Merci.*

– Tu ne me remercieras pas dans quelques jours.

Il rit faiblement, mais son rire est aussi éteint que sa voix. Je suis dans le même état.

Quand je raccroche, Seven me tend mon café.

– Je vais à Lyon avec Sandy. Il a besoin de moi.

– Pense aussi à prendre soin de toi.

– J'essayerai.

Ses yeux restent plongés dans les miens. Nous nous observons, incapables de nous défaire l'un de l'autre. Ce sont les derniers instants que nous vivons ensemble avant plusieurs mois, peut-être plus longtemps. C'est de plus en plus dur de devoir le quitter, mais cette fois en particulier me déchire parce que je sais que je pars avec dans le cœur des sentiments différents. J'ai l'impression que tout a changé.

– Tes yeux… Pourquoi j'ai l'impression qu'ils me disent adieu ? demande soudain Seven, sérieux.

– Parce qu'on se quitte ?

– On le fait chaque fois et je n'ai jamais ressenti ça avant. Qu'est-ce qui est différent ?

– Moi, je crois. Je suis fatigué et je sais que les prochains jours vont m'épuiser encore plus. Sandy va avoir besoin de moi et je ne serai pas très disponible.

– Je serai là. De loin, mais je serai là. Ne l'oublie pas, Clément. Je t'aime et je ne compte pas te lâcher.

Je sais qu'il dit vrai. Alors pourquoi ai-je moi aussi l'impression que l'on se dit adieu ? Parce que c'est un peu le cas, je le sais…

– J'ai besoin de temps, parviens-je finalement à dire.

– Je crois qu'on en a tous les deux besoin.

Notre discussion n'est pas très claire, pourtant je sais que nous nous comprenons.

Lorsqu'il me prend dans ses bras et me serre avec force mais tendresse, c'est comme si mon cœur explosait en mille morceaux à l'intérieur de ma poitrine, frappé par la peine comme par l'amour.

Je ne veux pas partir, mais je le dois. Je ne veux pas m'éloigner de Seven, mais je n'ai pas le choix.

Tout se mélange dans ma tête.

Je suis vraiment épuisé, les récents événements m'ont usé. J'ai l'impression de tomber dans un trou sans fond et je ne peux pas dire que Sandy l'a creusé, je crois que c'est moi qui l'ai entamé, il y a bien des années. Depuis, j'essaye d'en sortir, mais je passe mon temps à glisser, et aujourd'hui, je n'ai simplement plus la force de continuer mon ascension. Cela n'avait pas d'importance avant parce que rien ne semblait valoir le coup hors de ce trou. D'en bas, au fin fond de mon enfer, je pouvais quand même voir mes amis, mais aujourd'hui, il y a Seven, et il ne peut pas descendre me rejoindre parce qu'il est déjà prisonnier de sa propre cage. Je voudrais trouver l'énergie nécessaire pour grimper plus haut, le rejoindre et le libérer.

Pourvu qu'il n'ait pas disparu quand je sortirai enfin de ces ténèbres…

Composition et mise en pages
Nord Compo à Villeneuve-d'Ascq